UN PROTECTEUR POUR ADDISON

FORCES TRÈS SPÉCIALES : ALLIANCE
TOME 5

SUSAN STOKER

DU MÊME AUTEUR

Hawaï : Soldats d'élite

Un paradis pour Élodie

Un paradis pour Lexie

Un paradis pour Kenna

Un paradis pour Monica

Un paradis pour Carly

Un paradis pour Ashlyn

Un paradis pour Jodelle

Sauvetage à Eagle Point

Un sauveteur pour Lilly

Un sauveteur pour Elsie

Un sauveteur pour Bristol

Un sauveteur pour Caryn

Un sauveteur pour Finley

Un sauveteur pour Heather

Un sauveteur pour Khloe

Le Refuge

Un soutien pour Alaska

Un soutien pour Henley

Un soutien pour Reese

Un soutien pour Cora

Un soutien pour Lara

Un soutien pour Maisy

Un soutien pour Ryleigh

Silverstone

Pour la confiance de Skylar
Pour la confiance de Taylor
Pour la confiance de Molly
Pour la confiance de Cassidy

Delta Force Deux

Un refuge pour Gillian
Un refuge pour Kinley
Un refuge pour Aspen
Un refuge pour Jayme
Un refuge pour Riley
Un refuge pour Devyn
Un refuge pour Ember
Un refuge pour Sierra

Forces Très Spéciales : L'Héritage

Un Sanctuaire pour Caite
Un Sanctuaire pour Brenae
Un Sanctuaire pour Sidney
Un Sanctuaire pour Piper
Un Sanctuaire pour Zoey
Un Sanctuaire pour Avery
Un Sanctuaire pour Kalee
Un Sanctuaire pour Jane

Mercenaires Rebelles

Un Défenseur pour Allye
Un Défenseur pour Chloé

Un Défenseur pour Morgan

Un Défenseur pour Harlow

Un Défenseur pour Everly

Un Défenseur pour Zara

Un Défenseur pour Raven

Ace Sécurité

Au Secours de Grace

Au Secours d'Alexis

Au Secours de Bailey

Au Secours de Felicity

Au Secours de Sarah

Forces Très Spéciales Series

Un Protecteur Pour Caroline

Un Protecteur Pour Alabama

Un Protecteur Pour Fiona

Un Mari Pour Caroline

Un Protecteur Pour Summer

Un Protecteur Pour Cheyenne

Un Protecteur Pour Jessyka

Un Protecteur Pour Julie

Un Protecteur Pour Melody

Un Protecteur pour l'avenir

Un Protecteur Pour Les Enfants de Alabama

Un Protecteur Pour Kiera

Un Protecteur Pour Dakota

Delta Force Heroes Series

Un héros pour Rayne

Un héros pour Emily

Un héros pour Harley

Un mari pour Emily

Un héros pour Kassie

Un héros pour Bryn

Un héros pour Casey

Un héros pour Wendy

Un héros pour Mary

Un héros pour Macie

Un héros pour Sadie

Un héros pour Annie

Autre

Un moment suspendu : Recueil de nouvelles

AUDIO

Un paradis pour Élodie

CHAPITRE 1

Ricardo MacGyver Douglas se retourna vers l'horloge posée sur la table de nuit. Il était trois heures et demie, et il était bien réveillé. La responsable dormait à côté de lui dans son lit. Il tourna la tête dans l'autre sens et regarda sa femme.

Sa *femme*.

Ça faisait bizarre de le dire. Enfin... de le penser. Il était marié à Addison Wentz depuis un mois maintenant, et honnêtement, il avait été surpris quand elle avait répondu oui à sa demande. Il n'y avait rien de romantique là-dedans. Ils n'étaient pas amoureux. Pour eux, ce n'était rien d'autre qu'un mariage arrangé. Il avait besoin d'elle pour l'aider à s'occuper de trois enfants qu'il avait sauvés lors d'une mission, et elle avait besoin de lui pour l'assurance maladie dont elle pouvait bénéficier en tant qu'épouse grâce à la Marine.

Il n'avait pas vraiment réfléchi à ce qui se passerait après l'avoir invitée à emménager chez lui avec sa fille de douze ans, mais il aurait dû le faire. Il y avait beaucoup de monde dans sa petite maison. Il l'avait achetée lorsqu'il s'était installé à Riverton, en Californie. Il y avait trois chambres, ce qui paraissait vraiment énorme quand il était seul. Il avait suffisamment de place pour s'adonner à son hobby, à savoir bricoler des appareils électroniques et construire des objets à partir de morceaux de métal, de plastique et de céramique.

Maintenant que cinq personnes supplémentaires vivaient sous son toit - dont quatre enfants - il avait dû ranger toute la maison, mettre la plupart de ses affaires dans le garage, et faire en sorte de créer un foyer confortable pour les trois orphelins ukrainiens qu'il espérait adopter... ainsi que pour une femme et un enfant presque adolescent.

Ellory, la fille d'Addison, était dans une chambre avec Yana, qui venait d'avoir cinq ans. Les garçons, Artem, huit ans, et Borysko, sept ans, partageaient l'autre chambre. Quasiment tous les matins, MacGyver retrouvait Yana dans le grand lit de la chambre de ses frères, blottie entre eux deux. Il allait falloir du temps pour qu'elle se sente en sécurité dans son nouvel environnement, et le psychologue pour enfants qu'ils consultaient lui avait dit de ne pas faire toute une histoire de leur manière de dormir.

Mais c'était à cause de ses *propres* conditions de sommeil que MacGyver se réveillait tous les matins à l'aube. Il se mit sur le côté et regarda fixement la femme qui se trouvait dans son lit.

Qu'il s'agisse d'un mariage arrangé, c'était une chose... Épouser Addison pour des raisons pratiques. C'en était une autre de réaliser, trop tard, qu'il était fou amoureux de cette femme.

Il avait toujours voulu la même chose que ses parents. Une relation pleine d'amour. Son père et sa mère s'aimaient ouvertement. Cela mettait souvent MacGyver dans l'embarras quand il était petit. Ils se tenaient toujours la main, et s'embrassaient. Mais rapidement, son père était devenu son modèle. Il faisait tout son possible pour s'assurer que sa femme était en sécurité, heureuse et protégée. Il la défendait si un vendeur était malpoli ou si quelqu'un lui manquait de respect. MacGyver avait grandi avec le désir de lui ressembler, ce qui expliquait en partie pourquoi il s'était engagé dans la Marine. Il voulait protéger les gens qui étaient plus faibles que lui. Protéger son pays. Il n'avait pas prévu d'être un SEAL, mais il en était là.

MacGyver continua à observer son épouse en clignant des yeux. Addison Wentz – non... Douglas, maintenant - était belle, grande, avec des cheveux bouclés auburn qui ne restaient jamais en place malgré la barrette ou le chouchou avec lesquels elle essayait de les attacher. Elle avait les yeux vert forêt et un regard trop sérieux la plupart du temps. Elle portait beaucoup de soucis et de responsabilités sur ses frêles épaules. Dès leur première rencontre, MacGyver avait voulu lui ôter un peu de cette inquiétude qui semblait la noyer.

Mais sous le poids écrasant de toutes ces responsabilités, Addison était drôle, belle et attentionnée. MacGyver était attiré par cette femme. Cela lui plaisait qu'elle fasse la même taille que lui. Avant Addison, il ne s'était même pas rendu compte qu'il était attiré par les femmes de grande taille. Il pouvait la regarder dans les yeux sans se tordre le cou, elle avait la taille parfaite pour qu'il passe confortablement le bras autour de sa taille, et lorsqu'ils s'étaient étreints après avoir été déclarés mari et femme, il avait découvert à quel point leurs corps s'accordaient bien.

Et ces derniers temps, il n'arrivait pas à penser à autre chose.

Y compris maintenant. Ce qui voulait dire qu'il était en érection... comme tous les matins. À trente-trois ans, il pensait que ses jours d'érections matinales spontanées étaient derrière lui, mais il s'était trompé. Le fait de dormir à côté d'Addison, de sentir la lotion au citron qu'elle mettait tous les soirs avant de se coucher, de percevoir le léger mouvement du matelas lorsqu'elle changeait de position... tout cela rendait MacGyver extrêmement conscient que la femme qu'il désirait plus qu'il ne pouvait l'admettre à voix haute n'était qu'à quelques centimètres de lui.

Mais ils avaient passé un accord. En échange de l'accès aux soins pour Ellory, elle l'aiderait à s'occuper d'Artem, de Borysko et de Yana... et à faire de lui un meilleur candidat à l'adoption. Voilà à quoi se résumait leur mariage.

Addison ne lui avait donné aucune raison de penser qu'elle attendait de lui autre chose que ce qu'il avait déjà offert - la protection et la sécurité de sa fille.

MacGyver inspira profondément, puis expira lentement. Même si son sexe palpitait et que c'était douloureux physiquement, il fit de son mieux pour ignorer la réaction de son corps face à la femme qui se trouvait dans son lit. Il ne ferait jamais rien qui la mettrait mal à l'aise en sa présence. Pas volontairement. Pendant deux semaines entières, il avait dormi par terre dans sa propre chambre, simplement parce qu'il voyait bien qu'elle n'était pas à l'aise dans son lit.

Il s'était senti gonflé d'orgueil lorsqu'elle avait finalement décidé que c'était ridicule qu'il continue à dormir par terre chaque nuit. Il déplorait que ce changement d'avis soit en grande partie dû au fait que ça la mettait mal à l'aise d'être dans son lit alors que lui était sur le sol ferme. Il avait dormi dans les pires endroits, et il lui en avait parlé. Pourtant, il devait admettre qu'il était content de retrouver son lit.

Mais maintenant, il se réveillait tous les matins environ une heure avant que son réveil sonne, le sexe aussi dur que ce qui lui servait de matelas avant. S'il avait besoin d'aide, c'était en partie parce que ses journées de Navy SEAL commençaient tôt. Bien trop tôt pour les trois enfants dont il s'occupait. Et se réveiller encore plus tôt à cause d'Addison était épuisant.

Malgré tout, c'est ce qu'il avait fait jusqu'à présent.

En outre, être père était *encore plus* épuisant... et MacGyver adorait cela, chaque seconde. Voir Artem écarquiller les yeux en goûtant les Lucky Charms pour la première fois ; l'enthousiasme de Borysko en rentrant de l'école tout excité d'avoir appris quelque chose de nouveau ; le soulagement et la fierté de voir Yana prendre du poids entre ses deux premières consultations chez le médecin.

Les enfants s'épanouissaient, et MacGyver savait que c'était en partie grâce à Addison. Elle était merveilleuse avec eux... Attentionnée, patiente et compatissante.

Elle soupira dans son sommeil et bascula sur le côté, face à lui.

MacGyver retint son souffle. Bon sang, cette femme était tellement hors de sa portée que ce n'était même pas drôle. Il était autoritaire, solitaire et intello jusqu'au bout des ongles. Il préférait passer du temps seul dans son garage à bricoler ses inventions plutôt que de se mêler aux autres... même avec ses coéquipiers SEALs, qui étaient comme des frères pour lui.

Addison était lumineuse et rayonnante, et lui... Qu'était-il ?

MacGyver sourit. Il était la source d'énergie derrière la lumière qu'elle dégageait. L'intello qui, en coulisses, la maintenait connectée. Un peu comme le gars dans *Le Magicien d'Oz*, celui qui courait derrière le rideau en tripotant ceci, en bidouillant cela. Il faisait avancer les choses.

C'était une pensée un peu idiote, mais qu'il aimait bien. MacGyver se contenterait volontiers de rester dans l'ombre pour soutenir ceux qu'il aimait en leur laissant les feux de la rampe.

— Quelle heure est-il ?

MacGyver cligna des yeux en se rendant compte qu'Addison était réveillée... en quelque sorte. Elle avait l'air encore à moitié endormie. Un élan de tendresse le frappa de plein fouet.

— Trop tôt pour se lever. Rendors-toi, Addy.

Elle esquissa un léger sourire.

SUSAN STOKER

— On ne m'avait encore jamais donné de surnom.

— Ça ne te dérange pas ? J'ai commencé à t'appeler comme ça sans même te demander si tu étais d'accord. Je peux t'appeler Addison, dit MacGyver à voix basse.

Elle secoua la tête.

— J'aime bien ça.

— D'accord.

Un moment de silence s'installa entre eux.

— Qu'est-ce que tu as de prévu aujourd'hui ? demanda-t-elle finalement.

— L'entraînement, comme d'habitude. Ensuite je rentrerai à la maison, je prendrai une douche, et j'aiderai à préparer le petit déjeuner. Je peux emmener Artem et Borysko à l'école, si tu peux t'occuper d'Ellory et Yana.

— Bien sûr.

— Normalement, je rentrerai tôt. On a quelques réunions, mais Kevlar nous a dit hier qu'on devrait avoir terminé à quinze heures.

— Cool.

— Et toi ? Qu'est-ce que tu as de prévu ?

— J'ai trois gâteaux à préparer.

— Trois ? s'enquit MacGyver, incrédule.

— Oui. J'ai accepté un gâteau de dernière minute parce que la femme était désespérée.

— Tu n'es plus obligée de dire oui à tout le monde, lui rappela-t-il gentiment.

Les yeux verts d'Addison étaient rivés sur les siens. MacGyver adorait cela. L'intimité d'une conversation dans la faible lumière du petit matin, quand les enfants dormaient encore et qu'il n'y avait qu'eux.

— Je sais. À vrai dire, j'oublie parfois que je n'ai plus besoin de mettre chaque centime de côté au cas où. Je t'ai remercié aujourd'hui ?

MacGyver secoua la tête.

— Ne me remercie pas. Tu l'as déjà fait plus que nécessaire. On passe à autre chose.

— C'est juste que... ce que tu nous as offert à Ellory et à moi... c'est... c'est plus que ce que tu pourras jamais imaginer.

MacGyver passa la main dans ses cheveux en bataille, les chassant de son visage. Il aimait la toucher, et il n'avait pas souvent l'occasion de le faire. Il ferma les yeux tout en la caressant. Il avait du mal à se retenir de se pencher en avant et de l'embrasser. Le désir qu'il éprouvait pour elle relevait de la douleur physique. Mais il ne voulait rien faire qui puisse l'effrayer ou lui faire croire qu'il allait lui imposer quelque chose qu'elle ne voulait pas lui donner délibérément.

— Si tu n'étais pas là, Artem, Borysko et Yana seraient sûrement renvoyés dans l'enfer où je les ai trouvés. Donc tu m'offres, tu *leur* offres plus que tu ne le penses aussi.

Elle lui sourit. Un sourire paresseux et endormi pour lequel MacGyver donnerait n'importe quoi afin de le recevoir tous les jours jusqu'à la fin de sa vie.

— Quels chefs-d'œuvre vas-tu confectionner aujourd'hui ? demanda-t-il en changeant de sujet pour revenir aux gâteaux qu'elle allait préparer toute la journée.

— Elsa de *La Reine des Neiges, Jurassic Park,* et un gâteau pour un cinquantième anniversaire.

— Tu prendras des photos ?

Elle s'esclaffa.

— Tu as déjà vu mon gâteau Elsa.

— Je m'en fiche. Je suis impressionné par ce que tu es capable de faire avec de la farine, des œufs, du sucre et du glaçage.

Addison sourit de plus belle.

— Ce n'est pas grand-chose.

— Tu plaisantes ? Tu es une véritable artiste, Addy. Ce que

tu fais... c'est vraiment impressionnant. Non seulement tes gâteaux devraient figurer dans un magazine de décoration... attends, ça existe ?

Addison éclata de rire.

— Sûrement.

— Quoi qu'il en soit, non seulement tu es une artiste hors pair, mais tu aides aussi les familles à créer des souvenirs. Et c'est plus important que tout le reste.

— Ricky, murmura-t-elle.

Une vague de chaleur traversa sa poitrine jusqu'à son sexe, le faisant palpiter de plus belle. Il adorait entendre son surnom de sa bouche. On lui avait donné celui de MacGyver en raison de sa capacité à fabriquer des gadgets pour les aider, lui et son équipe SEAL, lorsqu'ils en avaient le plus besoin. Mais il y avait quelque chose de tellement intime à entendre Addy l'appeler par le surnom de son enfance.

— Je suis sincère, dit-il. Comme j'ai grandi avec quatre frères et sœurs, il y avait toujours des fêtes d'anniversaire, et ma mère faisait tout son possible pour rendre chacune d'elles spéciale, même avec des biscuits et des gâteaux achetés dans le commerce. Mais toi, tu réalises des chefs-d'œuvre qui non seulement sont beaux, mais aussi délicieux ! Les souvenirs de ces enfants et de ces gens resteront à jamais gravés dans leur mémoire.

— Merci, répondit-elle doucement. En fonction de l'état d'esprit d'Ellory ce week-end... tu crois que... tu pourrais... ?

Elle s'interrompit.

— Bien sûr, acquiesça MacGyver. Ça ne me dérange pas.

— Tu ne sais même pas ce que j'allais te demander.

— Ça n'a pas d'importance. Si elle a envie de faire quelque chose, je le ferai.

Addison le fixa du regard si longtemps que MacGyver se

sentit mal à l'aise. Il n'arrivait pas à saisir ce qui se passait derrière ses yeux verts.

Finalement, elle poursuivit, ses mots lâchés précipitamment et s'enchaînant comme si elle craignait qu'il dise non.

— Elle m'a demandé si tu pouvais lui montrer comment démarrer une voiture avec des câbles. Et changer un pneu. Et peut-être quelque chose que tu as fabriqué pendant une mission et qui vous a aidé à sauver la situation.

Un sentiment de joie envahit MacGyver.

— Bien sûr que je le ferai. Ce sera avec plaisir.

Il réfléchit à tout ce qu'il pourrait lui montrer sans que ce soit trop dangereux.

— Comment va-t-elle ?

Addison haussa les épaules.

— Bien, pour l'instant. On verra si le nouveau médicament qu'elle prend fonctionne. On a essayé tellement de combinaisons qui semblaient toutes fonctionner au début, avant que l'inflammation revienne.

Ellory était atteinte de la maladie de Crohn, une forme de maladie inflammatoire de l'intestin. Généralement, elle ne touchait pas les enfants, mais Ellory avait commencé à avoir des problèmes environ quatre ans auparavant. Les premiers symptômes étaient des crampes, de la fièvre, de la fatigue et une perte de poids extrême, principalement parce que c'était très désagréable pour elle de manger. Elle était souvent allée à l'hôpital pour subir une tonne d'examens, tous coûteux, et faisait encore face aujourd'hui à ces horribles symptômes.

MacGyver avait beaucoup appris sur cette terrible maladie, et il était soulagé qu'elle puisse bénéficier de plus de soins, maintenant qu'elle était couverte par son assurance. Ça lui faisait du bien d'entendre que la jeune fille voulait passer du temps avec lui. *Vraiment* du bien. Ce n'était qu'une question de temps avant qu'elle devienne adolescente et qu'elle ne veuille plus rien avoir à faire avec son ringard de beau-père.

Addison bailla et lui adressa un léger sourire penaud.

MacGyver avait envie de se foutre un coup de pied aux fesses. Il était là, en train d'avoir une conversation qu'ils pouvaient très bien avoir plus tard, au petit déjeuner. Addison avait besoin de dormir. Elle travaillait d'arrache-pied depuis qu'elle devait s'occuper de trois enfants supplémentaires. Elle préparait et décorait des gâteaux à longueur de journée, et il se sentait égoïste de vouloir parler avec elle.

— Dors, Addy. On pourra en parler plus longuement au petit déjeuner.

— J'aime bien parler avec toi, répondit-elle.

Il faisait trop sombre pour en être sûr, mais MacGyver aurait juré l'avoir vue rougir.

— J'aime bien parler avec toi aussi. Mais c'est le milieu de la nuit. Il faut que tu te reposes.

— Toi aussi.

— Tu n'es pas au courant ? Les SEALs sont immunisés contre le besoin d'une chose aussi futile que le sommeil, plaisanta-t-il.

Elle sourit... et fit quelque chose qui stupéfia MacGyver. Elle tendit la main et la posa sur la sienne, puis elle ferma les yeux et soupira.

MacGyver ne bougea pas. Pas d'un pouce. La chaleur de la main d'Addison s'infiltra dans la sienne. C'était un peu pathétique de voir à quel point il était excité par ce petit contact. Mais c'était la première fois depuis leur cérémonie de mariage qu'elle le touchait volontairement.

Il n'avait plus sommeil. Il regarda les respirations d'Addison s'approfondir tandis qu'elle se rendormait. Il n'avait aucune idée de ce que l'avenir leur réservait, mais il ne se faisait pas d'illusions. Il n'y avait aucune chance qu'Addison reste mariée avec lui. Pas à long terme. Il s'agissait d'un arrangement aux bénéfices mutuels. Elle finirait par trouver un homme avec qui elle aurait envie de passer le reste de sa vie. Et même si cela lui faisait mal au cœur, MacGyver la laisserait partir. Il voulait son bonheur plus que la forcer à rester avec lui.

Mais en attendant, il serait le meilleur père possible. Le meilleur mari. Il s'assurerait qu'Addison ne manque de rien, et qu'elle soit traitée de la même façon que son père traitait sa mère. Avec respect. Avec amour.

Il la regarda dormir aussi longtemps que possible avant de se retourner et d'éteindre son alarme quelques minutes avant qu'elle ne sonne. Il ne voulait surtout pas réveiller Addison. Il sortit doucement du lit et se rendit dans la salle de bain pour enfiler sa tenue de sport, puis il retourna dans la chambre, hésitant avant de franchir la porte.

Il prit une profonde inspiration et se dirigea vers le côté du lit où se trouvait Addison. Elle s'était mise sur le dos et dormait profondément. Il remonta les draps, s'assurant qu'elle était bien couverte, puis il se pencha et l'embrassa sur le front avec une caresse à peine perceptible.

MacGyver la regarda fixement encore un instant avant de se retourner et de se diriger vers la porte.

CHAPITRE 2

Addison Wentz, désormais Douglas, sourit en posant l'assiette de pancakes sur la table de la salle à manger. Les yeux d'Artem et de Borysko s'écarquillèrent devant la taille de la pile, tandis que Yana était plus intéressée par la coiffure de la poupée Barbie qu'elle tenait dans les mains. Malheureusement, Ellory faisait une poussée ce matin-là, donc elle était encore couchée dans sa chambre en espérant se sentir mieux avant d'aller à l'école.

Chaque fois que sa fille pleurait de douleur, Addison avait envie de prendre sa place. Elle aurait volontiers enduré chaque symptôme pour Ellory si elle le pouvait. La maladie de Crohn était quelque chose d'horrible, surtout pour une jeune enfant. Sa fille était atteinte d'une maladie qui ne guérirait jamais. Elle allait devoir faire face aux conséquences toute sa vie. C'était vraiment injuste.

Et maintenant qu'elle était en cinquième, les harceleurs avaient décidé que sa fille était une cible de choix. Elle ne mangeait tout simplement pas autant qu'une fille en pleine croissance aurait dû le faire, et cela se voyait à travers sa taille et son poids par rapport aux autres filles de son âge. La maladie de Crohn rendait la consommation de nombreux aliments difficile, voire impossible. À l'école, cela faisait d'elle une cible facile.

Elle avait aussi les mêmes cheveux roux qu'Addison. C'était joli, mais tout ce qui était différent et qui vous faisait sortir du lot au collège n'était jamais une bonne chose. Addison l'avait appris à ses dépens quand elle avait l'âge d'Ellory.

— Tout ça pour nous ? s'étonna Artem.

Sa question ramena Addison au moment présent.

— Oui, tous ces pancakes sont pour vous. Mais ne vous sentez pas *obligés* de tous les manger. Quand vous serez rassasiés, on gardera le reste pour le goûter après l'école.

Lorsqu'elle avait rencontré les enfants pour la première fois, ils s'étaient tous empiffrés au point d'être malades dès qu'on leur présentait de quoi manger. Elle avait mis du temps, mais elle avait fini par comprendre qu'ils n'étaient pas en situation de pénurie alimentaire, comme c'était le cas dans la ville bombardée où ils vivaient en Ukraine.

— Yana, il faut que tu poses ta poupée et que tu prennes ton petit déjeuner, dit Addison avec douceur mais fermeté.

— Barbie, répondit-elle en brandissant fièrement la poupée.

La petite fille ne maîtrisait pas aussi bien l'anglais que ses frères, car les garçons étaient scolarisés avant que la guerre n'éclate dans leur pays. Yana était trop jeune, elle n'avait donc appris que ce qu'elle avait entendu auprès d'Artem et Borysko. Elle comprenait beaucoup mieux qu'elle ne parlait, mais après seulement quelques semaines au sein d'un programme spécial pour les enfants dont l'anglais est la deuxième langue - qui se déroulait après ses matinées habituelles au jardin d'enfants - elle apprenait rapidement.

— Oui, je vois. Barbie est jolie, mais tu dois manger, insista

Addison en mettant un pancake dans une assiette avant de l'arroser de sirop et de la pousser vers la petite fille.

Yana regarda ses frères, qui étaient en train d'engloutir des pancakes, puis saisit sa fourchette.

Satisfaite que les enfants aient bien mangé, Addison retourna dans la cuisine pour laver la vaisselle du petit déjeuner et commencer à préparer son premier gâteau. Pendant qu'elle s'affairait, elle repensa à ce qui s'était passé plus tôt ce matin-là.

Plus précisément, au baiser.

Elle n'était pas encore complètement endormie lorsque Ricky s'était levé pour se préparer à l'entraînement avec son équipe de SEALs. Elle avait senti le matelas s'affaisser et avait ouvert les yeux juste à temps pour voir son dos bien sculpté disparaître dans la salle de bains.

Cet homme était une vraie force de la nature - et plus elle le côtoyait, plus Addison ressentait du désir pour lui. Il représentait tout ce dont elle avait toujours rêvé chez un partenaire. Quant à sa manière de traiter Ellory ? C'était la cerise sur le gâteau.

Lorsqu'elle l'avait rencontré la première fois, elle avait été immédiatement attirée par lui. Puis, curieusement, ils avaient commencé à se croiser de plus en plus souvent en ville... dans les stations-service, les cafétérias. Quand il était tombé sur Ellory et elle dans un restaurant local et qu'il avait fini par s'asseoir à leur table, sa fille l'avait apprécié instantanément. Mais leur relation était encore assez distante. Amicale, mais impersonnelle.

Jusqu'au jour où il était reparti en mission, puis revenu avec trois enfants sous son aile. Il lui avait alors demandé de l'épouser pour leurs intérêts mutuels.

Aussi fou que cela puisse paraître aux yeux des autres - après tout, ils n'étaient jamais sortis ensemble - elle n'avait pas hésité à dire oui. Après des années de séjours à l'hôpital et de visites aux urgences pour Ellory, Addison était à deux doigts de se retrouver à la rue à cause des factures médicales, et Ricky avait désespérément besoin de son aide pour s'occuper des enfants dont il était responsable du jour au lendemain.

Cela faisait un mois qu'ils vivaient ensemble, et conformément à leur accord mutuel, Ricky n'avait pas tenté le moindre geste d'ordre sexuel envers elle... à son grand désarroi. Être reléguée dans la case *amie* n'était pas facile à vivre, mais elle l'avait bien cherché. Elle était trop timide pour lui faire comprendre qu'elle ne serait pas contre l'idée d'être plus qu'une amie et qu'une épouse sur le papier. La dernière chose qu'elle voulait, c'était gâcher ce qu'ils avaient construit. Elle ferait *n'importe quoi* pour sa fille. Absolument tout ce qu'il fallait pour s'assurer qu'elle reçoive les soins médicaux dont elle a besoin. Et si cela signifiait vivre avec l'homme qu'elle désirait plus que tout au monde *sans* le toucher, elle le ferait.

Mais ce matin-là, c'était la première fois qu'ils partageaient un moment aussi intime. Ricky avait toujours fait en sorte de ne pas être envahissant et de ne jamais la toucher sans sa permission. Pourtant, à la lueur tamisée des veilleuses qu'il avait branchées sur toutes les prises de sa chambre, il avait non seulement repoussé ses cheveux en arrière, mais il ne s'était pas éloigné quand elle avait spontanément posé sa main sur la sienne.

Et puis ce baiser...

Après avoir entendu la porte se refermer derrière lui, Addison n'avait pas pu s'empêcher de passer la main entre ses jambes et de se faire plaisir en s'imaginant baisser le pantalon de survêtement qu'il portait au lit tous les soirs, et lui montrer sans dire un mot à quel point elle le désirait.

— Addy, du lait, s'il te plaît, demanda Yana depuis la table.

Les enfants avaient immédiatement intégré le surnom que Ricky lui avait donné, et elle l'adorait.

Addison secoua la tête pour chasser la brume de ses souvenirs, se dirigea vers le réfrigérateur, puis sortit la bouteille de lait. Elle remplit la tasse de la petite fille, et pendant qu'elle y était, elle rallongea celles d'Artem et de Borysko. Elle venait de se retourner vers le réfrigérateur quand la porte d'entrée s'ouvrit.

— Ricky ! s'écria Yana en sautant de sa chaise pour se précipiter vers l'homme auquel Addison ne cessait de penser.

Il rattrapa Yana en plein vol et la souleva au-dessus de sa tête, ce qui les fit rire tous les deux. Il la porta jusqu'à la table et la remit sur sa chaise.

— On dirait que tu n'as pas fini ton petit déjeuner, trésor. Combien de pancakes as-tu déjà mangé, Borysko ? demanda-t-il.

— Quatre, répondit fièrement le petit garçon en souriant.

— Ne parle pas la bouche pleine, c'est malpoli et dégoûtant, le réprimanda gentiment Ricky. Et toi, Artem ?

L'autre garçon se mit à mâcher frénétiquement, puis avala sa bouchée avant de répondre :

— Six.

— Vous aurez encore de la place pour l'excellent déjeuner qu'Addy vous a sûrement préparé ? demanda Ricky.

Les deux garçons acquiescèrent avec enthousiasme. Il n'y avait rien qu'ils aimaient plus que l'heure des repas. Addison sourit depuis la cuisine. Elle était appuyée contre le plan de travail et observait Ricky avec les enfants. Il était tellement attentionné avec eux.

Avant qu'elle ait eu le temps de s'y préparer, il se retourna et avança vers elle. En se rappelant ce qu'elle avait fait après son départ ce matin-là, le rouge monta aux joues d'Addison.

Lorsqu'il entra dans la cuisine, elle s'efforça de le regarder dans les yeux.

À sa grande surprise, il se pencha vers elle et l'embrassa sur la joue.

— Bonjour, murmura-t-il avant de se tourner vers le café qu'Addison avait préparé un peu plus tôt. Mmm, noisette ?

Addison déglutit péniblement.

— Oui, parvint-elle à répondre.

— Tu me gâtes. Tu *nous* gâtes. Qu'est-ce que tu as prévu de spécial pour leur déjeuner aujourd'hui ? demanda-t-il à voix basse.

Addison sourit.

— J'ai acheté de nouveaux emporte-pièces. Leurs sandwichs sont en forme de dinosaures aujourd'hui. Les cookies aussi, naturellement.

— Tu les as décorés ?

— Ce n'est plus un cookie s'il y a du glaçage dessus, rétorqua-t-elle.

Ricky s'esclaffa, puis se pencha vers elle.

— Tu crois qu'il y aura du rab' ?

Il sentait la sueur, comme quelqu'un qui vient de faire de l'exercice. Il avait même du sable collé sur la joue. Addison dut puiser tout ce qu'elle avait en elle pour ne pas se jeter sur lui. Une fois l'adoption finalisée et les enfants assez grands pour ne plus avoir besoin de nounou, ce serait un véritable déchirement. En effet, pourquoi la garderait-il auprès de lui s'il n'avait plus besoin d'elle ? Ce rêve de famille heureuse qu'elle était en train de vivre allait prendre fin. Elle devait garder cela à l'esprit, et essayer de ne pas s'attacher davantage.

— Bien sûr, lui répondit-elle avec un léger sourire. Je sais que tu aimes mes cookies.

— J'adore tes... cookies.

Addison avait l'impression d'avoir imaginé la petite pause dans sa déclaration. Il parlait bien de ses cookies, n'est-ce pas ?

— Bonjour, Ricky.

En entendant la voix de sa fille, Addison se retourna. Ricky aussi. Il s'approcha d'elle et la serra dans ses bras en la soulevant. C'était encore une chose qu'Addison aimait chez cet homme. Il n'hésitait pas à démontrer de l'affection à sa fille physiquement. Et elle se gorgeait de son attention comme si elle mourait de soif et qu'il était un grand verre d'eau fraîche. Un peu comme le faisait sa mère.

— Comment ça va, ce matin ? demanda-t-il en la déposant mais en gardant les mains sur ses épaules.

— Ça va, répondit-elle d'un air indifférent.

— À ce point, hein ? releva Ricky, refusant de la laisser mentir sur son état. Tu as besoin de rester à la maison aujourd'hui ?

Addison lui avait posé la même question un peu plus tôt.

— Non, je vais bien.

— Tu veux manger quelque chose ?

— Non, répéta Ellory.

— D'accord, mais si tu ne te sens pas mieux à l'heure du déjeuner, appelle ta mère. Tu ne peux pas passer la journée sans un minimum de nutriments. Elle peut te faire cuire du poulet. Peut-être que tu peux essayer une banane et un smoothie protéiné ce matin ?

Le cœur d'Addison se serra d'émotion. Ricky avait beaucoup appris sur la maladie de Crohn depuis qu'ils s'étaient mariés. Il avait fait des recherches en ligne pendant des heures pour savoir quels aliments convenaient le mieux à Ellory, et ce qu'il fallait faire lorsqu'elle avait une poussée.

— D'accord, acquiesça Ellory en serrant encore une fois Ricky dans ses bras avant de se diriger vers le réfrigérateur.

Addison aurait dû être surprise que sa fille accepte. Après

tout, elle avait suggéré à Ellory de boire un smoothie moins de vingt minutes auparavant, mais avait obtenu un non sans équivoque en guise de réponse. Pourtant, quand Ricky le lui suggérait, elle était d'accord. Addison aurait été agacée si elle n'était pas reconnaissante que *quelqu'un* puisse faire manger sa fille. Ellory était trop maigre, elle avait donc besoin de toutes les calories possibles.

— Ricky ? l'interpela Ellory en se détournant du réfrigérateur.

— Oui, El ?

— Tu pues, déclara la pré-adolescente sans ambages.

Ricky éclata de rire.

— Ouais, eh bien c'est parce que Kevlar a pensé que ce serait amusant de faire des burpees dans le sable ce matin. Je déteste ça profondément.

Il poussa un grognement, se pencha et avança vers Ellory les bras en l'air, comme s'il était une sorte de monstre des sables.

Ellory hurla.

— Ne t'approche pas de moi, homme puant ! s'écria-t-elle.

Ricky s'esclaffa.

— Tu ne disais pas ça il y a une seconde.

— Je m'en fiche.

C'était une phrase tellement adolescente qu'Addison ne put s'empêcher de pouffer de rire.

— N'oublie pas de remplir ta bouteille d'eau avant de partir. Et bois autant que possible tout au long de la journée.

Ellory leva les yeux au ciel une fois de plus.

— Comme tu veux, maman, marmonna-t-elle.

Elle prit son smoothie et sa banane, puis elle alla s'assoir à table à côté de Yana et Borysko. Elle commença immédiatement à leur parler de l'école.

Addison était contente que sa fille ait si bien accueilli les enfants. Ellory aurait pu leur en vouloir d'accaparer un peu du temps et de l'attention de sa mère, mais ce n'était pas le cas. Elle avait l'air heureuse qu'ils soient là, et reconnaissante de la distraction qu'ils lui procuraient par rapport à la douleur constante qu'elle ressentait la plupart du temps. Addison craignait aussi qu'elle déteste devoir partager sa chambre avec une enfant de cinq ans, mais Ellory, à sa grande surprise, semblait beaucoup apprécier la présence de Yana. Elle était d'une grande aide avec les enfants, ne serait-ce que parce qu'elle les occupait. Artem et Borysko aimaient bien parler avec Ellory, faire évoluer leur anglais, et Yana se contentait de jouer à la poupée avec elle.

— Tout va bien ? demanda Ricky, ramenant l'attention d'Addison vers lui.

— Oui, pourquoi ça n'irait pas ? s'enquit-elle avec sincérité.

— Parce que tu cuisines pour six personnes, tu transportes les enfants à droite à gauche, tu travailles toujours à plein temps, tu t'occupes de toute la lessive, du ménage, et des visites imprévues de l'État quand ils viennent à l'improviste vérifier que les enfants vont bien.

— Je vais bien, lui assura Addison en toute honnêteté. Pourquoi ? Il y a quelque chose que je fais que je ne devrais pas faire, ou que je ne fais pas que je devrais faire ?

— Non ! protesta Ricky presque avec force. C'est juste que... ça fait beaucoup. Et je veux m'assurer que tu es d'accord avec tout ça. Je ne veux pas que tu aies l'impression que je profite de toi ou que je ne fais pas ma part des choses. Je veux que ça marche, Addy. Et ça ne marchera pas si tu ne me dis pas quand ça ne va pas.

Voilà. Ça. Ce n'était que l'une des raisons pour lesquelles c'était un homme si bien, et pourquoi il ferait un jour un *véritable* mari extraordinaire pour une femme.

— Honnêtement, je vais bien. Tu en fais beaucoup, Ricky.

Tu fais toutes les courses, tu travailles à plein temps - dans un domaine beaucoup plus stressant que le mien, d'ailleurs - et quand tu es ici, tu fais tout ce que tu peux pour m'aider.

— Si je peux faire quoi que ce soit d'autre, fais-le moi savoir. Je ne veux pas que tu aies l'impression d'être le seul parent.

— Ce n'est pas le cas.

— Très bien. Maintenant, il faut que je prenne une douche. Je sais de source sûre que je pue, plaisanta Ricky en riant légèrement.

— Ce n'est pas si grave, dit Addison en rougissant instantanément.

— Content que tu le penses.

Sur ce, il la surprit en se penchant vers elle et en l'embrassant une nouvelle fois sur la joue.

Elle sentit l'odeur du café dans son souffle avant qu'il se retourne, qu'il prenne sa tasse, puis qu'il sorte de la cuisine. Il s'arrêta près de la table et caressa la tête de chacun des jeunes enfants en disant quelque chose à voix basse qu'Addison ne pouvait pas entendre. Il serra l'épaule d'Ellory avant de disparaître dans le petit couloir en direction de la chambre à coucher.

Une fois qu'il fut parti, l'électricité dans l'air sembla se dissiper. C'était toujours comme ça quand Ricky était là. Il illuminait n'importe quelle pièce dans laquelle il se trouvait, et il donnait l'impression que tout était tellement... excitant. Ça aurait dû être épuisant, mais au lieu de ça, c'était grisant.

À son retour, Ricky était fraîchement douché et portait son uniforme naval bleu de camouflage. Addison dut se retenir de lui sauter dessus sur-le-champ. Il y avait quelque chose dans cet uniforme qui le rendait encore plus attirant qu'il ne l'était auparavant... et ce n'était pas peu dire.

— C'est mieux ? demanda-t-il à Ellory en tendant les bras comme pour qu'elle les examine.

Au grand amusement d'Addison, sa fille s'approcha de lui, se pencha et renifla. Puis elle se redressa en souriant.

— C'est mieux, répondit-elle.

Ricky s'esclaffa et l'attira contre sa poitrine pour lui faire un gros câlin à nouveau. Puis il la prit par les épaules et la regarda d'un air sérieux.

— Tu es sûre que tu peux aller à l'école aujourd'hui ?

— Oui.

— Tu n'as pas mal ?

— Ce n'est pas ce que j'ai dit, répondit Ellory en haussant les épaules.

Sa réponse brisa le cœur d'Addison. Il n'y avait rien de pire que de savoir que son enfant souffrait et de ne rien pouvoir y faire.

Ricky était manifestement du même avis, car il fronça les sourcils.

Mais Ellory étant Ellory, elle lui tapota la poitrine et ajouta :

— Mais ce n'est pas si terrible aujourd'hui. Ça va aller.

— Tu as pris tes médicaments ? demanda Ricky.

— Bien sûr.

La jeune fille prenait toute une série de médicaments pour tenter de maîtriser sa maladie de Crohn : des antibiotiques, un anti-inflammatoire, un antiacide et un immunosuppresseur pour réduire le gonflement de ses intestins. Addison détestait qu'elle soit obligée de prendre autant de médicaments à un si jeune âge, mais il fallait admettre que cela semblait vraiment l'aider. D'autant plus que l'étape suivante était la chirurgie, qui ne la guérirait pas, mais qui pourrait tenir les symptômes les plus graves à distance pendant un certain temps. Cependant, l'idée que quelqu'un ouvre le corps de son bébé lui était insupportable.

— Bien. Si les choses tournent mal, n'hésite pas à nous appeler, ta mère ou moi.

Ellory leva les yeux au ciel.

— Je sais.

Sa fille grandissait sous ses yeux. Addison ne savait pas si elle devait la réprimander pour son manque de respect ou rire de l'exaspération dans le ton de sa voix.

— Je sais que je ne suis pas ton père, mais je me soucie de toi, lui dit sérieusement Ricky.

Ellory inclina la tête en regardant fixement l'homme qui se trouvait face à elle.

— Pourquoi ?

— Pourquoi je me soucie de toi ?

— Oui. Comme tu l'as dit, tu n'es pas mon père. Et tu ne nous connais pas depuis longtemps, ma mère et moi.

Elle baissa la voix pour que les trois autres enfants n'entendent pas. Addison elle-même dut tendre un peu plus l'oreille.

— Et je sais que tu as épousé ma mère pour qu'elle puisse avoir une assurance pour moi, et toi une baby-sitter pour les autres, ajouta-t-elle. Alors... en quoi ça t'intéresse que je sois malade ou pas ?

Le ventre d'Addison se noua. Elle ne voulait pas vraiment qu'Ellory soit au courant des circonstances de son mariage, mais elle n'aimait pas non plus mentir à sa fille. Donc quand Ellory l'avait abordée un soir pour savoir pourquoi elle avait épousé Ricky alors qu'ils n'étaient même pas sortis ensemble, Addison avait été totalement honnête avec elle. Enfin... aussi honnête qu'elle pouvait l'être, en omettant de lui avouer l'amour qu'elle portait à cet homme.

— Je *n'ai pas* épousé ta mère seulement pour ces raisons, rétorqua Ricky.

Addison retint son souffle.

— C'est vrai, le fait d'être mariés a facilité les choses pour accéder aux soins dont tu as besoin, poursuivit-il. Et sa présence ici est une aide précieuse pour Artem, Borysko et Yana. Mais j'ai épousé ta mère parce que je l'aime et la respecte. On se connait depuis longtemps, et je n'ai même pas envisagé d'épouser quelqu'un d'autre.

C'était en quelque sorte une non-réponse, mais cela suffit à réchauffer le cœur d'Addison et à lui donner une sensation de douceur intérieure.

— Tu l'aimes ? lui demanda Ellory presque nonchalamment.

La sensation de chaleur d'Addison partit en fumée instantanément. Elle avait envie de se précipiter vers sa fille et de balayer sa question d'un rire léger. Mais elle avait aussi envie d'entendre la réponse de Ricky, tout en étant terrifiée.

À ce moment-là, elle leva les yeux et rencontra les siens. Addison avala péniblement sa salive en lui rendant son regard. Il ne l'avait regardée qu'un instant, mais elle avait l'impression que quelque chose d'important s'était passé pendant ce court laps de temps.

— Ta mère est l'une des femmes les plus généreuses, les plus talentueuses et les plus belles que j'aie jamais rencontrées. Elle ferait n'importe quoi pour toi et pour ses amis. Elle fait passer tout le monde avant elle, même si elle doit se priver. Elle a plus d'amour dans son petit doigt que beaucoup de gens dans leur corps tout entier. Je me plierais en quatre pour elle. Je la protégerai, ainsi que toi, avec chaque souffle de mon être. Et avant que tu ne demandes à nouveau pourquoi, c'est parce qu'elle a une âme pure. Et elle fait de moi un homme meilleur. Si ce n'est pas de l'amour, je ne sais pas ce que c'est.

Addison avait l'impression qu'elle allait s'évanouir. Les gens lui avaient déjà dit qu'elle avait de jolis cheveux, qu'elle avait de la chance d'être aussi mince, et qu'elle était gentille. Mais ce que Ricky venait de dire ? Ça la bouleversait. Il n'avait pas dit franchement qu'il était amoureux d'elle, mais de toute évidence, sa réponse satisfaisait Ellory, car elle hocha la tête.

— D'accord ?

— D'accord, répondit Ellory.

— Plus de doutes sur le fait que je tiens à toi et à ta mère, compris ?

— Oui.

— Tu peux aider Yana à se préparer pour l'école pendant que je parle rapidement à ta mère ?

Bien sûr.

Ellory se dirigea vers la table et tendit la main à la petite fille.

— Viens, Yana. Tu veux mettre ton tee-shirt d'Elsa ou celui de la Petite Sirène ?

— Elsa ! s'exclama Yana en criant presque.

Ellory éclata de rire et se dirigea vers leur chambre, main dans la main avec la fillette. Artem et Borysko ayant fini de mettre leur vaisselle sale dans le lave-vaisselle, ils traversèrent le couloir avec plus d'ardeur que les filles, se poussant et se bousculant pour essayer d'être le premier à atteindre la chambre et récupérer son sac à dos.

Addison savait que Ricky et elle n'avaient que quelques minutes avant que les enfants ne reviennent et qu'ils doivent tous partir pour arriver à l'heure à l'école. Lorsque Ricky s'approcha d'elle, elle retint son souffle.

— Je suis désolé, s'excusa-t-il.

Addison fronça les sourcils.

— Je ne voulais pas aller trop loin, poursuivit Ricky. C'est juste que... je déteste la voir souffrir. J'espère que tu n'es pas offensée par ce que j'ai dit.

Ce n'était pas ce qu'elle ressentait.

— Offensée ? Non, pas du tout.

— Bien. Je te respecte, Addy. Énormément. Tu as endossé ce rôle sans aucune hésitation. Tu t'es occupée de moi et des enfants comme si tu étais née pour ça. Je ne pourrais pas y arriver sans toi. La plupart du temps, je me sens complètement dépassé. Je sais comment me sortir d'une situation dangereuse, improviser comme MacGyver pour me tirer d'affaire si je suis pris au piège, et en gros, je maitrise tout ce qui touche au militaire et à l'électronique. Mais trois enfants ? Je ne sais pas ce qui m'est passé par la tête. Est-ce que je fais le bon choix ? Est-ce qu'ils seraient mieux dans leur pays, à baigner dans leur propre culture ?

Addison réagit sans réfléchir. Elle s'approcha de Ricky et posa la main sur son bras.

— Tu es un père extraordinaire. Artem t'admire tellement. Je ne sais pas si tu t'en rends compte, mais il ne te quitte pas des yeux. Il t'observe, et tout ce que tu fais, *il* le fait aussi. Ce matin, tu as dit à Borysko de ne pas parler la bouche pleine, et Artem, qui a fait la même chose toute la matinée, a immédiatement mâché et avalé avant de parler. Et Borysko s'épanouit grâce à l'attention que tu lui portes. Quand je l'ai rencontré la première fois, il était timide et cherchait à se rassurer auprès de son frère. Aujourd'hui, il a de plus en plus d'assurance et prend des décisions tout seul. Quant à Yana, elle te mène par le bout du nez, poursuivit-elle en souriant. Elle est aussi très intelligente. Et je ne saurais même pas par où commencer pour exprimer tout ce que tu as fait pour Ellory. Tu fais ce qu'il faut, Ricky. Je te le promets.

Les épaules de Ricky s'affaissèrent légèrement, comme s'il avait besoin d'entendre ces paroles. Addison avait tellement envie de l'embrasser, mais elle se retint... de justesse.

— Et toi ? s'enquit Ricky avec un sourire. Tu ne regrettes pas de m'avoir épousé ?

La réponse à cette question était simple.

— Non.

— Bien. Tu es prête à te montrer avec moi en public ?

— Quoi ?

— En public. Tu sais, en dehors de cette maison ? Depuis notre mariage, on n'a rien fait ensemble. Certains de mes amis SEALs organisent une petite fête. Je me disais qu'on pourrait y aller.

Nerveusement, Addison passa la langue sur ses lèvres. Ce n'était pas qu'elle ne voulait pas être vue avec Ricky en public. C'était plutôt une question d'auto-préservation de sa part. Plus elle s'intégrait dans sa vie, plus elle allait souffrir lorsqu'il obtiendrait la garde permanente des enfants, et déciderait qu'il n'avait plus besoin d'elle. Elle avait conscience que ce genre de pensées ne donnait pas une image très flatteuse de Ricky, mais elle ne pensait pas qu'il voudrait rester avec elle s'il n'y était plus obligé.

Il prit son silence pour un refus et se dépêcha d'argumenter pour essayer de la convaincre.

— C'est informel. Wolf et Caroline n'ont jamais eu d'enfants, mais ils aiment ceux de leurs amis comme s'ils étaient les leurs. Ils organisent tout le temps ce genre de réunions pour profiter d'un moment avec eux. Ce sera un peu la folie. Les enfants sont plus grands maintenant, mais ils courent toujours partout comme des petits démons. Les adultes, eux, s'installent et boivent de la bière ou des sodas tout en prenant des nouvelles de la vie de chacun. C'est détendu, et ça permet à tout le monde de parler d'autre chose que du boulot.

— Bien sûr que je vais venir, lui dit Addison en cédant à contrecœur.

— Vraiment ?

— Oui.

— Super. Tout le monde va t'adorer.

— Tu leur as dit que nous étions mariés, n'est-ce pas ? demanda-t-elle, un peu hésitante.

Ricky avait l'air confus.

— Bien sûr que oui.

— Oh.

Pour une raison obscure, Addison croyait qu'il gardait cela secret.

— Mon équipe l'a su dès le lendemain. Ils n'étaient pas très contents que je ne les aie pas invités, mais ils ont compris que ça pouvait être un peu trop pour toi et Ellory. Depuis, ils n'arrêtent pas de me harceler pour que je fasse les présentations. Et bien sûr, ceux qui ont des copines leur en ont parlé, et maintenant, Remi, Wren, Josie et Maggie me harcèlent aussi.

Addison savait tout sur ses coéquipiers SEALs. Ricky n'avait aucun mal à parler d'eux. De toute évidence, il les respectait et les appréciait énormément, ce qui n'était pas vraiment une surprise, étant donné qu'ils affrontaient ensemble des situations de vie ou de mort. Elle avait entendu toute l'histoire de sa rencontre avec Artem, Borysko et Yana en Ukraine ; la peur qu'ils ressentaient dans ce pays déchiré par la guerre, et la façon dont ils étaient arrivés aux États-Unis après la blessure par balle de Borysko au moment où Ricky, son coéquipier et Maggie avaient été secourus. C'était une histoire effrayante, et apprendre ce que Maggie avait traversé était tout aussi terrifiant.

Addison n'avait rien à voir avec l'image qu'elle se faisait de Maggie, et l'idée de devoir trouver quoi lui dire lorsqu'elle rencontrerait cette femme l'effrayait au plus haut point. Mais elle était l'épouse de Ricky, et elle savait que cela impliquait certaines obligations. Elle irait donc à cette réunion et accomplirait son devoir, en espérant ne pas avoir à le refaire avant un bon moment.

— Bref, ce sera génial. On se partage le repas, donc il va

falloir trouver quelque chose à apporter, mais on s'en occupera plus tard.

Addison sourit. *Voilà* une chose qu'elle pouvait gérer sans problème.

— Je peux préparer quelque chose, lui proposa-t-elle.

— Tu es sûre ? Je me disais qu'avec tout ce que tu cuisines déjà pour le travail, tu n'en aurais pas envie. On pourrait s'arrêter à l'épicerie en chemin et acheter des cookies, ou quelque chose au rayon traiteur.

Addison écarquilla les yeux et pousse un cri d'indignation.

— Des cookies du commerce ? Plutôt mourir ! s'exclama-t-elle de manière théâtrale.

Ricky ricana, et son sourire le fit passer de beau à absolument irrésistible.

— Très bien.

— C'est quand ?

— Ce week-end.

— D'accord, acquiesça Addison.

— Tu dis ça parce que tu penses que c'est ce que j'ai envie d'entendre, ou tu es vraiment d'accord avec le fait d'y aller ? demanda Ricky.

Il était si perspicace que c'en était presque effrayant.

— Je suis un peu nerveuse, mais ce sont tes amis. Je veux les rencontrer. Et ça fera du bien à Ellory et aux autres de fréquenter de nouvelles personnes.

— Génial. Je vais prévenir Wolf et Caroline. Et les filles aussi.

— Les filles ?

— Wren, Josie, Remi et Maggie. Elles m'ont rendu fou en m'envoyant des messages et en me demandant ton numéro. Tu veux bien que je le leur donne ?

— J'imagine. Mais je n'ai pas beaucoup de temps à consacrer au téléphone, l'avertit Addison.

Cela n'avait pas l'air d'inquiéter Ricky.

— Elles sont plutôt adeptes du SMS. C'est leur mode de communication préféré. Tu pourras leur répondre quand tu auras le temps.

Addison se détendit légèrement. Elle détestait discuter au téléphone. Souvent, elle ne savait pas quoi dire, et ces silences gênants la faisaient grimacer.

— D'accord.

— Ça marche.

Ils se regardèrent pendant un moment, et Addison aurait juré qu'il se penchait vers elle avant qu'Artem et Borysko ne fassent irruption dans la pièce en se disputant en ukrainien.

— En anglais, dit doucement Ricky.

Les garçons passèrent à l'anglais au milieu de leur discussion. C'était encore un peu approximatif et maladroit, mais ils s'amélioraient de jour en jour. C'était étonnant de voir à quel point ils apprenaient la langue rapidement.

Le moment d'intimité qu'elle et Ricky auraient pu partager disparut totalement quand Ellory et Yana rejoignirent les autres. Addison attrapa rapidement son sac à main, puis se dirigea vers la porte avec Ricky et les enfants. Elle déposait Ellory et Yana, car leurs écoles étaient proches l'une de l'autre. Ricky s'occupait d'Artem et de Borysko. Ils fréquentaient actuellement une école privée pour les enfants qui apprenaient l'anglais en seconde langue. Ils étaient les seuls à venir d'Ukraine. La plupart des enfants parlaient espagnol, mais il y en avait quelques-uns qui parlaient farsi, coréen, tagalog, et même une petite fille originaire de France.

Les enfants coururent vers les voitures pour attacher leurs ceintures. Une fois qu'Addison eut fermé la porte derrière elle, Ricky lui toucha le bras. Lorsqu'elle se retourna vers lui, il était déjà en train de se pencher pour l'embrasser. Ses lèvres effleurèrent les siennes dans un baiser bref et chaste. Addison dut puiser tout ce qu'il y avait en elle pour ne pas porter la main à ses lèvres avec adoration.

— Je ferai le point à l'heure du déjeuner. Je verrai comment ça se passe. Si tu as besoin de quoi que ce soit entre-temps, n'hésite pas à m'envoyer un message. Je suis en réunion la majeure partie de la journée, mais rien d'important au point que je ne puisse m'absenter si tu as besoin de moi.

Il lui avait toujours fait comprendre qu'en cas d'urgence, il serait là pour elle. C'était réconfortant. Addison avait eu trop de frayeurs liées à la santé d'Ellory pour ne pas se rendre compte du cadeau que Ricky lui faisait en se montrant rassurant.

— D'accord.

— Tu veux que je ramène quelque chose à la maison pour le dîner ?

— Non. Comme Ellory a une crise, je vais lui faire du poulet. Je pensais faire des lasagnes pour les autres. Ça te va ?

— Je ne me rappelle même plus la dernière fois que j'ai mangé des lasagnes maison. Ça m'a l'air parfait. Mais ça m'embête vraiment qu'Ellory doive manger des plats sans saveur pendant qu'on se régale avec ça.

— Je sais, mais elle a l'habitude. Et surtout, ce qu'on peut manger ne lui manque pas. Elle sait bien qu'après, elle se sentira mal.

— Quand même, c'est vraiment trop nul, insista Ricky.

— Effectivement.

Il soupira, puis hocha la tête.

— Bonne journée, Addy.

— Toi aussi.

Il sourit, puis se dirigea vers son Ford Explorer. Les garçons étaient déjà sur la banquette arrière, ceintures de sécurité bouclées.

Quatre. C'était le nombre de fois que Ricky l'avait embrassée aujourd'hui. Trois fois plus qu'il ne l'avait fait auparavant. La seule autre fois, c'était le jour de leur mariage. Elle n'avait aucune idée de la raison pour laquelle il était soudainement si affectueux... mais elle aimait ça. Beaucoup.

Il lui fit un dernier signe de la main avant de sortir de l'allée et de s'engager dans la rue. Addison recula et se dirigea dans la direction opposée.

Dans l'ensemble, sa vie se déroulait très bien. Ce qui la préoccupait un peu, car d'après son expérience, dès que tout allait bien, la vie avait tendance à lui réserver une mauvaise surprise.

Elle se concentra sur la circulation en espérant que cette période était derrière elle. Elle avait deux filles à emmener à l'école et trois gâteaux à préparer. Pas le temps pour les imprévus.

CHAPITRE 3

— Je n'arrive toujours pas à croire que tu es marié, dit Safe en secouant la tête.

Les membres de l'équipe SEAL étaient assis dans une petite salle de conférence en attendant que leur commandant les rejoigne pour leur parler de leur prochaine mission.

— C'est vrai, on ne l'a même pas encore rencontrée, se plaignit Flash.

— Et alors ? Ce n'est pas *toi* qui est marié avec elle, fit remarquer MacGyver à son ami.

— Je sais, mais on veut s'assurer qu'elle est assez bien pour toi.

MacGyver ricana.

— Assez bien ? Je ne fais pas le poids face à elle. En fait, c'est *moi* qui ne suis pas assez bien pour *elle*.

— Je n'ai jamais entendu une connerie pareille, déclara Kevlar. Tu es le meilleur de cette bande, MacGyver.

— Hé ! Je ne suis pas d'accord avec ça, s'insurgea Smiley.

Tout le monde éclata de rire.

— Mais puisque vous êtes tous si inquiets, sachez que ce week-end, je l'emmène chez Wolf avec les enfants.

— Génial !

— Trop bien !

— Il était temps !

Tout le monde avait l'air excité à l'idée de rencontrer enfin la mystérieuse femme qu'il avait épousée.

— Comment vont Artem, Borysko et Yana ? demanda Preacher.

Il était avec MacGyver lorsqu'ils avaient rencontré les enfants en Ukraine. Il avait vu de ses propres yeux les horribles circonstances dans lesquelles ils vivaient, et c'était le seul membre de l'équipe à avoir eu une vague idée du plan de son collègue, qui consistait à épouser Addison pour obtenir la garde des enfants. Évidemment, il était aussi surpris que les autres que cela se fasse aussi rapidement après leur retour de mission.

— Ils vont bien, répondit MacGyver. J'ai parlé à la maîtresse d'Artem et de Borysko l'autre jour, et elle m'a dit qu'elle n'avait jamais vu des enfants apprendre aussi vite. Leurs compétences en mathématiques sont bien supérieures à la normale pour des enfants de leur âge.

— C'est très bien, souligna Blink. Tu es un as en matière d'ingénierie, donc ils vont prendre exemple sur leur père.

— Je ne sais pas trop, mais je suis soulagé. J'avais peur qu'ils soient tellement traumatisés par ce qui est arrivé à leurs parents dans leur village qu'ils aient du mal à s'adapter, avoua MacGyver.

— Leurs séances avec la psychologue se déroulent bien ? demanda Safe.

— Oui. Je ne connais pas tous les détails, mais la psychologue m'a dit qu'ils se rétablissent bien, autant sur le plan mental qu'émotionnel.

— Et Yana ? demanda Blink.

— Elle est adorable, répondit MacGyver. Ce matin, elle était entièrement déguisée en Elsa.

— Tu la gâtes un peu trop, souligna Kevlar.

— Oui, répondit MacGyver sans hésiter, avec un grand sourire. Sans aucun doute.

— Ils ont de la chance, déclara Smiley.

— Non, c'est moi qui ai de la chance. Je n'avais jamais vraiment envisagé de devenir père. Ce n'était pas une chose à laquelle j'aspirais particulièrement. Mais maintenant, je n'imagine pas ma vie sans eux.

— J'ai hâte, déclara Preacher. Je sais que Maggie n'en est pas à son coup d'essai, mais je suis plus que prêt à voir arriver ce bébé.

— Il a encore besoin d'un peu de temps pour mariner, lui rappela Flash.

— Je sais. Et ça craint.

Tout le monde se remit à rire.

— Vous avez l'intention d'avoir des enfants ? demanda Flash à Kevlar, Safe et Blink.

— On en veut au moins trois, répondit Blink. Y compris des jumeaux. J'espère, vu que c'est courant dans ma famille.

— Nous aussi, mais pour le moment, Wren et moi, on profite de notre vie à deux, déclara Safe.

— C'est toujours ce qu'on dit, plaisanta Smiley en riant. Et ensuite... BAM. Bébé arrive.

Ils se mirent tous à parler et à hocher la tête en même temps.

— Et toi, Kevlar ? s'enquit Flash. Vous en voulez avec Remi ?

— Ouais. Au moins un. Voire plus. On pourrait adopter, comme toi, MacGyver. Peut-être offrir un foyer à un enfant en tant que famille d'accueil. Un enfant qui a besoin d'être aimé.

— Vu le temps que tu passes à faire du bénévolat avec les Girls Scouts, je te vois bien avec plusieurs petites filles, souligna Safe.

Kevlar sourit.

— Oui.

— Très bien, donc tout le monde veut des enfants, sauf moi, déclara Smiley. Ils sentent mauvais, ils sont bruyants, et ça demande beaucoup trop de temps.

— Tu pourrais changer d'avis en rencontrant quelqu'un, répliqua Kevlar. Jusqu'à ce qu'on soit ensemble Remi et moi, je n'y avais même pas pensé.

— Je ne crois pas. C'est vrai que j'aime bien les enfants des autres, mais je ne veux pas vraiment en avoir moi-même.

— Et si tu tombes sur une femme qui veut genre... dix enfants ? plaisanta Flash.

— Je préfère me dire que quand je trouverai quelqu'un qui pourra supporter mon côté grincheux, on sera sur la même longueur d'onde concernant quelque chose d'aussi important. Si ce n'est pas le cas, je ne suis pas sûr de tomber amoureux d'elle.

— Je ne crois pas que ça fonctionne comme ça, souligna Kevlar sérieusement.

Smiley se contenta de hausser les épaules.

— De toute façon, honnêtement, je ne pense pas que ce soit un problème. J'ai l'impression que je serai le célibataire de la bande, l'oncle casse-pieds qui apprend à tous *vos* enfants à dire des gros mots, à faire des dérapages sur un parking, à se faufiler hors de chez eux et à boire des bières d'une traite.

— C'est fini, tu n'as officiellement plus le droit de t'approcher d'Artem ou de Borysko, déclara MacGyver. Ni de mes filles, d'ailleurs.

— Des filles, répéta Flash en secouant la tête. J'ai du mal à me faire à l'idée que l'un d'entre nous ait des enfants. Et une pré-adolescente ? C'est incroyable.

Tout le monde acquiesça.

— Comment va Ellory ? demanda Safe. Elle a cette maladie intestinale, c'est ça ?

— La maladie de Crohn, oui. Elle va bien. Aujourd'hui, elle n'était pas dans un bon jour. Elle fait bonne figure, mais je peux toujours voir qu'elle souffre. Ça craint, parce qu'on ne peut rien faire pour améliorer les choses.

— Mais maintenant qu'elle peut bénéficier de soins appropriés, ça va l'aider, n'est-ce pas ? s'enquit Kevlar. Après tout, c'est pour ça qu'Addison t'a épousé, pas vrai ?

Pour une raison quelconque, les mots de son ami heurtèrent MacGyver.

— Elle ne m'aurait pas épousé si elle ne m'aimait pas *un peu*... du moins, c'est ce que j'aime à penser.

— Évidemment, acquiesça immédiatement Preacher. Je ne suis pas un expert en femmes, loin de là. Mais ce n'était pas comme si le mariage était son dernier recours. Tu m'as dit que tu lui avais proposé de payer les traitements d'Ellory même si elle ne t'épousait pas.

C'était la vérité. Après avoir demandé Addison en mariage, MacGyver lui avait promis que même si elle refusait, il participerait aux soins médicaux d'Ellory. Il avait rencontré la jeune fille plusieurs fois, et il l'aimait beaucoup. Il ne pouvait pas supporter l'idée qu'elle ne puisse pas obtenir l'aide dont elle avait besoin parce qu'Addison n'en avait pas les moyens. Certes, il avait besoin de soutien pour s'occuper des enfants, mais il n'aurait jamais fait pression sur Addison pour qu'elle fasse quelque chose qu'elle ne voulait pas.

— On espère que les médecins de l'hôpital de la base navale seront en mesure de réguler ses médicaments pour qu'elle n'ait plus autant de hauts et de bas. Son médecin a programmé une série de radiographies du tube digestif supérieur pour voir s'il peut déceler autre chose sur les scanners, expliqua MacGyver à ses amis.

— C'est là qu'elle doit boire ce truc dégoûtant qui va illuminer ses entrailles quand elle passera dans la machine, c'est ça ? demanda Smiley.

MacGyver ne put s'empêcher de sourire. Avant de rencontrer Ellory et d'en apprendre davantage sur la maladie de Crohn, il aurait probablement décrit l'examen de la même façon.

— Elle va boire un mélange contenant du baryum, et son tube digestif s'illuminera aux rayons X.

— Et ça va aider à trouver ce qui ne va pas ? demanda Kevlar.

— Les médecins savent à peu près ce qui ne va pas, mais ça permettra de localiser l'inflammation, et peut-être de soulager un peu la pression.

— Ça a l'air bien organisé. Et les autres enfants vont bien ? Et *toi,* comment ça va ? s'enquit Kevlar.

MacGyver regarda son ami en fronçant les sourcils.

— Qu'est-ce que tu veux dire ?

— Tu as dû faire face à beaucoup de choses en très peu de temps. Trois enfants traumatisés, dont l'un se remet à peine de sa blessure par balle, une belle-fille pré-adolescente, une nouvelle femme, une maison bien remplie... ça fait *beaucoup.* Comment tu gères tout ça ?

MacGyver prit un moment pour réfléchir à la question de son ami. À sa grande surprise, il se rendit compte que même s'il avait l'impression d'être occupé à chaque instant de la journée et qu'il n'avait plus le temps de bricoler ses appareils électroniques à la maison, cela ne le dérangeait pas.

— Ça va, répondit-il en haussant légèrement les épaules.

— Vraiment ? insista Safe.

— Vraiment, confirma-t-il. Je travaille dur toute la journée, ensuite je rentre à la maison, et Yana court vers moi en criant mon nom comme si ça faisait des années qu'elle ne m'avait pas vu, alors que ça ne fait que quelques heures. Artem et Borysko parlent en même temps, impatients de me raconter leur journée et les nouveaux mots qu'ils ont appris. L'odeur des plats qu'Addison a préparée pour le dîner embaume la maison, et les pâtisseries qu'elle nous fait sont la cerise sur le gâteau, littéralement. Et puis quand j'arrive à faire sourire Ellory malgré sa douleur, j'ai pratiquement gagné ma journée. Je me couche épuisé tous les soirs, mais... comblé. C'est une sensation extraordinaire.

— Mince, je crois que je suis jaloux, marmonna Flash.

— Je suis content pour toi, se réjouit Kevlar.

— Merci.

— J'ai hâte de rencontrer Addison, dit Preacher. Elle est prête à rencontrer les filles ?

MacGyver ricana.

— Est-ce que quelqu'un peut être *vraiment* prêt pour ça ?

— Elles ne sont pas si terribles que ça, protesta Kevlar en défendant sa femme et ses filles.

MacGyver se contenta de regarder son ami en haussant un sourcil.

— D'accord, elles peuvent être un peu envahissantes, mais c'est parce qu'elles ont envie de se faire des amis, et de faire en sorte que les autres membres de notre cercle se sentent à l'aise.

— J'ai prévenu Addy que j'allais te donner son numéro pour que tu le leur transmettes. Ce soir, on verra ce qu'elle pense de l'accueil officieux des SEALs dans l'équipe.

— Ça va aller, le rassura Safe, confiant.

— Maggie m'a déjà dit qu'elle sera ravie d'avoir quelqu'un à qui parler de sa grossesse, comme Addison a eu un bébé elle aussi, expliqua Preacher. Elle est très nerveuse, et elle n'en est qu'au premier trimestre.

— Je suis certain qu'Addy sera ravie de lui raconter son expérience, assura MacGyver.

La porte s'ouvrit et leur commandant entra dans la pièce, une pile de documents à la main, les sourcils froncés. Il avait l'air sérieux. Manifestement, il était temps de se mettre au travail.

D'habitude, MacGyver n'avait aucun mal à passer de sa nouvelle vie de famille à son travail. Mais aujourd'hui, il avait beau essayer de se concentrer sur la mission pour laquelle ils allaient sûrement être mobilisés dans quelques semaines, Addison occupait toujours une place dans ses pensées. Il se demandait ce qu'elle faisait, si les filles lui avaient envoyé un message, comment se passait la décoration du gâteau, si elle avait eu des nouvelles d'Ellory. C'était comme un bourdonnement au fond de son esprit. Cela ne l'empêchait pas *complètement* de se concentrer sur son travail, mais c'était un peu comme être emmitouflé dans une couverture douce et moelleuse devant un feu de cheminée par une froide journée d'hiver. Réconfortant. Apaisant.

Il n'avait jamais imaginé qu'une famille pouvait offrir un tel équilibre. Et Addison était au cœur de tout cela, il le savait. Certes, les enfants appréciaient sa présence et attendaient son retour chaque soir, mais c'était Addy qui les maintenait sur la bonne voie. Elle les nourrissait, les réveillait, et les préparait à aller au lit... c'était le ciment qui les maintenait tous ensemble.

Et MacGyver ne savait pas comment lui faire comprendre qu'il voulait plus qu'un mariage de convenance. Il ne voulait surtout pas gâcher ce qu'ils avaient. S'il allait trop vite, ça pourrait l'effrayer. Ou la faire revenir sur leur accord. Il devait y aller doucement.

Il avait baissé sa garde ce matin et n'avait pas pu s'empêcher de l'embrasser - quatre fois. C'était à la fois moins que ce qu'il voulait et plus que ce qu'il aurait dû faire. Mais il se consolait en se rappelant qu'elle ne l'avait pas repoussé. Elle ne lui avait pas demandé de ne pas prendre de telles libertés. Certes, lors du premier baiser, elle dormait. Puis il l'avait surprise les deux fois suivantes. Mais cette dernière fois, lorsque ses lèvres avaient touché les siennes... il lui avait fallu tout son self-contrôle pour ne pas l'attraper par la taille, la serrer contre lui et l'embrasser comme il rêvait de le faire. Longuement, intensément, profondément.

Son commandant se racla bruyamment la gorge, et lorsque MacGyver le regarda, il se rendit compte qu'il avait eu un moment d'absence. Il salua son supérieur d'un signe de tête et repoussa ses pensées charnelles envers sa femme au fond de son esprit. Effectivement, elle était *peut-être* en train de le distraire. Il devait se concentrer, et il ne pouvait pas le faire s'il pensait au plaisir qu'Addy éprouverait à se sentir contre lui, en-dessous de lui.

Bon sang. Voilà qu'il recommençait. On aurait dit un foutu adolescent. Incapable de penser à autre chose qu'au sexe. Quand – et si – le moment venait, il ferait savoir à Addy ce qu'il ressentait pour elle. Ce qu'il ressentait *vraiment* pour elle.

C'était difficile de ne pas dire *oui* quand Ellory lui avait demandé s'il aimait sa mère. Peut-être qu'un jour il serait capable de le lui dire en face. De faire savoir au monde entier ce qu'il ressentait précisément pour son épouse. Qu'il ne l'avait pas épousée uniquement pour faciliter l'adoption d'Artem, de Borysko et de Yana. Mais pour l'instant, il attendait son heure.

Ils devaient d'abord passer par la petite fête chez Wolf, l'intervention médicale d'Ellory, le premier départ en mission depuis qu'ils étaient ensemble, la rencontre avec ses parents, ses frères et sœurs, et tout ce qui pouvait survenir. Si tout se passait bien, il commencerait doucement à faire comprendre à

Addy qu'il voulait un véritable mariage. Qu'il voulait la tenir contre lui toute la nuit, et pas seulement dormir à côté d'elle. Qu'elle représentait davantage pour lui qu'un moyen de parvenir à ses fins.

Aucune mission n'avait jamais été plus importante que de gagner le cœur d'Addy, que de faire d'elle sa femme, dans tous les sens du terme.

* * *

Addison s'essuya le front avec sa manche et regarda en souriant le gâteau qu'elle venait de finir de décorer. Elle en avait fait deux, et il en restait un à préparer. Faire cuire le gâteau était la partie la plus facile ; s'assurer qu'il était parfait et qu'il correspondait exactement à ce que souhaitait le client était le plus difficile. Le moment le plus gratifiant était le cri de joie que laissaient échapper ses clients lorsqu'ils voyaient les gâteaux pour la première fois. Tout ce travail acharné en valait la peine. Et quand ils partageaient les photos de leurs gâteaux sur les réseaux sociaux ? C'était la reconnaissance de tous les efforts et le temps qu'elle consacrait à rendre chacune de ses créations parfaites. Sans compter que chaque publication lui valait souvent quelques demandes de nouveaux clients intéressés par ses services.

Et la cuisine de Ricky lui facilitait grandement la tâche. Jusqu'ici, elle s'était débrouillée avec celle de l'appartement qu'elle partageait avec Ellory. Mais celle de Ricky était le rêve de tout pâtissier devenu réalité. Elle avait deux fois plus de place sur les plans de travail, ce qui lui permettait de s'étaler et de faire plusieurs choses à la fois. Il y avait de la place pour une cellule de refroidissement rapide, indispensable, ce qui lui permettait de décorer les gâteaux en deux fois moins de temps qu'auparavant. Le premier gâteau était déjà dans sa boîte sur le plan de travail, prêt à être récupéré, et le second ne tarderait pas à le rejoindre.

Aujourd'hui, Addison se sentait plus heureuse que d'habitude. Peut-être grâce à son orgasme en tout début de journée, ou aux baisers qu'elle avait reçus de son mari, ou encore parce que sa fille s'était penchée sur la banquette arrière devant l'école avant de sortir de la voiture, et lui avait dit qu'elle était contente que sa mère ait épousé Ricky.

Ou peut-être était-ce parce que son téléphone, posé à côté du gâteau qu'elle venait de finir de décorer, ne cessait de vibrer.

Comme Ricky l'avait prédit, les *filles* lui avaient envoyé des messages dès qu'elles avaient obtenu son numéro. Elles l'avaient ajoutée à une conversation de groupe avec tout le monde, et le nombre de points d'exclamation utilisés jusqu'à présent l'amusait. Elles avaient toutes l'air sincèrement heureuses qu'elle se joigne à eux ce week-end.

Chaque femme membre du groupe s'était présentée et avait parlé un peu de son métier. Addison leur avait rendu la pareille, tout en les avertissant qu'elle ne pourrait pas envoyer beaucoup de messages, car elle avait trois gâteaux à préparer aujourd'hui. Apparemment, ça n'avait offensé personne. Pour preuve, les messages s'étaient enchaînés tout au long de la journée. Chaque fois que les filles faisaient une pause au travail, elles prenaient des nouvelles de tout le monde et demandaient ce que chacune avait prévu d'apporter pour le repas du weekend.

Remi prit le temps de résumer brièvement l'histoire de Wolf et Caroline à Addison, et de lui dire qui ils étaient et comment les SEALs les connaissaient.

Addison se sentait intégrée et bien accueillie. De mémoire, elle n'avait jamais rencontré un groupe de femmes aussi bienveillantes.

Elle avait presque toujours été mise à l'écart. À l'école

primaire comme au lycée, on se moquait souvent d'elle à cause de sa taille et de ses cheveux. C'était encore pire en classe de 5ème, quand le groupe des soi-disant *populaires* s'était mis à la harceler avec un plaisir cruel, et la tournait constamment en ridicule. Elle avait vécu un enfer, et à partir de ce moment-là, elle s'était toujours sentie à part. C'était pour cette raison qu'elle s'inquiétait autant pour Ellory, qui traversait la même chose.

Mais Remi, Josie, Wren et Maggie avaient fait disparaître toutes ces anciennes blessures en un après-midi. Avec leurs messages incessants, leurs blagues et leur complicité naturelle, Addison avait déjà l'impression d'être la meilleure amie de ces femmes. Bien sûr, il était possible qu'elle soit déçue en les rencontrant en personne ce week-end, mais elle espérait que ce ne serait pas le cas.

Quelques heures plus tard, tandis qu'elle terminait son dernier gâteau, son téléphone sonna. C'était Ellory. Addison s'essuya les mains sur une serviette qui se trouvait à proximité et décrocha sans tarder.

— Salut, El.

— Maman ? Tu peux venir me chercher ?

— Bien sûr. Ça va ?

Sans hésiter, Addison retira son tablier et contourna le plan de travail pour attraper son sac à main. Ellory n'était pas du genre à mentir sur son état de santé. Elle adorait l'école. Elle aimait apprendre. Alors si elle demandait à rentrer à la maison, c'était que quelque chose n'allait pas.

— Je ne me sens pas bien.

Sa fille n'avait pas l'air dans son état normal. Il se passait quelque chose de plus grave... et le ventre d'Addison se noua d'inquiétude.

— J'arrive.

— Merci. À plus.

Addison regarda fixement son téléphone pendant un moment avant de le mettre dans sa poche. Ellory avait été plutôt sèche avec elle. Elle ne raccrochait jamais comme ça. Son inquiétude augmenta encore. La seule fois où elle avait entendu sa fille réagir de la sorte, c'était juste avant qu'elle se retrouve à l'hôpital pendant une semaine. La douleur avait été tellement intense qu'elle ne tenait pas debout et ne pouvait plus marcher. Les médecins avaient fini par lui donner des analgésiques puissants pendant qu'ils lui faisaient subir examen après examen pour essayer de comprendre ce qui n'allait pas. C'était à ce moment-là qu'on lui avait diagnostiqué la maladie de Crohn.

Addison espérait de tout son cœur qu'Ellory aillait bien, et qu'elle n'avait pas besoin de retourner à l'hôpital. Elle roula bien trop rapidement jusqu'à l'école, puis se gara à la va-vite avant de se précipiter dans le bâtiment. Ellory attendait dans le bureau de l'infirmière, et une fois les formalités remplies, elle suivit sa mère en silence jusqu'à la voiture.

— Dis quelque chose, El, lui demanda Addison à voix basse.

— Ça va, répondit Ellory. J'ai juste envie de m'allonger.

Addison fronça les sourcils. Ce n'était pas son genre de ne pas parler de sa douleur. Depuis le tout premier diagnostic, elles avaient toujours tout abordé, sans tabou. Même les sujets embarrassants : les diarrhées sanglantes, les selles noires, les crampes, les gaz, la constipation... tout. Alors qu'elle refuse de parler de ce qui la tourmentait vraiment à ce moment-là était... inquiétant.

Dès qu'Ellory monta dans la voiture et boucla sa ceinture de sécurité, elle se pencha en avant en se tenant le ventre.

Pour la énième fois, Addison souhaita pouvoir subir la douleur de sa fille à sa place.

— Maman ? l'interpela Ellory.

Elle ne s'était pas redressée. Elle était toujours recroquevillée, les bras enroulés autour de son ventre.

— Oui, ma chérie ?

— Pourquoi les gens sont si méchants ?

Le cœur d'Addison se serra, et elle pinça les lèvres. Elle, plus que quiconque, savait à quel point cela pouvait être horrible. Elle avait peur tous les jours d'aller à l'école. Elle avait fait tout ce qu'elle pouvait pour éviter certains couloirs et certains enfants. Elle ne *supportait pas* qu'Ellory vive la même chose.

— Je ne sais pas, chérie. Peut-être parce que d'une certaine manière, ils se sentent inférieurs, et qu'ils déversent leurs frustrations sur les autres ? Ou parce que personne ne leur a jamais appris le respect ? Ou parce qu'ils sont tout simplement mauvais ? Je ne pense pas qu'il y ait une bonne réponse à cette question.

Sa réponse lui semblait insuffisante, mais elle n'en avait aucune autre à donner à sa fille. En tout cas, aucune qui puisse la réconforter.

Ellory ne fit aucun commentaire ; Addison n'insista pas. Elle avait envie de retourner à l'école, d'aller voir les filles qui harcelaient Ellory, et de les secouer un bon coup. Mais intervenir ne ferait qu'empirer la situation d'Ellory. Elle le savait très bien. Sa propre mère s'était adressée au directeur, qui avait contacté les parents des filles qui se moquaient d'elle, ce qui n'avait fait qu'inciter les filles à redoubler de méchanceté tout en s'assurant de ne rien dire ou faire devant les adultes.

Ellory renifla, et ce léger son brisa le cœur d'Addison.

— Qu'est-ce que je peux faire pour toi ? demanda-t-elle à voix basse.

— Rien.

Ce simple mot lui brisa encore plus le cœur. Elle avait pris l'habitude de poser cette question à sa fille depuis qu'elle était malade. Quand elle se sentait impuissante, elle lui demandait, et Ellory lui disait ce dont elle avait besoin. Un massage, rester au lit avec elle jusqu'à ce qu'elle s'endorme, lui lire une histoire, lui donner sa peluche préférée... Aujourd'hui, rien de tout cela ne pourrait l'aider.

— Très bien, chérie. Si quelque chose te vient à l'esprit, fais-le moi savoir.

— D'accord.

Le reste du trajet se déroula dans un silence pesant. En arrivant, Ellory traîna les pieds jusqu'à la maison et monta directement dans sa chambre.

Addison posa son sac à main sur le plan de travail de la cuisine et regarda fixement le gâteau qu'elle devait encore emballer. C'était l'une de ses meilleures créations. Le gâteau pour un cinquantième anniversaire de mariage était composé de trois étages, avec une cascade de fleurs en pâte à sucre qui serpentait sur le côté, du sommet jusqu'en bas. Il lui avait fallu des heures pour confectionner les fleurs la veille - plus vingt-quatre heures de séchage - et Addison était très fière du résultat.

Mais à présent, en regardant le gâteau, la satisfaction du travail bien fait lui semblait bien creuse face à une chose bien plus importante, et sa vision se brouilla sous l'effet des larmes.

Elle ne pouvait rien faire pour Ellory. Ni concernant sa santé, ni concernant ses problèmes de harcèlement à l'école. Elle avait une impression d'échec en tant que mère, et ne savait plus quoi faire.

Elle sentit son téléphone vibrer contre sa cuisse, et elle le sortit de sa poche en soupirant. En voyant que c'était Ricky, elle décrocha.

— Salut.

— Qu'est-ce qui ne va pas ?

Addison fut surprise par l'inquiétude dans sa voix... et par le fait qu'en un seul mot, il avait perçu sa détresse.

— Rien.

— Ne dis pas ça. Parle-moi, Addy.

Elle soupira à nouveau.

— Je viens d'aller chercher Ellory à l'école.

— Merde. Elle a eu une crise ?

— Oui, je pense, mais il y avait autre chose. Elle ne m'a pas dit ce qui s'est passé, mais manifestement, les filles qui la harcelaient ont recommencé.

— J'aurai une discussion avec elle en rentrant à la maison.

Addison se mordit la lèvre. Elle ne savait pas comment dire ce qu'elle voulait sans le blesser.

— Qu'est-ce qu'il y a ? Crache le morceau, Addison.

Comment cet homme pouvait-il si bien la comprendre en si peu de temps ? Alors qu'ils n'étaient même pas dans la même pièce ? Elle n'en avait aucune idée, mais ça ne la dérangeait absolument pas.

— C'est juste que... elle est arrivée à un âge où elle ne veut plus dire *quoi que ce soit*. On est très proches, et même à moi, elle ne veut pas en parler, alors que j'ai vécu la même chose à l'époque. Je ne veux pas que ça te mette mal à l'aise si elle ne veut pas en parler avec toi.

— J'admets volontiers que je n'ai aucune expérience avec les adolescents. Ou les pré-ados. Mais peut-être que le fait d'en parler à une personne extérieure l'aidera à s'ouvrir.

— Peut-être, répondit Addison, l'air sceptique.

— Je ne vais rien dire ni faire qui puisse aggraver la situation, lui assura Ricky.

— Je n'ai jamais pensé que tu ferais ça, répondit Addison, sincèrement étonné qu'il ait pu l'envisager. Elle te respecte. Elle aime que tu sois près d'elle. Tu lui as offert quelque chose que je n'aurais jamais pu lui offrir, même en mille ans.

— Qu'est-ce que c'est ?

— Un modèle masculin positif. Je sais que tu n'es pas son père, et tu ne t'en es sûrement pas rendu compte parce que tu ne la connaissais pas très bien avant, mais elle s'est beaucoup ouverte depuis qu'on a emménagé ensemble. Elle parle davantage. Elle sourit plus. Si tu veux bien lui parler, je t'en serais reconnaissante.

— Bien sûr, dit Ricky sans hésiter. Ellory est une très belle personne. Mais plus encore, elle est coriace... tout comme sa mère. Elle s'en sortira. Je te le promets. Tu as fini tes gâteaux ?

Le changement de sujet était abrupt, mais Addison se sentait soulagée. Les paroles de Ricky l'avaient touchée en plein cœur. Elle avait toujours pensé que sa fille était forte, mais entendre Ricky valider son sentiment lui faisait vraiment du bien.

— Oui. Je dois juste emballer le dernier et le préparer pour le retrait.

— Comment ça s'est passé ?

— Bien.

Ricky s'esclaffa.

— Ce qui veut dire que ça déchire ! Désolé... que c'est carrément génial. Tu peux prendre une photo et me l'envoyer ? J'ai envie de me vanter des talents de ma femme.

— N'importe quoi, répondit Addison, secrètement ravie. Et toi, le boulot, ça va ?

— La routine. J'ai eu deux réunions, et maintenant je vais faire un discours d'encouragement aux aspirants SEAL qui sont sur le point de commencer la Hell Week. Ensuite, c'est reparti pour une autre réunion.

— Tu vas leur faire peur en racontant les pires choses que tu as dû faire en mission ? plaisanta Addison.

Ricky éclata de rire.

— C'est à peu près ça. Je ne veux pas qu'ils croient que

devenir SEAL est une promenade de santé. Tu veux que je ramène quelque chose en rentrant cet après-midi ?

— Non. Je pense que j'ai tout ce qu'il faut.

— Très bien. Si tu as besoin de quoi que ce soit, envoie-moi un message.

— D'accord.

— Addy ?

— Oui ?

— Tu es une maman extraordinaire. Ellory t'idolâtre. Artem, Borysko et Yana n'en sont pas loin, et ils ne te connaissent que depuis peu. Tu fais un travail formidable avec eux. J'ai beaucoup d'admiration pour toi.

Addison eut les larmes aux yeux à nouveau. Elle se sentait souvent dépassée. Entre les factures médicales d'Ellory, le casse-tête de ses repas adaptés, et maintenant les besoins des trois petits, si différents de ceux de sa fille à cause de leurs expériences... ça faisait beaucoup de choses à gérer. Alors entendre Ricky lui dire qu'il la trouvait à la hauteur lui allait droit au cœur.

— Merci.

— Il n'y a pas de quoi. N'oublie pas de m'envoyer une photo de ton incroyable gâteau. J'ai hâte de le voir. Je rentre dans quelques heures. Si tu as besoin de moi, fais-moi signe.

— D'accord.

— À tout à l'heure, Addy.

— À tout à l'heure.

En raccrochant, Addison se sentait un peu mieux. Rien n'était réglé, sa fille souffrait toujours physiquement et mentalement, il fallait encore emballer ce gâteau afin que le client qui l'avait commandé pour ses parents puisse venir le chercher et le transporter en toute sécurité... puis elle devait préparer le dîner, aller chercher les enfants à l'école, et répondre aux messages des amies de Ricky. Mais étonnamment, tout cela lui paraissait moins pesant.

CHAPITRE 4

MacGyver regarda autour de la table du dîner et s'émerveilla à nouveau de la tournure qu'avait pris sa vie. Si quelqu'un lui avait dit deux mois auparavant qu'il serait assis à sa table avec une femme et quatre enfants, il ne l'aurait jamais cru. C'était le chaos, mais il ne pouvait pas imaginer revenir en arrière.

— J'aime pas le orthographe, déclara Artem avec fermeté.

— Tu *n'aimes pas l'orthographe*, corrigea Addison avec douceur. Pourquoi ?

— C'est difficile, répondit Artem.

— C'est vrai, reconnut-elle. J'étais très mauvaise quand j'avais ton âge. Et je comprends pourquoi tu n'aimes pas ça. L'anglais est une langue difficile à apprendre, même quand c'est notre langue maternelle. Mais tu te débrouilles très bien, Artem. Je suis impressionnée par ton intelligence. Fais de ton mieux en orthographe, c'est tout ce qu'on peut te demander.

MacGyver regarda le petit garçon se redresser fièrement suite aux éloges d'Addison.

— Je suis le premier de la classe en maths, se vanta Borysko, visiblement en quête de reconnaissance.

— Ça ne me surprend pas, admit Addison avec un léger sourire. Quand je t'ai aidé à faire tes devoirs de maths, tu as répondu correctement à toutes les questions.

— Rouge ! s'exclama Yana en montrant le set de table en plastique sous son assiette.

— Oui, c'est bien ! l'encouragea Addison. Et ça, c'est quelle couleur ? demanda-t-elle en montrant son haut.

— Bleu !

— Et ça ? demande-t-elle en montrant le lait dans la tasse devant la petite fille.

— Blanc !

MacGyver sourit en voyant sa femme parler avec chacun des enfants à tour de rôle en les félicitant, en les défiant, en les maternant. Il avait pris la bonne décision en la demandant en mariage. Il le savait au plus profond de lui-même. Et pas seulement parce qu'elle était douée avec les enfants. Elle apportait un équilibre dans sa vie. Avant Addison, il restait au travail aussi longtemps que possible, puis il rentrait à la maison et bricolait quelque chose avant de faire de la musculation et d'aller se coucher.

Maintenant, il se dépêchait de rentrer pour l'aider à préparer le dîner et passer du temps avec les enfants... et avec elle. Elle était facile à vivre. C'était facile de lui parler. Elle n'élevait jamais la voix devant les enfants, et ne s'énervait jamais quand ils renversaient quelque chose, ou que les nombreux jouets qu'il leur avait achetés étaient éparpillés dans le salon.

Plus il passait du temps avec elle, plus il avait envie d'en passer davantage. C'était une sensation nouvelle pour lui. Avant, lorsqu'il sortait avec quelqu'un, plus la relation durait, plus il apprenait à connaître la personne, moins il avait envie de passer du temps avec elle. Mais pas avec Addison. S'il en avait l'occasion, il passerait toute la journée à ses côtés. Il était fasciné par ses talents de pâtissière. Elle devrait travailler dans un hôtel de luxe ou une pâtisserie, pas chez lui. Mais il avait de la chance qu'elle le fasse. Ils avaient tous de la chance.

Il se tourna vers Ellory et la vit sourire légèrement en regardant ses nouveaux frères et sœurs... mais elle faisait glisser le poulet grillé que sa mère avait préparé spécialement pour elle autour de son assiette, sans vraiment manger. De toute évidence, elle avait quelque chose sur le cœur, et il était temps de voir s'il pouvait dire ou faire quoi que ce soit pour l'aider.

— Ellory, tu veux bien venir m'aider dans le garage ?

— Bien sûr, répondit-elle avec enthousiasme.

MacGyver recula sa chaise et prit son assiette. Il se pencha et embrassa Addison sur la tête, incapable de résister à l'envie de poser ses mains - ou plutôt ses lèvres - sur elle.

— Merci pour ces magnifiques lasagnes. Tu es aussi doué pour la cuisine que pour la pâtisserie.

Elle rougit légèrement, et il se promit de lui faire des compliments plus souvent.

— Et moi ? demanda Artem en se levant de sa chaise.

— La prochaine fois, mon pote, lui répondit gentiment MacGyver. Tu as des devoirs à faire, et ensuite, Addison voulait vous laisser regarder un ou deux épisodes du *Bus Magique*.

— Youpi ! D'accord !

MacGyver et Ellory apportèrent leurs assiettes dans la cuisine et les mirent dans le lave-vaisselle avant de se diriger vers le garage.

— Si tu n'as pas envie de faire quoi que ce soit, on peut juste s'asseoir dans le jardin, lui proposa-t-il.

— Ça va, la sieste de cet après-midi m'a fait du bien, répondit Ellory.

MacGyver hocha la tête. La jeune fille connaissait mieux

son corps et ses sensations que lui. Il lui faisait confiance pour le prévenir quand elle en aurait marre.

Il ouvrit la porte du garage et grimaça en allumant la lumière. Il fallait vraiment qu'il fasse du rangement pour pouvoir garer leurs voitures, mais avec les affaires qu'il avait sorties de la maison pour faire de la place, il était plein à craquer. Des fils électriques, des tuyaux en plastique, des vieilles batteries, plus d'outils qu'un seul homme ne pourrait jamais en avoir besoin au cours de sa vie, des chutes de bois, et des objets qu'il avait récupérés dans des décharges, pensant qu'un jour il pourrait en faire quelque chose. Bref, c'était le paradis des bricoleurs.

— Hmm, par où commencer, se dit-il à voix haute.

Ellory s'esclaffa.

— Je ne sais pas comment tu fais pour retrouver quoi que ce soit ici.

MacGyver haussa les épaules.

— Franchement ? Moi non plus.

Ils rirent ensemble. C'était agréable de voir la jeune fille le sourire aux lèvres. Il se dirigea vers l'une des deux chaises au milieu du bazar et s'assit en faisant un signe de tête vers l'autre chaise.

— Assieds-toi. Tu sais, en voyant cette pièce, la plupart des gens se diraient que c'est juste un tas de bric-à-brac. Et dans un sens, je suppose que c'est le cas. Mais il y a plus que ce que l'on voit. C'est un peu comme mon travail.

— En tant que SEAL ?

— Oui. Beaucoup de gens pensent qu'être un SEAL, c'est se coller des armes partout sur le corps, tirer d'abord, et poser des questions ensuite. Ou qu'on passe notre temps à poignarder des gens et à faire exploser des trucs. Et c'est vrai que parfois, on doit faire ce genre de choses. Mais le plus souvent, il s'agit d'utiliser notre cerveau pour gérer différentes situations, décider comment infiltrer les lignes ennemies sans être vus ni entendus, sauver des otages sans faire de victimes, trouver le moyen de se sortir de situations délicates en faisant le moins de bruit possible.

— Donc tu dois être super discret, souligna Ellory.

— Oui, c'est vrai. Par exemple, il y a des années, les SEALs n'avaient aucun moyen de communiquer en silence, et un consultant astucieux s'est rendu compte que la langue des signes américaine était un moyen parfait pour nous de parler à nos collègues sans dire un mot. Une solution tellement simple, mais géniale à la fois. À partir de ce moment-là, chaque classe de SEAL a appris les signes appropriés à son travail.

— Malin, admit Ellory en hochant la tête.

— Oui, acquiesça MacGyver en se penchant pour ramasser un trombone qui traînait sur le sol. Tu vois ça ?

— C'est un trombone.

— Effectivement. Mais c'est aussi une clé, un crochet de serrure, une poulie légère, une électrode qui permet d'émettre un signal audio avec un téléphone. On peut aussi s'en servir pour déboucher une bouteille contenant des produits chimiques dangereux, fabriquer une lampe avec des pièces de monnaie. Il peut servir de boussole magnétique, ou on peut tout simplement le tordre dans une forme amusante pour divertir un enfant qui pleure.

Ellory avait l'air sceptique.

— Tout ce qu'il y a autour de toi peut servir en cas d'urgence, poursuivit-il. Le secret, c'est de reconnaître les objets comme les outils potentiels qu'ils peuvent être.

— C'est pour ça que tes amis t'appellent MacGyver, n'est-ce pas ? À cause de cette vieille série avec ce type bizarre qui se sort comme par magie de situations impossibles grâce à des trucs comme ce vulgaire trombone.

MacGyver éclata de rire.

— Les adolescents sont si difficiles à impressionner de nos jours.

— On est réalistes, répliqua Ellory. Et puis tout le monde a un téléphone. Il suffit d'appeler à l'aide.

— C'est bien beau... si on a son téléphone sur soi. Mais si tu ne l'as pas ? Si tu l'oublies en allant te promener et que tu tombes dans un trou profond ?

— D'abord, je n'oublie jamais mon téléphone, il est littéralement collé à ma jambe, s'emporta Ellory. Et si je tombais dans un trou, je grimperais pour en sortir.

— Ah, la technique du grimpeur de cheminée. Oui, c'est une méthode, mais c'est plus difficile que tu le crois, lui dit MacGyver. Surtout si tu es blessée. Tu pourrais aussi faire tomber de la terre des parois du trou dans le fond, et finir par élever le niveau. Mais ça prendrait un temps fou, et le risque de se déshydrater et de s'affaiblir est énorme. Par contre, si tu fais le point sur ce que tu as avec toi, tes vêtements, tes lacets, même tes chaussures... tout peut être utile pour t'aider à creuser, te donner de l'adhérence, ou même fabriquer une sorte de drapeau que tu pourrais lancer à la surface pour signaler ta présence. Ou encore pour récupérer de l'eau s'il pleut. Il y a plein de choses dont tu peux te servir pour t'aider.

— Ça se tient.

— L'essentiel, c'est de ne pas rester là à t'apitoyer sur ton sort. Sers-toi de ta tête. Neuf fois sur dix, il y aura quelque chose autour de toi qui pourra t'aider, quelle que soit la situation dans laquelle tu te trouves.

— Tu m'apprendras à fabriquer une bombe avec des clous, une pile et un trombone ? demanda Ellory.

MacGyver éclata de rire.

— Non. Mais on peut commencer par changer un pneu, ça te va ?

Ellory leva les yeux au ciel, mais hocha quand-même la tête.

MacGyver se leva et ouvrit la porte du garage.

— Je pense qu'on devrait utiliser la voiture de ta mère pour faire le test, puisque c'est celle avec laquelle tu risques le plus d'avoir un pneu crevé.

— Ta voiture est immunisée ? plaisanta Ellory en souriant.

— Très drôle. Non, mais si on crève avec *ma* voiture, il n'est pas question que je te demande de changer le pneu.

— Parce que tu es un homme, le terrible Navy SEAL, et que tu ne penses pas qu'une fille en soit capable ?

— Non, parce que le jour où je resterai assis à regarder quelqu'un que j'aime faire un travail que je peux très bien faire moi-même, j'aurai perdu toute décence humaine.

Ellory le regarde fixement sans dire un mot.

— Mais si tu es avec moi quand ça arrive, je serais content que tu m'aides à le changer.

— Tu ne voudrais pas que je reste assise dans la voiture en attendant que tu le fasses ?

— Seulement si c'est ce que tu veux. Le truc, Ellory, c'est que je ne suis pas du genre à rester en retrait. Que ce soit pour regarder ta mère nous préparer le dîner, laver la vaisselle ou la lessive, j'aime bien participer. Si je vois l'un de mes coéquipiers en galère, ou sa petite amie, ou sa femme, dans cent pour cent des cas, j'essaierai de trouver une solution. Que ce soit si mon équipe est retenue captive dans un pays étranger par des terroristes, ou si je suis au supermarché et que je vois quelqu'un harceler une caissière sans raison, je n'hésiterai jamais à intervenir. Je ferai toujours ce que je peux pour aider.

Il pouvait voir les pensées se bousculer dans la tête de la jeune fille, mais il ne lui laissa pas le temps de répondre.

— Viens, sortons le cric du coffre. Je vais te montrer où il se trouve, comment sortir la roue de secours, et comment changer le pneu.

MacGyver ne montra *rien* à Ellory, il la laissa faire tout le travail. D'après son expérience, c'était la seule manière d'apprendre quelque chose. À un moment donné, Addison resta debout dans l'embrasure de la porte et secoua la tête en voyant son pneu parfaitement intact posé dans l'allée, tandis qu'Ellory resserrait les écrous de la roue de secours qu'elle avait mise à la place. Puis elle sourit à MacGyver avant de retourner à l'intérieur.

Cela faisait du bien qu'elle vienne vérifier, et qu'elle lui fasse confiance pour s'occuper à la fois de sa fille et de sa voiture. MacGyver savait à quel point Addison aimait sa petite Coccinelle. Ce n'était peut-être pas la voiture idéale avec quatre enfants, mais il n'encouragerait jamais Addison à se débarrasser de quelque chose qu'elle aime tant. S'il le fallait, MacGyver lui achèterait un SUV ou un monospace.

— Comme ça ? demanda Ellory, ramenant l'attention de MacGyver sur ce qu'elle faisait.

— Oui, c'est ça, la félicita-t-il.

Puis il prit une grande inspiration avant d'aborder le sujet qu'il voulait évoquer depuis le début de la soirée.

— Ta mère m'a dit que tu avais eu une journée difficile à l'école aujourd'hui.

Il se dit qu'il y avait une chance sur deux pour qu'elle l'envoie balader, ou qu'elle se mette en colère. Mais à son grand soulagement, Ellory laissa échapper un soupir. Elle n'arrêta pas ce qu'elle faisait, et c'était en partie pour cela qu'il avait décidé de lui apprendre à changer un pneu ce soir. Il voulait qu'elle soit occupée, qu'elle ait une distraction.

— Les gens sont des abrutis.

— Oui, approuva MacGyver sans hésiter, espérant que le silence l'encouragerait à poursuivre.

Et ce fut le cas. Ellory continua à parler.

— Comme si c'était ma faute si j'ai la maladie de Crohn et les cheveux roux, ou si je suis petite. Ce n'est pas parce que Chrys a déjà de la poitrine et qu'elle l'exhibe tout le temps en portant des vêtements moulants, contrairement à moi, que je n'aime pas les garçons.

MacGyver ne se sentait pas du tout dans son élément, mais il décida d'aller de l'avant.

— Donc c'est cette Chrys qui te cherche des noises...

Ellory détourna son attention du pneu et s'affaissa sur ses talons.

— Oui. Et elle a embarqué Hilary, Mariah et Nikki avec elle. Nikki et moi, on était copines à l'école primaire, mais maintenant, elle fait tout ce que Chrys lui dit. C'est comme si les bons moments qu'on a vécus ensemble ne comptaient plus. Elle leur a aussi raconté certaines choses que je vis à cause de la maladie, si bien que chaque fois que je passe devant elles, elles font des bruits de prout, et font comme si je sentais mauvais.

Instinctivement, MacGyver serra les poings. Les enfants pouvaient être vraiment cruels entre eux. Certaines personnes affirmaient que cela faisait partie de l'apprentissage de la vie, mais il n'était pas d'accord.

— Je ne sais pas comment faire pour qu'elles arrêtent, poursuivit Ellory en baissant les yeux sur ses mains. Je sais des choses à propos de Nikki, et du divorce de ses parents. Elle m'en a parlé quand nous étions encore copines. J'ai pensé à me venger, à dire à tout le monde que sa mère travaillait dans un club de strip-tease, et que son père la trompait avec sa secrétaire. Mais je trouve ça... méchant.

— Elle est bien méchante avec toi, souligna MacGyver le plus nonchalamment possible.

Ellory leva les yeux vers lui.

— Je sais, mais maman m'a toujours dit qu'il fallait prendre de la hauteur, et que s'abaisser au niveau de méchanceté de quelqu'un me rendrait aussi méchante que lui.

Ces paroles réchauffèrent le cœur de MacGyver. Il trouvait déjà Addison formidable, mais ce que sa fille venait de dire ne faisait que renforcer cette impression.

— Elle a raison. Qu'est-ce que tu pourrais faire d'autre ? Réfléchissons un peu. Tu pourrais en parler à un prof, ou au principal ?

Ellory ricana.

— Et passer pour une rapporteuse ? Ce serait encore pire.

— Essayer de parler à Nikki et lui dire à quel point elle te fait de la peine ?

Ellory haussa les épaules.

— Peut-être. Mais je pense qu'elle aime trop être dans le groupe des populaires pour changer quoi que ce soit.

— Changer d'école ? Faire l'école à la maison ? Tabasser cette Chrys ? Te trouver un petit ami, quelqu'un de grand et de costaud qui pourrait te protéger ? Ou une copine qui ferait de même ? T'entourer de tes autres camarades ? Éviter de les croiser ?

MacGyver lança autant de suggestions que possible. Honnêtement, il ne savait pas vraiment quoi faire dans ce genre de situation, et il s'efforça de trouver un moyen d'aider cette petite fille à l'aube de l'adolescence.

— Tabasser ChrysanthèmeChrysanthème, ce serait génial, murmura Ellory.

— Attends une seconde... le prénom complet de Chrys est ChrysanthèmeChrysanthème ? Sérieusement ? Et elle se moque de toi ? s'étonna MacGyver, incrédule.

Ellory pouffa de rire.

— Pas vrai ?

— Franchement, qu'est-ce qui est passé par la tête de ses parents ?

— Ricky ?

— Oui, ma belle ?

— La semaine prochaine, il y a une journée des métiers à l'école. J'ai entendu ma prof principale en parler avec le prof de sport. Ils disaient qu'ils avaient du mal à trouver de nouveaux intervenants intéressants pour venir parler aux élèves. Tu crois que... tu pourrais... Tu n'as probablement pas le temps, et c'est idiot, mais...

— Oui.

— Oui ? répéta Ellory, surprise.

— Si tu me demandes si je veux bien venir parler à tes camarades de classe de la Marine et du métier de SEAL, la réponse est oui. Et pas seulement. Je peux aussi demander au reste de mon équipe de venir.

— Vraiment ?

— Vraiment. Et si cette Chrysanthème ose ne serait-ce que te regarder de travers, je m'assurerai qu'elle comprenne que c'est une *très* mauvaise idée.

— Merci ! s'exclama Ellory avec plus d'enthousiasme qu'elle n'en avait montré de toute la soirée.

Elle se leva d'un bond et serra MacGyver dans ses bras.

— Ça va être génial ! Chrys n'arrête pas de se vanter de son cousin qui travaillait dans un sous-marin, en répétant à quel point il est génial. Mais j'ai vu sa photo. Il est petit, gros, et plutôt moche. Toi et tes amis, vous êtes carrément canons, et tout le monde va être jaloux que j'ai un DILF !

— Un quoi ?

— Oh, euh... laisse tomber. Demain, j'en parlerai à ma prof principal, et je verrai si elle pense que ça peut se faire. J'espère que oui ! Je te tiendrai au courant pour l'horaire et tout. Par contre, ça m'étonnerait qu'ils te laissent venir avec tes armes ou tes couteaux.

— Je n'en avais pas l'intention, répondit MacGyver avec un léger sourire.

— D'accord. Oh, j'ai déjà hâte de balancer ça à Chrys ! Et à Hilary, Mariah et Nikki. Je vais envoyer un message à Sara pour la prévenir que mon beau-père et ses amis SEALs vont venir !

La jeune fille tourna sur ses talons et se dirigea vers la maison. Elle avait déjà son téléphone à la main et survolait l'écran avec les doigts.

En regardant le carnage dans l'allée, MacGyver ne put s'empêcher de rire. Apparemment, c'était à lui de retirer la roue de secours de la voiture d'Addison et de tout remettre en place.

Il venait juste d'enlever la roue de secours et ramassait la roue d'origine quand Addison sortit de la maison.

— Tout va bien à l'intérieur ? demanda-t-il en fronçant les sourcils.

— Tout va bien. Ils ont fini leurs devoirs, et tout le monde regarde *Le Bus Magique*. Tout le monde sauf ma fille, qui vient de rentrer à la maison avec l'air le plus heureux qu'elle a eu de la journée. Qu'est-ce qui s'est passé ?

Tandis qu'il remontait la roue sur la voiture, il lui a demandé :

— Tu savais qu'une des filles de l'école s'appelait Chrysanthème ? Comment peut-on appeler son enfant comme ça ?

Addison éclata de rire.

— C'est ce que je me suis dit la première fois que je l'ai entendu. Les prénoms originaux sont à la mode. Apparemment, c'était aussi le cas il y a douze ans.

— Eh bien, cette garce florale n'arrête pas de harceler Ellory. Et elle a incité les autres petites garces qui la suivent à faire pareil. Elle exhibe sa poitrine et se moque d'Ellory parce qu'elle n'en a pas encore. Pire encore, elle s'en prend à elle pour des choses qu'elle ne peut pas contrôler. Elle et sa bande font des bruits de pets quand Ellory passe à côté d'elles dans le couloir.

— Je ne crois pas qu'on puisse traiter des enfants de douze ans de *garces*, répliqua Addison.

— Quand elles se comportent comme ça, si, rétorqua MacGyver.

Il s'assura que les écrous de la roue étaient bien serrés avant de se redresser face à Addison.

— Je savais qu'elle était victime de harcèlement, mais je ne savais pas comment faire pour que ça s'arrête.

— Je ne suis pas sûr que ce soit possible d'y mettre un terme. Généralement, les enfants suivent le modèle de leurs parents, et manifestement, les parents de Chrysanthème sont des crétins de premier ordre. Ils doivent être radins en pourboires, et du genre à engueuler les employés dans les magasins en rejetant tous leurs problèmes sur les autres.

— Tu as raison. Et donc, pourquoi Ellory était si souriante quand elle est rentrée ?

— Parce que son grand méchant beau-père et ses amis de la Navy SEAL vont venir parler à ses camarades de classe la semaine prochaine pour la journée des métiers.

Addison cligna des yeux.

— C'est vrai ?

— Et je vais demander à Ellory de me montrer cette garce de Chrysanthème, pour m'assurer qu'elle sache que si elle continue à malmener ma fille, elle aura affaire à sept SEALs en colère... et leurs compagnes. Oh, je peux peut-être demander à Wolf et sa bande de se joindre à nous. Si on est une douzaine à la regarder fixement, à lui faire comprendre qu'on n'est pas impressionnés par ce qu'elle peut dire ou faire, tout en couvrant Ellory et ses copines de compliments, peut-être qu'elle comprendra enfin.

Addison rit.

— Quoi ? Je ne plaisante pas.

Elle s'avança vers lui, et MacGyver écarta ses mains couvertes de graisse pour ne pas la salir. Addison posa les mains sur ses épaules et se pencha vers lui.

— Je sais. Et je ne peux pas imaginer quelque chose qui m'aurait fait plus plaisir à son âge que de vous voir, toi et tes amis, prendre ma défense et frimer devant toute mon école.

— Je ne vais pas frimer... tant que ça, répondit MacGyver.

Addison éclata de rire à nouveau.

— Donc tu ne vas pas faire une démonstration de vos entraînements ? Burpees, abdos, pompes ?

MacGyver sourit.

— C'est une bonne idée. Mais j'ai une question à te poser.

— Ah oui ? Laquelle ?

— C'est quoi un DILF ?

Addison écarquilla les yeux et faillit s'étouffer de rire.

— Sérieusement ?

— Oui. Ellory a dit que tout le monde allait être jaloux parce qu'elle a un DILF. Je connais beaucoup d'acronymes militaires, mais je n'ai jamais entendu parler de celui-là.

— D'accord. Hum, eh bien... il n'y a pas de bonne façon de le dire, alors je vais te le dire directement. Ça veut dire *Dad I'd Like to Fuck*. Papa avec qui j'aimerais coucher.

MacGyver cligna des yeux, puis il afficha un grand sourire.

— Je n'arrive pas à croire que tu ne paniques pas, s'étonna Addison. Comment tu fais ? Moi, je crois que je panique un peu.

— *Papa*, murmura-t-il avec émotion. Je veux dire, je sais qu'on a débuté ce mariage comme un arrangement pragmatique, et je ne suis pas *vraiment* son père, mais...

— Tu es le père qu'elle n'a jamais eu. Même quand son père biologique était encore là pendant la courte période qui a suivi sa naissance, il n'était pas vraiment présent. En un mois de mariage, tu as amplement mérité ce titre.

— Qu'est-ce qui lui est arrivé ?

Addison poussa un soupir.

— Je l'aimais. Je croyais qu'il m'aimait aussi. Je pensais qu'après la naissance d'Ellory, on finirait par se marier. Mais il a pris ses distances, il ne voulait pas s'occuper des couches sales et des pleurs. Il est parti, et quand j'ai essayé de le retrouver, c'était peine perdue.

— Je connais quelqu'un qui pourrait le retrouver en un clin d'œil... si c'est ce que tu veux.

— Non. On s'en sort bien. Et pourquoi je voudrais retrouver quelqu'un qui nous a tourné le dos sans la moindre hésitation ?

MacGyver était fier de cette femme. Quand elle avait eu des problèmes d'argent à cause des soucis de santé d'Ellory, elle aurait pu engager un détective privé pour retrouver son ex, et au moins l'obliger à l'aider financièrement. Mais elle ne l'avait pas fait.

— Pour ce que ça vaut, c'est une jeune fille formidable. Tu as fait un travail remarquable en l'élevant seule, en lui apprenant à être gentille, intelligente et sociable.

— Merci, répondit Addison avec un sourire timide.

Son sourire s'estompa lentement quand elle leva les yeux vers lui.

— Quoi ? Qu'est-ce qui ne va pas ? s'inquiéta-t-il.

— C'est juste que... tu te débrouilles tellement bien avec elle. On a beaucoup de chance de t'avoir dans nos vies. Je ne sais pas comment c'est arrivé, mais je suis reconnaissante.

— Je ne veux pas de ta reconnaissance, grogna MacGyver.

Elle cligna des yeux, surprise par la dureté de son ton, et fit un pas en arrière.

MacGyver attrapa rapidement le torchon qu'il avait pris dans le garage avant de changer le pneu, et s'essuya les mains.

Puis, sans plus attendre, il passa un bras autour d'Addison, posant sa main dans le creux de son dos pour l'attirer contre lui. Il plongea son autre main dans ses cheveux, la maintenant fermement. Si elle avait tenté de s'éloigner ou montré le moindre signe de résistance, il l'aurait relâchée. Mais au lieu de cela, elle se laissa aller contre lui. Elle agrippa son tee-shirt au niveau de la taille, puis s'humecta les lèvres en le regardant dans les yeux.

MacGyver fit un effort surhumain pour ne pas l'embrasser sur-le-champ. Ils étaient face à face, et il avait envie de la prendre dans ses bras, de la pencher en arrière, et de presser ses lèvres contre les siennes. Mais il s'efforça de rester immobile.

— Je sais que ce mariage n'était pas ce que tu imaginais, lui dit-il. Mais ça ne veut pas dire que je ne tiens pas à toi et à ta fille, ni que je ne veux pas ce qu'il y a de mieux pour vous deux. Si quelqu'un maltraite Ellory, c'est autant mon problème que le sien et le tien. Je ferai tout ce qu'il faut pour arranger les choses pour elle, et pour toi. Ce n'est pas parce que je suis reconnaissant que tu m'aies aidé à m'en sortir avec les enfants. C'est parce que je tiens à toi, Addy. Je ne t'aurais pas épousée si ce n'était pas le cas. Et aussi parce que c'est ce que font les gens mariés. Ils s'occupent de leur conjoint et de leurs enfants. Ils aident à faire les courses et les tâches ménagères. Ils essuient les nez qui coulent, nettoient le vomi, et sont présents quand les enfants ont des problèmes. La dernière chose que je veux pour tout ça, c'est ta reconnaissance. D'accord ?

— D'accord. Mais je peux dire quelque chose ?

— Bien sûr.

— Tu ne veux peut-être pas de ma reconnaissance, mais tu l'as quand même. Tu n'imagines pas le nombre de nuits que j'ai passées à m'inquiéter, à me demander comment j'allais faire pour accéder aux soins médicaux dont Ellory avait besoin.

Comment j'allais pouvoir payer ses médicaments, et les examens nécessaires. J'aurais tout sacrifié et fait n'importe quoi pour offrir à ma fille ce qui lui fallait pour s'épanouir. Et puis je t'ai rencontré, et tu es devenu mon ami. Tu m'as soutenue, même avant de rencontrer Artem, Borysko et Yana. Le simple fait d'être auprès de toi m'a redonné de l'espoir et m'a rendue plus optimiste à propos de l'avenir. Et je ne t'ai pas seulement épousé pour Ellory. J'aurais trouvé une solution, d'une manière ou d'une autre. Pourtant, te dire oui n'a pas été une décision difficile à prendre. J'ai vu le genre d'homme que tu étais, celui que je veux auprès de ma fille pour l'éduquer. Celui qui accepte d'aller dans son école parler de son travail devant des pré-adolescents, non pas parce qu'il pense que ça les intéresse, mais pour montrer à celles qui la tyrannisent qu'elle a une redoutable armée de Navy SEALs derrière elle. Pour moi, ça n'a pas de prix. Tu ne veux pas de ma reconnaissance ? Tant pis. Tu l'as quand-même.

MacGyver resserra la main dans ses cheveux, et dut s'efforcer de se détendre.

— D'accord.

Addison sourit.

— C'est tout ? Pas d'autres commentaires ?

— Non.

— T'es vraiment facile à manipuler, dit-elle en souriant de plus belle.

— Juste avec toi, précisa-t-il sans mentir.

— J'ai une question.

— Je t'écoute.

— Ma voiture sera en état demain matin, n'est-ce pas ?

MacGyver s'esclaffa.

— Bien sûr.

— Très bien. Alors je vais retourner à l'intérieur voir les enfants.

— D'accord.

Mais MacGyver avait du mal à la laisser partir.

Ils se regardèrent pendant un moment, puis son cœur s'emballa lorsqu'elle se pencha vers lui pour l'embrasser en effleurant ses lèvres. Elle se recula en souriant, les joues légèrement rouges.

— Ne reste pas trop longtemps dehors, j'ai fait des cookies aujourd'hui, et on va les manger avec du yaourt glacé quand le dessin animé des enfants sera fini.

— Je ne vais pas tarder, répondit MacGyver en se forçant à la lâcher.

Elle lui sourit une dernière fois avant de se diriger vers le garage pour rentrer.

Malgré ses efforts pour s'essuyer les mains avant de les poser sur elle, il y avait une légère empreinte noire dans le bas de son dos, et MacGyver ne put empêcher le sourire en voyant la marque qu'il avait laissée sur elle. Il la préviendrait une fois rentré pour qu'elle puisse la nettoyer avant qu'elle s'imprègne.

Il se tourna vers la voiture et souleva la roue de secours pour la remettre dans le coffre. Il n'était pas sûr d'avoir accompli grand-chose ce soir, mais passer du temps avec Ellory lui avait fait plaisir... Et bien sûr, le baiser d'Addison lui avait prouvé qu'elle n'était pas insensible à lui. Il aimait passer du temps avec elle, et peut-être qu'elle ressentait un peu la même chose. Peut-être. Après tout, un homme avait le droit de rêver.

CHAPITRE 5

— Fais attention avec ça, Ellory. Ne le laisse pas tomber.

— Mais non, promis !

— Borysko, arrête de pointer cette fourchette vers ton frère. Si tu tombes, tu pourrais le blesser. Et toi, Artem, arrête de chercher Borysko.

— Ça veut dire quoi ? demanda Artem.

— Ça veut dire arrêter de le provoquer et de lui donner envie de te donner un coup de fourchette parce que tu fais exprès de le taquiner. Yana, tu ne peux pas apporter vingt poupées Barbie au pique-nique. Choisis-en trois. C'est tout.

MacGyver ne put s'empêcher de sourire en observant Addison gérer leur petite troupe. C'était toujours le même cirque quand ils prévoyaient une sortie. Ils maîtrisaient la routine des jours d'école, mais tout le reste finissait souvent en pagaille. Malgré tout, Addison s'en sortait comme une pro. MacGyver attendait patiemment devant la porte d'entrée, la maintenant ouverte pour que tout le monde puisse filer jusqu'à son Ford Explorer.

Ellory portait la boîte pleine de cookies qu'Addison avait

préparés avec elle la veille, et MacGyver portait le gâteau - qui était passé d'une simple pâtisserie circulaire à un chef-d'œuvre de plusieurs étages. Il y avait un bateau sur un océan de pâte à sucre, des vagues confectionnées avec de la crème au beurre, et même un zodiac avec des petites figurines dedans. Honnêtement, MacGyver n'avait jamais été aussi impressionné. Certes, Addison était capable de réaliser un superbe gâteau à l'effigie de la Reine des Neiges ou de la Petite Sirène. Même celui avec les dinosaures, qu'elle avait fait plus récemment, était extraordinaire. Mais la voir donner vie à son univers à travers du sucre et une poche à glaçage l'avait époustouflé.

Yana trottina vers lui en brandissant les trois poupées qu'elle avait choisies pour le pique-nique.

— Ricky ?

— Oui, ma chérie ?

— Regarde ! J'avais déjà une poupée avant.

Puis elle ajouta quelque chose en ukrainien à toute vitesse que MacGyver, évidemment, ne pouvait pas comprendre.

— Elle dit qu'elle avait une poupée en Ukraine, traduisit Artem pour sa soeur. Elle ressemblait à celles-ci, mais elle n'était pas aussi belle. Et elle lui manque.

La petite fille faisait la moue, comme si elle était sur le point de pleurer. MacGyver s'accroupit pour se mettre à sa hauteur. Il se mit en équilibre sur la pointe des pieds tout en tenant le précieux gâteau avec précaution d'une main, et posa l'autre sur la joue de Yana.

— Je suis désolé pour ta poupée.

La petite fille appuya un instant sa joue contre sa main avant de se redresser et de hocher la tête. Puis elle baissa les yeux sur son trio de Barbie. Quelques jours auparavant, chez Good Will, Addison avait déniché ce qui semblait être l'ancienne collection d'une petite fille. MacGyver avait essayé de la convaincre qu'elle n'avait plus besoin de faire ses achats dans un magasin d'occasion, mais les vieilles habitudes avaient la vie dure. Et il devait admettre que la lueur de joie dans les yeux de Yana en découvrant la boîte remplie de poupées, de vêtements et d'accessoires en valait largement la peine. Désormais, elle avait des poupées noires, asiatiques et blanches, et elle jouait avec chacune d'entre elles sans distinction.

— Jolie, dit-elle joyeusement en brandissant la poupée à la peau foncée et à la coupe afro naturelle.

— Oui, elle est très jolie, acquiesça MacGyver.

— Jolie ! répéta-t-elle avec un grand sourire en brandissant la poupée asiatique aux longs cheveux noirs et lisses.

— Tout à fait, répondit-il en se redressant lentement.

Mais Yana n'avait pas fini. Elle brandit la dernière poupée, une Barbie avec de longues boucles rousses.

— Jolie. Addy.

MacGyver leva les yeux et croisa le regard d'Addison.

— Oui, elle est aussi jolie que notre Addy, n'est-ce pas ?

Il n'entendit pas la réponse de Yana, car son frère lui prit la main pour l'entraîner vers la porte, et toute son attention était maintenant fixée sur la femme en face de lui. Elle avait l'air un peu débordée. Une petite tache – sûrement de la confiture, après avoir aidé Yana à préparer le petit déjeuner ce matin-là – ornait son haut. Ses cheveux s'échappaient déjà de la barrette qu'elle avait mise pour qu'ils ne retombent pas sur son visage, et il pouvait voir une lueur d'inquiétude dans ses yeux. Pour lui, elle était magnifique.

— Je suis sûre qu'on oublie quelque chose, dit-elle en s'approchant de lui. J'avais oublié à quel point c'était compliqué de préparer des enfants pour une sortie. Ellory s'est bien améliorée, elle n'a plus besoin de faire un million de choses avant de partir.

— Si on a oublié quelque chose, ce n'est pas grave, la rassura MacGyver. Viens par ici.

Addison fronça légèrement les sourcils en s'arrêtant devant lui, puis inclina la tête comme pour lui demander ce qui se passait.

— Avant qu'on parte et que ce soit la folie, je voulais juste te dire quelque chose.

— C'est déjà la folie, non ? souligna-t-elle avec un petit rire.

— Tu n'as encore rien vu, l'avertit MacGyver. Je voulais juste te dire à quel point je suis fier de toi. Tu as affronté tout ce qui t'est tombé dessus avec une élégance incroyable, et c'est rare. Je sais que ça n'a pas été simple, mais tu as fait en sorte que ça ne se voie pas. Je suis fier de t'avoir à mes côtés aujourd'hui. Tout le monde va t'adorer. Essaie de te détendre et de profiter de la journée.

— Je vais essayer, mais... je suis un peu nerveuse, admit Addison.

— Il n'y a pas de raison de l'être.

Elle haussa les épaules en ricanant.

— Ricky, ce sont tes amis, tes coéquipiers. S'ils ne m'aiment pas, ça pourrait poser problème.

— Ils t'aimeront. À vrai dire, ils t'aiment *déjà*. D'accord, ils étaient surpris qu'on soit mariés, et ils me reprochent un peu de t'avoir gardée pour moi tout seul sans faire les présentations plus tôt. Mais je leur ai parlé de toi, de ton talent pour la pâtisserie et la déco, du succès de ton entreprise, de tout ce que tu as fait pour les enfants, et de la manière dont tu accompagnes Ellory dans son combat contre la maladie. Tout ce que tu as à faire, c'est d'être toi-même, parce que tu es parfaite telle que tu es.

— Ricky, murmura-t-elle.

Il avait beaucoup de mal à se contenir. C'était de plus en plus difficile de retenir ses élans et de cacher son extrême attirance pour cette femme, malgré sa résolution de ne pas précipiter les choses. Et même s'il avait réussi à ne pas lui avouer qu'il souhaitait plus qu'un mariage de convenance, il était *inca-pable* de résister à l'envie de se pencher vers elle pour l'embrasser. Ce fut à nouveau un simple frôlement de leurs lèvres, rien de réellement passionné, mais qui le fit vibrer de la tête aux pieds.

— Allez, si on traîne encore, Artem va prendre le volant et partir tout seul chez Wolf et Caroline.

Addison éclata de rire.

— Il en serait capable, tu ne crois pas ?

— Oh, il le ferait sans hésiter. Ce gamin est bien trop débrouillard pour son âge.

Il posa délicatement la main dans le bas du dos d'Addison, puis la suivit à l'extérieur. Il attendit qu'elle ait fermé la porte et rangé les clés dans son sac avant de passer un bras autour de sa taille. Ils marchèrent côte à côte jusqu'à sa voiture, et MacGyver ne put s'empêcher d'afficher un sourire satisfait.

C'était ce dont il avait toujours rêvé : une grande famille, et tout le bazar qui l'accompagnait. Il se jura sur-le-champ de ne rien faire pour gâcher cela, et de protéger ces personnes coûte que coûte. Rien ni personne ne leur ferait de mal... ou les éloignerait de lui.

* * *

Ricky lui avait dit de ne pas être nerveuse, mais Addison n'y pouvait rien. Elle voulait tellement faire bonne impression auprès de ses amis. Elle n'avait pas l'habitude de côtoyer du monde. Dernièrement, elle avait passé tout son temps avec Ellory et ne parlait aux autres que quand son travail l'exigeait, ou pour discuter avec les médecins et les infirmières de l'état de santé de sa fille.

Là, c'était le jour et la nuit. Ces gens étaient les amis de Ricky, ceux qui avaient veillé sur lui en mission, les femmes qui les aimaient, d'anciens SEALs que son mari respectait énormément. Des mentors *et* leurs épouses, qui avaient déjà traversé des dizaines de déploiements, et semblaient incarner à la perfection le rôle de femme de militaire.

Elle se sentait à côté de la plaque. Certes, elle était mariée à Ricky, mais leur mariage n'avait rien de traditionnel... Pourtant, il semblait réel à ses yeux. Pas autant qu'elle l'aurait souhaité, mais à part l'intimité qu'elle recherchait comme une droguée obsédée par sa prochaine dose, elle avait l'impression d'être une véritable épouse.

Pourtant, elle n'avait pas encore vécu de départ en mission depuis qu'elle était avec Ricky.

À la maison, il était d'une aide précieuse avec les enfants. Artem, Borysko et Yana étaient toujours ravis de le voir quand il rentrait le soir. Il les aidait à faire leurs devoirs, regardait la télévision avec eux, participait aux tâches ménagères, supervisait le brossage de dents, et les bordait au moment du coucher.

Serait-elle capable de gérer cela toute seule ? Elle l'avait fait avec Ellory, mais il n'y avait *qu'une* enfant. Le fait de s'occuper de trois autres enfants en bas âge qui poseraient sans arrêt des questions et qui auraient tous besoin d'elle en même temps, sans que Ricky soit là pour l'aider, lui semblait terriblement écrasant.

Le moment où il allait partir en mission allait sans doute arriver. Addison savait qu'elle allait découvrir bien assez tôt si elle était faite pour être l'épouse d'un SEAL. Elle l'espérait. Elle voulait que Ricky soit fier d'elle. Mais elle avait également peur de ne pas être à la hauteur. Malgré les progrès qu'avaient fait les enfants, il leur arrivait encore souvent de traverser des moments difficiles. Borysko faisait des cauchemars, Artem faisait parfois pipi au lit, et Yana se perdait dans des regards vides qui inquiétaient énormément Addison.

Aujourd'hui, elle allait rencontrer les épouses de vétérans

SEAL qui avaient déjà vécu les périodes d'absence, géré les enfants, affronté toutes sortes de défis, et qui manifestement, faisaient cela à la perfection.

Ce qui la rassurait un peu, c'était la discussion de groupe par SMS : Wren, Josie, Maggie et Remi. Elles lui envoyaient sans arrêt des messages depuis que Ricky avait transmis son numéro à ses collègues. Elles étaient drôles, chaleureuses, et Addison avait l'impression de les connaître depuis toujours. Malgré tout... parler à quelqu'un par messages interposés ou en personne, c'était complètement différent. Peut-être que le courant ne passerait pas du tout, et que leur rencontre allait être un moment gênant.

— Respire, Addy, dit Ricky en se garant le long du trottoir.

Il y avait des voitures alignées tout le long de la rue, et le nombre de personnes attendues aujourd'hui frappa soudain Addison, faisant grimper son niveau de stress en flèche.

Tout le monde détacha sa ceinture de sécurité, et Borysko aida Yana à sortir de son siège-auto avant qu'ils ne descendent tous du SUV. Ils étaient en train de récupérer les cookies et les gâteaux lorsqu'une voix d'enfant retentit :

— Ils sont là !

Ricky, amusé, regarda en direction de la maison de Wolf et Caroline. Plusieurs personnes bavardaient devant sur la pelouse, dont un groupe d'enfants.

Deux garçons se précipitèrent vers Ricky et sa famille, suivis par une fille.

— Bonjour ! Moi, c'est James.

— Et moi, c'est Matthew.

— Venez, on va jouer ! s'exclama James avec enthousiasme.

— C'est bon, allez-y, dit Ricky à ses enfants en voyant qu'ils hésitaient.

Il n'en fallait pas plus pour convaincre le trio, qui s'élança sans plus attendre.

— Ce sont les enfants de Benny et Jessyka, expliqua doucement Ricky à Addison. Ils sont plus grands que les nôtres, mais je pense qu'ils vont très bien s'entendre.

Addison hocha la tête tandis que les enfants se dirigeaient vers la maison.

— Faites attention à votre sœur ! leur lança Ricky.

Artem se retourna, l'air confus.

— Oui, pourquoi on ne le ferait pas ?

Il prit la main de Yana et repartit.

— Salut, moi c'est Taylor, déclara la fille qui était venue à leur rencontre. Tu es Ellory, c'est ça ? Ma mère m'a un peu parlé de toi. Tu es en cinquième ? Moi, je suis en seconde.

Ellory hocha timidement la tête.

— Tu veux qu'on aille traîner un peu ? Il y a le dernier concert de Taylor Swift en streaming. Si ça te dit, on peut le regarder. Caroline a dit qu'on pouvait utiliser la télé du sous-sol.

— Ça me plairait bien, merci, répondit Ellory.

Alors que les deux filles s'éloignaient en direction de la maison, leurs têtes inclinées l'une vers l'autre, discutant comme si elles étaient les meilleures amies depuis toujours, Addison demanda :

— Et elle, c'était qui ?

— La fille de Dude et Cheyenne. Je ne la connais pas très bien, mais elle m'impressionne déjà. Tu vois ? Tout va bien se passer. Allez, on y va. Allons mettre tout ça à l'intérieur. J'ai hâte que tout le monde s'extasie devant ce splendide gâteau.

Addison leva les yeux au ciel, mais elle était profondément soulagée : pour l'instant, les enfants avaient l'air d'être à l'aise.

Ils avaient à peine mis un pied sur la pelouse qu'une femme aux cheveux bruns mi-longs, marchant main dans la main avec ce qui ne pouvait être décrit que comme un *gentleman grisonnant*, s'avança vers eux.

77

— MacGyver ! s'exclama l'homme en s'approchant pour lui faire une accolade.

— Doucement, mec, ce serait vraiment dommage que je fasse tomber ce gâteau. Crois-moi, il va te couper le souffle. Non seulement parce qu'il est magnifique, mais aussi parce que c'est le meilleur gâteau que tu mangeras de toute ta vie.

La femme sourit devant les fanfaronnades exagérées de Ricky, puis se tourna vers Addison.

— Bonjour, moi, c'est Caroline. Et voici mon mari. Les gars l'appellent Wolf, mais moi, je l'appelle Matthew. Ne t'inquiète si tu ne retiens pas immédiatement les prénoms et les surnoms de tout le monde. Cela peut vite devenir confus, surtout qu'on appelle toutes les gars différemment.

— Oh, je le savais déjà. J'appelle Ricky par son prénom, mais presque tout le monde l'appelle MacGyver, et j'ai remarqué que c'est la même chose avec ses coéquipiers, répondit Addison en serrant la main de Caroline.

— Parfait, alors tu es déjà dans le bain. J'ai hâte de voir ce gâteau ! MacGyver s'en vante depuis des jours sur son groupe de discussion, mais il refuse d'en dire plus aux gars. Tous les autres sont soit à l'intérieur, soit dans le jardin. Viens, je vais faire les présentations une fois qu'on aura déposé tes affaires. Je te préviens tout de suite : il doit y avoir de quoi manger pour huit cents personnes, mais tu peux me croire, tout va disparaître. J'ai appris depuis longtemps qu'il n'y en a jamais assez.

Addison prit une profonde inspiration et adressa un sourire à Caroline, qui était plus âgée qu'elle. Dans sa tête, elle se l'était imaginée comme une sorte de matriarche froide et inaccessible. Sûrement parce que Ricky lui avait raconté l'histoire de son surnom, *Ice*. En réalité, elle semblait... normale. Presque ordinaire en apparence, mais avec une personnalité qui la faisait rayonner.

Elle lança un regard à Ricky.

— Tu veux que j'apporte le gâteau ?

— Non, je m'en occupe. Toi, accompagne Caroline. Je suis sûr que les autres sont impatientes de te rencontrer.

Addison s'en doutait, mais entendre Ricky le confirmer la rendit nerveuse à nouveau.

— MacGyver, arrête, tu la stresses, le réprimanda Caroline avant de prendre Addison par le bras. Ne l'écoute pas. C'est vrai, tout le monde est ravi de rencontrer la femme qui s'est mis notre MacGyver dans la poche, mais elles ne vont pas te sauter dessus à la seconde où tu franchiras la porte. Par contre, on a hâte de savoir comment vous vous êtes rencontrés, et d'avoir des nouvelles d'Artem, Borysko et Yana. Ils avaient l'air en pleine forme les quelques secondes où je les ai vus, avant qu'ils ne partent en trombe avec les enfants de Jess. Mais quand on a appris tout ce qu'ils ont traversé, ça nous a tous bouleversés.

Caroline continua à parler tout en entraînant Addison loin de Ricky. Cette dernière se retourna une fois, et Ricky lui adressa un léger hochement de tête en souriant. Ce signe d'encouragement était tout ce dont elle avait besoin pour respirer à nouveau et essayer de se détendre. Ces gens étaient les amis de Ricky, ceux qui comptaient le plus pour lui après sa famille. Elle était entre de bonnes mains... Enfin, elle l'espérait.

* * *

Quatre heures plus tard, Addison s'amusait comme une folle. Elle avait rencontré tellement de gens et d'enfants qu'elle en avait la tête qui tournait. Caroline n'avait pas menti : les prénoms et les surnoms étaient un vrai casse-tête. Elle était déjà contente de connaître ceux des coéquipiers de Ricky.

Elle était assise dans le jardin avec Remi, Maggie, Wren et Josie, et regardait les enfants jouer. Dès les premières secondes où elle avait rencontré ces femmes, elle avait ressenti une affinité particulière. C'était un peu étrange, mais Addison avait ressenti la même chose lorsqu'elle avait rencontré Ricky, et tout s'était bien passé. Non, plus que bien. Sortir de sa zone de confort et se lier d'amitié avec lui avait bouleversé sa vie, et celle d'Ellory, pour le meilleur.

— Franchement, ce gâteau était in-cro-yable ! s'exclama Remi pour ce qui semblait être la dixième fois.

— Je ne vois vraiment pas comment tu as fait pour rendre l'eau si réaliste, s'émerveilla Wren.

— Et ces petites figurines dans le bateau... au début, je croyais qu'elles étaient en plastique, avoua Josie.

— Tu as beaucoup de talent, conclut calmement Maggie.

Addison rougit un peu. Elle avait reçu tellement de compliments, non seulement à propos de la décoration du gâteau, mais aussi sur son goût, que cela devenait un peu gênant.

— Merci les filles, c'est gentil.

— Pourquoi tu ne travailles pas dans une boutique, ou quelque chose comme ça ? demanda Remi. Enfin, si ma question ne te dérange pas.

— Eh bien, je ne suis pas sûre que ça me rapporterait plus d'argent. Et puis, je serais obligée d'être présente à heures fixes, sans pouvoir choisir les projets que je veux réaliser. En ce moment, je reçois des demandes en ligne pour des gâteaux, et une idée générale de ce que veulent les gens. Je peux faire le tri et choisir ceux que je veux réaliser, en fonction de mon temps disponible et de mon expérience. Et... avec tous les problèmes de santé d'Ellory, de toute façon, je ne peux pas travailler à plein temps en dehors de la maison. En étant à mon compte, je peux prendre le temps de l'accompagner à ses consultations. Et en cas d'urgence, je peux tout laisser tomber pour être à ses côtés à l'hôpital.

— Vincent m'a un peu parlé de sa maladie, annonça Remi. Je dois admettre que je ne savais rien sur la maladie de Crohn.

— Moi non plus, avoua Maggie. Ça a l'air horrible.

— Ça l'est, reconnut Addison. Je me sens tellement impuissante quand elle a mal et que je ne peux rien y faire.

— C'est plutôt rare chez les enfants de son âge, non ? s'enquit Wren. Je me suis un peu renseignée pour ne pas passer pour une idiote lors de notre rencontre.

L'idée que Wren ait pris la peine d'en apprendre plus sur la maladie de Crohn toucha beaucoup Addison.

— Oui. C'est d'ailleurs pour ça que le diagnostic a été si difficile. Les médecins ont pensé à presque tout avant de conclure qu'il s'agissait de cette maladie. On commence tout juste à comprendre comment la traiter au mieux, mais bien sûr, il y a toujours des imprévus. Au moment où on pense qu'elle va bien, elle a une poussée inflammatoire particulièrement sévère.

— C'est vraiment nul, déplora Josie.

Addison hocha la tête.

— C'est une super gamine, déclara Remi. Tellement polie. Et la façon dont elle a aidé Yana avec son gâteau tout à l'heure, c'était adorable. Ça m'attriste qu'elle n'ait pas pu en manger aussi.

— Pendant longtemps, je me suis sentie mal à l'aise à cause de ça, du fait qu'elle ne pouvait pas manger toutes les choses sucrées dont les enfants raffolent. Mais je suis très fière qu'elle ait appris à identifier ce qui déclenche l'inflammation. Je pense que la plupart du temps, ça ne lui manque même pas. Et oui, elle est d'une aide précieuse avec Yana et les garçons.

— Comment vont-ils ? demanda Maggie. C'était... ce n'était vraiment pas bon là-bas. Si vous aviez vu comment ils vivaient. Dans les ruines des bâtiments, en train de fouiller pour trouver de l'eau et de quoi manger. C'était déchirant.

— Ils vont bien. Il y a des moments où leur maison et leurs parents leur manquent, et où ils ont du mal à s'adapter à la culture d'ici, mais le fait qu'ils soient ensemble les aide beaucoup, je pense. Et toi, comment ça va ?

Ricky avait raconté à Addison ce qui s'était passé en Ukraine. Comment Maggie avait été kidnappée par son ex-petit ami, un officier supérieur de la Marine, qui s'était servi de ses relations pour que l'équipe SEAL de son *nouveau* petit ami, Preacher, l'abandonne pratiquement dans le pays, en plein milieu d'une zone de guerre.

— Ça va, répondit Maggie en posant inconsciemment une main sur son ventre. Fatiguée, mais je me sens vraiment bien, sachant que je porte un petit être humain dans mon ventre.

Tout le monde éclata de rire.

— J'ai envie de faire pipi toutes les dix minutes, et je commence à avoir des envies bizarres, comme des cornichons avec du beurre de cacahuètes, poursuivit-elle. C'est quoi ce délire ? Les cornichons, encore, je comprends, c'est une des envies typiques de la grossesse... mais avec du beurre de cacahuètes ? Parfois, je me dégoûte moi-même.

— Je n'avais pas trop d'envies bizarres pendant mon premier trimestre, mais arrivée au deuxième... j'étais une véritable machine à dévorer, déclara Addison. Des bananes avec du ketchup ? C'était la chose la plus délicieuse pour moi à cette époque. Aujourd'hui, rien que d'y penser, ça me donne envie de vomir. Mais il y a une chose que je mangeais pratiquement tous les jours pendant trois mois, c'étaient des sandwichs à la tomate et à la mayonnaise. Je peux encore en manger aujourd'hui.

Les autres s'esclaffèrent.

— J'ai peur, lâcha Maggie.

— De quoi ? s'inquiéta Wren, les sourcils froncés.

— De tout. De l'accouchement en lui-même ; je sais que ça va faire mal, et je ne supporte pas bien la douleur. J'ai peur que mon bébé ne soit pas en bonne santé, que Shawn ne soit pas là au moment où j'accoucherai, peur de tout gâcher... à peu près *tout*.

— J'imagine que c'est normal, la rassura Josie.

— Je sais, mais je n'arrête pas de penser à tout ce qui pourrait mal tourner, dit Maggie, la voix chevrotante.

Addison rapprocha sa chaise de la sienne et posa la main sur son bras.

— Pendant quatre mois, je ne savais même pas que j'étais enceinte d'Ellory. Et tout ce temps, je sortais encore dans les bars, je buvais, et j'étais entourée de gens qui fumaient... alors quand j'ai enfin réalisé que j'étais enceinte, j'ai paniqué. Je me disais que j'avais sûrement fait du mal au bébé. Même quand le médecin m'a dit que tout allait bien, je n'y croyais pas vraiment. À l'époque, je sortais avec quelqu'un, mais j'étais plutôt livrée à moi-même. Mon petit ami n'avait pas l'air de s'intéresser à ma grossesse. Ça aurait dû me mettre la puce à l'oreille, mais je vivais encore dans un conte de fées, où on finirait heureux pour toujours. Quoi qu'il en soit, je peux *te* dire que les peurs que tu as dans ta tête sont bien pires que la réalité. De nos jours, les médicaments utilisés pour l'accouchement sont très efficaces, ce qui réduit considérablement la douleur. Et avec l'expérience, j'ai appris que même si ton enfant n'est pas en parfaite santé, tu l'aimeras tout autant que si c'était le cas. Bien sûr, ce n'était pas un nouveau-né lorsque j'ai appris cette leçon. Mais j'aime Ellory encore plus aujourd'hui qu'au moment de sa naissance, quand je pensais qu'elle était parfaite. Tu ne vas pas gâcher sa vie, parce que Preacher et toi, vous êtes... vous êtes des gens bien. D'après ce que Ricky m'a dit de vous, je suis sûre que vous serez des parents formidables. Et si Preacher et les autres sont absents au moment de l'accouchement, je serai là pour toi.

— Moi aussi, dit Remi sans hésiter.

— Et moi aussi, ajouta Wren.

— Et moi aussi, bien sûr, acquiesça Josie.

— Ce serait dommage que Preacher manque la naissance du bébé, mais être là à la naissance ne fait pas d'un homme un bon père. Ce qui compte, c'est ce qu'il fait ensuite, expliqua Addison.

— Tu penses à MacGyver, pas vrai ? dit Remi avec un sourire complice.

Addison hocha la tête.

— Exactement. Il n'était pas obligé d'accueillir Artem, Borysko et Yana. Mais il l'a fait. Et vous devriez le voir avec eux. C'est comme s'il les avait connus toute sa vie. Il sait quand il faut être strict, et quand les laisser s'amuser. Il les aime tels qu'ils sont, même quand ils font des erreurs, font pipi au lit, ou laissent traîner leurs affaires partout.

— Je suppose que le père biologique d'Ellory n'était pas comme ça... avança Remi.

Mais elle secoua la tête aussitôt en ajoutant :

— Désolée, oublie ce que je viens de dire. Ce ne sont pas mes affaires.

— C'est rien, répondit Addison. Effectivement, il n'était pas comme ça. Il était agacé par ses pleurs, et il n'a jamais changé une seule couche. Quand il a rompu peu après sa naissance, ça m'a plus soulagée qu'autre chose. Au moins, fini de compter sur lui et d'être déçue chaque fois qu'il me laissait tomber.

— Je suis désolée, lui dit Remi.

— Il ne faut pas, répondit Addison en haussant les épaules. Je pense qu'on s'est bien débrouillés.

— Vous vous en êtes plus que bien sortis, murmura Wren en regardant Ellory jouer avec Yana dans le jardin.

Elles jouaient inlassablement à *Tourne, tourne, petit moulin*, et Yana éclatait de rire chaque fois qu'elles arrivaient à la fin de la comptine.

Elles regardèrent les filles s'amuser pendant encore un moment.

— Alors... Vincent m'a dit que MacGyver leur a demandé s'ils pouvaient tous venir à l'école d'Ellory pour la journée des métiers la semaine prochaine, reprit finalement Remi.

— Oui, acquiesça Addison.

— Et apparemment, il a aussi parlé de DILF...

Tout le monde éclata de rire. Addison ne put s'empêcher de se remémorer l'expression de Ricky quand elle lui avait expliqué ce que ça voulait dire.

— Ellory est ravie de pouvoir compter sur la présence de quelques Navy SEALs de son entourage. Elle a eu des problèmes de harcèlement, à cause de sa taille, de la couleur de ses cheveux... parce qu'elle n'a pas encore atteint la puberté, et bien sûr, à cause de la maladie de Crohn. Les enfants peuvent être cruels, surtout à l'âge de douze ans.

Cheyenne sortit juste à ce moment-là.

— Je ne supporte pas les harceleurs. Tu parlais de la journée des métiers ? Est-ce que Faulkner et les autres peuvent venir aussi ? Après tout, si Ellory est excitée à l'idée de présenter une équipe de SEALs devant ses camarades, peut-être que deux équipes, ce serait encore mieux !

— Vraiment ? Ce serait formidable, se réjouit Addison. Ricky a dit qu'il en parlerait à ton mari et sa bande. Mais il va falloir que je contacte l'école pour voir si c'est possible.

— Mais nos gars ne sont pas si jeunes, ils auront sans doute l'air de vieux croulants aux yeux des enfants, pensa Cheyenne à voix haute.

— De vieux croulants ? s'étonna Wren, les yeux écarquillés. Tu as vu ton mari récemment ?

— Euh... oui. Hier soir. Quand il m'a déshabillée, attachée au lit, et qu'il m'a fait toutes sortes de...

— On a compris, Cheyenne, on n'a pas besoin de tous les détails, l'interrompit Remi en riant.

Cheyenne ne semblait pas gênée le moins du monde.

Addison trouvait cela super et rafraîchissant qu'elle ait encore une vie sexuelle très active avec son mari.

— Tu me diras ce qu'ils en pensent à l'école. Je suis sûr que Faulkner et les autres pourraient organiser une petite compétition entre eux et vos jeunes recrues. Comme ça, ils auront *tous* une occasion de se montrer.

— Tu crois que ça fera reculer les filles qui harcèlent Ellory ? demanda Maggie.

— Je n'en ai aucune idée, admit Addison en fronçant les sourcils. Peut-être... En tout cas, je ne vois pas quoi faire d'autre.

— J'imagine que MacGyver ne peut pas simplement se rendre à l'école et faire peur à ces petites pestes, hein ? lança Remi.

Addison ne put s'empêcher de pouffer de rire.

— Non, mais il aimerait bien. Il n'était pas content du tout quand il a appris ce qu'Ellory traversait. Je ne comprends pas pourquoi certains enfants sont si méchants.

— Si l'un de mes futurs enfants s'amuse à ça, je le retire de l'école en moins de deux ! s'exclama Maggie. Il est hors de question que mon fils ou ma fille fasse du mal aux autres.

— En même temps, quand on voit le profil de la principale responsable, ça n'a rien d'étonnant, souligna Addison.

— Pourquoi ? s'enquit Wren.

— Parce qu'elle s'appelle... Chrysanthème.

— Non, c'est une blague !

— Tu plaisantes !

— Merde alors, sérieusement ?

Addison s'esclaffa.

— Je ne plaisante pas. C'est vraiment son prénom. Mais elle se fait appeler Chrys.

— Maintenant, elle me fait un peu pitié, déclara Maggie.

— Addy, pipi !

La petite Yana s'était approchée d'elles pendant leur discussion. Addison commença à se lever, mais Cheyenne secoua la tête.

— Je m'en occupe.

Elle tendit la main vers la petite fille.

— Je crois qu'il reste un cookie. Une fois que tu seras allée aux toilettes, on pourrait peut-être le récupérer avant que les gars ne se jettent dessus.

— Cookie ! s'exclama joyeusement Yana en attrapant la main de Cheyenne.

Une fois de plus, Addison fut surprise de constater à quel point la petite fille faisait confiance aux gens qu'elle venait de rencontrer. Elle s'était incroyablement bien adaptée. Mais juste avant de disparaître à l'intérieur avec Cheyenne, Yana se retourna et jeta un coup d'œil en direction de l'endroit où ses frères jouaient. Artem s'arrêta pour lui faire un signe de la main et lui indiquer que tout allait bien.

Même si elle s'adaptait bien, certaines choses étaient profondément ancrées en elle, comme le fait de compter sur ses frères pour se sentir en sécurité. Ce qui n'était pas une mauvaise chose. Addison eut un pincement au cœur en pensant à ce qu'elle aurait ressenti s'ils avaient été séparés.

Deux heures plus tard, dans le salon de Caroline, Yana dormait profondément dans les bras de Ricky. Presque tout le monde était parti, sauf Cheyenne, Dude, leur fille Taylor, ainsi qu'Addison et sa famille.

Sa famille.

Ces deux mots lui étaient encore étrangers, mais ils sonnaient tellement juste dans son esprit.

Artem et Borysko étaient assis à table et grignotaient encore quelque chose. Ils avaient énormément d'appétit, mais comme ils avaient manqué de nourriture pendant longtemps et qu'ils étaient en pleine croissance, cela n'inquiétait pas Addison. Elle était assise à côté de Ricky et Yana, tandis que Caroline et Wolf étaient installés sur un canapé deux places en face d'eux. Dude, lui, était dans un grand fauteuil avec Cheyenne allongée sur ses genoux. Ellory et Taylor regardaient un film au sous-sol.

Addison se sentait fatiguée, mais dans le bon sens du terme. Elle n'aurait jamais imaginé que la journée se passerait aussi bien. Elle était nerveuse et inquiète à l'idée de rencontrer les amis de Ricky, mais tout le monde s'était montré accueillant et tellement gentil avec elle et leurs enfants. Elle avait l'impression d'avoir enfin trouvé ce qu'elle cherchait depuis toujours : de véritables amis.

— Eh bien... je ne sais pas ce que vous en pensez, mais j'ai l'impression que cette journée a été un succès, dit Caroline avec le sourire.

— C'était parfait, confirma Wolf en se penchant pour embrasser sa femme sur le front.

L'amour que le couple partageait était très beau.

— Merci pour l'invitation, dit Ricky.

— Avec plaisir. Plus on est de fous, plus on rit. Et c'est sincère. Même si Ice et moi, on a décidé de ne pas avoir d'enfants, ça ne veut pas dire qu'on ne les aime pas et que ça nous dérange qu'ils soient là. C'est juste qu'on aime bien aussi quand ils rentrent à la maison.

Ils éclatèrent tous de rire.

— Tout va bien de votre côté ? demanda Wolf à Ricky d'un air sérieux. Vous avez besoin de quelque chose ? De quoi manger ? Des vêtements ? De la literie ?

— Tout va bien. Merci.

— Des nouvelles concernant l'adoption ? s'enquit Cheyenne.

— Pas encore, répondit Ricky. Tex a réussi à nous obtenir une autorisation d'urgence pour devenir famille d'accueil, mais il y a encore beaucoup d'étapes à franchir avant qu'on ait le droit de les adopter. Visites, évaluations psychologiques, entretiens avec des collègues, ce genre de choses.

— Ça va aller, affirma Dude avec assurance. Il suffit de vous voir quelques minutes pour constater que vous êtes faits l'un pour l'autre. Ces enfants sont entre de bonnes mains.

— Merci. Sur ce, on devrait peut-être y aller avant qu'Artem et Borysko ne dévorent tout ce que Wolf et Caroline ont dans leurs placards, suggéra Ricky.

— Déjà ? fit Caroline avec une petite moue.

Addison ne put s'empêcher de rire.

— On est là depuis des heures.

— Oui, mais la maison va être tellement calme après votre départ. Tu sais, si tu veux qu'Ellory vienne dormir chez nous un de ces jours... peut-être quand Taylor sera là aussi, puisqu'elles s'entendent si bien... ça nous ferait très plaisir.

— Ce serait génial, intervint Dude. On aurait enfin la maison pour nous deux.

Il agita les sourcils d'un air suggestif en direction de sa femme.

Cheyenne lui donna une petite tape sur le bras en pouffant de rire.

— Vraiment ?

Cette idée plaisait beaucoup à Addison également. Ses parents vivaient trop loin pour que sa fille puisse avoir une vraie relation avec eux. Ceux de Ricky étaient plus près, mais elle n'était pas encore prête à laisser Ellory à plusieurs heures de route de chez elle. Évidemment, ce serait à Ellory de décider si elle voulait dormir chez Caroline, mais d'après ce qu'elle avait vu aujourd'hui, Addison était pratiquement certaine que sa fille adorerait ça.

— Bien sûr. Elle est adorable.

— D'accord, on verra ce que l'avenir nous réserve, répondit-elle avec tact.

Tout le monde se leva, et Caroline descendit chercher les filles au sous-sol avec Cheyenne. Dude et Wolf se dirigèrent vers la table pour rassembler les garçons. Ricky se pencha vers Addison.

— Ça va ?

— Très bien, répondit-elle avec un grand sourire. Tout le monde a été tellement gentil.

— Je te l'avais dit, souligna-t-il avec un sourire en coin.

— Oui, c'est vrai.

Addison n'arrivait même pas à être agacée par son air satisfait. Il lui avait assuré que tout le monde l'apprécierait, et manifestement, il avait raison. Ses cookies et son gâteau avaient eu beaucoup de succès, et tout le monde, adultes comme enfants, s'était montré détendu et chaleureux.

— Au moins, ce soir, les enfants dormiront comme des masses, se réjouit Ricky en lui prenant la main.

Cela semblait si naturel. Comme s'ils se tenaient la main depuis toujours. En réalité, c'était la première fois, et Addison savait que ce moment resterait gravé dans sa mémoire.

Ellory remonta du sous-sol avec Taylor, et elles s'enlacèrent brièvement avant de se dire au revoir. Les garçons, les paupières lourdes, prirent le temps de remercier les adultes avant de partir.

À peine sur la route, tout le monde dormait profondément dans la voiture, sauf Addison et Ricky. Le silence était paisible, et Addison profitait de cette sensation de plénitude.

De retour chez eux, Ricky porta Yana, toujours endormie, tandis qu'Artem et Borysko filaient dans leur chambre pour se changer et se préparer à dormir.

— Maman ? appela Ellory lorsque Ricky alla coucher Yana.

— Oui, ma chérie ?

— J'ai passé une super journée. Taylor est géniale, elle a été vraiment gentille avec moi, même si je suis plus jeune qu'elle.

On a plein de points communs. C'est vrai que son père et sa bande pourraient venir à la journée des métiers avec Ricky et ses amis ?

— Oui, si l'école est d'accord. Je les appellerai lundi pour confirmer.

— Trop bien !

— Tu veux manger quelque chose ? Tu n'as presque rien avalé aujourd'hui.

— Non, ça va.

— Tu n'as pas mal au ventre ?

Ellory haussa les épaules, et Addison fronça les sourcils. En général, ce genre de réaction signifiait qu'elle n'allait pas aussi bien qu'elle le prétendait.

— Ellory, insista doucement Addison.

— Je ne suis plus un bébé, répondit-elle, un peu agacée. Je te le dirai si ça ne va pas.

— Je sais que tu as grandi. Mais je m'inquiète pour toi, c'est tout.

Ellory inspira profondément.

— Je sais, Maman. Mais tout va bien. Tu ne peux pas passer ta vie à te faire du souci pour moi.

— Qui a dit ça ? plaisanta Addison en laissant échapper un petit rire.

Elle tendit les bras vers Ellory et la serra longuement contre elle.

— Je t'aime, ma grande. Je suis très fière de la jeune fille que tu es en train de devenir.

Ellory rougit légèrement, puis hocha la tête avant de se diriger vers sa chambre.

Addison soupira. Les moments où Ellory se blottissait contre elle pendant des heures lui manquaient. Elle devait se rendre à l'évidence : sa fille grandissait.

Une demi-heure plus tard, les enfants étaient tous

endormis après une longue et agréable journée. Il n'était pas très tard, mais Addison commençait à tomber de fatigue.

— Pourquoi tu n'irais pas te coucher, toi aussi ? lui suggéra Ricky. Je ne vais pas tarder à te rejoindre.

— Ça ne te dérange pas ?

— Pas du tout. Tu n'es pas obligée de veiller juste parce que je suis encore debout.

— D'accord. Merci pour cette journée. C'était vraiment super.

— C'est toi qui es super. Bonne nuit.

— Bonne nuit.

Addison se dirigea vers leur chambre, puis passa un peu de temps dans la salle de bain avant de se glisser sous les couvertures et de repenser à cette journée si agréable, à quel point tout le monde avait été merveilleux. Elle s'était vraiment fait du soucis pour rien.

Lorsque Ricky entra dans la chambre un peu plus tard et se glissa à son tour sous les couvertures de l'autre côté du lit, elle était à moitié endormie. Elle ne se rendit donc pas vraiment compte de ce qu'elle faisait quand elle se tourna vers lui et passa un bras autour de sa poitrine.

— Addy ? l'appela-t-il doucement.

— Hmmmm ?

Il resta silencieux un instant. Puis...

— Rien. À demain.

— Hmmm... à demain.

Cette nuit-là, elle dormit mieux qu'elle ne l'avait fait depuis des mois, blottie contre l'homme pour lequel elle avait tant de respect... et sans qui elle commençait à penser qu'elle ne pourrait plus vivre.

CHAPITRE 6

Alors que MacGyver se tenait devant une classe pleine d'élèves de 5ème, il pensait encore au week-end dernier, comme il le faisait depuis des jours. Il ne s'attendait pas à ce qu'Addison se blottisse contre lui quand il était allé se coucher après la fête chez Wolf et Caroline. C'était une journée parfaite, et il se sentait bien dans sa relation avec Addy. Mais lorsqu'elle avait passé le bras autour de lui avec un soupir de satisfaction, il avait failli se retourner et la prendre dans ses bras.

Il la désirait. De toutes les manières dont un homme désire sa femme. C'était une mère extraordinaire, une travailleuse acharnée, elle était gentille, compatissante, et incroyablement attirante. Il se sentait excité dès qu'il était près d'elle, ce qui était souvent le cas. Ça devenait difficile de dissimuler son désir constant, mais la dernière chose qu'il voulait, c'était la faire fuir ou la pousser à faire quelque chose qu'elle n'était pas prête à faire.

Car si Addy se laissait aller par obligation, ou par devoir envers lui, ou encore parce qu'elle se sentait redevable d'une certaine façon, il serait dévasté.

— Combien de méchants vous avez tués ?

La question venait d'un des garçons. MacGyver laissa Kevlar y répondre. Ce n'était pas la première fois qu'on leur posait ce genre de question inappropriée, mais c'était toujours un peu gênant.

— Vous avez vraiment dû vous agenouiller dans l'océan pendant des heures entières alors que vous étiez en train de mourir de froid ? demanda un autre garçon.

Manifestement, il avait vu un film ou un documentaire sur l'entraînement de base des SEALs.

— Ce n'était pas une partie de plaisir, mais vous savez pourquoi on nous a demandé de faire ça pendant notre formation ? demanda Safe.

Quelques enfants courageux tentèrent de répondre à la question, mais Safe finit par leur expliquer.

— C'est pour nous endurcir. En mission, si on a trop froid ou trop chaud, ou si on est blessés, on ne peut pas se lever et demander à faire une pause. Généralement, il n'y a que nos coéquipiers pour nous aider, et personne d'autre. On doit faire face à des situations inconfortables pour mener à bien nos missions.

Les enfants étaient captivés par la présentation, ce qui fit vraiment plaisir à MacGyver. Si, aujourd'hui, ils pouvaient inciter ne serait-ce qu'un seul enfant à vouloir servir son pays plus tard, le temps investi en valait la peine.

La présentation pour le groupe d'élèves actuel prit fin et ils quittèrent la salle de classe en traînant les pieds. L'équipe de Wolf se trouvait dans une autre salle ; les SEALs avaient suscité un tel intérêt que l'équipe pédagogique avait dit à Addison que ce serait génial qu'un autre groupe vienne parler aux enfants. Apparemment, ils avaient plus de succès que les comptables, les médecins et les ingénieurs. Cela dit, les deux vétérinaires donnaient du fil à retordre aux SEALs. Mais selon MacGyver, ils avaient un peu triché en amenant non seulement un chien et un chat, mais aussi un paresseux dont ils s'occupaient.

Pendant qu'ils attendaient l'arrivée du groupe suivant, Smiley s'approcha de MacGyver.

— Si ça ne te dérange pas, je vais partir un peu plus tôt, lui dit-il.

— Pourquoi ça me dérangerait ? demanda MacGyver.

— Eh bien, c'est le projet de ta belle-fille. Je ne voulais pas te contrarier en partant avant la fin. Ce n'est pas que je m'ennuie. À vrai dire, c'était amusant, et plutôt intéressant. C'est juste que je veux prendre de l'avance sur le week-end. Je vais faire un dernier tour à Vegas pour voir si je peux retrouver Bree.

MacGyver savait à quel point retrouver cette mystérieuse femme comptait pour Smiley. Bree Haynes avait été vendue par son petit ami à un trafiquant d'êtres humains - l'homme à qui la famille de l'ex-petit ami décédé de Josie avait essayé de *la* vendre. Blink et Smiley avaient sauvé Bree en la sortant de la voiture, mais dans le chaos qui avait suivi, elle avait disparu. Depuis, Smiley était presque obsédé par l'idée de la retrouver... mais jusqu'à présent, il n'avait pas eu de chance.

— Tu comptes abandonner ? s'enquit MacGyver.

Smiley haussa les épaules.

— Je ne sais plus quoi faire, ni où chercher. Tex m'a donné un coup de main de temps en temps, entre deux affaires plus importantes. Mais son appartement est vide, elle n'a pas utilisé son portable ni ses cartes de crédit, et il n'a trouvé aucune trace d'elle. Soit son ex lui a mis la main dessus, soit elle a quitté la ville. J'espère que c'est la deuxième hypothèse.

MacGyver fronça les sourcils.

— Tu as besoin d'aide ? Je peux venir avec toi.

Son ami s'esclaffa.

— Bien sûr, comme si tu n'avais rien d'autre à faire.

MacGyver haussa les épaules.

— C'est vrai que je suis un peu débordé, mais si tu as besoin de moi, je peux mettre ça de côté pour t'aider.

— C'est gentil, mais de toute façon, je crois bien que je suis sur une fausse piste. Si Tex n'a rien trouvé, je ne vois pas pourquoi j'y arriverais. Tourner en rond dans la ville à la recherche d'une femme que j'ai à peine croisée... c'est sûrement une perte de temps. Je ne suis même pas sûr de la reconnaître si je la croisais.

MacGyver n'en était pas convaincu. Smiley était l'un des gars les plus observateurs de la bande, et personne ne l'avait jamais vu aussi investi dans quelque chose.

— Très bien. Mais si jamais tu as besoin d'un coup de main, tu sais où nous trouver.

— Je sais, merci. Au fait, la petite peste est déjà passée ?

MacGyver réprima un sourire. Il voyait très bien de qui parlait Smiley.

— Je ne crois pas que tu aies le droit de traiter une gamine de *petite peste*, lâcha-t-il, même s'il avait fait la même chose quand Ellory lui avait parlé de Chrys.

— Elle s'en prend à Ellory pour des trucs qu'elle ne contrôle même pas. Elle monte ses copines contre elle. Elle la fait souffrir. J'ai bien le droit de l'appeler comme je veux.

— Avec un peu de chance, elle finira par comprendre que la méchanceté ne sert à rien, répondit calmement MacGyver.

— Avec un prénom comme Chrysanthème, je ne parierais pas là-dessus, marmonna Smiley avant de s'éloigner pour parler à Kevlar.

Pendant ce temps, un nouveau groupe d'élèves commença à entrer dans la classe, et Smiley se dirigea tranquillement vers la sortie.

MacGyver espérait vraiment que Smiley retrouverait Bree. Manifestement, elle avait touché une corde sensible chez le

SEAL, d'habitude si réservé et impassible. Il ne pouvait qu'espérer qu'elle allait bien, où qu'elle soit.

— Ricky !

En se retournant, il vit Ellory se précipiter vers lui. Il ouvrit les bras, heureux qu'elle s'y plonge sans hésiter, puis la serra contre lui.

— Salut, El.

— Vous faites un tabac, lui annonça-t-elle à voix basse. Tout le monde parle de vous dans toute l'école. Et ils ont hâte de vous voir à l'œuvre après le repas de midi, quand vous ferez une démonstration de votre entraînement dehors !

MacGyver sourit. Ils avaient installé un petit parcours d'obstacles devant le collège, et ramené leur équipement habituel – sauf les armes – pour le montrer aux élèves.

— Super, répondit-il.

— Elle est là, chuchota Ellory. Chrys. J'ai essayé de ne pas me retrouver dans son groupe, mais comme son nom de famille commence aussi par un W, je me retrouve souvent coincée avec elle.

MacGyver se dit immédiatement que si elle changeait de nom de famille pour le *sien*, Douglas, elle n'aurait plus ce problème. Mais il était encore bien trop tôt pour l'envisager.

— Elle t'a embêtée aujourd'hui ? demanda-t-il doucement.

Ellory se contenta de hausser les épaules.

— Pas plus que d'habitude.

Ce qui voulait dire *oui*.

— Allez, les enfants, tout le monde s'assoit pour qu'on puisse commencer, lança un professeur.

— Il faut que j'y aille, dit Ellory.

MacGyver hocha la tête, mais la serra encore une fois dans ses bras avant de la laisser partir.

Une fois tout le monde assis, Kevlar reprit son discours. C'était la quatrième fois qu'ils faisaient cette présentation aujourd'hui, et ils la maîtrisaient parfaitement. Il commença par raconter l'histoire des Navy SEALs, de leur devise, *The only easy day was yesterday*, puis chacun partagea une anecdote amusante sur la *Hell Week*. Après avoir abordé les points essentiels, ils laissèrent la place aux questions des élèves.

Beaucoup d'entre eux posèrent les mêmes que lors des sessions précédentes. Mais quand une fille, qui d'après la description d'Ellory ne pouvait être que la fameuse Chrysanthème, leva la main, MacGyver se redressa.

— Vous êtes tous tellement grands et costauds, commença-t-elle en souriant. Vous étiez tous des sportifs au lycée et à l'université ?

C'était une question un peu naïve, mais compréhensible venant d'une fille de douze ans. MacGyver était impatient de lui répondre.

— On est tous forts parce qu'on a travaillé *très dur* pour en arriver là. Les muscles ne se développent pas du jour au lendemain... et c'est pareil pour le cerveau. Il faut travailler les deux. Et pour répondre à ta question, au lycée, j'étais tout petit. Sûrement le genre de gamin dont tu aurais aimé te moquer... maigre, petit, ringard. Je jouais du trombone dans l'orchestre. Je me faisais harceler par des gosses qui se croyaient plus intelligents, plus cool, plus beaux que moi. Tu sais ce qu'ils sont devenus aujourd'hui ? L'un est toxicomane, l'autre est un homme d'affaires qui a fait fortune mais qui a fini en prison pour fraude fiscale, et le troisième - celui qui me tyrannisait le plus - est obèse, et il a fait quatre crises cardiaques. Être un athlète ou correspondre aux critères de *beauté* de la société ne détermine pas si tu vas devenir fort et réussir ta vie. La personne que tu brutalises aujourd'hui pourrait bien être celle qui se présentera à ta porte un jour quand tu appelleras les secours parce que ton bébé s'étouffe. Ou devenir la prochaine

Taylor Swift ou Lady Gaga. Mais même si ce n'est pas le cas... même si cette personne ne devient pas célèbre, riche, ou Navy SEAL... ça ne veut pas dire qu'elle ne contribue pas de manière positive à la société. Ces gars, à côté de moi... seraient mes meilleurs amis même si on n'était pas SEALs. Je sais que je peux toujours compter sur eux, quoiqu'il arrive. Que ce soit pour une panne d'essence, quelques dollars pour acheter un hamburger, ou pour risquer leur vie si je me retrouve coincé sous le feu ennemi sans aucune chance de m'en sortir. Vous êtes jeunes. Vous avez toute la vie devant vous. Vous n'avez pas besoin d'être un athlète ou d'être populaire pour réussir. Il suffit d'être une bonne personne, et de faire ce qui est juste. Soyez le genre de coéquipier sur qui vous aimeriez pouvoir compter si tout part en coui... hmm... en vrille.

Il n'était pas très subtil, mais MacGyver s'en fichait. Il était sur le point de conclure quand il pensa à autre chose, une sorte d'avertissement.

— Ah, et être un athlète, ce n'est pas toujours être le plus grand ou le plus fort dans une foule. Ça consiste souvent à savoir se défendre correctement. J'enseigne à ma propre femme et à mes enfants à se défendre contre quiconque voudrait leur faire du mal. Ce n'est pas une question de violence, tout comme le fait d'être un Navy SEAL ne consiste pas uniquement à abattre les méchants. Être un SEAL, c'est se défendre et défendre son pays. Ne pas reculer quand les tyrans qui dirigent d'autres pays décident de jouer les gros bras. Chez moi, ça signifie que lorsque quelqu'un s'en prend à ma femme dans un magasin ou dans un bar, ou qu'un autre enfant dans le quartier ou à l'école s'en prend aux miens, je veux qu'ils soient en mesure de se défendre.

Une fois de plus, ce n'était pas très subtil, mais MacGyver voulait que Chrysanthème saisisse le message. Il allait commencer ce soir-là, en apprenant à Ellory et Addison les bases de l'autodéfense. Même s'il ne cautionnait pas la violence, si les choses continuaient de la sorte pour Ellory, le désespoir pouvait *devenir* violent. Les tyrans adoraient quand les autres avaient peur d'eux. Cela s'appliquait aussi bien aux dirigeants de pays qu'aux filles de 5ème.

La présentation se poursuivit, d'autres enfants posèrent des questions, et bientôt, leur temps fut écoulé. Chrys n'adressa même pas un regard à Ellory en quittant la salle de classe, et MacGyver prit cela comme une victoire. L'avenir lui dirait si ce qu'il avait dit avait eu un impact sur elle.

Avant de partir, Ellory s'approcha et le serra à nouveau dans ses bras.

— Merci, murmura-t-elle contre sa poitrine avant de s'éloigner et de suivre ses camarades de classe.

MacGyver remarqua qu'elle avait les larmes aux yeux, et il espérait de tout cœur avoir fait ce qu'il fallait.

— Bien joué, mec, le félicita Blink lorsqu'ils se retrouvèrent seuls.

Il leur restait encore un dernier groupe avant leur démonstration à l'extérieur.

— Je pense que tu l'as fait réfléchir un peu.

— J'espère que oui. Elle est trop jeune et trop jolie pour être aussi méchante.

Flash éclata de rire en entendant son commentaire.

— *Méchante* ? répéta-t-il.

— Hé, on est dans une école. Je ne peux pas vraiment dire ce que je pense, rétorqua MacGyver.

— Tu as raison.

— T'as joué du trombone au lycée, toi ? s'enquit Safe avec un petit rire.

— Non. Et *de fait*, je faisais partie de l'équipe de football. On a même gagné un championnat national, se vanta-t-il. Mais je me suis dit que ça n'aiderait pas Ellory, alors j'ai un peu exagéré les choses.

— Je faisais partie de l'orchestre, avoua Flash. Je jouais de la clarinette. Et je faisais du théâtre. Les autres se moquaient constamment de moi, mais la plupart du temps, je faisais comme si je ne les entendais pas. Sauf une fois, quand trois gars me sont tombés dessus.

— Et ? s'enquit Kevlar avec curiosité.

— Je leur ai cassé la gueule, et plus personne ne m'a jamais embêté, répondit Flash d'un air satisfait. Donc t'as raison, MacGyver. Il ne s'agit pas d'être grand et fort. Les cours de karaté que j'ai suivis quand j'étais petit ont porté leurs fruits. L'autodéfense pour *toutes* nos femmes, ce n'est pas une mauvaise idée.

— *Nos* femmes ? Tu es célibataire, souligna Preacher en souriant.

— Eh bien, à force d'être entouré de vous tous, ça va bien déteindre sur moi un jour ou l'autre, répondit Flash en lui retournant son sourire. Peut-être que j'en trouverai une par osmose, ou quelque chose comme ça.

Il était en train de dire n'importe quoi, mais MacGyver pouvait déceler quelque chose dans le ton de son ami. Il avait beau faire comme s'il se fichait d'avoir une copine... être constamment entouré de couples le fatiguait peut-être un peu.

Kevlar échangea un regard entendu avec Safe, puis les deux hommes se jetèrent sur Flash et commencèrent à se déhancher contre lui.

— Hé ! Qu'est-ce que vous foutez ? Arrêtez ! s'écria Flash en essayant de repousser ses amis, sans succès.

— Des germes ! s'exclama Safe. Des germes de petites amies ! On en étale partout sur toi. Peut-être que ça attirera une femme.

Tout le monde rit aux éclats, et cela ne les aida pas quand le groupe d'élèves suivant entra dans la salle et tomba sur deux grands hommes en train de faire une danse plutôt suggestive contre un troisième.

Ils eurent du mal à terminer la présentation, car ils n'arrêtaient pas de rire, et n'arrivaient pas à reprendre leur sérieux. À la fin, en retrouvant Wolf et son équipe, ils rirent de plus belle en essayant d'expliquer ce qu'il y avait de si drôle.

Le reste de la journée se déroula sans accroc. Le parcours d'obstacles remporta un franc succès auprès des enfants, et c'était amusant de les voir essayer d'arriver jusqu'au bout. Même les plus grands garçons avaient du mal, et MacGyver se réjouit qu'au final, ce soit une fille qui ait surpassé tout le monde.

Ensuite, les élèves eurent l'occasion d'essayer l'armure que portaient les SEALs, de découvrir l'équipement de plongée et les combinaisons qu'ils utilisaient pour les missions sous-marines. Les voir essayer de soulever des sacs de 18Kg et d'avancer avec était hilarant.

Dans l'ensemble, ce fut une bonne journée. MacGyver s'était bien amusé, et pas seulement parce qu'il avait pu dire ce qu'il pensait à la principale harceleuse d'Ellory. Il ne savait pas si cela ferait une différence ou non, mais la reconnaissance dans les yeux de sa belle-fille était tout ce dont il avait besoin.

Il était de bonne humeur, ce qui fit de l'appel téléphonique qu'il reçut pendant qu'ils rangeaient le matériel de la course d'obstacles un choc total.

Le numéro affiché sur son écran était *inconnu*. En général, il ne répondait pas à ce genre d'appels, car ils proviennent souvent de démarcheurs, mais pour une raison quelconque, son instinct le poussa à décrocher.

— Allô ?

— Ricardo Douglas ?

— Oui, qui est à l'appareil ?

— Je m'appelle Samantha Price et je travaille pour le Service de Protection de l'Enfance. Nous sommes au courant que vous êtes en train d'essayer d'adopter trois enfants en provenance d'Ukraine. Comme vous le savez sûrement déjà, notre bureau est submergé de dossiers, et nous avons récemment commencé à travailler sur le vôtre. Certaines irrégularités ont attiré notre attention. Par conséquent, en attendant la fin de l'enquête, les enfants ont été retirés de votre garde.

— Quoi ? aboya MacGyver, le sang glacé.

Ils ont été récupérés à l'école et sont interrogés en ce moment même.

— Vous n'avez pas le droit de faire ça. Ils vont bien ? Qu'est-ce que vous leur avez dit ?

— Ils vont bien, monsieur.

— Quand est-ce que ce sera fini ? Quand est-ce que je peux venir les chercher ?

— Ils vont être placés dans une famille d'accueil en attendant que l'affaire fasse l'objet d'une enquête approfondie.

— Vous vous foutez de moi ? *Nous sommes* leur famille d'accueil, ma femme et moi. Vous ne pouvez pas nous les enlever comme ça.

— En réalité, nous le pouvons, monsieur Douglas, lui dit Samantha. Nous devons nous assurer qu'ils sont dans le meilleur endroit possible pour eux. Et quand des soldats emmènent trois enfants d'un pays en guerre sans autorisation, sans même essayer de les placer d'abord dans une famille de leur *propre* pays, ça ne fait pas bonne impression.

— Marine, corrigea MacGyver de manière automatique.

Il avait le cœur brisé. Les enfants devaient être tellement confus et effrayés.

— Qu'est-ce qui se passe ? demanda Kevlar en se précipitant à ses côtés.

Manifestement, il avait entendu la détresse de MacGyver. Le reste de l'équipe se tenait à proximité.

— Je peux les voir ?

— Malheureusement, non. Pas pour le moment. Peut-être après les premiers entretiens et les recommandations. Nous travaillons aussi vite que possible sur ce dossier, monsieur. Je sais que c'est bouleversant, mais nous voulons ce qu'il y a de mieux pour les enfants.

— Non, c'est faux, rétorqua MacGyver en serrant les dents. Vous n'avez aucune idée de ce que ces enfants ont vécu. De ce qu'ils ont vu, et de ce qu'ils ont fait. Vous savez qui en a une vague idée ? Moi. Parce que j'étais là. Ils sont dans un bon foyer, avec une mère et un père qui les aiment, avec une sœur qui ferait n'importe quoi pour eux. Ils ont de quoi manger et boire sans avoir à se débrouiller par eux-mêmes. Ils vont à l'école. Je n'ai pas la moindre idée de quelles *irrégularités* vous parlez, mais personne n'aimera ces enfants autant que ma femme et moi. Ce qu'il y a de mieux pour eux, c'est qu'on les ramène à la maison. *Chez eux.*

— Comme je vous l'ai dit, nous examinons la situation, et nous vous recontacterons bientôt. Ils sont entre de bonnes mains, monsieur Douglas. Ne vous inquiétez pas.

Sur ce, elle raccrocha.

Elle lui avait raccroché au nez, bordel ! MacGyver était furieux. Et terrifié.

— Quoi ? Qu'est-ce qui se passe ?

— Ils ont emmenés Artem, Borysko et Yana. Ils sont en train de les interroger, et ils vont les placer dans une autre famille d'accueil ! Je ne comprends pas.

— Quelqu'un leur a téléphoné pour leur parler d'eux ? demanda Safe.

— Aucune idée. Elle a juste dit qu'ils avaient pris du retard dans les dossiers, qu'ils commençaient à peine à s'occuper de notre cas, et que des *irrégularités* nécessitant une enquête leur étaient apparues. Yana doit être terrifiée. Et s'ils ne la laissaient pas voir ses frères ? S'ils la plaçaient dans un foyer différent du leur ? Merde !

MacGyver ferma les yeux. Il sentit sa tension artérielle grimper en flèche. Puis il rouvrit les yeux en grand.

— Merde, comment je vais annoncer ça à Addison ? Elle va être dévastée.

— Viens, dit Kevlar en attrapant le bras de MacGyver. Je conduis. Flash, appelle Tex. Mets-le sur le coup. Blink, préviens le commandant. Safe, tu peux remballer le reste du matériel avec Preacher ?

— On s'en occupe.

— J'appelle le commandant tout de suite.

— Merci.

MacGyver laissa son ami le guider jusqu'à sa Subaru, et se sentait vraiment mal en quittant le parking de l'école. Il entendit Kevlar parler à quelqu'un pendant qu'ils roulaient, mais il n'arrivait pas à se concentrer. Tout ce à quoi il pensait, c'était à quel point ses enfants devaient avoir peur. Ce ne fut qu'en arrivant dans son allée, la Jeep Wrangler de Safe s'arrêtant derrière eux, qu'il réalisa où ils se trouvaient.

Wren et Remi sortirent de la Jeep et se précipitèrent vers la voiture de Kevlar. Les renforts étaient les bienvenus, mais pour le moment, tout ce que voulait MacGyver, c'était voir Addison.

Il se précipita vers la porte, la déverrouilla et entra, suivi de ses amis. L'odeur du chocolat était presque étouffante. Addison devait était occupée à préparer des brownies sans gluten pour un gâteau spécial destiné à un client. Il en avait entendu parler ce matin.

— Ricky ? appela-t-elle depuis la cuisine.

Soudain, MacGyver n'avait plus envie d'être là. Il ne voulait pas que la journée de sa femme soit gâchée comme l'avait été la sienne. Mais il était trop tard pour faire marche arrière. Elle apparut à l'angle de la cuisine et de la salle à manger, puis se figea en voyant MacGyver et les autres dans le hall d'entrée.

Le sourire sur son visage disparut.

— Qu'est-ce qui ne va pas ? s'enquit-elle. C'est Ellory ? Les enfants ?

MacGyver ne savait pas comment le lui annoncer.

— Ricky ? insista-t-elle, la lèvre inférieure tremblante.

Merde, il ne pouvait pas retarder l'échéance plus longtemps.

— Ellory va bien. C'est... c'est les enfants. Apparemment, les services sociaux pensent qu'il y a quelque chose de louche concernant leur arrivée ici. Ils les ont récupérés à l'école, et ils ont ouvert une enquête.

— *Quoi ?*

MacGyver prit une grande inspiration.

— Ils ne vont pas rentrer à la maison. Pas ce soir. Je ne sais pas quand. Le Service de Protection de l'Enfance va les placer dans une autre famille d'accueil jusqu'à ce qu'ils aient démêlé toute cette affaire.

— Ensemble ? Ou séparément ?

— Je ne sais pas.

Il s'attendait à ce qu'Addison soit bouleversée, à ce qu'elle s'effondre en pleurs. Mais il avait sous-estimé sa femme. Cela n'aurait vraiment pas dû le surprendre. Elle avait connu l'enfer avec Ellory. Il ne comprenait pas pourquoi il pensait qu'elle allait craquer maintenant.

— D'accord. Ils vont avoir besoin de vêtements. Et Yana va vouloir ses Barbie. Peut-être pas les quatre cents qu'on lui a achetées, mais au moins quelques-unes. Artem et Borysko voudront leurs livres préférés. Ils ont besoin de leurs affaires.

Qui faut-il contacter pour les leur faire parvenir ? Et comment faire pour les récupérer ? À qui doit-on botter les fesses pour que ça arrive ?

MacGyver prit une profonde inspiration en réalisant que c'était exactement ce dont il avait besoin. La nature pragmatique de sa femme... et sa colère qui bouillonnait juste sous la surface. Ce qui se passait ne lui plaisait pas du tout, mais comme ils ne pouvaient pas changer les choses en claquant des doigts, elle faisait ce qu'elle pouvait pour aller de l'avant. Pour récupérer leurs enfants.

Il fit un pas vers elle et l'attira soudainement contre lui. Elle bascula en avant en laissant échapper un petit cri, mais n'hésita pas à passer ses bras autour de lui et à le serrer aussi fort qu'il le faisait. Il sentit son souffle se couper un instant, mais elle se maîtrisa.

Elle se recula juste assez pour le regarder dans les yeux.

— Qu'est-ce qu'on fait, Ricky ?

À ce moment-là, son téléphone se mit à sonner. MacGyver l'ignora. Mais la personne qui essayait de le joindre rappela immédiatement. Pensant qu'il s'agissait peut-être de la Protection de l'Enfance pour lui annoncer qu'ils avaient fait une erreur, il plongea la main dans sa poche et sortit son téléphone portable. Une fois encore, l'écran affichait *numéro inconnu*.

— Allô ? aboya-t-il dans le combiné.

— C'est quoi ce bordel ? C'est du grand n'importe quoi ! Ces enfoirés se sont attaqués à la mauvaise personne. Comment osent-ils faire ce genre de connerie ? Après tout ce que ces enfants ont vécu ? Je ne sais pas qui a eu la bonne idée de vous faire chier, mais je ne vais pas rester les bras croisés. Vous allez récupérer ces enfants demain avant la fin de la journée, ou je ne m'appelle plus Tex Keegan. Je n'ai pas merdé avec la paperasse. Un abruti doit avoir un balai dans le cul, mais je vais trouver qui c'est et tordre ce foutu balai jusqu'à ce qu'il fasse partie intégrante de son corps. Dire qu'il aurait été préférable de laisser ces gosses là-bas, à la merci d'un système déjà submergé d'orphelins, c'est complètement ridicule, merde ! Et ce n'est pas comme si toi et Addison n'alliez pas leur apprendre à connaître leurs origines. Ces enfoirés ne savent pas à qui ils ont affaire ! Sois tranquille, MacGyver, tes enfants seront de retour avant que tu aies le temps de dire *ouf*.

La ligne se coupa, et MacGyver éloigna lentement le téléphone de son oreille, l'air abasourdi.

— C'était Tex ? demanda Kevlar.

MacGyver lança un regard à son chef d'équipe.

— Ouais.

— Je l'entendais d'ici. Je crois que je ne l'ai jamais entendu jurer autant de fois. D'habitude, il est plutôt stoïque et calme.

— Ouais, répéta MacGyver.

Étrangement, la fureur absolue de Tex le rassurait beaucoup. Un Tex en colère n'était pas souhaitable, du moins pour celui ou celle qui en ferait les frais. MacGyver était maintenant convaincu qu'Artem, Borysko et Yana seraient de retour aussi vite que possible. Ce n'était pas une bonne chose qu'ils doivent à passer la nuit dans un lieu inconnu, mais si Tex affirmait qu'il allait régler ça, il le ferait.

— Ricky ? appela Addison.

— Tex les ramènera à la maison.

— On ne devrait pas leur préparer une valise ? Ils ont vraiment besoin de leurs affaires... des pyjamas, des livres, des poupées... des objets familiers.

— Je pense qu'on devrait laisser Tex faire son travail.

Addison n'avait pas l'air convaincue. C'était encore une chose qu'il adorait chez elle. Elle s'inquiétait tellement pour les enfants.

— Quelqu'un nous a pointés du doigt, nous ou les enfants ? Comment c'est arrivé ?

— Je n'en sais rien. Mais encore une fois, Tex trouvera une solution.

— D'accord.

MacGyver se retourna vers ses amis.

— Vous pouvez nous laisser une minute ?

— Bien sûr, répondit Kevlar. Tu préfères qu'on s'en aille ?

— Addy ? l'interrogea MacGyver.

— Hmm... ils peuvent rester.

— On sera dans la cuisine, dit Remi.

— Mais ne t'inquiète pas, on ne touchera à rien, ajouta Wren.

Addison sourit légèrement.

— Tu veux que j'aille chercher Ellory à la sortie de l'école ? proposa Kevlar en regardant sa montre. Dans une demi-heure, c'est ça ?

— Oui. Ça ne te dérange pas ?

— Pas du tout. Je vais m'assurer de bien gonfler les muscles au cas où l'une de ses harceleuses traîne dans le coin.

Kevlar donna une tape sur l'épaule de MacGyver.

— Je serai bientôt de retour.

— Je suis vraiment désolé, déclara MacGyver une fois seul dans l'entrée avec Addison.

— À quel sujet ?

Il n'en savait rien. Il ne supportait pas l'idée qu'Addison puisse souffrir à cause de lui. Si elle ne l'avait pas épousé, elle ne se serait jamais attachée à Artem, Borysko et Yana. Mais d'un autre côté, si elle n'avait pas accepté, il n'aurait sûrement pas pu les garder. Tout cela tournait en boucle dans sa tête.

Addison s'approcha et posa son front contre le sien. Comme ils faisaient la même taille, c'était facile pour elle. Ses mains reposaient sur les hanches de MacGyver, et les mains de MacGyver sur les siennes. Leurs souffles se mêlaient tandis qu'ils restaient immobiles. Cette proximité intime était exactement ce dont MacGyver avait besoin.

— Tu crois qu'ils vont bien ? murmura-t-elle.

— Ils sont sûrement effrayés et déboussolés.

— Oui. J'aimerais savoir ce qui s'est passé pour éviter que ça ne se reproduise.

— Moi aussi. Tex va découvrir ce qui a merdé. Je parie qu'il fera tout ce qu'il faut pour s'assurer qu'on nous ne les enlève plus jamais.

— Ce Tex a l'air de faire un peu peur.

— C'est un vrai nounours.

Addison pouffa de rire et redressa la tête.

— Ça va ?

— Moi ? Oui, pourquoi ?

— Parce que je sais à quel point ces enfants comptent pour toi. Je les aime, bien sûr, mais tous les quatre... vous avez un lien spécial. Un lien qui s'est forgé dans cette ville en ruines. Ça a dû te frapper de plein fouet.

MacGyver ferma les yeux un instant. Elle avait raison. Il n'avait rien vu venir. Il était incapable de réagir suite à cet appel. Si Kevlar n'avait pas été là pour prendre les choses en main, il ne savait pas comment il aurait fait.

— Ils sont tellement innocents. Ils n'ont rien demandé à personne. Ils n'y sont pour rien si leur pays a été bombardé ; si leurs parents ont été tués ; s'ils sont livrés à eux-mêmes si jeunes, obligés de survivre. Si on n'avait pas été là... si on n'avait pas trouvé refuge dans l'une de leurs cachettes...

Sa voix se brisa.

— Mais vous *étiez* là. Et maintenant, ils sont là. Avec nous.

— Addison ?

— Oui ?

— Si ça ne s'arrange pas, si Tex n'arrive pas à faire des miracles... si les enfants doivent retourner en Ukraine... je ne te retiendrai pas prisonnière de notre mariage. Enfin, je resterai marié avec toi pour qu'Ellory puisse bénéficier des soins dont elle a besoin, mais tu pourras rester ici, à la maison, et je trouverai un appartement.

Addison sursauta, l'air choqué.

— Quoi ?

— On sait tous les deux que ce mariage n'aurait pas eu lieu sans les enfants. Et s'ils ne font plus partie de l'équation, ça me semble injuste de t'obliger à rester avec moi.

Addison se redressa.

— Tu es sérieux ? s'emporta-t-elle d'un air furieux.

— Eh bien... oui.

— C'est *n'importe quoi*, Ricardo Douglas.

MacGyver ne put s'empêcher d'apprécier qu'elle se mette en colère alors qu'il s'attendait à ce qu'elle soit bouleversée, peut-être même en pleurs. D'ailleurs, il ne cherchait pas du tout à l'énerver.

— C'est vrai, on s'est mariés pour que ce soit plus simple pour toi de garder les enfants, mais je ne veux pas que tu partes. Et tu crois qu'Ellory a envie de te perdre ? Non, absolument pas. Elle adore vivre avec toi. Elle adore que tu lui apprennes des trucs que moi, je ne pourrais jamais lui apprendre. Elle s'intéresse plus au bazar dans ton garage qu'à la pâtisserie ou la cuisine. Si tu cherches un moyen de sortir de ce mariage, alors dis-le franchement. Ne te sers pas de ces enfants comme excuse.

— Tu crois que je veux partir ? s'étonna MacGyver, abasourdi à son tour.

— Ce n'est pas le cas ? rétorqua Addison, les bras croisés.

Frustré par les événements de la journée, par son impuissance à aider Artem, Borysko et Yana ; en colère que le gouvernement - pour lequel il s'était donné corps et âme - ait osé lui arracher les trois éléments les plus importants de sa vie ;

contrarié que la femme qu'il aimait puisse croire qu'il ne voulait pas d'elle...

MacGyver plongea la main dans ses cheveux et l'attira vers lui.

Il l'embrassa. Fougueusement.

Sous le choc, les lèvres d'Addison s'ouvrirent, et il en profita pour plonger sa langue à l'intérieur et prendre possession de sa bouche avec une intensité presque sauvage. Ce ne fut qu'en entendant son gémissement qu'il réalisa pleinement ce qu'il était en train de faire. Il réalisa alors qu'elle s'agrippait à son tee-shirt, pressée contre lui, répondant avec autant de passion qu'il lui en donnait.

Ce qui n'était au départ qu'une tentative maladroite de soulager sa frustration devint bien plus que cela. Son désir pour elle s'amplifia en un clin d'œil et explosa d'un coup. Pourtant, le baiser se fit plus tendre, moins dominateur, et plus empreint d'affection. Il voulait lui montrer ce qu'il ressentait vraiment.

Lorsqu'il se recula à contrecœur, ils haletaient tous les deux. Sa main resta plongée dans ses cheveux, et Addison resta appuyée contre lui. Ses doigts se crispaient légèrement sur sa poitrine.

— Je ne veux pas fuir ce mariage, lâcha-t-il.

Il ne voyait pas ce qu'il pouvait dire d'autre dans un moment aussi chargé d'émotion.

— Moi non plus, murmura-t-elle.

— Est-ce que je dois m'excuser pour ce baiser ?

— Si tu fais ça, je pourrais devenir violente.

MacGyver sourit. La journée, qui avait bien commencé avant de virer au cauchemar, semblait soudain s'éclaircir à nouveau. Tex allait résoudre ce problème absurde qui leur avait arraché leurs enfants, et s'il interprétait correctement la situation, la femme qu'il désirait depuis des mois semblait partager ses sentiments.

Il posa à son tour son front contre celui d'Addison.

— Ce mariage n'a peut-être pas commencé de manière conventionnelle, mais je t'aime beaucoup, Addy. Suffisamment pour que l'idée de ton départ me donne l'impression d'être un SEAL débutant vivant sa première mission. Fébrile. Nerveux. Paniqué.

— Dans cas, il vaut mieux que je ne parte pas, répondit Addison à voix basse.

— Jamais ? s'enquit-il avant de se reprendre. Désolé, oublie ça.

— Jamais, confirma-t-elle. En ce qui me concerne, c'est un véritable mariage.

Son corps réagit instinctivement à ces mots, et comme elle était collée à lui, il était impossible qu'elle ne ressente pas l'effet qu'elle lui faisait.

Elle recula la tête, mais ne s'éloigna pas pour autant. Le sourire qu'elle affichait était timide... mais satisfait.

— Après tout, on a quatre enfants, et on partage le même lit, ajouta-t-elle.

— Tu crois qu'un jour, tu voudrais y faire plus que dormir ?

La question lui échappa avant qu'il puisse la retenir.

— Oh, sans aucun doute, répondit-elle.

Le soupçon de désir dans sa voix faillit le faire céder à l'envie de la hisser sur son épaule et de l'emmener directement dans leur chambre. La seule chose qui l'en empêcha fut la voix de Remi qui retentit depuis la cuisine.

— Addison ? Il y a un truc qui bipe, ici !

— Mes brownies, dit-elle à MacGyver.

— Vas-y. Ne les laisse pas brûler.

— D'accord. Ricky ?

— Oui, chérie ?

— Tu crois vraiment qu'ils seront de retour demain ?

— Absolument.

— D'accord, je te fais confiance.

Puis elle posa une main sur sa joue et s'approcha de lui à nouveau. Cette fois, le baiser était chaste, mais MacGyver le ressentit jusqu'au bout des orteils. Addison lui sourit, puis se dirigea vers la cuisine.

Il n'eut d'autre choix que de la laisser partir, même s'il n'en avait pas envie. Lorsqu'elle fut partie, MacGyver s'appuya contre le mur et ferma les yeux. Il avait des picotements dans les lèvres, et ses poings s'ouvraient et se fermaient le long de son corps, la douceur de ses cheveux encore présente dans une main, et la courbure de sa taille encore imprégnée dans l'autre.

Il n'avait aucune idée de ce qui allait se passer, mais marié à Addison, il savait soudain qu'il pourrait surmonter tout ce que la vie leur réservait.

* * *

Addison n'eut pas le temps de réfléchir à ce qui venait de se passer. Ses émotions étaient en dents de scie. Elle était terrifiée par ce qui arrivait à Artem, Borysko et Yana. Elle avait du mal à supporter qu'ils puissent être effrayés, et qu'ils se demandent pourquoi ils se retrouvaient avec des inconnus. Elle en voulait aussi aux services sociaux, qui étaient responsables de la situation en premier lieu. Ce n'était pas comme si les enfants étaient maltraités. Si jamais quelqu'un avait besoin de vérifier la légalité de leur présence sur le territoire américain, il aurait pu le faire sans les retirer de leur foyer actuel.

Et puis il y avait Ricky. Jamais elle n'aurait cru qu'ils finiraient par s'embrasser dans le hall d'entrée. Mais c'était bien. Non, c'était carrément génial. C'était un tournant dans sa vie. Cette relation était un rêve devenu réalité. Bien sûr, ce ne serait pas si simple, ils risquaient de traverser des périodes difficiles, ne serait-ce qu'à cause de la manière dont tout avait commencé. Mais il en valait la peine. Elle en était persuadée.

— Comment ça va ? demanda Remi dès qu'Addison entra dans la cuisine.

Addison enfila un gant de cuisine pour sortir les brownies du four. Ils étaient un peu trop cuits, mais rien qu'un peu plus de glaçage ne puisse arranger.

Elle déposa le moule sur le plan de travail, puis se tourna vers sa nouvelle amie.

— Bien, je crois.

— Tex est extraordinaire. Josie nous a parlé de lui. Il suit les équipes SEAL et les autres soldats d'élite pendant leurs missions. Blink avait un traceur dans son caleçon, et c'est grâce à ça qu'ils ont réussi à sortir de cette prison en Iran.

— C'est vrai ?

— Ouais. Et il est directement venu en aide à Caroline et ses amis au fil des années, ajouta Wren. Si quelqu'un peut mettre le feu aux poudres, c'est bien Tex.

— Tant mieux.

Remi inclina la tête et baissa un peu la voix.

— Il s'est passé autre chose pendant que tu parlais avec MacGyver ?

Addison se sentit rougir et hocha la tête. Elle n'était pas sûre de vouloir tout leur révéler, mais l'idée d'avoir de telles amies lui plaisait beaucoup.

— Il m'a embrassée, murmura-t-elle.

— Ah bon ? fit Remi avec un sourire.

— Attends une seconde... Vous êtes mariés, et vous ne vous êtes jamais embrassés ? s'étonna Wren, confuse.

Addison se retrouva alors à leur expliquer le mariage de convenance, et comment, malgré le fait qu'ils partageaient le même lit, ils étaient plus des colocataires qu'un véritable couple.

— Donc c'est une bonne chose, conclut Wren après avoir tout entendu.

— Je pense...

— Franchement, tu devrais voir la façon dont cet homme te regarde. C'est clairement une bonne chose, affirma Remi avec fermeté.

Addison l'espérait. Elle l'espérait *vraiment*.

CHAPITRE 7

— Maman ?!

À peine Ellory avait-elle franchi la porte d'entrée qu'elle appelait Addison à pleine voix.

Addison, occupée à transformer une pile de brownies en gâteau, se retourna brusquement et s'empressa de s'essuyer les mains dans un torchon avant qu'Ellory ne se précipite dans la cuisine.

— C'est vrai ? Ils ont emmené Artem, Borysko et Yana ? Ils vont revenir ? Qu'est-ce qui s'est passé ?

Addison prit sa fille dans ses bras. Ces moments lui rappelaient que malgré tout, Ellory n'était encore qu'une enfant. Manifestement, son inquiétude pour ses frères et sa sœur la submergeait.

— Oui, c'est vrai. Mais ils reviendront. Avec un peu de chance, dès demain. Ricky connaît quelqu'un qui nous aide à débloquer la situation.

Les yeux d'Ellory se remplirent de larmes.

— Pourquoi les ont-ils emmenés ? Ils pensent qu'on n'est pas une bonne famille pour eux ?

Cette question brisa le cœur d'Addison. Elle ne supportait pas de voir sa fille en souffrance, et même si ce n'était pas une douleur physique, c'était très douloureux.

— Viens là, El, intervint Ricky en posant les mains sur les épaules d'Ellory pour qu'elle se tourne face à lui.

Il s'agenouilla sur le sol de la cuisine pour se mettre à sa hauteur.

— Honnêtement, on ne sait pas ce qui s'est passé. Mais *personne* ne va briser notre famille. Ta mère et moi, on fera tout pour ramener Artem, Borysko et Yana à la maison. Parfois, les choses ne se passent pas comme prévu, mais ça ne veut pas dire qu'on abandonne. On continue à se battre pour ce qui est juste.

— Comme avec ma maladie, murmura Ellory en reniflant.

— Exactement. Ce n'est pas juste, mais on ne va pas baisser les bras et se contenter de hausser les épaules en disant : *Tant pis, c'est comme ça.* Tu ne crois pas ?

— Si. C'est parce qu'ils sont sortis d'Ukraine sans papiers ? demanda Ellory avec une perspicacité qui surprit Addison.

— Sans doute. Oui, en théorie, c'est illégal de déplacer les gens dans un autre pays sans les autorisations nécessaires. Mais on n'avait pas vraiment le choix, tu comprends ?

— Parce que Borysko était blessé, répondit Ellory en hochant la tête.

Elle s'essuya le nez et le visage avec sa manche.

— C'est ça. Et dès qu'on a pu, ta mère et moi avons fait toutes les démarches nécessaires pour qu'ils puissent rester ici en toute légalité.

— Vous vous êtes mariés.

— Pas exactement. On a déposé les papiers auprès de la Marine et des autorités du pays pour leur accorder l'asile, et on a fait ce qu'on pouvait pour faciliter la décision de les laisser avec nous.

— En vous mariant, répéta Ellory.

Ricky haussa les épaules.

— Oui, en quelque sorte.

— Et si on ne les revoit jamais, est-ce que Maman et toi, vous allez divorcer ?

Ricky la regarda dans les yeux avant de rire doucement.

— Non, Ellory. Ta mère et moi, on ne se séparera pas. Quoi qu'il arrive.

— Tu le promets ?

— Écoute, je ne sais pas ce que l'avenir nous réserve, mais je peux te promettre une chose... Je vais faire tout ce qui est en mon pouvoir pour que ta mère n'ait jamais envie de me quitter. Je veux lui offrir – à elle, à toi, Artem, Borysko et Yana - la meilleure vie possible. Je ferai de mon mieux pour être le meilleur père et le meilleur beau-père possible. Ça te va ?

Ellory hocha la tête, puis se retourna vers Addison.

— On pourra faire une fête quand ils reviendront ? Je pense que ça leur plairait.

— Bien sûr, répondit Addison sans hésiter.

— D'accord. Maman, tu aurais dû voir Ricky et ses amis aujourd'hui. Ils étaient trop forts !

Addison avait l'habitude des brusques changements de sujets et d'humeur de sa fille, et elle s'y faisait peu à peu. Ricky se releva et s'adossa au plan de travail.

— Ah oui, avec tout ce qui se passe, j'avais presque oublié. Alors, cette journée des métiers, c'était comment ? demanda Addison.

En entendant le changement de sujet, Remi, Wren et Kevlar, qui s'étaient éclipsés dans le salon pour leur laisser un peu d'intimité, revinrent dans la cuisine.

— On a fait notre petit effet, et on a prouvé qu'on était les plus costauds de l'école, plaisanta Kevlar en se glissant derrière Remi, la prenant par la taille et la tirant doucement vers lui.

Remi leva les yeux au ciel.

— Oh, c'est sûr, avec votre carrure et toutes vos années d'avance, ce n'est pas très compliqué.

— Ne commence pas à me traiter de vieux, grogna Kevlar.

Leurs taquineries firent sourire Addison.

— Les démonstrations des SEALs ont fait un carton, s'exclama Ellory. Tout le monde voulait les voir, et le parcours d'obstacle l'après-midi les a tous impressionnés, même les anciens SEALs.

Addison échangea un regard complice avec Ricky en se retenant de rire.

— Ah oui ? Raconte-moi.

— Oui ! Mais le *meilleur* moment, c'est quand Ricky a envoyé Chrys au tapis.

— Quoi ? s'étonna Addison, légèrement inquiète.

— Pas physiquement, juste verbalement. Elle a posé une question stupide, il lui a dit en face que les harceleurs étaient des idiots, et lui a conseillé d'aller écouter la chanson *Sk8er Boi* d'Avril Lavigne. Ah, et il va nous donner des cours d'autodéfense, comme ça, si elle essaie de m'envoyer sa bande de filles, je pourrai leur botter les fesses. C'était... *génial !*

Addison haussa les sourcils en regardant Ricky, visiblement surprise.

— Je vais ranger ma chambre pour qu'elle soit prête quand Yana rentrera. Je veux installer ses Barbie pour qu'elles l'attendent.

Ellory tourna les talons et quitta précipitamment la cuisine en direction de sa chambre.

— Euh... tu veux bien m'expliquer tout ça plus clairement ? demanda Addison à Ricky.

Il s'esclaffa.

— Ce n'est pas exactement comme ça que ça s'est passé, protesta-t-il.

— Je ne me souviens pas avoir entendu parler d'Avril

Lavigne, mais effectivement, il a dit que les intellos d'aujourd'hui pouvaient devenir des personnes très importantes à l'avenir. Il a fait des remarques très pertinentes, et avec un peu de chance, la fille au nom de fleur en tiendra compte, expliqua Kevlar.

— J'en doute, murmura Addison.

— Je veux participer à ces cours d'autodéfense, déclara Wren avec enthousiasme.

— Moi aussi ! renchérit Remi en levant les yeux vers Kevlar. Quand est-ce qu'on commence ?

— Dès que vous trouverez un moment, répondit Ricky.

— Trop cool !

— Je vais appeler Josie et Maggie. Attends, Maggie peut participer même si elle est enceinte, non ? demanda Wren.

— Bien sûr, répondit Ricky. Il faudra juste faire plus attention.

— Tout va bien pour vous ? s'enquit Kevlar. J'aimerais rentrer pour passer un coup de fil au commandant, et peut-être aussi à Tex. Mais je vais lui laisser un peu de temps pour se calmer. Je ne suis pas sûr que mes oreilles délicates supporteraient encore une série de jurons comme tout à l'heure.

Ricky lança un regard à Addison.

— Ça va ?

— Je crois que oui. Je dois juste finir ce gâteau et préparer quelque chose pour le dîner.

— Pizza. Et je pense qu'une soirée film tous les trois sur le canapé s'impose.

Addison hocha la tête. Elle avait encore les nerfs un peu à vif, et la maison allait paraître bien vide ce soir sans les enfants.

— Ça me va.

— Vous voulez de la compagnie pour votre petite fête demain ? proposa Remi.

— Ce serait sympa.

— Quand j'appellerai Josie et Maggie pour les cours d'auto-défense, je leur dirai qu'on se retrouve tous ici demain soir. Mais si vous changez d'avis, si les enfants ne sont pas prêts pour ça, ou si vous préférez passer une soirée tranquille en famille, faites-nous signe. On ne le prendra pas mal.

— Merci. On verra demain. Même si vous dites que ce Tex est très doué, je ne suis pas sûre que les choses avanceront si vite avec les services sociaux, répondit Addison avec une pointe d'hésitation.

— Tex n'est pas seulement doué. C'est le meilleur. S'il dit que les enfants seront de retour demain, ce sera le cas, assura fermement Kevlar.

Addison raccompagna tout le monde à la porte avec Ricky. Ricky remercia Kevlar d'être allé chercher Ellory et de l'avoir raccompagnée. Ses coéquipiers s'étaient déjà arrangés pour récupérer son Explorer au collège et le lui ramener plus tard.

Bientôt, Addison et Ricky se retrouvèrent seuls dans le hall d'entrée. Addison se sentait un peu nerveuse en pensant à ce qui pourrait arriver à Artem, Borysko et Yana, mais la présence de Ricky à ses côtés la réconfortait énormément.

— Alors, tu as vraiment remis Chrys à sa place ?

— Ça lui est sûrement passé au-dessus de la tête, répondit Ricky en haussant les épaules avec nonchalance. Mais je ne pouvais pas rester là sans rien dire. Elle sait qu'elle est jolie, et elle en joue. Elle a déjà compris qu'elle peut se servir de son physique pour attirer les regards et les compliments. Et que plus elle est odieuse, plus ça marche. Je doute que mes paroles changent les choses, mais peut-être que maintenant, elle y réfléchira à deux fois avant d'embêter Ellory. Au moins, notre fille apprendra à se défendre et à ne plus lui prêter attention.

Ricky avait pris la défense d'Ellory, ce qui touchait profondément Addison. Elle avait envie de l'embrasser, de lui montrer combien il comptait pour elle sans avoir besoin de le lui dire. Mais elle avait un gâteau à finir, une pizza à commander, et surtout, elle devait surveiller sa fille pour s'assurer qu'elle tenait le coup malgré les épreuves.

— Je t'ai déjà dit à quel point je suis heureuse qu'on se soit rencontrés ? demanda-t-elle.

Ricky lui sourit.

— Aujourd'hui, pas encore.

Addison lui retourna son sourire.

— Je suis heureuse qu'on se soit rencontrés, répéta-t-elle.

À sa grande surprise, Ricky fit un pas vers elle et l'attira contre lui. Elle posa instinctivement les mains sur son torse et le regarda, étonnée.

— Te rencontrer est la meilleure chose qui me soit arrivée, déclara-t-il. Et je ne dis pas ça juste pour te faire plaisir. Depuis que tu es là, chaque jour prend tout son sens. La maison est toujours accueillante, je n'arrête pas de rire, et je sais que je peux partir l'esprit tranquille parce que tu es là pour gérer.

Addison fronça les sourcils.

— C'est pour bientôt ? Ton départ, je veux dire ?

— Sûrement.

— Comment je vais faire si les services sociaux décident de nous retirer les enfants pendant ton absence ? Ou s'ils traversent une nouvelle crise ? Ils s'appuient tellement sur toi, Ricky. Sans toi, je ne suis pas sûr qu'ils tiendront aussi bien le coup.

Ricky éclata de rire, et Addison le regarda en clignant des yeux. Elle se sentit peu vexée qu'il réagisse comme ça face à ses inquiétudes.

En remarquant son expression, il reprit son sérieux et secoua la tête.

— Je ne me moque pas de toi, Addy. Je ris parce que tu crois que tout repose sur moi. Tu te rends compte de tout ce que tu fais pour eux ? C'est toi qui les nourris, qui joues avec eux, qui les aides à faire leurs devoirs, qui gères tout au quotidien. Bien sûr que je vais leur manquer, mais avec toi à la maison... tout va bien se passer.

Addison n'en était pas convaincue. Certes, elle faisait de son mieux avec les enfants, mais en Ukraine, ils avaient développé un lien spécial avec Ricky, un lien que rien ni personne ne pourrait remplacer.

— Tu es une maman extraordinaire, poursuivit-il. Tu t'occupes de trois enfants qui parlent à peine notre langue et qui découvrent une nouvelle culture, tout en gérant une pré-adolescente atteinte d'une maladie chronique. S'il arrive quoi que ce soit pendant que je suis en mission, tu pourras faire appel à Wolf. Il fera tout pour que vous soyez bien entourés. Mieux encore, je te donnerai le numéro de Tex, tu pourras l'appeler directement. J'ai l'impression qu'après cet énorme cafouillage, plus personne n'osera envisager de nous retirer nos enfants.

— Je sais que les déploiements font partie de la vie d'une femme de militaire... mais je ne pense pas que je vais m'y faire, avoua Addison.

Ricky sourit à nouveau.

— Quoi ? Ça te fait plaisir ? demanda-t-elle, frustrée.

— Non. Mais je n'ai pas envie de vous laisser seuls, toi et les enfants. Et savoir que tu ressens la même chose... je n'ai jamais vécu ça auparavant. Personne ne s'est jamais soucié de savoir quand je partais ou quand je revenais.

— Moi, je m'en soucie, répondit Addison.

— Et c'est pour ça que je souris, précisa Ricky.

Il s'humecta les lèvres en la regardant droit dans les yeux.

— Je peux t'embrasser ?

Addison sourit à son tour.

— Tu me demandes la permission, cette fois ?

— Oui, répondit-il d'un air penaud. J'ai réalisé que je ne t'avais pas vraiment demandé ton avis les dernières fois.

— Tu as ma permission, dit calmement Addison. N'importe où, n'importe quand, tu peux me faire ce que tu veux.

Les pupilles de Ricky se dilatèrent.

— Ne me dis pas ça si tu ne le penses pas, l'avertit-il.

— Je suis sincère. Je ne sais pas ce qui se passera à l'avenir, mais j'en ai assez de me mentir à moi-même... et à toi. Je veux qu'on soit ensemble, Ricky. Me contenter de dormir à côté de toi chaque nuit est une torture.

Il laissa échapper un gémissement et s'empressa d'agir. Il passa un bras autour de sa taille et la pencha en arrière jusqu'à la soutenir entièrement.

— Ricky ! s'écria-t-elle en s'agrippant à son bras. Ne me laisse pas tomber !

— Jamais, murmura-t-il avant de pencher la tête vers elle.

Addison oublia vite que seul le bras de Ricky l'empêchait de s'effondrer au sol. Elle ne pensait plus qu'aux impulsions électriques qui traversaient son corps chaque fois que leurs lèvres entraient en contact. Sa confiance en lui pour la soutenir physiquement rendait ce baiser encore plus intense.

— Beurk, c'est dégoûtant.

À peine Ellory avait-elle prononcé ces mots qu'Addison sentit le sourire de Ricky contre ses lèvres. Il se redressa, entraînant Addison avec lui, mais garda ses bras autour d'elle.

— Quand vous aurez fini de vous bécoter, l'un de vous pourra venir m'aider à déplacer les meubles ?

— Mais qu'est-ce que tu racontes, El ? s'enquit Addison, étonnée.

Ellory haussa les épaules.

— Je me suis dit que comme Yana aime aller dormir dans la chambre d'Artem et de Borysko, je pourrais peut-être essayer de rapprocher nos lits. Je sais que je ne suis pas comme ses frères, mais ça la rassurerait peut-être que je sois près d'elle.

Addison eut chaud au cœur. Sa fille était vraiment super.

— Je vais t'aider, répondit Ricky. Ta mère doit finir le gâteau.

— Merci.

Ellory tourna les talons pour repartir dans sa chambre, mais elle se retourna au dernier moment.

— Ne recommencez pas à vous bécoter, sinon tu n'arriveras jamais à finir ce gâteau !

Puis elle ricana avant de s'éclipser.

Addison se dit qu'elle aurait dû se sentir gênée, mais elle n'y parvenait pas.

— Bientôt, déclara Ricky d'un ton sérieux. Je vais te rendre mienne, et pas seulement de par le nom.

Il l'embrassa vivement avant de rejoindre Ellory.

Addison resta debout dans la cuisine, essayant de reprendre ses esprits. Cet homme avait un pouvoir fou sur elle... et il était tout à elle.

Elle retourna à son gâteau en soupirant. Si elle voulait qu'il soit prêt avant l'arrivée du client, elle devait se dépêcher. Et même si elle s'inquiétait pour Artem, Borysko et Yana, elle savait qu'elle avait besoin de cette soirée cocooning dans le canapé avec Ellory et Ricky.

* * *

Plus tard dans la soirée, alors que le film classique *Rose Bonbon* passait à la télévision, MacGyver, assis entre Addison et Ellory, laissait son esprit vagabonder. Ellory dormait à poings fermés contre lui, et Addison n'en était pas loin. Les avoir toutes les deux dans ses bras, c'était comme dans un rêve. Comment avait-il eu la chance de devenir celui qui veillait sur elles ? C'était un véritable mystère.

Il menait tranquillement sa vie de Navy SEAL célibataire, et l'instant d'après, il se retrouvait père de quatre enfants, et marié à une femme qu'il désirait profondément. Il avait de la chance, et il le savait.

Et même s'il appréciait beaucoup cette soirée – être auprès des filles, avoir eu cette discussion sérieuse au sujet du harcèlement à l'école - Artem, Borysko et Yana lui manquaient terriblement. MacGyver se demandait s'ils allaient bien. S'ils avaient peur...

Évidemment qu'ils avaient peur. Ils avaient été arrachés au seul foyer qu'ils connaissaient aux États-Unis, sans savoir s'ils reverraient un jour les personnes sur qui ils pouvaient compter.

MacGyver n'avait aucune idée de ce qui s'était passé. Si on avait porté plainte contre eux, ou si quelqu'un dans un bureau quelconque s'était offusqué de découvrir que les enfants étaient entrés illégalement sur le territoire à bord d'un avion militaire. Grâce à Tex, leur demande de placement en famille d'accueil avait été traitée rapidement. Une erreur avait peut-être été commise dans le dossier. Mais il en doutait. Tex n'avait pas l'habitude de faire des erreurs.

— Tout va bien se passer pour eux, murmura Addison à ses côtés. On va s'en assurer.

Elle était blottie contre lui, et il avait son bras autour de ses épaules.

— Je sais, répondit-il.

Elle avait raison. Ensemble, ils feraient tout ce qu'il fallait pour que les enfants retrouvent un peu de sérénité. Il se pencha et déposa un baiser sur la tête d'Addison. Ce qu'il ressentait pour elle lui semblait parfois presque trop fort. Il se demandait comment Kevlar et les autres arrivaient à gérer la situation.

Comment faisaient-ils pour partir en mission en laissant derrière eux les êtres les plus chers à leurs yeux ? Laisser Addison seule avec quatre enfants lui semblait particulièrement cruel et injuste.

— Demain, je n'ai que deux gâteaux à préparer. Je vais me lever tôt, bien avant qu'Ellory ne parte à l'école. Comme ça, ce sera fait dans la matinée, et je serai prête quand les enfants rentreront à la maison. Ils auront sûrement faim, alors je cuisinerai un bon repas pour midi au cas où ils arriveraient plus tôt que prévu. S'ils ne rentrent que l'après-midi, nous dînerons tôt, puis ils pourront grignoter ce qu'ils veulent pendant la fête. Il faut que j'aille acheter des amuse-gueules, et reprendre du lait. Il n'y a plus beaucoup de poulet pour Ellory non plus. Oh, et je veux faire une lessive, pour qu'ils dorment dans des draps propres qui sentent bon.

MacGyver sourit sans quitter la télévision des yeux. Il s'inquiétait de la capacité d'Addison à gérer quatre enfants toute seule, mais elle avait l'air d'avoir tout prévu.

— Très bien. Dis-moi ce que je peux faire pour t'aider.

— Tu seras là pour rassurer les enfants, leur dire que ce n'est pas nous qui avons choisi de les éloigner. Et qu'ils n'ont plus rien à craindre, parce qu'on fera tout pour les protéger. Non, évite de leur dire ça, ça pourrait les angoisser. Tout ce dont ils ont besoin, c'est de se sentir aimés, Ricky.

— Tu n'as pas besoin de me le rappeler, chérie. Ça, c'est le plus facile.

— Tu as raison, acquiesça-t-elle.

Addison ne tarda pas à s'endormir, toujours blottie contre lui. MacGyver détestait ce foutu film, mais il ne bougea pas pour attraper la télécommande, de peur de réveiller l'une des filles. Au lieu de ça, il resta assis sans bouger. Il resta immobile, même si son bras était engourdi. Ça n'avait aucune importance. Il adorait être ce refuge, cette épaule. Il adorait qu'elles se sentent assez en confiance pour s'abandonner ainsi. C'était pour cela qu'il se battait, et que tant d'hommes risquaient leur vie. Pour protéger ceux qu'ils aimaient, et préserver le bonheur au sein de leur famille.

Il ferma les yeux, appuya sa tête sur le dossier du canapé, et finit par s'endormir lui aussi.

CHAPITRE 8

Tex tint parole, et le lendemain à quatorze heures, une camionnette blanche de la protection de l'enfance s'arrêta devant la maison. Artem, Borysko et Yana descendirent en courant et se jetèrent dans les bras de MacGyver. Prévenu à l'avance, il avait obtenu l'autorisation de quitter le travail plus tôt pour les accueillir. Et bien sûr, ses collègues avaient voulu venir avec leurs compagnes.

Il y avait donc beaucoup de monde à la maison pour souhaiter la bienvenue aux enfants. On aurait dit qu'ils avaient été absents pendant des semaines entières, alors qu'ils n'étaient partis que depuis la veille.

Quand MacGyver prit Yana dans ses bras, elle éclata en sanglots. Artem et Borysko semblaient eux aussi au bord des larmes. Heureusement, après les premières retrouvailles, ses amis s'éclipsèrent, leur laissant un moment d'intimité.

MacGyver s'agenouilla dans l'herbe, reposa Yana, puis serra les deux garçons dans ses bras.

— Y nous z'ont emmenés, dit Borysko, les larmes aux yeux.

— Y z'ont même pas dit pourquoi. On a eu très peur, expliqua Artem à MacGyver.

MacGyver sentit son cœur se serrer.

— Je sais. Je suis vraiment désolé. J'ai fait tout ce que j'ai pu pour vous ramener le plus vite possible.

— Pourquoi ils ont fait ça ? demanda Artem.

— Franchement, je ne sais pas exactement. Je crois que c'est à cause de la façon dont vous êtes arrivés dans le pays. Quelqu'un a dû penser que ça ne respectait pas tout à fait le règlement. Mais je vous promets que j'ai des amis qui veillent à ce que ça ne se reproduise pas.

L'air sceptique des deux garçons lui fit de la peine. Ils avaient déjà supporté trop de déceptions pour leur âge, et il aurait aimé ne pas en ajouter une de plus... même par inadvertance.

— Ce n'est pas que tu as décidé que tu voulais pas de nous ? s'enquit Artem.

— Non ! répondit MacGiver d'un ton vif.

Il prit une grande inspiration pour essayer de contrôler ses émotions.

— Je veux que vous restiez avec moi. Tous les trois. Vous m'avez sauvé la vie en Ukraine. Mais même avant, il y a eu un déclic entre nous. C'était comme une évidence. J'ai eu l'impression que vous étiez faits pour venir vivre aux États-Unis avec moi, grandir ici, et accomplir des choses extraordinaires. Vous ne saurez jamais à quel point je suis désolé qu'on vous ait emmenés sans que je puisse faire quoi que ce soit. Je ne savais pas que ça arriverait. Je vous le jure. Et quand je l'ai appris, j'ai tout fait pour vous ramener aussi vite que possible.

Artem hocha la tête, puis un petit sourire apparut sur ses lèvres.

— La dame qui est venue nous chercher ce matin était très

gentille. Elle a demandé plusieurs fois si on allait bien. Elle avait l'air... je ne connais pas le mot.

— Nerveuse ? Anxieuse ? Inquiète ? suggéra MacGyver.

Il avait remarqué que la femme s'était montrée particulièrement attentionnée en déposant les enfants. Elle s'était excusée plusieurs fois pour la confusion, et avait insisté sur le fait qu'ils avaient été bien traités. Il soupçonnait Tex d'avoir passé un savon à plusieurs personnes du service de protection de l'enfance. MacGyver avait du respect pour ces hommes et ces femmes qui faisaient un métier difficile, à la fois physiquement et émotionnellement. Mais il n'était pas prêt à pardonner ceux qui lui avaient retiré ses enfants.

— Oui ! répondit Artem avec enthousiasme.

— Eh bien, vous êtes à la maison maintenant. Addy et moi, on a organisé une petite fête. Elle a préparé vos plats préférés, un gâteau spécial rien que pour vous, et Ellory s'est occupée des décorations.

— Une fête ? Pour nous ? On a jamais eu de fête, déclara Borysko, les yeux écarquillés.

— Juste pour vous, répéta MacGyver. Je suis tellement heureux que vous soyez de retour, ajouta-t-il, ému à l'idée de tenir à nouveau ces trois enfants dans ses bras.

— À la maison ! lança Yana.

Elle avait encore quelques larmes sur les joues, mais MacGyver était soulagé de la voir sourire à nouveau.

Il sentit une main se poser sur son épaule, et leva les yeux. Addison se tenait derrière lui.

— Addy ! s'écria Yana, quittant les bras de MacGyver pour se jeter dans les siens.

Elle se blottit contre elle, puis redressa la tête.

— Gâteau !

Artem et Borysko enlacèrent Addison à leur tour.

— Yana a raison, elle sent le gâteau, remarqua Artem en souriant.

Addison rit.

— C'est parce que j'étais dans la cuisine en train de préparer un gâteau très spécial pour trois enfants très spéciaux que je connais.

— Nous ? s'exclama Borysko, presque en criant.

— Oui, vous.

— On rentre, maintenant ? demanda Artem.

— Oui, bien sûr. N'oubliez pas de remercier tout le monde d'être venu à votre fête, ajouta MacGyver.

— Oui ! Promis ! répondit Borysko.

Puis les trois enfants s'élancèrent en direction de la maison, impatients de découvrir la fête qu'on leur avait préparée.

MacGyver se releva lentement.

— Quand l'excitation sera retombée, il y aura d'autres moments difficiles, souligna-t-il tristement.

— Oui, mais on sera là pour eux. On leur fera comprendre que ce qui s'est passé était exceptionnel, le rassura Addison en glissant sa main dans la sienne et en s'appuyant contre lui.

MacGyver passa aussitôt un bras autour de sa taille. Il aimait pouvoir la toucher aussi librement, sans se demander s'il dépassait une limite qu'elle se serait fixée. Maintenant qu'elle lui avait dit qu'il pouvait le faire quand il voulait, il avait du mal à s'en empêcher.

La veille au soir, après le film, ils s'étaient réveillés sur le canapé, raides et endoloris. Il avait raccompagné Ellory dans sa chambre avant de rejoindre Addison dans son lit. Elle n'avait pas hésité à se blottir contre lui, et cette fois, elle n'était pas à moitié endormie. Ce n'était pas encore le bon moment pour lui montrer à quel point il était attiré par elle, mais ce moment viendrait, il en était certain. Et cette attente était à la fois une bénédiction et une torture.

Cependant, il y avait une chose dont MacGyver était sûr : il ne prendrait jamais cette femme pour acquise. Pour lui, c'était Wonder Woman. Elle se donnait à fond sans jamais se plaindre, jonglant entre la gestion de son entreprise et celle de leur foyer, qu'elle maintenait avec autant d'amour que son cœur pouvait en contenir. Il n'aurait pas pu rêver meilleure épouse. Leur mariage de convenance prenait rapidement des allures de mariage idéal. Qui l'aurait cru ?

L'après-midi fut riche en rires, et en sucre. Les enfants se régalèrent avec le gâteau spécial qu'Addison avait préparé pour eux. Quand tout le monde quitta la maison, il était déjà plus de dix-neuf heures.

— Bon, quelqu'un a des devoirs à faire ? demanda MacGyver.

Artem et Borysko le regardèrent comme s'il venait d'une autre planète.

— On a eu une fête. Pas d'école.

Mais MacGyver secoua la tête.

— La fête est terminée. Les choses reprennent leur cours normal. Et ça inclut les corvées et les devoirs. Comment voulez-vous devenir plus intelligents si vous ne faites pas vos devoirs ? Allez chercher vos sacs à dos, et on va voir ce qu'il y a dedans, ajouta-t-il d'un ton ferme.

Une demi-heure plus tard, Ellory aidait Borysko avec ses devoirs d'anglais, tandis qu'Addison s'occupait d'Artem et vérifiait ses exercices de maths. Sur le canapé, MacGyver tenait Yana sur ses genoux et lui lisait une histoire.

Apaisé, il laissa échapper un soupir. Pendant un instant, il avait cru tout perdre. Il s'était imaginé que les enfants qu'il aimait comme les siens allaient lui être enlevés pour de bon. Mais ils étaient là, tous sous le même toit, heureux, et en bonne santé. Un peu ébranlés, sans doute, mais il espérait que cela passerait rapidement.

Il devait une fière chandelle à Tex. Cet homme n'aimait pas les remerciements. Il les fuyait, même. Mais MacGyver s'en fichait. Il trouverait bien une manière discrète de lui exprimer sa gratitude sans laisser à l'ancien SEAL l'occasion de s'en plaindre. Cependant, comment remercier quelqu'un d'avoir sauvé votre famille ?

Le moment du coucher fut compliqué. Yana s'effondra en larmes, et Artem et Borysko semblaient terrifiés à l'idée d'éteindre la lumière. Mais après avoir lu trois histoires et confectionné un grand nid douillet de couvertures et d'oreillers sur le sol de la chambre des garçons, où les trois enfants et Ellory finirent par s'installer, le calme s'installa enfin.

MacGyver, plus épuisé encore qu'après certaines missions difficiles, se laissa tomber sur le lit.

— Quelle journée, souffla Addison en s'allongeant à ses côtés.

Sans réfléchir, il la serra contre lui. Elle se blottit volontiers, posant sa tête sur son épaule et laissant échapper un soupir de soulagement.

— Je passerai voir la maîtresse de Yana demain pour lui expliquer ce qui s'est passé. Ce serait bien que tu fasses pareil avec les professeurs des garçons.

— Évidemment, répondit MacGyver.

— Ça semble naturel.

— Quoi donc ?

— Qu'ils soient ici. À la maison.

MacGyver hocha doucement la tête.

— Oui. Tu crois que ça va devenir plus simple ?

— Quoi ?

— De les élever.

Addison ricana légèrement.

— Pas du tout.

— Pas du tout ?

— Non. Ces années-là, c'est du gâteau. Ils nous adorent et veulent toujours être avec nous. Ça ne les dérange pas d'aller à l'école, et ils n'ont pas beaucoup de problèmes avec leurs camarades. Ils apprennent en s'amusant, et c'est facile de les divertir. Attends qu'ils aient l'âge d'Ellory. Les hormones vont se manifester. Les boutons apparaîtront. Le moindre détail deviendra un drame. Entre les réseaux sociaux, les messages, les téléphones... ça va être l'enfer.

MacGyver éclata de rire.

— J'ai hâte d'y être.

— Moi aussi.

Curieusement, ils le pensaient vraiment.

— Un de ces soirs, quand on aura plus d'énergie, je te montrerai à quel point je suis heureux de t'avoir à mes côtés dans cette aventure, promit MacGyver.

— Ça veut dire... dans une quinzaine d'années ? plaisanta Addison.

MacGyver s'esclaffa.

— Plus tôt que ça, espérons-le.

Il sentit Addison se rapprocher encore un peu. Elle posa un bras sur son ventre, puis inclina légèrement la tête pour déposer un baiser sur son torse.

— Espérons, murmura-t-elle.

Une fois de plus, MacGyver se retrouva avec sa femme qui s'endormait contre lui. C'était en train de devenir l'un de ses moments préférés. Pendant un bref instant, il s'imagina la même scène, sauf qu'elle se blottissait contre lui après avoir été longuement comblée de plaisir charnel.

Il s'endormit en quelques minutes, un grand sourire aux lèvres.

* * *

Addison fut surprise de voir à quel point leur vie reprit rapidement son cours après l'épisode éprouvant du retrait des enfants par les services sociaux. Tex faisait son possible pour accélérer le processus d'adoption, et de manière surprenante, après quelques petits contretemps, Artem, Borysko et Yana retrouvèrent leurs habitudes.

Son entreprise de pâtisserie rencontrait un grand succès, au point qu'elle dût prendre une décision difficile : limiter le nombre de commandes. Un soir, Ricky s'était assis à côté d'elle pour lui dire qu'elle se surmenait, et qu'il ne pouvait plus rester là sans rien faire. Entre les enfants et la pâtisserie, elle était arrivée à saturation.

Elle avait donc décidé de se limiter à deux gâteaux par jour maximum, et elle redécouvrit le plaisir d'un rythme plus raisonnable. Ce qui, auparavant, était devenu une corvée, redevenait une passion. Travailler sur un ou deux gâteaux par jour lui laissait également des après-midis libres pour faire des courses, retrouver ses amies – un des temps forts de la semaine – ou participer à des activités scolaires.

Tout allait si bien qu'Addison parvenait à mettre de côté le fait que Ricky et son équipe allaient bientôt être déployés. Ils se préparaient pour une mission depuis un mois maintenant, et le départ approchait. Ricky ne pouvait pas lui dire exactement quand il partirait, mais il avait commencé à en parler aux enfants, leur expliquant qu'il serait absent quelques temps, que ça faisait partie de son travail, et qu'il reviendrait.

Addison n'osait pas penser à la solitude qu'elle allait ressentir sans Ricky à ses côtés. Il était d'un immense soutien avec les enfants. C'était un père très impliqué. Ils allaient tous énormément ressentir son absence.

Et même si tous deux semblaient impatients de faire évoluer leur relation sur le plan physique, ils n'avaient trouvé ni le temps ni l'énergie pour y parvenir. Addison adorait leurs moments de tendresse et leurs baisers, mais elle commençait à s'impatienter. Chaque fois qu'il étaient prêts à se lancer, quelque chose venait contrecarrer leurs plans :

Borysko malade, vomissant sur son lit, ce qui les obligeait à le nettoyer et à changer toute la literie. Artem qui faisait un cauchemar. Yana qui pleurait sans réussir à exprimer ce qui lui causait du chagrin. Tout cela faisait partie du quotidien avec des enfants, mais c'était frustrant. Addison commençait sérieusement à envisager de confier ses quatre enfants à Caroline pour cette soirée pyjama qu'elle leur avait proposée, juste pour se retrouver seule avec Ricky.

Ses moments préférés, c'était juste avant que Ricky se lève pour se rendre à la base navale. Elle avait pris l'habitude de se réveiller un peu avant la sonnerie de son alarme, et ils profitaient de quelques minutes de calme avant qu'il parte et qu'elle se rendorme quelques heures.

Ce matin-là ne fit pas exception.

— Tu es réveillée ? murmura-t-il.

Addison hocha la tête. Comme d'habitude, elle était blottie contre son flanc. Pendant la nuit, sa jambe s'était glissée sur la cuisse de Ricky, et elle sentait presque chaque centimètre de son corps musclé contre le sien.

— Je suis inquiet par rapport au rendez-vous d'Ellory, admit-il.

Addison l'était aussi, mais elle fit de son mieux pour rassurer Ricky.

— C'est juste une réunion pour discuter des résultats de l'endoscopie, et du programme de repos intestinal que le médecin veut essayer.

— Je sais, mais ça me dérange qu'elle ne puisse pas manger normalement.

— À vrai dire, je pense qu'elle est plutôt d'accord avec ça. Tu sais bien qu'elle a de plus en plus mal ces derniers temps. Même lorsqu'elle s'en tient strictement à la liste des aliments autorisés, elle a encore des soucis. Ce sera comme une sorte de jeûne. Elle aura tous les nutriments dont elle a besoin grâce aux boissons spéciales, et avec un peu de chance, elle n'aura plus de crampes ni de diarrhées.

— Ça me rend triste pour elle.

— Moi aussi. Mais honnêtement, je pense que manger est plus stressant pour elle qu'autre chose. Elle ne sait jamais comment elle va se sentir après les repas, et ça la préoccupe sans cesse.

— Et à l'école ? Elle ne risque pas de subir encore plus de moqueries parce qu'elle ne mange pas ?

L'attention qu'il portait à Ellory renforçait l'affection d'Addison pour cet homme.

— Elle pourra aller à la bibliothèque à l'heure du déjeuner. C'est déjà arrangé. Tu sais à quel point elle aime lire. Pour elle, c'est gagnant-gagnant.

— Flower Power ne l'a pas embêtée... plus que d'habitude, hein ?

Le surnom qu'il donnait à Chrysanthème fit rire Addison.

— Ellory assure que non, grâce à quelques répliques que tu lui as apprises... ce qui n'était pas forcément la meilleure idée, mais comme ça a l'air de marcher, je ne peux pas vraiment te le reprocher.

— Tout ce que j'ai dit, c'est que si on l'insultait, il fallait répondre de manière originale et surprenante pour déstabiliser l'autre. Comme quand Flower Power a dit qu'elle sentait mauvais, et qu'Ellory a haussé les épaules en répliquant : *Heureusement que je suis sympa.* Ou quand elle lui a dit qu'elle était maigre comme un clou, notre fille a souri et a répondu : *Au moins, je ne suis pas moche. Et puis je peux toujours grossir.* Ça, c'est du grand art.

Addison se mordit la lèvre pour ne pas rire.

— Tant que ça ne dégénère pas, ça me va.

— Si ça devait arriver, Ellory l'enverrait au tapis sans problème, lui assura Ricky d'un air satisfait.

Il lui avait déjà donné quelques cours d'autodéfense, et Ellory semblait plus en confiance de séance en séance. Même si Addison n'était pas favorable à l'idée que sa fille ait recours à la violence pour résoudre un problème, quel qu'il soit, elle n'était pas assez naïve pour croire que cela n'arriverait jamais.

— Alors... aujourd'hui, médecin, et après ?

— J'ai une seule commande, donc je rentrerai pour m'en occuper. Ensuite, Yana a rendez-vous chez la psychologue pour enfants, Artem et Borysko ont foot, je dois faire les courses, et au cas où tu ne l'aurais pas remarqué, le linge sale gagne du terrain.

Il s'esclaffa.

— Je vais lancer une machine ce matin avant de partir.

— Merci. Et ton départ en mission, tu en sais plus ?

Il poussa un soupir.

— C'est pour bientôt. C'est tout ce qu'on sait pour l'instant.

— D'accord.

Un silence s'installa. Puis Ricky se rapprocha, l'allongea doucement sur le dos et se pencha au-dessus d'elle. Les veilleuses diffusaient juste assez de lumière dans la chambre pour qu'elle voie son visage.

— Ricky ?

— Tu m'as dit que je pouvais te toucher quand je voulais, où je voulais. Ça inclut maintenant ?

Addison sentit son souffle se bloquer. Impossible de parler. Elle ne pourrait pas parler si sa vie en dépendait. Elle hocha la tête.

Les doigts de Ricky effleurèrent doucement ses cheveux, glissèrent sur sa joue, puis longèrent sa clavicule avant de descendre sur sa poitrine. Sous son débardeur, ses tétons réagirent immédiatement. Ricky ne s'arrêta pas, posant finalement la main sur son ventre.

— Tu es tellement belle, murmura-t-il avec douceur. Chaque fois que je te regarde, je me demande ce que tu fais avec moi.

Son doigt s'aventura sous la ceinture de son short.

Addison retint son souffle.

— Ça va ? murmura-t-il.

Une fois de plus, elle dût se contenter d'un hochement de tête.

— J'ai envie de te faire plaisir. De te donner un orgasme. Tu veux bien ?

— Tu crois que tu peux ?

Les mots lui échappèrent avant qu'elle ait le temps de réfléchir. Elle grimaça.

Ricky esquissa un sourire.

— Là, tu me lances un défi.

— Disons que... d'après mon expérience limitée, les hommes ne sont pas toujours très doués pour ça.

— Tout est question d'attention. Il suffit d'écouter le corps d'une femme : le mouvement du bassin, ce qui la fait gémir, ce qui la fait trembler. Laisse-moi essayer, et si je suis nul, je te laisserai me dire que tu avais raison. D'accord ?

Addison haletait, le souffle court. Elle faisait de son mieux pour ne pas le pousser sur le dos et céder à ses envies. Mais s'il avait décidé de la faire jouir avec ses doigts, pourquoi refuserait-elle ? Au pire, ce serait agréable. Au mieux, elle commencerait la journée dans un état de détente absolue.

— D'accord, murmura-t-elle.

— Soulève un peu tes hanches, lui dit-il.

Elle obéit, et avant qu'elle ait pu réagir, il avait déjà fait glisser son short le long de ses jambes.

— Écarte les cuisses... voilà, comme ça. Ne bouge pas.

Sa main vint couvrir son sexe, et un léger frisson la parcourut malgré elle.

— Doucement, Addy. Je m'occupe de toi.

— Ça fait longtemps, avoua-t-elle, un peu gênée.

— Pour moi aussi. Je vais peut-être avoir besoin d'un moment pour retrouver mes repères.

— Tu ne risques pas d'être en retard à ton entraînement ? demanda-t-elle spontanément.

— Peu importe. Maintenant, tais-toi.

Ses doigts commencèrent à bouger, explorant doucement, prenant le temps de découvrir chaque courbe. Puis il posa sa main à plat, ses doigts effleurant son pubis, son pouce se posant avec précision sur son clitoris. D'abord délicat, il augmenta progressivement la pression, sans jamais brusquer les choses.

Le regarder pendant qu'il la touchait, pendant qu'il apprenait à lire en elle, était incroyablement intime. Tout ce qu'il ressentait se lisait sur son visage. Il humectait ses lèvres, fronçait les sourcils, souriait parfois, et laissait échapper un soupir discret lorsqu'il sentait sa chaleur et son désir grandir sous ses caresses.

— C'est ça... laisse-toi aller, Addy. Je suis là.

Oh, ça oui, elle se laissait aller. Ricky semblait savoir exactement ce qu'il faisait. Il s'attardait sur son clitoris, s'en éloignait pour la pénétrer doucement avec ses doigts, avant de revenir le stimuler encore.

Quand il se redressa, s'agenouillant au-dessus d'elle, elle leva les yeux, surprise.

— J'ai besoin de mes deux mains, expliqua-t-il simplement.

En baissant les yeux, Addison aperçut son érection sous le boxer qu'il portait pour dormir. Avant, il mettait toujours un jogging, mais ces derniers temps, il se contentait de ses boxers. La sensation de ses jambes légèrement poilues contre ses cuisses décuplait encore son excitation.

Ricky se repositionna, plaçant ses genoux entre les siens, l'obligeant à écarter les jambes un peu plus.

— Ça va ? demanda-t-il, suspendant son geste.

— Oui, souffla-t-elle.

Elle se sentait vulnérable, exposée, mais le peu de lumière que diffusaient les veilleuses dans la pièce rendait la situation étrangement apaisante. Quand son pouce revint la stimuler, elle oublia tout. Elle posa les mains sur les avant-bras de Ricky, plus pour se raccrocher à quelque chose que pour l'arrêter.

— Oui, comme ça. Tu es parfaite. J'ai hâte de te voir à la lumière du jour, de voir tes poils roux se mélanger aux miens, plus sombres. Tu es tellement humide, ma belle. Et ton odeur... J'en salive. J'ai envie de te goûter. Tu aimerais ça, hein ? Mes lèvres sur toi ? Oui, bouge tes hanches... Fais-moi sentir ce qui te plaît.

Addison avait l'impression de perdre pied, comme si son esprit s'élevait au-dessus de son corps. Ricky, entre ses cuisses, jouait d'elle comme d'un instrument de musique, chaque geste se révélant précis et maîtrisé. Une main s'appliquait sur son clitoris avec une douceur exquise, tandis que l'autre s'attardait sur son intimité, effleurant la chaleur de son désir.

Un gémissement lui échappa lorsqu'il glissa un doigt en elle.

— Tu es si serrée... Quand tu m'accueilleras, tu vas me serrer si fort que je risque d'y rester. Ce sera incroyable. Allez, serre-moi un peu plus... Oui, c'est ça. Tu es parfaite. Voyons un peu... ici ? Non. Peut-être là...

Elle ne comprenait pas ce qu'il cherchait, mais son pouce sur son clitoris la faisait fondre. Ses pensées se perdaient dans cette vague de plaisir qui montait en elle. Quand il ajouta un deuxième doigt, pivotant légèrement sa main, elle sursauta violemment. Un éclair traversa son corps quand il toucha un point sensible profondément enfoui en elle.

— Ah, voilà.

Sa voix était emplie d'une fierté malicieuse. Addison, elle, n'était plus qu'un amas de sensations. Ce qu'il faisait à l'intérieur de son corps provoquait des décharges si intenses qu'elles frôlaient la douleur... Mais une douleur qu'elle désirait.

— Ricky ! s'écria-t-elle, débordée par ce qu'elle ressentait.

— Chut, on va réveiller les enfants, lui dit-il avec un petit rire.

Horrifiée à l'idée d'être interrompue, Addison se mordit les lèvres pour retenir ses gémissements.

— Lâche prise, ma belle. Laisse-toi aller. Montre-moi tout.

Elle n'avait pas d'autre choix. Elle était complètement à sa merci, incapable de résister. Ses cuisses tremblaient, exactement comme il l'avait prédit. En baissant les yeux, elle vit Ricky regarder fixement son corps avec une intensité qu'elle n'avait jamais vue sur le visage d'un autre homme.

Puis, sans qu'elle s'y attende, tout explosa en elle. Un petit cri aigu lui échappa tandis que son corps tout entier se tendait sous l'effet d'une vague de plaisir. Elle sentit ses muscles se contracter autour des doigts de Ricky. L'orgasme qu'il lui avait arraché semblait l'avoir transformée irrémédiablement.

Il immobilisa ses doigts en elle, les laissant reposer sous ses pulsations. Ce n'est que lorsqu'elle émit un gémissement de protestation qu'il cessa de caresser son clitoris.

Addison avait l'impression d'avoir couru un marathon. Elle haletait, son cœur battant à tout rompre dans sa poitrine. Tout ce qu'elle pouvait faire, c'était rester allongée, épuisée, les jambes écartées sous le corps de Ricky.

— Juste un petit avant-goût, murmura Ricky avant de se pencher.

Addison sentit sa langue glisser de ses plis intimes jusqu'à son clitoris, recueillant ses fluides abondants. Puis il se redressa et se lécha les lèvres, comme s'il venait de savourer le dessert le plus divin qui soit.

— C'est tellement bon.

Il se pencha sur elle et posa les mains sur ses épaules, son sexe dur et palpitant pressé contre son intimité encore très sensible.

— Bonjour, ma chérie, dit-il en ricanant avant de s'abaisser pour l'embrasser.

Addison pouvait sentir son propre goût sur ses lèvres, et étrangement, ça l'excitait encore plus que ça ne l'embarrassait.

D'une main, elle essaya d'attraper son sexe. Elle le voulait en elle, tout de suite. Si elle ne le sentait pas au plus profond de son corps à cet instant précis, elle allait en mourir. Mais il lui saisit la main et la porta à ses lèvres.

Il déposa un baiser sur ses phalanges.

— Pas le temps. Il faut vraiment que j'aille au travail.

Le gémissement frustré qui lui échappa ne la rendait pas fière, mais elle ne put s'en empêcher.

— Bientôt, murmura-t-il. Quand on le fera, je ne veux pas que ce soit rapide ou expédié, juste parce qu'on est pressé. Je prendrai mon temps. Quand je serai en toi, je n'aurai aucune envie de m'arrêter.

Il marqua une pause, son regard brûlant croisant celui d'Addison.

— La manière dont tu as serré mes doigts tout à l'heure... J'ai hâte de sentir ça autrement.

Puis, d'une voix plus douce, il ajouta :

— Dors, Addy. Demain sera une longue journée. Et tiens-moi au courant après le rendez-vous avec le médecin d'Ellory.

— Bien sûr, acquiesça-t-elle immédiatement.

— Parfait. Je vais lancer la lessive. On se voit au petit déjeuner.

Il l'embrassa tendrement sur le front avant de se redresser. Addison remarqua le renflement évident à l'avant de son boxer.

— Je peux m'occuper de ça avant que tu partes, lui proposa-t-elle avec un sourire.

Ricky ricana légèrement en secouant la tête.

— Si tu me touches, je ne quitterai plus jamais ce lit. Je vais régler ça sous la douche, ça ne prendra que trente secondes.

Il lui lança un clin d'œil avant de disparaître dans la salle de bain.

L'orgasme avait fait son effet : Addison se sentait apaisée, presque engourdie. Elle entendit l'eau couler, puis comme il l'avait promis, la douche ne dura pas longtemps. Il réapparut peu après, vêtu d'un tee-shirt et d'un short, paré pour son entraînement avec son équipe SEAL.

Il se pencha vers elle pour l'embrasser à nouveau, un baiser lent, profond, qui fit monter en elle un désir brûlant.

— J'aime te voir comme ça. Allongée, fatiguée, comblée... et déjà prête à en redemander, murmura-t-il contre ses lèvres.

Puis il se redressa et quitta la chambre. Elle savait qu'avant de partir, il vérifierait si les enfants allaient bien. Quelques minutes plus tard, elle entendit la machine à laver démarrer, et la douceur de ce bruit familier l'entraîna dans un sommeil profond.

* * *

Plus tard dans la journée, un souvenir persistant lui revint. La sensation des doigts de Ricky en elle, qu'elle n'aurait jamais cru garder aussi vive. D'habitude, elle ne prêtait pas autant attention à son corps en pleine journée. Elle était installée dans la salle d'attente de l'hôpital militaire, ses pensées vagabondant tandis qu'elle attendait que le médecin d'Ellory vienne les chercher. De l'autre côté de la pièce, sa fille jouait avec un bambin de deux ou trois ans. Addison ignorait pourquoi cet enfant se trouvait ici, mais sa mère semblait soulagée d'avoir quelques instants pour souffler.

Absorbée par ses réflexions sur les événements de la matinée, Addison fut tirée de ses pensées lorsqu'elle entendit quelqu'un prononcer son nom :

— Addison ? Addison Wentz ? C'est bien toi ?

Elle leva les yeux et se retrouva face à un visage qu'elle n'aurait jamais cru revoir un jour. Son ex. Brady Vogel.

La surprise lui coupa le souffle. Que faisait-il à Riverton après toutes ces années ? Il était parti en lui disant qu'il n'était pas fait pour être père, promettant de l'aider financièrement... Une promesse qu'il n'avait jamais tenue. Depuis, silence radio.

Et maintenant, il était là, devant elle.

Il portait une tenue d'hôpital avec un badge accroché à la ceinture. Il s'assit rapidement sur la chaise à côté de la sienne et lui adressa un sourire, comme s'il ne l'avait jamais laissée se débrouiller seule pour élever leur enfant. Il avait vingt ans quand ils s'étaient rencontrés. Elle en avait vingt-trois. Ils étaient si jeunes. Beaucoup trop jeunes. Pourtant, à la naissance d'Ellory, il en avait vingt-et-un. Il était largement en âge de prendre ses responsabilités et d'être le père qu'Ellory méritait... et l'homme sur qui Addison pouvait compter. Mais ça n'avait pas duré. Il avait compris qu'avoir un bébé, ce ne serait pas amusant, et voilà... il était parti.

Il s'assit sans hésiter à côté d'elle et lui sourit, comme s'il n'avait jamais abandonné sa fille.

— Brady, murmura-t-elle, encore sous le choc.

— Ça fait plaisir de te revoir. Tu es rayonnante... Je vois que tes cheveux roux sont toujours aussi flamboyants, pas vrai ?

Elle se retint de lever les yeux au ciel.

— Tu es médecin ? demanda-t-elle, essayant de comprendre sa présence ici.

— Oh non, répondit-il en éclatant de rire un peu trop fort. Je suis agent d'entretien.

Addison réprima un rire sarcastique.

— Concierge, donc.

— Oui, mais ça paie super bien. Surtout dans le domaine de la santé. Tu serais étonnée de voir combien de gens refusent de nettoyer un peu de sang ou d'autres fluides corporels. Maintenant, je suis étonnamment insensible à la vue d'excréments.

C'était d'autant plus ironique qu'il avait des haut-le-coeur chaque fois qu'Addison changeait la couche d'Ellory.

— Et toi, qu'est-ce que tu fais ici ? demanda-t-il. Tu es malade ?

— Non, j'accompagne Ellory, répondit Addison en désignant l'autre côté de la pièce.

Sa fille jouait toujours avec le tout-petit, inconsciente du fait que son père biologique se trouvait dans la même pièce qu'elle pour la première fois depuis qu'elle avait un mois.

Il tourna la tête, et sa manière d'écarquiller les yeux fut presque comique.

— Bon sang. Elle te ressemble comme deux gouttes d'eau. Elle a quoi... huit ans maintenant ?

— Douze, rectifia Addison, l'irritation se lisant dans sa voix.

Qu'il n'ait aucune idée de l'âge de sa propre fille n'aurait pas vraiment dû la surprendre, et pourtant, c'était le cas.

— Je veux la rencontrer, déclara Brady.

Immédiatement, le ventre d'Addison se noua. Elle n'était pas prête pour ça. Et il était hors de question qu'elle présente son père biologique à Ellory sans l'y préparer. Elle venait tout juste d'ouvrir la bouche pour lui dire que ce n'était pas le moment quand une infirmière entra dans la salle d'attente et appela Ellory.

— Il faut qu'on y aille, désolée, répondit-elle à Brady en se levant, sans le moindre regret.

— Attends...

— Je ne peux pas, on a rendez-vous.

— Je peux t'appeler ?

Elle avait envie de dire non, de lui rappeler qu'il n'avait montré aucun intérêt pour sa fille depuis douze ans, et qu'elle ne voyait pas pourquoi ça changerait aujourd'hui. Mais il restait le père biologique d'Ellory. Si sa fille voulait qu'il fasse partie de sa vie, ce serait à elle d'en décider. Toutefois, Addison veillerait à ce que tout se fasse dans les limites qu'elle fixerait. Il était hors de question qu'Ellory souffre, pas après tout ce qu'elles avaient traversé.

Elle fouilla dans son sac à main, sortit un reçu et un stylo, puis griffonna rapidement son numéro au dos.

— Voilà mon numéro. Envoie-moi un message plus tard pour que j'aie le tien, et on en discutera.

— Super ! Merci. Ça m'a fait plaisir de te voir, Addison. Tu es vraiment resplendissante. On pourrait peut-être dîner ensemble ou autre chose, histoire de rattraper le temps perdu...

— Désolée, je suis mariée. On en reparlera plus tard.

C'était incroyablement satisfaisant de pouvoir dire cela à son ex, et de ne pas avoir à inventer une excuse pour éviter un dîner qu'elle n'avait pas la moindre envie de partager avec lui. Addison se précipita vers Ellory, qui attendait avec l'infirmière dans l'embrasure de la porte. Avant qu'elle ne se referme derrière elles, elle jeta un dernier regard vers Brady, qui avait les yeux fixés sur leur fille. Son expression était indéchiffrable, mais elle n'avait pas le temps de s'y attarder. Elle devait se concentrer sur Ellory et sa consultation.

Pourtant, un sentiment de malaise s'installa au fond d'elle. Brady n'avait pas été un bon petit ami, et il était sans conteste un père déplorable. Mais elle devait lui reconnaître, à contrecœur, le mérite d'avoir immédiatement demandé à rencontrer sa fille. Elle n'avait aucune idée de ce qui se passerait à l'avenir entre Ellory et lui... mais comme pour toute chose dans la vie, elle supposait qu'elle allait devoir se préparer à affronter la tempête.

* * *

— Alors, comment ça s'est passé ? demanda MacGyver en décrochant après avoir vu le nom d'Addison s'afficher sur son écran de téléphone.

— La consultation avec le médecin s'est bien passée. Il a examiné les résultats de l'endoscopie gastro-intestinale supérieure. Elle commence le protocole de repos intestinal aujourd'hui : d'abord des liquides pendant quelques jours, puis beaucoup de protéines, de bonnes graisses, et très peu voire pas du tout de fibres. Si ça ne soulage pas certains symptômes, on envisagera de prolonger le jeûne.

— Tu es sûre que c'est sain ? s'enquit MacGyver, inquiet.

— On la surveillera de près. Et elle devra faire des analyses de sang régulièrement. La principale inquiétude reste son poids.

— D'accord. Alors... quoi d'autre ?

— De quoi tu parles ? Comment sais-tu qu'il y a autre chose ?

— Tu as dit que la consultation s'était bien passée, ce qui sous-entend qu'il y a eu autre chose qui ne s'est pas bien passé, répondit MacGyver.

Elle soupira.

— Ce n'est pas le genre de chose dont je peux parler au téléphone.

— Tout va bien ? Et les enfants ? insista MacGyver.

— Tout le monde va bien. J'ai juste croisé quelqu'un qui fait partie de mon passé, et je veux t'en parler, mais plus tard.

— D'accord. Tu es sûre que ça va ?

— Certaine. Et toi, ta journée ? Des nouvelles ?

MacGyver s'attendait à cette question. Il aurait aimé pouvoir lui donner une date précise pour son départ en mission au Moyen-Orient, mais les tensions étaient vives en ce moment, et la Marine avait beaucoup de choses à gérer. Tout était encore en suspens. En réalité, son équipe était déjà prête. Ils avaient tout étudié, planifié, ils s'étaient entraînés, et ils n'attendaient plus que le feu vert pour traquer leur cible de haute valeur. Un type loin d'être recommandable, et que personne ne regretterait après sa disparition.

— Bientôt, ma chérie. C'est tout ce que je peux dire pour l'instant.

— D'accord. Tu as envie de quelque chose en particulier pour le dîner ?

MacGyver adorait cette femme. Peut-être parce qu'elle avait été mère célibataire si longtemps, ou parce qu'elle s'occupait de tout avec une telle aisance. Ça ne l'inquiétait pas de la laisser seule pendant son déploiement. Il ne doutait pas de sa capacité à s'occuper de leurs quatre enfants et de son travail sans perdre pied. En revanche, il s'inquiétait pour son bien-être, comme toujours lorsqu'il devait s'absenter. C'était un sentiment étrange et unique. Il n'avait jamais ressenti un tel amour pour quelqu'un auparavant. Après en avoir discuté avec ses coéquipiers Kevlar, Safe, Blink et Preacher, il avait compris que c'était cela, aimer quelqu'un plus que tout au monde.

L'amour.

Il aimait Addison. Ce sentiment avait toujours été présent depuis qu'il lui avait demandé de l'épouser. Mais il avait grandi de manière exponentielle. Chaque jour passé avec elle renforçait sa certitude qu'elle était la femme parfaite pour lui. Il ne restait plus qu'à lui montrer à quel point il l'aimait. Et c'était là son problème : il ne savait pas comment s'y prendre.

— Ricky ? Le dîner ?

— Désolé. Quoi que tu fasses, ça me conviendra.

— Du foie avec des oignons ?

MacGyver faillit s'étouffer.

— Euh...

Elle éclata de rire.

— Je plaisante ! Je sais à quel point tu détestes ça. Je n'ai pas oublié l'histoire du dignitaire chez qui tu as dû en manger par politesse. Que dirais-tu d'un hamburger ?

— C'est parfait. Addy... tu es vraiment sûre que ça va ?

— Oui, ça va. Merci. On en parlera ce soir. Promis.

— D'accord. Passe une bonne fin de journée. Et appelle-moi si tu as besoin de moi.

— J'ai toujours besoin de toi, mais je vais gérer.

En entendant ces mots, il sentit son entrejambe tressaillir. Elle n'avait sans doute aucune idée de ce qu'elle provoquait chez lui. Ou peut-être que si, étant donné qu'elle se remit à rire, comme si elle se réjouissait du pouvoir qu'elle avait sur lui.

— Tu me tues, Addy, lâcha-t-il en riant à son tour.

— C'est juste pour que tu restes sur tes gardes. On se voit à la maison. Fais attention à toi.

— Toujours. À plus.

— Bye.

Il luttait pour ne pas terminer leurs conversations par *je t'aime*, mais la dernière chose qu'il voulait, c'était lui faire peur. Alors il gardait ses sentiments pour lui... pour l'instant. Mais suite à ce qui s'était passé ce matin, après l'avoir sentie s'abandonner à lui, MacGyver se sentait rassuré. Il pouvait au moins lui montrer combien elle comptait pour lui, même s'il ne pouvait pas encore le lui dire. Il n'y aurait plus de retour en arrière possible. Pas après avoir senti à quel point elle éprouvait du désir pour lui. Pas après l'avoir goûtée.

Le sourire aux lèvres, MacGyver remonta l'escalier qui menait à la salle de conférence pour rejoindre son équipe. Il leur restait encore quelques détails à régler avant de terminer la journée. Cependant, il n'avait aucune envie de quitter le pays, pas maintenant que les choses progressaient sur le plan physique entre sa femme et lui. Mais après tout, il avait déjà attendu tout ce temps, il pouvait bien attendre encore un peu.

CHAPITRE 9

Plus tard dans la soirée, une fois les enfants couchés, Addison sentit qu'il était temps de parler à Ricky de Brady. Elle n'en avait aucune envie. Elle ressentait toujours une certaine inquiétude face à ce retour inattendu de son ex dans sa vie. Elle ne parvenait pas à identifier clairement la raison, mais alors que leur vie de famille se déroulait si bien, elle ne pouvait s'empêcher de penser que l'arrivée de Brady allait tout chambouler... et pas dans le bon sens.

— Viens par ici, lui dit Ricky depuis le canapé en lui tendant la main.

Addison s'approcha et le laissa l'attirer contre lui. Elle sentit le stress accumulé dans la journée s'atténuer en partie. Être près de Ricky lui faisait toujours cet effet. Elle avait été indépendante, mère célibataire pendant plus d'une décennie, mais avoir quelqu'un sur qui s'appuyer et à qui parler en cas de coup dur était un cadeau inestimable.

Elle décida de ne pas tourner autour du pot. Elle irait droit au but et lui dirait franchement ce qui s'était passé. Elle se redressa légèrement, puis déclara :

— Le père biologique d'Ellory était à l'hôpital aujourd'hui.

— Quoi ? Tu plaisantes ?

Finalement, lui lancer ça en préambule n'était peut-être pas la meilleure façon de lui annoncer la nouvelle. Il avait l'air choqué, mais étonnamment, il semblait aussi furieux.

- Non. On attendait notre tour quand il est venu me
  parler.

— Ellory était là aussi ?

— Oui, mais à l'autre bout de la pièce. Elle ne l'a pas vu, et elle n'a rien entendu de notre conversation.

— Qu'est-ce qu'il voulait ? Où était-il pendant tout ce temps ? Il s'est excusé de t'avoir laissée en plan avec un nourrisson ? De ne jamais t'avoir envoyé l'argent qu'il t'avait promis ?

— Euh... non, ni l'un ni l'autre. Et je ne sais pas où il était. Il avait l'air aussi surpris de me voir que moi de le croiser. Apparemment, il travaille là-bas. À l'hôpital. Il est agent d'entretien.

— Et qu'est-ce qu'il voulait ? demanda Ricky, ses yeux noisette rivés sur les siens.

— Il a dit qu'il voulait rencontrer Ellory. J'imagine qu'il veut apprendre à la connaître.

En entendant cela, Ricky se leva et se mit à faire les cent pas.

— Hors de question.

— Ricky, c'est son père.

Il s'arrêta net et la regarda fixement.

— Ah bon ? Il était là quand elle pleurait au milieu de la nuit ? Combien de fois a-t-il changé sa couche ? Il ne t'a jamais envoyé un centime, Addison. Il est parti sans se retourner quand elle avait à peine trois mois. Et *maintenant*, il veut faire partie de sa vie ? C'est du foutage de gueule.

Addison n'aurait pas dû être surprise par l'animosité de

Ricky envers son ex, et pourtant, elle l'était un peu. Mais cela prouvait à quel point Ricky était un homme bien. À quel point l'homme qu'elle avait épousé était bon. Il était père depuis très peu de temps, et il comptait déjà plus aux yeux d'Ellory que son père biologique depuis toujours.

— Ricky ? Assieds-toi, s'il te plaît, dit Addison en tapotant le coussin à côté d'elle.

Il inspira profondément avant de revenir s'assoir à ses côtés.

— Je sais. J'ai pensé exactement comme toi. Mais c'est son père biologique. Quelle sorte de mère je serais si je ne lui laissais même pas la chance de le rencontrer ?

— Une mère sensée, lâcha Ricky.

Addison soupira. Il compliquait tout, mais elle le comprenait. Vraiment.

— Désolé, je veux juste la protéger, dit Ricky en passant une main dans ses cheveux. Toi aussi, d'ailleurs. Je n'aime pas ce type. Je sais que je ne l'ai même pas rencontré, mais quel genre d'homme abandonne sa copine juste après qu'elle ait donné naissance à sa fille ?

— Un jeune homme immature, répondit Addison en haussant les épaules.

— Ce n'est pas une excuse. Il y a beaucoup d'hommes qui deviennent père à un âge précoce, même plus jeune que ton ex à l'époque, et qui assument leurs responsabilités. Ils n'abandonnent pas leurs enfants. Je ne peux pas m'empêcher de douter de ses intentions. Il aurait pu te contacter à n'importe quel moment. Pourquoi maintenant ? C'est vraiment un hasard si tu es tombé sur lui aujourd'hui ? Il savait que tu étais à Riverton ? Il était là pendant tout ce temps ? Il est marié ? Il a d'autres enfants ?

— Je ne sais pas.

Ricky soupira à son tour.

— D'accord. Alors, qu'est-ce qu'on fait maintenant ?

— Je pense que je dois en parler à Ellory, lui dire que son père biologique est ici et qu'il veut la rencontrer. Ensuite, on verra bien. Elle est intelligente. Si les intentions de Brady ne sont pas claires, elle le sentira. Mais si c'est sincère et qu'il veut vraiment apprendre à connaître sa fille, je veux qu'elle ait cette opportunité.

— Tu vas lui demander une pension alimentaire ? grommela Ricky.

— Non.

— Tu devrais.

— Écoute, s'il commence à me donner de l'argent, ça lui donnera plus de droits sur Ellory. Si ça tourne mal, je ne veux pas qu'elle soit *obligée* de le voir. Il pourrait me poursuivre en justice, mais je doute qu'il le fasse.

— Tu ne sais pas quel genre de personne il est devenu.

— C'est vrai. Mais malgré tout, je ne veux pas de son argent, et je n'en ai pas besoin.

— Qu'est-ce que tu attends de moi ?

C'était l'une des nombreuses raisons pour lesquelles elle aimait et respectait cet homme. De toute évidence, il n'était pas ravi de voir Brady réapparaître dans leur vie, mais il était prêt à la soutenir dans cette épreuve... et ça comptait énormément pour elle.

— Je ne la laisserai pas seule avec lui. En tout cas, pas au début. Tu pourras venir avec moi ?

— Bien sûr. Je ne vous laisserai *jamais* y aller seules. Autre chose ?

— Aide-moi à observer sa réaction, à voir si elle le rencontre pour me faire plaisir, ou si quelque chose ne va pas. Écoute-la si elle veut en parler. Je ne suis pas sûre qu'elle viendra vers moi pour me dire ce qu'elle ressent.

— Je peux le faire. Et toi, tu tiens le coup ?

— Il ne s'agit pas vraiment de moi.

— Bien sûr que si. C'est quelqu'un avec qui tu pensais passer le reste de ta vie. Vous avez eu un enfant ensemble. Il est parti, et maintenant il revient comme si de rien n'était. Tu as encore des sentiments pour lui ?

— Quoi ? Non ! Pas du tout. Je ne suis plus la même personne qu'à vingt ans. D'ailleurs, pourquoi je voudrais de lui alors que je t'ai *toi* ?

Ricky sourit.

— C'est vrai.

— Un beau Navy SEAL ou un père qui fuit ses responsabilités... Le choix est vite fait, déclara Addison.

— Attends une seconde... Tu entends ça ? demanda Ricky en inclinant la tête.

Addison fronça les sourcils.

— Non. Je n'entends rien.

— Exactement. Les enfants sont endormis. Avec un peu de chance, c'est parti pour durer. Et si on allait dans notre chambre ?

Addison comprit tout de suite ce qu'il sous-entendait.

— D'accord.

— Vraiment ?

Addison se contenta de se lever et de lui tendre la main en silence.

Il se leva, lui prit la main et l'entraîna dans le couloir jusqu'à leur chambre. Il referma la porte derrière eux d'un geste assuré, puis se tourna vers elle.

— Tu es sûre, Addy ?

— Je suis sûre, répondit-elle, sentant l'impatience monter en elle.

— Toi d'abord, dit-il en la regardant dans les yeux, désignant la salle de bain.

Addison se dirigea vers la salle de bain, lui jetant un dernier regard avant de franchir la porte. Une fois à l'intérieur, elle inspira profondément, alla aux toilettes, puis se brossa les dents. Elle avait fini en quelques minutes à peine, parée pour ce qui allait suivre.

Ricky était toujours debout au milieu de la chambre et fixait la porte du regard, comme s'il craignait qu'Addison s'échappe par la fenêtre de la salle de bain.

— C'est bon, dit-elle, un peu gênée.

Il hocha la tête, et en passant près d'elle, lui déposa un baiser sur la tempe avant d'entrer dans la salle de bain à son tour.

Dès que la porte se referma derrière lui, Addison se dirigea vers la commode. Elle sortit un short et un tee-shirt de nuit, se déshabilla rapidement, puis se glissa sous la couverture juste au moment où la porte de la salle de bain se rouvriat.

À sa grande surprise, Ricky revint dans la chambre entièrement nu. Addison avait l'impression que sa mâchoire allait se décrocher, mais elle ne pouvait rien y faire. Même si elle l'avait déjà vu en boxer, rien ne l'avait préparée à cela.

Il était séduisant, musclé, et un peu intimidant.

Quant à elle... c'était une mère trentenaire, grande et élancée, mais un peu trop maigre. Elle avait toujours regretté de ne pas avoir davantage de formes. Elle aurait préféré ne pas penser à cela maintenant, mais difficile de ne pas faire la comparaison face à un homme comme lui.

Ricky ne perdit pas de temps. Il s'approcha du lit, tira la couverture, et se glissa dessous avant de se rapprocher d'elle. Addison n'avait pas bougé, allongée sur le côté, appuyée sur un coude, encore sous le choc.

— Salut, murmura-t-il en douceur.

— Salut, répondit-elle en un souffle.

— Tu sais... on n'est pas obligés de faire ça si tu n'es pas prête, la rassura-t-il, visiblement à l'écoute de son langage corporel.

— Non, j'en ai envie. C'est juste que... Ricky, tu es parfait.

Il laissa échapper un petit rire incrédule.

— Pas vraiment.

Elle se mordilla la lèvre, nerveuse. Il posa une main sur sa poitrine, juste au-dessus de son cœur.

— Respire, Addy. Laisse-moi prendre soin de toi. On peut juste se laisser porter, comme ce matin. Aucune pression, d'accord ?

Là, les doutes d'Addison s'évanouirent. C'était lui, Ricky. Cet homme qui ne reculait devant rien pour le bien-être des enfants. Celui qui changeait des draps trempés sans sourciller, qui relisait la même histoire des dizaines de fois pour Yana parce qu'elle l'exigeait. Celui qui trouvait le temps d'aller représenter Ellory à la journée des métiers et de remettre à sa place la fille qui la harcelait, alors qu'il préparait une mission risquée. Celui qui refusait de laisser trois orphelins dans un pays en guerre. Celui qui l'avait épousée non seulement pour aider ces enfants, mais aussi parce qu'il savait qu'elle avait besoin d'une assurance pour sa fille.

Ricky n'était pas seulement cet homme au corps sculpté par l'effort et l'adrénaline. C'était son grand cœur qui l'avait conquise. Elle le savait : même s'il venait à prendre vingt kilos et à se relâcher, il resterait l'homme qu'elle voulait dans sa vie... et dans son lit.

Prenant son courage à deux mains, elle se redressa, retira son haut d'un geste hésitant, puis se rallongea. C'était la première fois qu'elle se dévoilait entièrement devant lui, et elle retenait son souffle malgré elle.

Pourtant, elle n'avait pas à s'inquiéter. Le regard de Ricky s'assombrit. Ses pupilles étaient si dilatées qu'on distinguait à peine leur halo noisette. Il baissa lentement la tête.

Sa main vint envelopper l'un de ses seins, tandis que ses

lèvres se refermaient sur l'autre, happant délicatement son téton.

Addison étouffa un gémissement et se cambra sous l'effet d'une chaleur soudaine. Il ne fit pas durer le suspense. Ses lèvres, sa langue, même ses dents, tout participait à rendre ce contact presque douloureusement exquis. Elle sentit son ventre se contracter et une vague de désir la submerger.

— Ricky... murmura-t-elle en passant les doigts dans ses cheveux, le maintenant contre elle.

Il changea de côté, s'attardant sur l'autre sein. Sa barbe naissante effleurait la peau sensible d'Addison, chaque geste attisant son désir. Elle pouvait sentir son érection pressée contre sa cuisse, et cette simple idée la faisait frissonner. Addison, celle qu'on avait moquée pour être trop mince, trop grande, trop rousse, faisait craquer cet homme.

Ricky releva la tête et plongea son regard dans le sien. De la main, il continua ses caresses, effleurant son sein avec tendresse.

— J'aimerais prendre mon temps, mais je crois que je ne vais pas y arriver, murmura-t-il d'une voix rauque.

— Les enfants pourraient se réveiller, répondit-elle, le souffle court. Alors ça me va, mais si tu t'arrêtes maintenant, je te jure que je te tue.

Il ricana brièvement, mais ne semblait pas si pressé pour autant.

— Ricky ? souffla-t-elle, agrippant ses bras avec incertitude.

— Chut... Je grave ce moment dans ma mémoire. Le moment où je fais l'amour à ma femme pour la première fois.

Son entrejambe se contracta sous l'effet de ces mots.

Il se déplaça jusqu'à être agenouillé à ses pieds.

— Lève-toi, ordonna-t-il.

Cela lui fit l'effet d'un déjà-vu du matin même, lorsqu'il lui avait retiré son short de nuit. Cette fois, il le tira d'un coup sec, sans la moindre délicatesse. Puis, avançant sur ses genoux, il écarta davantage ses jambes.

Addison leva les yeux vers lui, son cœur battant à tout rompre.

— J'adore tes taches de rousseur, murmura-t-il, son regard parcourant son corps de haut en bas.

— Heureusement, plaisanta-t-elle, parce qu'avec un peu trop de soleil, elles se multiplient par dix.

— Un jour, je les embrasserai toutes, une par une, promit Ricky en traçant du doigt les petites taches autour de sa poitrine.

— Ricky, souffla-t-elle.

— Oui ?

— S'il te plaît.

— S'il te plaît, quoi ? demanda-t-il avec un sourire en coin.

Il la taquinait, et Addison ne savait pas si ça devait l'agacer ou l'amuser. Prenant les choses en main – littéralement – elle tendit le bras et referma ses doigts autour de son érection.

Il inspira brusquement, puis frissonna. Bien qu'il soit penché au-dessus d'elle, Addison avait l'impression d'avoir tout le pouvoir en cet instant. Une de ses mains se posa sur son épaule pour s'appuyer, tandis que l'autre pinçait doucement un de ses tétons.

À sa grande surprise, le sexe de Ricky durcit encore davantage sous ses caresses. Une goutte annonciatrice perla à son extrémité, et elle l'utilisa pour faciliter ses mouvements.

— Merde, Addy, attends une seconde, supplia-t-il soudain, la voix rauque.

Elle s'immobilisa, incertaine.

Il se redressa légèrement et guida sa main pour la poser sur son torse.

— Je n'ai pas de préservatif, avoua-t-il.

Addison se figea. Elle n'y avait même pas pensé. Ce qui était stupide, sachant qu'elle était déjà tombée enceinte malgré les précautions.

— Désolé, je... je n'ai pas réfléchi... Merde, jura-t-il, fermant les yeux un instant avant de les rouvrir, déterminé. C'est bon. Je peux quand même m'occuper de toi.

— J'en ai, lâcha soudainement Addison.

— Pardon ?

— J'ai des préservatifs, avoua-t-elle, sentant le rouge lui monter aux joues. Je les ai achetés la semaine dernière. Je ne sais pas pourquoi, ça m'a semblé... plus prudent.

— T'es géniale. Où ça ? demanda Ricky.

Elle tourna la tête et désigna la commode.

— Premier tiroir, à droite.

Il s'élança avant même qu'elle n'ait fini de répondre. Après avoir fouillé dans le tiroir à chaussettes, il brandit triomphalement la boîte de préservatifs.

— T'as même pris la bonne taille. Extra-large.

Addison leva les yeux au ciel. En réalité, elle n'avait eu aucune idée de la taille à prendre, mais à en juger par ce qu'elle avait senti contre sa cuisse à plusieurs reprises, elle avait vu juste.

Lorsqu'il ouvrit précipitamment la boîte, les préservatifs volèrent dans tous les sens, mais le sourire de Ricky ne vacilla pas. Il remonta sur le lit, un sachet entre les dents, puis écarta les genoux et déchira le papier argenté.

Addison l'observa dérouler le préservatif sur son sexe. Elle aurait préféré sans, mais n'étant pas sous contraception, et avec déjà quatre enfants, il valait mieux ne pas prendre de risques.

Ricky laissa échapper un profond soupir.

— Une fois en toi, je ne tiendrai pas longtemps. Ton corps chaud et humide... On doit s'assurer que tu sois prête à me recevoir.

Tout en parlant, il posa la main sur le ventre d'Addison,

comme il l'avait déjà fait ce matin-là, et trouva immédiatement le chemin jusqu'à son clitoris, le caressant avec son pouce de la manière qu'elle aimait tant.

Rapidement, Addison sentit un désir brûlant monter en elle. Les doigts de Ricky étaient recouverts de ses fluides alors qu'il la préparait délicatement à l'accueillir, effectuant des allers-retours lents et réguliers.

— C'est ça, ma belle. Jouis pour moi. Tu y es presque.

Et elle y était. Addison se laissa emporter par une vague de plaisir intense, pinçant les lèvres pour étouffer un petit cri.

* * *

MacGyver n'avait jamais rien vu d'aussi magnifique : sa femme se contorsionnant en-dessous de lui, emportée par son orgasme. Sa poitrine arborait une teinte rougeâtre, et ses tétons étaient fermes comme jamais. Même si elle n'avait pas une forte poitrine, il avait découvert son extrême sensibilité, et il se promit que plus tard, il la ferait jouir rien qu'en s'amusant avec ses tétons.

Pour l'instant, il devait résister à l'envie de plonger immédiatement en elle et de la posséder comme il en rêvait depuis des semaines. Il adorait la façon dont ses cuisses tremblaient sous l'effet de l'orgasme, dont son ventre se contractait, et dont ses muscles intimes se resserraient sur ses doigts, la laissant s'abandonner complètement.

MacGyver se maudissait de ne pas avoir de préservatifs sous la main, mais fidèle à elle-même et à son organisation sans faille, Addison avait tout prévu. Il baissa les yeux sur son sexe érigé en rêvant de pouvoir faire sauter cette barrière, mais ce serait un manque de respect envers Addison, chose qu'il refusait catégoriquement. Jusqu'à ce qu'ils discutent sérieusement de contraception et d'éventuels enfants, il ne prendrait aucun risque.

Addison frissonnait encore de plaisir lorsqu'il positionna le bout de son sexe à l'entrée de son corps. Tout en se mordillant la lèvre, il invoqua toute la maîtrise dont il faisait habituellement preuve dans son travail. Mais aucune mission ne lui avait demandé autant de contrôle que d'attendre le consentement d'Addison.

Ce ne fut pas long. Elle leva les jambes et posa ses chevilles sur ses épaules.

— Viens, murmura-t-elle, ses yeux verts plongés dans les siens.

— Attends une seconde, répondit-il d'une voix rauque.

Puis, d'un mouvement lent et mesuré, il pénétra en elle jusqu'à la garde.

Ils haletèrent tous les deux. MacGyver n'avait jamais rien ressenti d'aussi intense. Il avait eu des expériences auparavant, mais aucune ne ressemblait à celle-ci. Face à face avec Addison, il pouvait voir la rougeur de sa poitrine s'étendre le long de son cou et descendre jusqu'à ses seins. C'était fascinant et incroyablement intime.

— Continue, lui demanda-t-elle.

Mais MacGyver secoua la tête. Il en était incapable. S'il bougeait, il savait qu'il allait perdre le contrôle. Le plaisir d'être en elle était trop intense, comme s'il redécouvrait son propre corps. Addison lui adressa un sourire malicieux et contracta les muscles de son entrejambe.

Une goutte s'échappa du sexe de Ricky.

— Putain ! s'exclama-t-il.

— C'est gratuit pour toi, répliqua Addison avec un sourire taquin.

À genoux, maintenant les jambes d'Addison sur ses épaules, MacGyver savait qu'il devait faire quelque chose pour la distraire, l'élever au niveau d'intensité qu'il ressentait à cet instant. Il parvint à glisser sa main entre eux et recommença à stimuler son clitoris.

Elle se cambra en gémissant, et il fut pris à son propre piège : en essayant de la submerger de plaisir, il s'infligeait une torture à lui-même. Tandis qu'il intensifiait son rythme, les muscles d'Addison ne cessaient de se contracter et de se relâcher. Elle était littéralement en train de prendre le contrôle, et il ne pouvait plus se retenir.

Cherchant à reprendre le dessus, il fit glisser les jambes d'Addison de ses épaules pour les placer autour de sa taille. Il se pencha sur elle et recommença à se mouvoir. Lentement, il entama un va-et-vient régulier, plongeant dans la chaleur de son corps.

Les chevilles d'Addison étaient croisées derrière lui, et ses mains fermement agrippées à ses bras. Elle glissait légèrement sur le lit à chacun de ses mouvements. Sa poitrine, pas assez généreuse pour se balancer, tremblait alors que son corps se soulevait au rythme de ses va-et-vient.

Il était déterminé à tenir, à rendre l'expérience aussi agréable pour elle qu'elle l'était pour lui. Mais lorsqu'elle glissa une main entre eux pour caresser son sexe au moment où il se retirait, il perdit tout contrôle. Il commença à la prendre avec fougue et passion.

Leurs gémissements se mêlèrent, et il sentit les hanches d'Addison se relever pour l'accueillir à chaque poussée. Le bruit de claquement de leurs corps et l'odeur enivrante du sexe emplissaient l'atmosphère. Chaque sens était en alerte, et d'aussi loin qu'il se souvienne, il n'avait jamais vécu un moment aussi intense que celui qu'il partageait avec elle.

À sa grande surprise, les jambes d'Addison se mirent à trembler. Elle atteignait l'orgasme une nouvelle fois. *La troisième ?* se dit-il, ravi. Le fait que sa femme soit multi-orgasmique le réjouissait. Cela promettait des moments encore plus excitants à l'avenir.

Mais son plaisir rendait ses muscles encore plus toniques, resserrant son corps autour de lui, ce qui précipita sa perte. Elle le rendait fou et faible. Il adorait ça.

Lorsqu'il sentit la vague de son propre orgasme déferler, il fut pris de court. Il laissa échapper un grognement profond et s'abandonna totalement. Chaque fibre de son être était submergée par le plaisir tandis qu'il se déversait dans le préservatif, ses hanches continuant à bouger d'instinct.

— Bordel, murmura-t-il en s'écroulant sur Addison, prenant soin de ne pas l'écraser.

Elle éclata de rire, faisant vibrer le corps de MacGyver tout entier. Il le sentit même autour de son sexe, toujours enfoui en elle.

Il releva la tête et la regarda. De la sueur perlait sur ses tempes. Elle était rayonnante, son visage rougi affichant un sourire comblé. On aurait dit qu'elle regardait quelqu'un qui venait de lui offrir l'impossible.

— Hé, fit-elle doucement.

Sans réfléchir, MacGyver se pencha pour l'embrasser. Il n'arrivait pas à croire qu'il ne l'avait pas fait plus tôt. Il bascula la tête d'un côté à l'autre pour trouver le meilleur angle, la main plongée dans les cheveux d'Addison. Ce baiser était porteur de promesses, d'espoir, et surtout d'amour.

Lorsqu'il se redressa, elle lui adressa un sourire nonchalant.

— Merci, lâcha-t-il spontanément.

— Je crois que c'est plutôt à moi de dire ça, répondit-elle.

MacGyver secoua la tête.

— Non. Tu t'es offerte à moi. Je ne l'oublierai jamais. Faire l'amour à ma femme... c'était... je n'ai pas de mots.

— Ricky, murmura-t-elle.

— Dis-le, lui demanda-t-il doucement.

— Dire quoi ?

— Que je suis ton mari.

Il ignorait pourquoi il avait besoin d'entendre Addison le dire... mais c'était le cas.

— Je ne savais pas que mon mari était un tel tombeur, plaisanta-t-elle.

Ces mots se gravèrent au fond de son âme. Il était son mari. Le mari d'*Addison*. Il lui appartenait autant qu'elle lui appartenait. Cette pensée l'emplissait d'un bonheur indescriptible.

Avec délicatesse, il se déplaça sur le côté, grimaçant légèrement lorsque leurs corps se séparèrent. Il se leva, se rendit dans la salle de bain, jeta le préservatif, puis humidifia un gant de toilette avec de l'eau tiède. De retour dans la chambre, il ne put s'empêcher de sourire en voyant le rouge monter aux joues d'Addison pendant qu'elle se lavait.

Il alla remettre le gant de toilette dans le lavabo avant de se nettoyer un peu à son tour. Il enfila son caleçon à contrecœur, mais fut rassuré en voyant qu'elle avait enfilé son haut et son short de pyjama. Il se glissa sous la couverture et l'attira contre lui. Il l'embrassa sur le front et resta silencieux, submergé par ses émotions.

Ce moment... avait tout changé. Il aimait déjà Addison avant ce soir, mais maintenant qu'il savait à quel point ils étaient faits l'un pour l'autre, il était prêt à tout pour qu'elle n'ait jamais envie de le quitter.

Bien sûr, ils avaient quelques obstacles à surmonter : ses déploiements, l'ex d'Addison, la maladie de Crohn d'Ellory, le processus d'adoption... mais ils allaient trouver des solutions. Il s'en assurerait.

CHAPITRE 10

Addison avait du mal à se concentrer sur son travail. Le sourire aux lèvres, elle préparait un gâteau Batman pour le fils de six ans d'une cliente, mais ses pensées dérivaient vers ces derniers jours. Ricky et elle n'avaient pas refait l'amour depuis leur première fois, mais il lui avait prouvé qu'il était très doué pour les préliminaires, et elle lui avait rendu la pareille. Avec lui, il n'y avait aucune gêne. Leurs moments ensemble se limitaient à ceux où les enfants étaient tous couchés, et même dans ces circonstances, c'était un pari risqué : Yana ou l'un des garçons pouvait se réveiller à tout moment pour demander quelque chose. Malgré tout, ils profitaient au maximum des rares instants qu'ils avaient.

En se redressant pour s'étirer, son sourire disparut. Ses pensées avaient pris une tournure moins agréable.

Aujourd'hui, après l'école, Ellory allait rencontrer son père biologique pour la première fois.

À leur grande surprise, la jeune fille était enthousiaste à l'idée d'apprendre à connaître Brady, et encore plus de savoir qu'il voulait la rencontrer. Addison était soulagée, mais elle restait prudente. Elle espérait simplement que Brady tiendrait ses engagements, qu'il ne se contenterait pas de cette seule rencontre avant de décider qu'il ne voulait pas être père. Cela briserait le cœur d'Ellory.

Comme Ricky allait les accompagner, Artem, Borysko et Yana passeraient l'après-midi avec Preacher et Maggie après l'école ; ici, à la maison. Leurs amis iraient chercher les garçons pendant que Ricky récupérerait les filles.

À mesure que l'heure approchait, Addison se sentait de plus en plus nerveuse. Avec le recul, elle comprenait mieux certaines choses qu'elle n'avait pas remarquées quand elle avait la vingtaine. Brady était impatient, très soucieux des apparences, et il avait du mal à supporter tout ce qui sortait de l'ordinaire. Elle espérait qu'avec le temps, il avait changé.

Quelques heures plus tard, la cliente qui avait commandé le gâteau Batman arriva et s'extasia devant le résultat. Addison en était elle-même très satisfaite. Il lui restait environ une heure avant que Ricky ne rentre avec Ellory et Yana. Elle se dit qu'elle pourrait en profiter pour faire quelque chose de productif, comme laver le linge ou passer l'aspirateur, mais elle était trop nerveuse.

Elle s'assit sur le canapé, puis se releva presque aussitôt. Elle n'arrêtait pas de se demander comment se passerait la journée. Elle s'inquiétait de la façon dont Brady allait se comporter avec Ellory, et cette question la hantait.

Quand son téléphone sonna, Addison fut soulagée d'avoir une distraction. En regardant l'écran, elle vit le nom de Maggie qui s'affichait.

— Bonjour, Maggie.

— Salut.

— Dis-moi que tu n'appelles pas pour annuler, la supplia Addison.

— Non, pas du tout. On ne va pas tarder, Shawn et moi.

J'appelais juste pour prendre de tes nouvelles et savoir comment tu te sens. Je sais qu'on n'aura pas beaucoup de temps pour discuter une fois arrivés.

— Oh... ça va.

— On n'est pas amies depuis très longtemps, mais tu peux me parler, tu sais.

Sans vraiment s'en rendre compte, Addison se mit à vider son sac.

— C'est juste que... Brady n'était pas fiable il y a douze ans, et je n'ai aucune idée du genre de personne qu'il est devenu. S'il se comporte mal avec moi, je le supporterai, mais je ne veux pas qu'il fasse subir la même chose à Ellory.

— Tu l'as prévenue que les choses pourraient ne pas se passer comme elle le souhaite, n'est-ce pas ? s'enquit Maggie.

— Bien sûr. Mais ça ne l'empêchera pas d'espérer qu'il finira par être le père idéal...

— C'est vrai. Alors... quel est le pire scénario ?

— Hein ?

— Qu'est-ce qui pourrait arriver de pire ? Si tu te focalises là-dessus, tout ce qu'il fera en réalité sera forcément mieux, non ?

Addison s'esclaffa.

— Tu as raison. Hmm... c'est un baron de la drogue qui veut se servir d'Ellory pour écouler la marchandise ?

— Ou il est propriétaire d'un cirque, et il veut qu'Ellory devienne l'attraction principale.

Elles éclatèrent de rire toutes les deux. Addison inspira profondément.

— Ou alors... il a changé, il veut vraiment connaître sa fille, et tout se passera bien, ajouta doucement Addison.

— Oui, c'est ce que j'espère aussi, approuva Maggie.

— C'est gentil de venir garder les enfants pendant qu'on va le voir.

— Avec plaisir. Ils me manquent. Et comme ils nous connaissent déjà, ils ne devraient pas être trop nerveux en votre absence.

Addison avait prévenu Maggie que les enfants étaient encore un peu anxieux quand ils étaient séparés de Ricky et elle. Elle ne leur en voulait pas, et ils s'efforçaient de les rassurer et de les faire reprendre confiance en eux.

— Ils ont hâte de passer du temps avec vous, dit-elle. Et toi, comment tu te sens ? Tout va bien avec le bébé ?

— Jusqu'ici, tout va bien. J'ai quelques nausées le matin, j'espère que ça ne va pas empirer.

Addison ne put s'empêcher de rire.

— Merde. Je sais, je sais, ça va sans doute empirer. C'est juste que je *déteste* vraiment vomir. Sérieusement.

— Je te comprends. J'éviterai donc de te dire que quand j'étais enceinte d'Ellory, j'ai eu des nausées matinales pendant quatre mois d'affilée.

— Non, je ne veux pas entendre ça ! s'exclama Maggie, horrifiée.

— Bon, si ça peut te remonter le moral, j'ai essayé une nouvelle recette : des brownies en étages.

— Je ne sais pas ce que c'est, mais ça a l'air délicieux.

Addison sourit.

— Oh, oui. C'est une sorte de fusion entre des brownies et du mi-cuit.

— Peu importe les détails, j'ai juste envie d'en manger, plaisanta Maggie.

Le sourire d'Addison s'estompa.

— Maggie ?

— Oui ?

— Cette journée me rend très nerveuse. J'aimerais pouvoir protéger Ellory de tout ce qui peut lui faire du mal, et j'ai un mauvais pressentiment.

— C'est normal que tu veuilles la protéger, mais la vie ne fonctionne pas comme ça. Tout ce que tu peux faire, c'est lui apprendre à gérer les déceptions, à célébrer les réussites, et être là pour elle quand ça ne se passe pas comme elle le voudrait. Et d'après tout ce que je sais de toi, c'est exactement ce que tu fais déjà. Soutiens-là et chéris-là, c'est tout ce qui compte.

Addison sourit légèrement.

— Si j'arrive à être ne serait-ce que la moitié de la mère que tu es, je considérerai ça comme une réussite, ajouta Maggie.

Les paroles de sa nouvelle amie lui allèrent droit au cœur.

— Merci.

— Il n'y a pas de quoi. Bon, il faut que j'aille me préparer. Shawn va bientôt sortir du boulot, et on ira chercher les garçons. Ça va aller ?

— Oui, ça ira, lui confirma Addison.

— Très bien. On sera là dans une demi-heure environ. Ne t'inquiète pas. Advienne que pourra.

— Est-ce que je fais le bon choix ? lâche Addison. Je veux dire... en laissant Ellory rencontrer Brady.

— Oui. Le pire serait qu'elle apprenne plus tard qu'elle aurait pu le rencontrer, et que tu l'en as empêchée. Peu importe comment ça se passe, elle a le droit de connaître son père, et de décider elle-même si elle veut avoir une relation avec lui ou pas.

— Tu as raison.

— Je sais, répondit Maggie. Mais ça ne rend pas la décision plus facile. Il t'a fait du mal, et rien ne garantit qu'il ne fera pas de mal à sa fille. Mais il faut prendre ce risque et en assumer les conséquences.

— Comment tu fais pour avoir autant de sagesse ? demanda Addison.

— C'est facile, je ne suis pas à ta place. Si ça m'arrivait, je suis sûre que je verrais les choses autrement. On se voit tout à l'heure.

— D'accord. À plus tard.

Addison raccrocha, se sentant un peu mieux. Maggie avait raison. S'il y avait la moindre chance que Brady ait changé, et s'il voulait vraiment nouer une relation avec sa fille, elle ne s'y opposerait pas. Cela compliquerait encore plus sa vie bien remplie avec Ricky, mais si tout se passait bien, Ellory aurait quelqu'un d'autre pour l'aimer, ce qui ne pouvait pas être une mauvaise chose.

Addison décida qu'elle avait le temps de faire une lessive – ayant la nette impression que ces fichus vêtements se multipliaient dès qu'elle avait le dos tourné. Elle venait à peine de tout ranger dans les tiroirs et les placards qu'elle entendit frapper à la porte.

C'était Maggie et Preacher, accompagnés d'Artem et de Borysko.

Le plus jeune des deux garçons se précipita dès que la porte s'ouvrit, puis enlaça Addison de toutes ses forces. C'était toujours lui le plus câlin. Artem se montra plus réservé, mais elle devina qu'il était soulagé de la revoir.

— Salut, comment s'est passée l'école ? demanda Addison.

— Bien, répondit Borysko. J'ai appris comment écrire *lasagne*. C'est un mot bizarre, mais c'est bon pour le ventre.

Addison s'esclaffa.

— Tout à fait. Malheureusement, il y a beaucoup de mots étranges dans notre langue. Et toi, Artem ? Qu'est-ce que tu as appris aujourd'hui ?

— Que les filles ne disent pas ce qu'elles pensent.

Addison sentit qu'il y avait quelque chose derrière.

— Ah oui, et qu'est-ce qui te fait dire ça ?

Artem hocha la tête.

— Une fille en classe a dit qu'elle m'aimait pas, mais quand on est sorti, elle a voulu que je la poursuive, et quand je l'ai rattrapée, elle m'a embrassé ! *Beurk !*

Addison, Maggie et Preacher éclatèrent de rire.

— C'est vrai, les filles peuvent être bizarres quand il s'agit de dire aux garçons qu'elles les aiment bien, admit Addison. Et si vous alliez vous changer tous les deux ? Ensuite, vous pourrez manger quelque chose pour le goûter.

— Fromage ! s'écria Borysko en se précipitant vers sa chambre.

Artem, plus calme, sourit avant de suivre son frère, au moment où une voiture s'arrêtait dans l'allée. C'était Ricky, avec Ellory et Yana.

Yana entra en trombe dans la maison, serra Addison dans ses bras, puis fila retrouver ses frères, comme elle le faisait toujours en arrivant.

Ricky passa un bras autour de la taille d'Addison.

— Prête ?

Elle hocha la tête. Ellory était restée dans la voiture et attendait qu'ils la rejoignent.

— Elle va bien ? demanda Addison.

— Elle est excitée. Et nerveuse. Mais ça va.

— On s'occupe du reste, leur dit Preacher. Prenez le temps qu'il vous faudra.

— Oui, on va aussi s'occuper de ton brownie à étages, ajouta Maggie en souriant.

— Attends, quoi ? Un brownie à étages ? s'étonna Ricky.

Addison sourit. Cet homme avait une véritable passion pour les sucreries... et elle trouvait cela adorable.

— Allez, on y va, lança-t-elle en entraînant Ricky vers la porte ouverte.

Maggie leur fit un signe de la main, et Preacher leur adressa un léger hochement de tête avant que la porte ne se referme. Le fait de sentir la main de Ricky dans son dos lui faisait du bien.

Avec lui à ses côtés, elle se sentait capable de tout affronter pour soutenir sa fille.

Une fois dans la voiture, Addison se tourna légèrement vers Ellory, installée sur la banquette arrière. Elle avait l'air... paniquée. Malgré sa propre nervosité, Addison voulait que cette rencontre se passe bien. Il fallait qu'elle calme un peu sa fille.

— Alors, comment s'est passée l'école ? lui demanda-t-elle.

— Bien.

— Tu as appris quelque chose ?

— Non.

Ça commençait mal.

— Respire, El. Tout va bien se passer.

— Et s'il ne m'aime pas ? murmura Ellory.

— Comment pourrait-il ne pas t'aimer ? répliqua Addison.

Ellory haussa les épaules.

— Écoute-moi, El, intervint Ricky en descendant la rue. Tu m'écoutes ?

— Oui.

— Que Brady t'aime ou pas, ce n'est pas l'enjeu de cette rencontre. C'est pour que vous fassiez connaissance. Vous avez tout le temps d'apprendre à vous connaître. Un premier rendez-vous, c'est souvent maladroit. Laisse-toi porter. Et puis s'il ne t'aime pas, tant pis pour lui. Parce que toi, tu es une fille incroyable. Gentille, intelligente, belle, forte, et pleine de compassion. C'est clair ?

Addison aimait d'autant plus cet homme qu'il prenait toujours la défense de sa fille.

Ellory n'eut aucune réaction.

Addison tourna la tête vers Ricky. Ses mains crispées sur le volant trahissaient sa nervosité. Elle voyait bien qu'il était troublé au sujet de sa place dans la vie d'Ellory. Il s'était imposé en tant que père comme si c'était naturel, et maintenant, un autre homme – celui qui avait officiellement ce rôle – faisait irruption dans leur vie. C'était sûrement déstabilisant pour lui.

Addison posa doucement la main sur la sienne, agrippée au volant, et la serra fermement. Il lui lança un bref regard, esquissa un léger sourire, puis reporta son attention sur la route.

Quelques minutes plus tard, ils arrivaient devant le café où ils avaient prévu de rencontrer Brady. Il y avait une place de stationnement pas trop loin dans la rue, et Ricky se gara avec aisance. Peu de temps après, ils entrèrent dans le café.

Brady n'était pas encore arrivé. Ils s'installèrent à une table près des fenêtres – les banquettes étant trop contraignantes – afin de le voir quand il arriverait.

— Je suis bien coiffée ? demanda Ellory en lissant ses cheveux.

— Tu es parfaite, répondit Ricky.

La serveuse arriva, et Addison commanda de l'eau pour tout le monde. Ellory était encore à jeun et ne mangerait rien, mais de toute façon, elle n'avait pas l'air d'avoir très faim. Addison elle-même n'était pas sûre de pouvoir avaler quoi que ce soit, tellement elle avait des nœuds dans le ventre.

Cinq minutes s'écoulèrent, puis dix. Au bout d'un quart d'heure, Addison sentit la colère monter en elle.

— Il ne va pas venir, c'est ça ? demanda Ellory, les épaules tombantes.

Addison prit la main de sa fille, la retenant fermement lorsqu'elle essaya de la dégager.

— Brady est toujours en retard, la rassura-t-elle. C'est vrai, quand on était ensemble, on n'arrivait jamais à l'heure. On manquait toujours les bandes-annonces au cinéma, et c'est la meilleure partie, tout le monde le sait. Il était même en retard le jour de ta naissance, ma chérie. Bon sang, il était en retard pour ton accouchement, chérie. Il a tout raté, et il est arrivé une heure après, comme si de rien n'était.

— Vraiment ? Tu dis ça juste pour me réconforter...

— Oui, mais c'est la vérité. J'aurais dû m'en souvenir et lui donner rendez-vous une demi-heure plus tôt.

Ellory hocha la tête, puis se redressa un peu.

Addison bouillonnait intérieurement. Elle avait envie de tuer Brady. Ne pourrait-il pas essayer d'arriver à l'heure, juste pour cette fois ? Il devait savoir que c'était important pour Ellory.

Elle eut à peine le temps d'y penser qu'elle le vit en train de se diriger vers le café.

— Tu vois ? Le voilà.

Ellory se retourna vivement et observa Brady avancer tranquillement, l'air décontracté, comme s'il avait tout son temps.

— Oh, il n'est pas très grand, lâcha-t-elle.

Addison étouffa un petit rire. Elle était un peu plus grande que son ex, et même si Brady n'était pas vraiment petit, sa fille devait être habituée à la taille de Ricky et ses amis, tous bien au-dessus d'un mètre quatre-vingt.

Addison se leva alors que Brady franchissait la porte. Il la repéra tout de suite et s'approcha de leur table.

Ellory le fixait des yeux, comme hypnotisée.

Il se pencha vers Addison et la prit dans ses bras avant qu'elle puisse reculer. C'était un peu gênant, d'autant que Ricky se tenait à côté d'elle, une main posée dans le bas de son dos, et que Brady s'attarda un peu trop.

— Content de te revoir, dit-il finalement en se reculant.

Il tendit la main à Ricky.

— Tu dois être le mari.

— Oui, répondit Ricky en lui serrant la main après un moment de flottement.

Brady se tourna vers Ellory.

— Et toi, tu dois être Ellory. Impossible de te rater avec tes superbes cheveux roux, comme ceux de ta mère.

Il rit à sa propre remarque.

— On s'assoit ? proposa-t-il en tirant une chaise, sans attendre une réponse.

Ils s'installèrent. Addison nota qu'il n'avait pas pris sa fille dans ses bras, ni même tendu la main pour la saluer.

— Alors... commença Brady. Tu es ma fille. Je pensais que tu serais plus grande. Tu as quel âge, déjà ? Douze ans, c'est ça ?

— Oui...

— Ta mère est plutôt grande, et je ne suis pas si petit moi non plus. Qu'est-ce qui s'est passé avec toi ?

Le ventre d'Addison se noua. Ce début de conversation ne présageait rien de bon.

— La puberté survient à des moments différents selon les personnes, Brady. Elle n'a que douze ans, elle a encore largement le temps de grandir.

— Oui, c'est vrai. Bon... raconte-moi un peu. Qu'est-ce que tu aimes faire ? Tu es dans quelle école ? Tu fais des activités ?

Ellory, d'abord hésitante, se détendit peu à peu, surtout en constatant que son père semblait vraiment s'intéresser à ce qu'elle disait. Il la regardait, hochait la tête, et ponctuait ses réponses de commentaires appropriés. Addison se sentit un peu plus à l'aise, mais à ses côtés, Ricky demeurait un peu tendu. Elle posa une main sur sa jambe pour tenter de le calmer, sans grand succès. Il restait assis bien droit en regardant fixement Brady.

— Tu vis ici depuis longtemps ? demanda Ellory au bout d'un moment.

— Je suis revenu à Riverton il y a environ un an. Avant ça, j'ai vécu à New York, Chicago, Washington, Atlanta... Mais la côte ouest m'a toujours manqué. Rien ne vaut la Californie. L'ambiance est différente ici... Tu vois ?

Ellory hocha la tête avec enthousiasme.

— J'adore vivre ici.

— Mais c'est bien de sortir, de voir un peu de monde et de ne pas rester dans son coin. Tu es déjà allé à Los Angeles ? Ou dans un autre État ?

Ellory secoua la tête.

— Dommage. J'aurais bien aimé t'emmener à New York. C'est une ville qui ne dort jamais. On pourrait aller voir une pièce à Broadway, manger de vrais bagels, visiter Time Square... Tout ce qu'il y a de mieux.

Ellory écarquilla les yeux.

— Vraiment ?

— Bien sûr. Et chaque enfant devrait aussi visiter la capitale de notre pays. On pourrait louer des trottinettes et visiter tous les monuments...

À chaque mot qu'il prononçait, Addison se crispait. D'une part, elle n'était pas encore prête à laisser Ellory partir si loin sans elle. Et surtout, elle n'était pas sûre que Brady tiendrait ses promesses. Il avait toujours été doué pour en faire, mais pas pour les tenir.

— On commande ? demanda Brady sans s'adresser à personne en particulier.

Il leva la main et claqua des doigts pour attirer l'attention d'une serveuse qui était à l'autre bout de la salle.

Addison grimaça. Elle avait oublié ce détail. C'était une habitude chez lui, et cela l'embarrassait toujours autant. C'était malpoli, et particulièrement irrespectueux. Elle sentit la cuisse de Ricky se contracter sous sa main. Elle la serra un peu plus fort, espérant qu'il ne perdrait pas son sang-froid.

La serveuse s'approcha de leur table.

— On va commander. Je vais prendre un Bloody Mary, un double hamburger avec fromage, et des frites.

— Désolée, monsieur, on ne sert pas d'alcool.

— Ah, merde. Très bien, alors un grand soda. Ellory, qu'est-ce que tu veux ? C'est pour moi.

— Oh, je n'ai pas faim, répondit-elle en haussant les épaules.

— Pas faim ? Comment tu peux ne pas avoir faim ? Moi, j'avais toujours une faim de loup après l'école. Et tu es maigre comme un clou. Tu devrais manger quelque chose. Si tu veux avoir des formes un jour, il faut manger.

— Ça va, dit Ellory.

Brady ouvrit la bouche pour insister, mais Addison intervint :

— Je prendrai une petite salade avec la sauce ranch à part, s'il vous plaît.

— Rien pour moi, ajouta Ricky d'un ton sec.

— Génial, fit Brady, donc il y en a deux qui ne mangent pas. Peu importe.

La serveuse s'éloigna pour transmettre leur commande, et Brady se mit à raconter des anecdotes sur certaines personnes qu'il avait rencontrées lorsqu'il vivait à New York. Addison n'avait entendu parler d'aucune d'entre elles, même s'il jurait que c'étaient des stars de cinéma. Ellory, elle, ne quittait pas son père des yeux. Elle avait l'air fascinée.

Lorsque les plats furent servis, Brady ne put s'empêcher de commenter une fois de plus le fait qu'Ellory ne mangeait pas. Il parlait la bouche pleine, un autre détail qu'Addison avait oublié à son sujet.

— Sérieusement, pourquoi tu ne manges pas ? T'as un problème ?

Addison vit sa fille hésiter, puis prendre la décision de tout lui expliquer. Elle aurait voulu l'en empêcher, lui dire de remettre cela à plus tard, mais c'était à elle de choisir.

— J'ai la maladie de Crohn, annonça Ellory.

— Qu'est-ce que c'est ? s'enquit Brady, son hamburger suspendu à mi-chemin de sa bouche.

— Une inflammation du système digestif qui peut être très douloureuse, expliqua-t-elle calmement.

Brady fronça les sourcils.

— Ça veut dire que tu ne peux pas manger ?

— Si, je peux, mais des fois ça fait mal. En ce moment, je suis un traitement. Je jeûne quelques jours, je mange un peu, puis je jeûne à nouveau. Ça permet de calmer les inflammations et d'éviter les douleurs.

Brady posa son hamburger, l'air perplexe.

— Alors, tu te laisses mourir de faim ?

— Non, répondit patiemment Ellory. Il y a des boissons qui contiennent les nutriments nécessaires.

— Pas étonnant que tu sois si maigre et chétive. Il faut manger pour grandir, Ellory.

— Brady, intervint Addison, agacée par l'attitude de son ex.

Il n'avait jamais été là pour elle, pas un seul jour en douze ans. Comment pouvait-il se permettre de lui donner des leçons ?

— Quoi ? Je dis ça comme ça, dit Brady sur la défensive.

Addison vit sa fille rougir devant ses yeux. Elle était sensible au fait que sa puberté soit retardée à cause de sa maladie de Crohn. Elle n'avait pas besoin que son père le souligne.

— Tant que tu ne connais pas mieux Ellory, tu n'as pas à lui donner des conseils sur ce qui se passe dans sa vie. Sache que son nouveau traitement fonctionne très bien, poursuivit-elle avec fermeté. Elle va mieux, et avec le temps, on finira par réduire les jours de jeûne pour que son corps s'adapte.

Brady balaya sa fille des yeux avec insistance.

— Eh bien, c'est triste que tu ne puisses pas profiter d'un bon hamburger avec des frites. C'est délicieux.

Addison resta sans voix. Ellory s'était habituée à faire

abstraction des plats qui l'entouraient. Lui balancer ça à la figure relevait de la cruauté gratuite.

— Alors comme ça, tu es concierge ? demanda soudain Ricky en changeant de sujet. Tu es sous contrat avec la Marine ?

Brady haussa les épaules avant de mordre à pleines dents dans son hamburger.

— Ouais, j'avais envie de tenter autre chose.

— Qu'est-ce que tu faisais avant ? insista Ricky.

— Un peu de tout.

— C'est à dire ?

Manifestement, Ricky ne se démontait pas.

Comme s'il venait de réaliser que Ricky l'interrogeait, Brady posa son hamburger et s'essuya lentement les mains.

— Désolé, mec. Je n'ai pas l'impression d'avoir besoin de te raconter ma vie.

— Si tu veux revoir ta fille, il va falloir, répondit Ricky d'un ton glacial. Parce que si tu crois qu'on va la laisser seule avec un parfait inconnu, tu rêves.

— Je ne suis pas un inconnu, rétorqua Brady. Je suis son père. Addison, dis à cet homme de Neandertal qu'il exagère.

Addison prit sur elle et répondit calmement :

— À vrai dire, moi aussi j'aimerais savoir ce que tu as fait ces douze dernières années. J'ai essayé de te retrouver après ton départ. Tu as dit que tu aiderais Ellory, puis tu t'es volatilisé.

Brady la dévisagea, l'air renfrogné.

— Je n'ai pas à subir ce genre d'attaques. Ellory, j'ai été ravi de te rencontrer. J'espère qu'on pourra se reparler, mais tant que ta mère continuera à me chercher des poux, ça risque d'être compliqué. Peut-être qu'on pourra s'envoyer des messages. *Si* elle veut bien te donner mon numéro, vu que manifestement, je suis un tueur en série ou un truc du genre.

Il se leva brusquement et se dirigea vers la sortie, furieux.

Addison le suivit des yeux en soupirant. C'était une réaction typique de Brady : retourner la situation pour la blâmer et fuir ses responsabilités.

Inquiète pour sa fille, elle reporta son attention sur Ellory, qui s'était retournée pour le regarder sortir en trombe du café. À présent, elle se tournait lentement vers la table à nouveau. Elle observa l'assiette à moitié vide de Brady avant de lever les yeux vers sa mère.

— J'imagine que ce n'était pas lui qui allait payer, hein ?

Addison sentit ses épaules se relâcher. La déception se lisait sur le visage de sa fille, mais il n'y avait aucun reproche envers elle dans son regard. C'était un énorme soulagement.

— On dirait bien que non, confirma-t-elle.

— Ricky ? Ça va ? demanda Ellory.

Addison regarda son mari. Il était immobile, la mâchoire crispée.

— Ricky ?

Il inspira profondément par le nez, puis expira par la bouche.

— Si vous voulez bien m'excuser un instant, dit-il avant de se lever et de se diriger vers la porte.

— Oh non. Il ne va pas lui faire de mal, hein ? s'inquiéta Ellory.

— Non, répondit Addison...

Mais en vérité, elle n'en était pas si sûre.

* * *

MacGyver était furieux. Cela faisait très longtemps qu'il n'avait pas été en colère à ce point. Comment Vogel *osait-il* être aussi condescendant avec sa propre fille ? Toujours à faire des commentaires sur sa taille, son poids. Et en apprenant qu'elle souffrait de la maladie de Crohn, il avait fait preuve d'une insensibilité déconcertante. Si cet homme espérait passer ne serait-ce qu'une seconde de plus avec sa fille, il allait devoir revoir sérieusement son attitude.

— Vogel ! lança-t-il en accélérant le pas pour rattraper l'ex de sa femme.

Brady se retourna, visiblement surpris de le voir se diriger vers lui à toute vitesse.

— Qu'est-ce que tu veux ? demanda-t-il d'un ton agressif.

Oui, c'était bien l'homme que Ricky avait perçu sous le semblant d'intérêt qu'il avait manifesté à l'égard d'Ellory.

— Je veux savoir ce que tu fabriques, répliqua MacGyver. Pourquoi tu t'intéresses soudain à ta fille alors que tu t'en foutais ces douze dernières années. Et si tu es à Riverton depuis un an, comme tu l'as dit, pourquoi tu n'as pas cherché à revoir Addison et Ellory avant ?

— C'est pas tes affaires, répondit Vogel.

— Faux. Ça me regarde à cent pour cent. Ellory et Addison vivent sous mon toit. Ce sont ma belle-fille et ma femme. Et je protège ce qui m'est cher.

— Elles sont au courant que tu parles d'elles comme des biens ou des esclaves ? lança Vogel avec mépris.

MacGyver ne put s'empêcher de rire.

— Je sais que ça fait plus de dix ans que tu n'as pas vu ton ex, mais je suis sûr que tu te souviens suffisamment d'elle pour savoir qu'Addison n'appartient à personne. Elle a sa propre volonté, et j'adore ça. Je l'aime, tout simplement.

Vogel roula des yeux.

— Peu importe, mec. Je n'ai pas de comptes à te rendre.

— Encore une fois, tu te trompes. Si tu veux vraiment apprendre à connaître ta fille, tu vas devoir répondre à mes questions. Et quand tu te mets sur la défensive et que tu deviens agressif simplement parce qu'on te demande ce que tu as fait ces douze dernières années, ça m'intrigue. Je me demande ce que tu cherches à cacher. Je connais des gens,

Vogel. Des gens tout à fait capables de mener une enquête approfondie pour protéger ceux qu'ils aiment.

— C'est une menace ? demanda Vogel.

— Non. Je t'explique ce qui va se passer. Si tu as des choses à cacher qui pourraient nuire à Ellory, je le découvrirai.

— Va te faire foutre !

MacGyver se contenta de hausser un sourcil. Il n'aimait vraiment pas ce type. Malheureusement, c'était le père d'Ellory. Cependant, il était déterminé à faire le nécessaire pour protéger sa belle-fille, quitte à ce qu'elle lui en veuille et qu'elle le déteste à cause de cela. Tant qu'elle restait hors de danger, il pouvait très bien accepter sa colère.

— Très bien. Tu veux savoir ce que j'ai fait ces douze dernières années ? La même chose que ce que je fais maintenant. Agent d'entretien. Je ne voulais pas que ma fille le sache parce que je voulais qu'elle m'admire. Qu'elle soit fière de moi. Personne ne veut d'un concierge comme père. Oui, je fais toujours le même métier ici, à Riverton. Mais travailler au centre médical de la base navale est une avancée pour moi. Pour la première fois depuis des années, j'ai un salaire décent et des avantages sociaux. Voilà pourquoi je n'ai pas voulu répondre. Ça te va ?

MacGyver regarda fixement l'homme qui se tenait devant lui. Il avait l'air sincère. Mais MacGyver restait méfiant.

— Ellory se fiche pas mal de ce que tu fais dans la vie. Tout ce qu'elle veut, c'est connaître son père. Ne t'avise pas de lui mentir. Elle est intelligente. Elle s'en rendra compte, et tu la perdras avant même d'avoir eu la chance de créer un lien avec elle. Et arrête de faire des remarques sur sa taille. Elle est sensible à ce sujet, et tes commentaires incessants ne vont pas t'aider à te rapprocher d'elle.

— Très bien.

— Et si tu veux un autre conseil, renseigne-toi sur la

maladie de Crohn. Elle en souffrira toute sa vie. Il n'y a pas de remède. Tu vas devoir comprendre ce qu'elle traverse pour pouvoir l'aider si besoin.

Vogel hocha la tête.

— C'est bon, on en a fini ?

— Oui, on en a fini, répondit MacGyver.

— Je vais revoir ma fille ?

— C'est à elle de décider, pas à moi.

— C'est des conneries. On sait tous les deux qu'Addison et toi, vous pouvez m'en empêcher si vous voulez. Ne m'obligez pas à prendre un avocat.

MacGyver ricana.

— C'est ça, bien sûr. Si tu voulais vraiment voir Ellory, tu aurais pris un avocat depuis longtemps, et tu aurais payé une pension alimentaire à Addison. Prouve que tu es prêt à tout pour passer du temps avec ta fille, et on verra.

Sur ce, MacGyver fit demi-tour et retourna au café. Sa femme et Ellory devaient sûrement s'inquiéter.

Vogel avait dit certaines choses justes... Enfin, non. Il avait dit beaucoup de choses à côté de la plaque, mais son explication sur le fait d'avoir caché son métier semblait sincère. MacGyver ne l'aimait toujours pas, mais pour l'instant, il n'avait aucune raison de l'empêcher de parler à Ellory. Était-ce la bonne décision ? Seul le temps le dirait.

Brady Vogel arpentait en long et en large son appartement miteux, envahi par une colère sourde. Il allait et venait, incapable de se calmer. La journée ne s'était pas déroulée comme il l'espérait. Son ex, cette garce, avait jugé bon de débarquer avec son nouveau mari, et cet abruti avait posé trop de questions.

Des questions auxquelles Brady n'avait aucune envie de répondre.

Pas par *honte*. Il n'était pas concierge, bordel. Cela faisait bien dix ans qu'il ne l'était plus... Mais il ne pouvait pas se permettre de laisser le mari d'Addison pousser ses recherches trop loin.

Brady était un escroc. Pas un petit escroc, non... un vrai professionnel, capable de plumer n'importe qui et de se faire un maximum d'argent sur le dos des autres. Hommes, femmes, riches, pauvres, vieux, jeunes. Des millionnaires naïfs, des drogués en manque, des vieilles dames en quête d'amour, ou des gamins pleins d'espoir qui lui confiaient leurs économies pour qu'il les *investisse*. Tout y passait. Si une arnaque existait, il l'avait pratiquée.

S'il était revenu en Californie, c'était pour un gros coup. L'un de ses contacts l'avait mis en relation avec un type qui brassait des montagnes de fric... en faisant du trafic d'êtres humains.

Il achetait des bébés à des femmes en détresse incapables de les élever, puis les revendait à prix d'or à des familles désespérées d'adopter.

Il se liait d'amitié avec de jeunes fugueurs pour les livrer à des proxénètes en quête de nouvelles recrues.

Il approchait des malades isolés, sans famille, et gagnait leur confiance pour obtenir une procuration médicale. Après leur mort, leurs organes partaient au plus offrant.

Brady était devenu un maillon de cette chaîne immonde. À la demande de son contact, il faisait du bénévolat dans une clinique gratuite du centre-ville. Là, il repérait les femmes qui accouchaient seules, les toxicomanes, ou les malades en fin de vie qui cherchaient une oreille attentive. Tout cela, il le remontait à son associé, qui en échange, lui graissait généreusement la patte.

Brady ne se sentait pas coupable pour autant. Il vivait de ses arnaques depuis trop longtemps pour avoir une conscience. Il n'avait pas ressenti une once de remords en abandonnant sa propre enfant des années plus tôt. Pour lui, un gosse n'était qu'un poids mort, une source de dépenses inutiles.

Ça l'avait surpris de croiser Addison par hasard à la base navale, et il comptait bien en tirer profit. Arnaquer des inconnus, c'était une chose, mais exploiter des gens qu'on connaissait, c'était encore plus juteux. Pendant un moment, il s'était même dit que rencontrer sa fille pouvait lui ouvrir des portes inattendues. Dans son métier, il fallait savoir repérer les opportunités.

Mais maintenant, il avait changé d'avis. La gamine n'avait rien d'extraordinaire. Elle était maigrichonne, terne, *pathétique*. Elle ressemblait trop à son ex. Et puis, cette histoire de maladie... Une enfant de douze ans avec des problèmes d'intestins, c'était écœurant.

Malgré ce qu'il avait raconté à Addison, ce qu'il détestait le plus à l'hôpital, c'était nettoyer les gens incapables de contrôler leur transit. Le fait de savoir que sa fille en faisait partie le répugnait.

Mais ses autres organes devaient bien fonctionner.

Brady s'arrêta net, le regard dans le vague, réfléchissant intensément. Trafiquer des organes de vieux ou de malades, d'accord, mais ceux d'un enfant en bonne santé... ça valait une fortune. Les gens étaient prêts à payer des centaines de milliers de dollars pour un cœur d'enfant intact. Ou un foie. Ou des yeux.

Il le savait mieux que quiconque : les gens désespérés étaient prêts à tout.

Plus Brady pensait à cette journée - au crétin qu'Addison avait épousé, à sa fille qu'il ne connaissait pas et qui le dégoutait déjà - plus une idée germait dans son esprit. Une idée à laquelle il avait de plus en plus de mal à résister.

Il n'avait aucune envie de s'impliquer dans la vie de cette gosse - ni de la connaître, et encore moins de gérer ses problèmes. Mais... si elle pouvait lui rapporter quelque chose ?

Tout dans sa vie tournait autour de l'argent. Pour Brady, trahir ou écraser quelqu'un, ce n'était rien, tant que ça payait. Et savoir qu'Ellory passerait sa vie à souffrir d'une maladie incurable le faisait presque se sentir... légitime.

Il passa de longues minutes à peser le pour et le contre.

Ellory était la chair de sa chair. Son propre enfant. Était-il capable de faire... ça ?

D'un autre côté, elle souffrait. La maladie de Crohn devait être un enfer à vivre. Peut-être même qu'au fond, ce serait lui rendre service.

En prime, le nouveau mari d'Addison serait dévasté. Ça le briserait de l'intérieur, d'une façon qu'aucune confrontation physique ne pourrait égaler.

Brady trompait les gens à longueur de temps, mais entre vendre un enfant non désiré à quelqu'un qui cherchait désespérément à en avoir un, ou attendre qu'un vieil homme meure pour pouvoir vendre ses organes, et vendre un enfant avec qui il avait un lien biologique... c'était un gros cap à franchir. Son sang coulait dans les veines d'Ellory.

Était-il vraiment capable de la livrer à son contact en sachant ce qu'il adviendrait d'elle ?

La réponse était... oui.

Brady plissa le nez. C'était un connard, mais en réalité, il allait lui rendre service. Personne n'a envie de vivre avec une maladie chronique. Elle aiderait d'autres enfants, et serait soulagée de sa douleur par la même occasion.

Plus il y pensait, plus l'idée lui paraissait bonne. Il vendrait sa fille à son contact, qui gagnerait des centaines de milliers de dollars, et Brady toucherait également une part. Ce ne serait pas vraiment *lui* qui la tuerait, et même si c'était un peu tordu, ça le rassurait.

Son idée était infaillible. Il ne lui restait qu'à jouer son rôle un peu plus longtemps... chose pour laquelle Brady était particulièrement doué. Il avait escroqué des gens à travers tout le pays. Et cerise sur le gâteau, ce serait encore mieux de voir le nouveau mari souffrir de la disparition d'Ellory.

Il protégeait ce qui lui était cher ? *Foutaises*. Brady était plus intelligent que ce connard. Ellory était *sa* fille, et il ferait ce qu'il voulait d'elle.

La triste vérité, c'était que pour lui, elle avait plus de valeur morte que vivante. Il s'agissait simplement de jouer le rôle de sa vie pour obtenir ce qu'il voulait : l'argent. Il pouvait très bien se mettre dans la peau du père aimant et attentionné, cela ne durerait pas longtemps. Juste assez pour qu'Addison et ce connard baissent leur garde. Ensuite, il aurait plus d'argent qu'il ne pouvait l'imaginer.

Il était temps de passer à la vitesse supérieure. Son nouveau plan était lancé, et Brady se voyait déjà nager dans les billets.

CHAPITRE 11

Ellory était restée discrète les jours suivants, ce qu'Addison comprenait parfaitement. Les retrouvailles avec son père biologique ne s'étaient pas exactement déroulées comme prévu. Mais Ellory était une enfant naturellement positive, et en peu de temps, elle retrouva sa bonne humeur habituelle. Le jeûne semblait aussi avoir fait des merveilles sur les symptômes de sa maladie. Le fait de laisser ses intestins au repos avait eu l'effet escompté par le médecin : l'inflammation s'était considérablement atténuée, suffisamment pour qu'elle puisse manger sans douleur pendant quelques jours avant de reprendre les boissons à base de nutriments.

Artem, Borysko et Yana avaient également repris leur routine, et c'était un soulagement. Ils semblaient avoir surmonté peu à peu le traumatisme d'avoir été séparés des personnes qui comptaient tant pour eux. Tex, l'ami de Ricky, avait manifestement joué un rôle déterminant, car Addison et Ricky avaient appris que l'adoption des trois enfants avançait beaucoup plus vite que prévu.

Addison était reconnaissante, tout en admettant qu'ils

étaient dans une situation privilégiée. La plupart des gens qui souhaitaient adopter devaient attendre beaucoup plus longtemps, et les démarches étaient bien plus laborieuses.

Comme d'habitude, juste au moment où tout semblait aller pour le mieux, la vie trouvait le moyen de lui rappeler que tout pouvait basculer en un instant.

Addison était dans la cuisine, en train de mettre une touche finale aux cupcakes *Minions* qu'elle préparait pour une fête d'anniversaire au bowling local. Elle devait bien admettre qu'ils étaient adorables. Elle avait utilisé des Twinkies coupés en deux pour décorer chaque cupcake, du glaçage bleu, et des Smarties pour les yeux. En ajoutant un peu de glaçage noir pour les pupilles, le sourire et les lunettes, le tour était joué ! Des Minions, en un clin d'œil. Ils étaient simples à réaliser, mais surtout très amusants. C'était la première fois qu'elle en faisait.

Elle venait de prendre les dernières photos qu'elle comptait publier son site web et les réseaux sociaux, quand son téléphone sonna.

S'essuyant les mains, elle vit que c'était Ricky. Elle ne s'inquiéta pas tout de suite, car il appelait souvent pour prendre des nouvelles.

— Salut, dit-elle en décrochant, avec un petit air joyeux.

— Salut, répondit Ricky.

Addison se crispa immédiatement. Il n'avait pas l'air aussi détendu que d'habitude.

— Qu'est-ce qui ne va pas ?

— On a eu des nouvelles. On part demain dans la matinée.

Addison avala péniblement sa salive. Ils savaient tous les deux que ce moment arriverait, mais c'était quand-même difficile à entendre. Elle fit de son mieux pour ne pas laisser transparaître sa tristesse et son inquiétude.

— D'accord. Tu as besoin de quelque chose en particulier ?

Ricky resta silencieux un instant, puis il soupira.

— Tu es incroyable.

Addison fronça les sourcils, confuse.

— Pourquoi ?

— Je sais que c'est difficile pour toi. Ça l'est aussi pour moi. Je n'ai pas envie de partir, mais je n'ai pas le choix. Tu aurais toutes les raisons du monde de paniquer, ou d'être en colère parce que je m'en vais. Mais au lieu de ça, ton premier réflexe, c'est de me demander ce dont j'ai besoin. Je ne te mérite pas, Addy. La meilleure décision que j'ai jamais prise, c'est de te demander de m'épouser.

— Ricky, protesta-t-elle.

— Je suis sérieux.

— Et la meilleure chose que j'ai jamais faite, c'est de dire oui, ajouta-t-elle. On savait que ça arriverait. Bon sang, tu es un SEAL. Ton déploiement fait partie du job. On y a préparé les enfants autant que possible, et comme tu l'as dit toi-même à maintes reprises, il y a des tas de gens sur qui je peux compter s'il se passe quelque chose. Je ne suis pas ravie que tu partes, et je vais imaginer tout un tas de scénarios horribles pendant ton absence. Mais je dois croire que tu reviendras à la maison sain et sauf.

— Je reviendrai, affirma Ricky fermement.

Addison savait aussi bien que lui qu'il ne pouvait rien promettre. Mais elle ne le releva pas.

— Je suis content qu'on soit prévenus un peu à l'avance, poursuivit-il. Les deux dernières missions, ce connard de responsable ne nous avait pas laissé plus d'une heure. Je peux aller chercher tous les enfants à l'école aujourd'hui, si tu veux.

— Tu es sûr ? demanda Addison.

— Bien sûr, aucun problème. Tu veux que je ramène autre chose ?

Le cœur d'Addison fondit. Il partait dans moins de vingt-quatre heures pour une mission qui s'annonçait dangereuse, au vu de l'intensité des préparatifs, et il se préoccupait de ce dont elle pourrait avoir besoin.

— Non, je crois que j'ai tout ce qu'il faut. Je suis juste allée faire des courses aujourd'hui.

— D'accord, mais si tu penses à quoi que ce soit, fais-moi signe.

— J'ai juste besoin de toi, lâcha Addison.

— Tu m'as déjà, répondit calmement Ricky. Je t'appelle s'il y a du changement. Sinon, on se voit dans quelques heures.

— D'accord. Fais attention à toi.

— Toujours. À plus tard.

Après avoir raccroché, Addison ferma les yeux et s'efforça de ne pas pleurer. C'était le métier de Ricky. Elle était aussi fière de lui qu'elle pouvait l'être. Pleurer parce qu'il partait ne changerait rien. Mais elle s'accordait un moment de faiblesse, car c'était la première fois qu'il partait en mission depuis qu'ils étaient ensemble.

Au bout de quelques minutes, elle inspira profondément, sécha ses larmes, et se remit à empaqueter les cupcakes.

MacGyver était tiraillé. Il attendait cette mission avec impatience. Ils avaient prévu chaque éventualité, et il était confiant quant à l'issue. La cible à haute valeur ne pouvait pas leur échapper. Une mission simple, en apparence. Pas vraiment sans danger, mais rien que l'équipe n'ait déjà affronté par le passé.

En même temps, il avait du mal à supporter l'idée de quitter sa famille.

Il savait qu'il passerait son temps à s'inquiéter pour Addison en son absence. Être mère célibataire avec un enfant, c'était déjà une épreuve, alors avec quatre... Pourtant, elle gérait tout avec brio. Ferme sans être excessive, elle jonglait entre son travail et les enfants, veillant à ce que chacun se sente aimé, protégé et important.

Ce qui manquerait le plus à MacGyver, c'était de la tenir dans ses bras la nuit. Bien sûr, les moments d'intimité étaient extraordinaires, mais ce qu'il chérissait encore plus, c'était cette complicité : être blottis l'un contre l'autre, parler de leur journée, organiser leurs semaines à venir, rire tout bas dans le noir...

Avant d'être avec Addison, il n'avait pas la moindre idée de ce qui lui manquait. Kevlar, Safe, Blink et Preacher étaient tellement plus heureux depuis qu'ils avaient rencontré leurs compagnes – parfois même trop enthousiastes pendant l'entraînement matinal. Maintenant, il comprenait pourquoi. Ce n'était pas parce qu'ils dormaient plus que lui. Certainement moins, d'ailleurs. Mais ils étaient épanouis. Ils avaient trouvé quelqu'un avec qui partager leur vie. C'était peut-être cliché, mais MacGyver le comprenait enfin.

En outre, il avait quelque chose que ses coéquipiers n'avaient pas : le bonheur d'être père. Il se considérait incroyablement chanceux. Certes, ce n'était pas toujours simple de répondre aux besoins émotionnels et matériels de tout le monde, mais chaque câlin de Yana, chaque sourire quand elle posait une question en anglais et qu'elle comprenait... Ça valait tout l'or du monde. Chaque fois qu'Artem annonçait fièrement qu'il s'était fait un nouvel ami à l'école, ou quand Borysko était tout content parce qu'il venait de comprendre ses devoirs. Ou encore lorsque Ellory rentrait de l'école avec un grand sourire après une journée sans douleur.

— Je file ! cria Flash depuis le couloir, avant de passer la tête dans la salle de conférence qu'ils avaient réquisitionnée pour les préparatifs.

— Très bien. À demain matin, répondit MacGyver.

— Addison va bien ? demanda Flash.

Voilà une des raisons pour lesquelles il aimait son équipe.

— Oui, elle tient bon. Elle essaie de rester forte, mais ça ira.

— Elle a bien le numéro de Wolf, hein ?

— Oui, bien sûr.

— Et celui de Tex ?

MacGyver s'esclaffa.

— Évidemment. Merci de t'inquiéter pour elle. Et toi, t'as jamais pensé à te poser ?

Flash s'appuya contre le chambranle de la porte.

— Pas vraiment. Je ne suis pas le genre de mec que les femmes recherchent.

— Quoi ? Pourquoi tu dis ça ? s'enquit MacGyver, surpris.

Son ami haussa les épaules.

— C'est comme ça. Je l'ai appris à mes dépens. Je suis trop gentil, trop intense, trop intelligent, trop concentré. Je tombe amoureux trop vite. Et apparemment, je suis trop beau – donc forcément, ça fait de moi un coureur. J'ai entendu toutes les excuses possibles et imaginables pour justifier que je ne suis pas fait pour une relation sérieuse. Mais ce n'est pas grave. Je vis ça par procuration à travers vous. D'ailleurs, j'ai déjà réservé ma place comme nounou chez Preacher.

— Nounou ? répéta MacGyver, amusé.

— Oui... version mec.

— Et pourquoi pas chez moi, tiens ?

Flash éclata de rire.

— Parce que mon truc, c'est les bébés. Tes enfants sont trop grands pour ça.

— Ils auront toujours besoin de leurs tontons pour les gâter, jouer au ballon... ou à la poupée, rétorqua MacGyver.

— C'est vrai. Quoi qu'il en soit, je vais bien. Honnêtement.

— Si j'ai appris quelque chose, c'est que rien n'est figé. Il n'y a pas si longtemps, j'étais aussi célibataire que toi. Et maintenant, regarde-moi : marié, et père de quatre enfants.

Flash ricana.

— Je ne sais toujours pas comment t'as fait.

— Tu veux venir passer la soirée avec nous ? proposa MacGyver sur un coup de tête.

— Pas question. Je ne veux pas jouer la septième roue du carrosse, répondit Flash.

— Mais non, t'exagères.

— Pas du tout. Profite de ta soirée avec ta famille, MacGyver. On se voit demain matin.

— D'accord, mais si tu changes d'avis...

— Ça n'arrivera pas. À plus !

MacGyver jeta un œil à sa montre et réalisa qu'il était plus tard qu'il ne le pensait. Il referma rapidement son ordinateur portable et s'assura qu'il ne restait aucune trace du désordre causé par les préparatifs de la mission.

Après, il passa récupérer Artem et Borysko à l'école, puis Yana, et enfin, Ellory au collège.

À son grand soulagement, elle avait l'air de très bonne humeur. Apparemment, Chrys avait enfin arrêté de lui chercher des noises, ce qui faisait une énorme différence.

— J'ai encore eu des nouvelles de mon père aujourd'hui, lui annonça Ellory avec un grand sourire.

— Ah ouais ?

MacGyver n'était pas ravi que Brady lui envoie des messages, mais il ne pouvait pas vraiment l'en empêcher. Et puis ça la rendait heureuse.

— Oui ! Il m'a dit que quand il vivait à Washington, il avait rencontré le président, une fois !

MacGyver en doutait fortement, mais il hocha la tête sans rien dire. Lui-même avait déjà rencontré plusieurs présidents, mais ce n'était pas le genre de choses qu'il avait envie de raconter. Ça faisait juste partie des nombreuses expériences qu'il avait vécues.

— Il m'a aussi demandé quand il pourrait me revoir. Tu crois que maman va bientôt arranger ça ?

Le ventre de MacGyver se noua. Il ne comprenait pas pourquoi l'idée qu'Ellory revoie son père biologique le dérangeait autant. Vogel et lui n'étaient pas sur la même longueur d'onde, loin de là, mais rien ne justifiait qu'ils empêchent Ellory de le voir. Ils avaient convenu de suivre ses envies à elle, et manifestement, c'était ce qu'elle voulait.

— Ricky ?

— Désolé. Je suis sûr qu'elle s'en occupera.

C'était le moment idéal pour annoncer son départ aux enfants.

— Au fait, je voulais vous dire... Cette mission que je préparais... Je pars demain matin.

Un silence total s'installa dans la voiture.

MacGyver regarda dans le rétroviseur et croisa le regard d'Artem.

— Je vais avoir besoin de toi comme bras droit, mon grand. Aide Addy à faire les tâches ménagères, veille sur ton frère et ta sœur... tu le fais déjà, mais essaie d'être encore plus attentif.

Artem hocha la tête.

— Et toi, Borysko, je veux que tu m'expliques au moins dix nouveaux mots en anglais quand je rentrerai.

— D'accord, Ricky.

— Yana ?

La petite fille regardait à travers la vitre sans répondre, une légère moue sur les lèvres.

— Tu m'en veux, Yana ? lui demanda doucement MacGyver.

En voyant les larmes couler sur ses joues, il regretta de ne pas avoir attendu d'arriver à la maison avant d'aborder le sujet.

— Ricky... Arme... Courir... Triste !

MacGyver fronça les sourcils. Elle comprenait bien l'anglais, mais le parler était encore un défi pour elle.

Borysko lui posa une question en ukrainien, à laquelle elle répondit par un flot de paroles.

— Elle a peur que tu sois blessé, traduisit Artem. Comme Borysko en Ukraine.

De fait, il aurait clairement dû attendre d'être à la maison. Il ne savait pas quoi dire pour rassurer cette petite fille qui comptait tant pour lui.

Heureusement, Ellory se tourna vers Yana autant que sa ceinture de sécurité le lui permettait.

— Ricky s'en sortira, Yana. Il est super malin. Et il sera avec ses amis. Tu l'as vu en Ukraine, il est trop fort. Il reviendra vite. Et pendant ce temps, ma maman s'occupera de nous.

— Addy, murmura Yana en reniflant.

— Exactement ! Oh, je sais ! On pourrait lui demander de nous laisser faire une cabane dans la chambre ! On mettra un drap sur nos lits, avec des balais pour que ça tienne, et on dormira dedans... d'accord ?

— Moi aussi, cabane ! s'écria Borysko, un peu trop fort pour l'espace confiné de la voiture.

Les enfants se mirent à discuter entre eux, et MacGyver les laissa parler en ukrainien sans intervenir. En temps normal, il insistait pour qu'ils pratiquent leur anglais, mais cette fois, il appréciait la diversion.

— Merci, murmura-t-il à Ellory.

— De rien.

— T'es vraiment une chouette fille.

— Je sais, répondit-elle avec un sourire espiègle.

MacGyver rit doucement.

— Tu crois que Maman acceptera que je voie Brady même si tu n'es pas là ?

La tension que MacGyver ressentait au sujet de leur relation revint de plus belle.

— Je ne vois pas pourquoi elle refuserait, répondit-il aussi calmement que possible.

— Je peux te dire ce que je pense ? demanda Ellory.

— Bien sûr.

— Mon père... Je ne sais pas trop quoi penser de lui. Je vois bien qu'il essaie d'être cool, mais des fois, j'ai l'impression qu'il en fait un peu *trop*. Genre, comment un concierge a pu rencontrer le président ? Ça me paraît bizarre. D'un autre côté, pourquoi il mentirait ?

— Parce qu'il veut t'impressionner, expliqua MacGyver. Il veut que tu l'aimes, et des fois, les gens exagèrent un peu pour ça. Même les adultes.

— Tu l'as déjà fait ?

MacGyver secoua immédiatement la tête.

— Non. Moi aussi, j'ai envie que tu m'aimes, mais je ne veux pas inventer des choses pour ça.

— Je t'aime bien, dit Ellory sans hésiter.

— Tant mieux.

— Tu as déjà rencontré le président ? demanda-t-elle avec un sourire malicieux.

MacGyver lui rendit son sourire.

— Deux fois.

— Le même ?

— Non, deux différents.

— Trop cool.

MacGyver haussa les épaules.

— Pas autant que tu pourrais le croire. Il y avait des agents des services secrets partout, et les deux fois, on s'est juste mis en rang. Il est passé, nous a serré la main, et il est reparti. C'est tout. Je n'ai même pas pu lui parler.

— C'est quand même cool.

— Oui, c'est vrai, admit-il. J'ai encore les photos quelque part... si jamais tu veux une preuve. Ça faisait partie du rituel... On avait droit à une photo de nous en train de lui serrer la main.

Ellory écarquilla les yeux.

— Sérieux ? J'aimerais trop les voir !

— Quand je serai rentré, je te les montrerai.

— Tu vas t'en sortir, hein ? demanda la pré-adolescente à voix basse.

— Oui. Tu as eu raison de le dire à Yana. J'ai mon équipe avec moi. On s'est préparés... Peut-être même un peu trop. Tout ira bien.

— D'accord.

— Tu veilleras sur ta maman ? Je sais qu'elle va s'inquiéter pour moi, pour toi, et pour les autres. Elle en a déjà beaucoup sur les épaules, et j'ai peur que ce premier déploiement soit particulièrement dur pour elle.

— D'accord. Peut-être que j'attendrai ton retour avant de revoir mon père. Comme ça, elle n'aura pas à gérer ça en plus.

MacGyver hésita un instant. Il avait envie de lui dire d'attendre, mais il ne voulait pas lui imposer ça.

— Je ne pense pas que ça poserait problème si tu le revoyais.

— Je vais demander à Maman ce qu'elle en pense, répondit Ellory.

MacGyver ressentit une grande fierté pour cette jeune fille. Elle grandissait vite, et elle était déjà incroyablement mature pour son âge.

Il gara la voiture dans l'allée et coupa le moteur. Artem et Borysko aidèrent Yana à sortir de son siège auto, puis ils se dirigèrent tous vers la maison. Comme d'habitude, une odeur de pâtisseries fraîches, mêlée à quelque chose de savoureux et d'aillé, emplit les narines de MacGyver dès qu'il passa la porte.

— Cookie ! s'écria joyeusement Yana en courant vers la cuisine.

MacGyver resta en retrait et observa sa femme accueillir chacun des enfants. Elle arrêta ce qu'elle était en train de faire et s'agenouilla pour donner toute son attention aux plus petits. Ellory lui montra les messages de Vogel, et MacGyver remarqua qu'Addison n'avait pas l'air ravie non plus que son ex et leur fille échangent des messages, mais elle ne laissa rien paraître.

Après avoir donné un cookie à chaque enfant et les avoir envoyés se changer, Addison leva les yeux vers MacGyver. Il s'approcha d'elle, passa un bras autour de sa taille, puis l'embrassa sans retenue.

Tout cela allait lui manquer. Rentrer chez lui et la regarder s'occuper des enfants. L'odeur des plats qu'elle cuisinait. La joie dans son regard quand elle le voyait. À cet instant, il prit pleinement conscience de tout ce qu'elle représentait pour lui.

— Salut, dit-elle à bout de souffle en mettant fin au baiser.

— Salut, répondit-il en souriant.

Les enfants revinrent en courant, racontèrent leur journée, puis expliquèrent à Addison leur projet de construire une cabane pour y dormir.

MacGyver n'eut pas une minute seul avec sa femme avant que les enfants ne soient couchés. Elle avait passé la soirée à les rassurer, leur disant que tout irait bien en son absence, que rien ne changerait au quotidien, et que Ricky reviendrait sain et sauf. Il ne pouvait pas leur dire où il allait, ni pour combien de temps, mais grâce au calme apparent d'Addison, les enfants finirent par se détendre.

Plus tard, dans leur lit, Addison blottie contre lui, MacGyver murmura :

— Tu as été merveilleuse avec eux ce soir.

— Tu vas leur manquer, murmura-t-elle. Et à moi aussi.

— Je sais. Ce ne sera pas facile pour moi non plus. Je me suis habitué à tout ce bazar dans notre vie.

Elle rit doucement, puis releva la tête pour croiser son regard.

— Mais c'est un joyeux bazar, n'est-ce pas ?

— Oui, approuva-t-il. Tu as eu l'occasion de parler de Vogel à Ellory ?

— Un peu. Tu es d'accord pour qu'elle le revoie ?

MacGyver avait envie de dire non. Mais il ne pouvait pas faire ça à Ellory.

— Oui. Mais s'il se comporte comme un connard, tu l'éloignes immédiatement de lui.

— Compte sur moi. Je sens qu'il fait des efforts. Ses messages prouvent qu'il n'a pas l'habitude de parler à une ado, mais il essaie. Je ne peux pas lui en demander plus.

MacGyver n'était pas convaincu. La réapparition de Vogel avec une envie soudaine de nouer des liens avec sa fille restait trop suspecte à ses yeux.

— Fais juste attention, l'avertit-il.

— Je ne laisserai jamais ma fille souffrir, répondit Addison avec fermeté. Je suis optimiste, mais au premier signe de problème, j'arrête tout.

— Bien. Maintenant, on peut arrêter de parler de ton ex ?

Addison s'esclaffa.

— D'accord. On parle de quoi, alors ?

— De rien, répondit MacGyver en l'attirant vers lui.

Elle sourit en se hissant sur lui.

— J'ai compris... Pas de discussion, dit-elle avant de se pencher pour l'embrasser.

En un instant, ils étaient tous les deux en train d'essayer frénétiquement d'enlever leurs vêtements. Puis MacGyver attrapa Addison et la hissa à califourchon sur son visage. Ils n'avaient encore jamais fait ça, et il était impatient.

Il ne lui fallut pas longtemps pour commencer à onduler sur son visage pendant qu'il la léchait avec ardeur. Les joues de MacGyver étaient trempées de ses fluides, et tout ce qu'il pouvait sentir et voir, c'était le sexe magnifique d'Addison – le paradis à l'état pur.

Après l'avoir fait jouir, il la fit doucement glisser le long de son corps, puis elle saisit son membre et le guida au cœur de son intimité avant de l'y enfouir lentement.

Pendant un moment, ils restèrent immobiles, savourant chacun la sensation de l'autre. Puis Addison se mit à le chevaucher avec intensité. MacGyver posa ses mains sur ses hanches pour lui offrir de la stabilité. En voyant sa femme bondir sur lui et son sexe recouvert de leurs fluides mêlés, son cœur se serra. C'était la chose la plus érotique qu'il ait jamais vue.

Lorsqu'il sentit qu'elle commençait à fatiguer, il reprit le contrôle, la soulevant et la faisant redescendre d'un mouvement ferme. Plus que jamais, il avait l'impression d'être enfoui profondément en elle. Il commença à sentir des picotements au niveau de son entrejambe. Il savait qu'il était proche de l'extase.

Au dernier mouvement, il la maintint contre lui d'une main, tandis que l'autre se glissait vers l'endroit où ils se rejoignaient. Au moment de l'orgasme, il se mit à caresser vigoureusement le clitoris d'Addison. Elle ne mit pas longtemps à le rejoindre, son sexe se contractant autour du sien, et il sentit une dernière salve de plaisir l'envahir.

— Bordel ! lâcha Addison en s'effondrant sur son torse.

Ils étaient tous les deux trempés de sueur, et MacGyver n'avait jamais été aussi épuisé qu'à cet instant.

Quelques secondes plus tard, il sentit une chaleur humide rouler le long de ses cuisses.

— Merde.

— Quoi ? Qu'est-ce qu'il y a ? s'inquiéta Addison en relevant la tête vers lui.

— J'ai oublié le préservatif. Je suis vraiment désolé ! Je te jure que je n'ai pas fait exprès. Quand tu as joui sur mon visage, j'ai perdu tout sens des priorités.

À sa surprise et à son grand soulagement, Addison ne se figea pas.

— Je devrais sans doute paniquer, mais je n'ai pas l'énergie pour ça. J'irai voir ma gynéco pendant ton absence. Je vais régler ça.

— Et si tu tombes enceinte ? demanda-t-il spontanément en pensant à Preacher et Maggie.

Ils n'avaient pas prévu que Maggie tombe enceinte aussi rapidement, et pourtant, c'était arrivé.

— Et alors... ? reprit-elle en lui retournant la question.

— Alors je serai ravi d'offrir un petit frère ou une petite sœur aux enfants, répondit-il le plus sincèrement du monde.

— Cinq enfants... ça fait beaucoup.

MacGyver haussa les épaules.

— Comme si quatre, ce n'était pas déjà énorme...

— C'est vrai.

— Regarde-moi, Addy.

Elle redressa la tête.

— Je t'aime, lui dit MacGyver. Je sais que c'est un peu rapide, mais d'un côté, pas tant que ça. On s'est mariés par commodité, mais comment ne pas tomber amoureux de toi après avoir vu à quel point tu es une mère incroyable, une femme d'affaire accomplie, et une personne pleine de générosité ?

— Ricky... souffla-t-elle.

— Tu n'as pas à me répondre, je voulais juste que tu le saches avant mon départ.

— Je t'aime aussi, murmura-t-elle. Et je ne dis pas ça seulement parce que tu me l'as dit.

MacGyver fut envahi par une immense sérénité. Il avait tout

ce qu'il avait toujours voulu ; une femme qui l'aimait, des enfants merveilleux qui le faisaient rire, une maison, un métier qu'il adorait, de bons amis. Il était l'homme le plus chanceux du monde. Jamais il ne prendrait Addison ou leur vie ensemble pour acquis.

Le membre de MacGyver se contracta, et il ne put s'empêcher de bouger légèrement. Comme elle était encore humide, il glissa facilement en elle.

— Encore ? lança-t-elle avec un sourire.

— Encore, confirma-t-il en la faisant bouger en-dessous de lui.

Tandis qu'il la surplombait, MacGyver grava dans sa mémoire le visage de la femme qu'il aimait et qui l'aimait en retour. Ses cheveux roux étaient en désordre complet autour de son visage et de ses épaules. Ses yeux verts brillaient d'un éclat joyeux. Sa poitrine était parsemée de rougeurs. Ses taches de rousseur se démarquaient et contrastaient avec sa peau claire. Ses tétons fermes semblaient l'appeler.

Elle tendit la main et balaya une mèche de cheveux trop longue sur son front. Il avait besoin d'une coupe, mais avec les règles assouplies des SEALs, ce n'était pas une priorité.

— Fais-moi l'amour, dit doucement Addison.

— Avec plaisir.

MacGyver fit l'amour à sa femme encore deux fois cette nuit-là, conscient qu'à chaque minute qui passait, le temps qu'ils pouvaient partager s'amenuisait. Cette nuit était un cadeau pour eux deux : échanger des *je t'aime*, accepter l'idée d'un autre enfant, se promettre de tout faire pour que leur relation fonctionne... C'était exactement ce dont MacGyver avait besoin avant de partir en mission.

Plus tard ce matin-là, après avoir profité d'un petit déjeuner avec sa famille, rassuré chacun des enfants quant à son retour, et aidé Addison à les déposer à l'école, il se retrouva dans la cuisine, sa femme dans les bras. Elle reniflait un peu, essayant manifestement de ne pas craquer.

— Ne pleure pas, murmura-t-il.

— J'essaie, répondit-elle, les ongles enfoncés dans son dos.

MacGyver prit le visage d'Addison entre ses mains et appuya son front contre le sien.

— Appelle les filles si tu te sens dépassée. Elles t'ont déjà dit qu'elles pouvaient t'aider si besoin. Et elles seront ravies de le faire, étant donné qu'elles s'inquiéteront autant que toi.

— Oui, approuva-t-elle.

— Caroline, Fiona, Alabama et les autres sont là aussi si tu as envie de parler. On ne compte plus les déploiements qu'elles ont vécu. Et Jessyka serait sûrement ravie que tu emmènes Artem, Borysko et Yana jouer avec ses enfants.

— Je vais l'appeler, promit Addison.

Il était temps de partir. MacGyver n'en avait pas envie, mais prolonger ce moment ne faisait qu'empirer les choses. Il embrassa Addison une dernière fois, longuement, lentement, avec intensité. Lorsqu'il se recula, ils étaient tous deux essoufflés.

— Je t'appellerai dès notre retour.

— D'accord.

— Essaie de ne pas trop t'inquiéter.

— D'accord.

— Si Vogel se comporte comme un idiot, envoie-le balader.

— D'accord, répéta-t-elle en souriant, cette fois.

— Je t'aime, ajouta MacGyver.

À présent, il trouvait cela tellement naturel de le lui dire à voix haute quand il en avait envie.

— Je t'aime aussi. Sois prudent. Botte les fesses des méchants.

Il sourit.

— Je n'y manquerai pas.

Il se dirigea vers la porte d'entrée. Il avait déjà mis son sac dans la Coccinelle d'Addison un peu plus tôt. Il prenait sa voiture, car elle aurait besoin de son Explorer pour transporter les enfants pendant son absence. C'était encore plus difficile de partir qu'il ne l'avait imaginé. Il se força à franchir la porte.

Addison se tenait dans l'embrasure, des larmes coulant sur ses joues, mais un sourire courageux illumina son visage.

— Je t'aime, répéta-t-elle.

MacGyver lui envoya un baiser, puis monta dans la voiture. Il recula dans l'allée, puis s'engagea dans la rue en s'interdisant de regarder en arrière. S'il le faisait, la douleur serait insupportable. Il porta la main à sa poitrine, se demandant si partir deviendrait plus facile un jour. Mais il avait la certitude que non.

CHAPITRE 12

Onze jours, quatre heures et trente-deux secondes, voilà depuis combien de temps Ricky était parti. Mais Addison ne comptait pas. Non, pas du tout.

Elle devait toutefois admettre qu'au début, juste après son départ, c'était vraiment difficile. Elle s'était sentie dépassée, et n'était pas prête à gérer la maison toute seule. Mais petit à petit, elle avait trouvé ses marques.

Sauf pendant la nuit. C'était insupportable. C'était au moment où elle se couchait seule dans son lit que Ricky lui manquait le plus. La journée, elle n'avait pas le temps d'y penser. Elle jonglait entre le travail, les trajets des enfants, les repas, le temps passé avec Remi, Wren, Josie et Maggie, sans oublier ses amies Caroline, Jessyka, Cheyenne, et les autres femmes de militaires qui formaient un précieux cercle de soutien.

Elle bénéficiait de toute l'aide dont elle pouvait rêver, et n'en était que plus reconnaissante. Son mariage avec Ricky lui avait non seulement offert l'homme de ses rêves et trois enfants qui illuminaient sa vie, mais aussi un réseau d'hommes et de femmes qui étaient devenus ses piliers.

La seule ombre au tableau, c'était son ex. Brady envoyait encore des messages à Ellory... ce qui aurait pu être acceptable si ça ne tendait pas au harcèlement. Il n'arrêtait pas de lui écrire à longueur de journée, même tard le soir. Ellory avait pris l'habitude de laisser son téléphone dans la cuisine la nuit pour ne pas être réveillée par les vibrations constantes sur sa table de chevet.

Addison avait demandé à Brady plusieurs fois de calmer le jeu, mais il faisait la sourde oreille, et voulait savoir ce que faisait Ellory à tout moment. Au début, la jeune fille trouvait cela flatteur, et elle était contente d'être au centre de l'attention de son père. Mais très vite, ça l'avait agacée au point qu'elle repoussait l'idée de le revoir.

Malgré tout, Brady ne lâchait rien. Finalement, elle avait accepté un rendez-vous, avec l'approbation d'Addison, bien sûr. Cette fois, Remi et Dude, un ancien camarade de Ricky dans les forces spéciales, seraient présents. Artem, Borysko et Yana viendraient aussi, à la demande d'Ellory. Elle voulait que son père rencontre ses frères et sa sœur, espérant créer une grande famille heureuse. Addison avait des doutes, mais comme la rencontre devait avoir lieu dans le parc de l'école primaire de Yana, un endroit public où les plus petits pourraient s'amuser, ça semblait sans risque.

— Remi nous rejoindra là-bas, hein ? demanda Ellory en chemin.

— Oui. Et Dude, l'ami de Ricky, sera là aussi.

— Il fait un peu peur...

— Quoi ? Dude ? protesta Addison.

— Maman ! Il est grand, musclé, avec des cheveux noirs, des yeux sombres... Et il passe son temps à tout surveiller.

— C'est vrai. Mais Ricky et les autres membres de son

équipe sont comme lui. Et cette manie de surveiller, ça vient de leur métier. Et puis tu l'as vu avec Taylor ? C'est une vraie crème.

— Oui... finalement, c'est vrai qu'il est gentil, admit Ellory.

— Et tu sais, on ne juge pas les gens sur leur apparence. Une belle personne bien habillée peut très bien être vraiment méchante, alors qu'un type intimidant peut être un ange.

— Désolée.

— Tu n'as pas à t'excuser, ma chérie. Ça me rassure que tu sois prudente. Mais si Ricky a confiance en Dude, alors nous aussi.

Addison avait envoyé un mail à Ricky quelques jours plus tôt. Elle savait qu'il y avait peu de chances qu'il réponde, ou même qu'il lise son message, mais elle avait besoin de son avis au sujet de Brady. Elle en avait parlé à Remi et aux autres, mais comme Ricky avait déjà rencontré son ex, c'était son point de vue qui comptait le plus.

Contre toute attente, il avait répondu. Le message était bref, mais clair : *appelle Dude et demande-lui de vous accompagner.* Ce qu'elle avait fait, soulagée que Dude accepte volontiers de se joindre à eux.

— Borysko, c'est à toi de garder un œil sur ta sœur, dit Addison en jetant un regard sur la banquette arrière.

Le jeune garçon inclina la tête en fronçant les sourcils.

— Mon œil ? Je comprends pas.

— Désolée... Surveille-la. Assure-toi qu'elle est en sécurité, et qu'elle évite les ennuis.

— Yana est sage, et elle est en sécurité avec nous, répondit Borysko, presque vexé.

— Bien sûr que oui.

Parfois, Addison oubliait qu'ils avaient vécu des choses que la plupart des enfants ne pouvaient même pas imaginer. Ils s'étaient retrouvés seuls au milieu d'un pays déchiré par la guerre, à devoir se débrouiller pour trouver de quoi manger tout en se cachant des soldats et d'autres gens qui n'auraient pas hésité à leur faire du mal.

— Artem ? Ça va ? Tu es bien silencieux, s'inquiéta Addison en s'arrêtant sur le parking de l'école.

— Ellory va partir ?

— Quoi ? Où ça ?

— Vivre avec son père.

— Non, certainement pas. Elle apprend simplement à le connaître. Tu te souviens quand j'ai expliqué qu'elle n'avait pas vu son père depuis qu'elle était bébé ? Maintenant qu'il est de retour, c'est l'occasion pour eux d'apprendre à se connaître. Elle ne quittera pas notre maison.

— Promis ?

— Je n'irai nulle part, dit elle-même Ellory au petit garçon. Je ne veux pas vivre ailleurs qu'avec ma mère, Ricky et vous. Désolé, mon bonhomme. Tu n'auras pas ma chambre.

Ella afficha un petit sourire, taquinant son frère.

— D'accord, répondit Artem, rassuré.

— D'accord, répéta Ellory.

— Je ne vois pas encore Brady, mais vous pouvez aller jouer. Quand vous le verrez arriver, revenez ici, ça marche ?

— D'accord, Addy, répondit poliment Artem.

— Balançoire ! s'écria Yana, son enthousiasme résonnant dans l'habitacle.

Borysko attrapa la main de sa sœur pour l'aider à descendre de la voiture, et ils coururent ensemble vers les balançoires. Artem les suivait à son rythme, observant tout autour de lui comme pour repérer les lieux. Son passé semblait le hanter un peu plus longuement que ses frères et sœurs.

Le téléphone d'Ellory se mit à vibrer, et elle consulta l'écran.

— Papa, soupira-t-elle. Il dit qu'il est en retard.

Addison se retint de faire un commentaire hargneux.

Deux voitures arrivèrent alors sur le parking. Addison reconnut Remi dans l'une, et Dude dans l'autre.

Lorsque le SEAL à la retraite sortit de sa voiture, Addison ne put s'empêcher d'inspirer profondément. Ellory avait raison : ce type était un peu intimidant. Il dégageait une sorte d'aura plutôt sombre. Elle n'avait pas peur de lui à proprement parler, mais elle était vraiment soulagée qu'il soit dans son camp.

— Bonjour ! lança Remi en serrant immédiatement Addison et Ellory dans ses bras. Tu es nerveuse ?

Ellory haussa les épaules.

— Non.

— Parfait. Tu as déjà rencontré Brady et passé un peu de temps avec lui. Je pense que ça va être sympa. Il y a des bancs là-bas, on pourrait aller s'asseoir...

Addison hocha la tête, mais avant qu'elle ne puisse rejoindre les bancs, Dude lui attrapa le bras.

— Je peux te dire un mot ?

— On va juste traîner un peu là-bas, répondit joyeusement Remi.

Addison se sentit un peu abandonnée quand Remi et sa fille la laissèrent seule avec le SEAL, mais Dude lâcha son bras et fit un pas en arrière, lui laissant un peu d'espace.

— Je ne veux pas te faire peur, dit-il doucement.

— Ce n'est pas le cas.

Dude haussa un sourcil.

— D'accord, tu me rends un peu nerveuse, avoua Addison. Mais ce n'est pas pareil.

— Tu n'as rien à craindre de moi.

— Je sais.

— J'ai beaucoup de respect et d'admiration pour MacGyver. On aurait bien eu besoin de quelqu'un comme lui dans notre équipe. Un type capable de se sortir de n'importe quelle situation. Ton mari est un foutu... euh, un sacré génie. Il est brillant. Son esprit fonctionne d'une manière que peu de gens peuvent comprendre. Je voulais juste te remercier de m'avoir invité à t'accompagner aujourd'hui.

Ces compliments lui firent chaud au cœur, même s'ils ne lui étaient pas directement adressés. Ricky était l'homme le plus intelligent qu'elle ait jamais rencontré. Elle adorait qu'il passe du temps avec Ellory dans le garage, à lui apprendre des choses, à bricoler avec ses outils et ses appareils électroniques. Ce qu'elle aimait encore plus, c'était qu'Ellory semblait apprécier ces moments autant que lui. Artem et Borysko préféraient les jouets, les livres, et bien sûr, la télévision. Ils changeraient peut-être en grandissant, mais en attendant, elle était heureuse que sa fille et son mari aient cette relation si particulière.

— C'est gentil de nous accorder un peu de ton temps, répliqua Addison.

Dude hocha la tête.

— Tu veux me dire autre chose à propos de Vogel... à part ce que MacGyver m'a déjà dit ?

— Euh... je ne sais pas ce qu'il t'a dit, répondit prudemment Addison.

— Qu'il ne l'aime pas, déclara Dude sans détours.

— Oui, ils ne s'entendent pas vraiment.

— Je trouve ça très généreux de ta part de permettre à ton ex de voir sa fille. On ne peut pas dire qu'il ait gagné ce droit ces douze dernières années.

Dude n'avait pas tort.

— Je pense que c'est à elle de décider si elle veut avoir une relation avec lui. C'est vrai qu'il a disparu sans prévenir et qu'il n'a jamais cherché à nous joindre, Ellory et moi. Mais peut-être qu'il a changé. Et j'aurais l'impression d'être la pire mère du monde si je ne leur laissais pas au moins une chance.

— Je suis d'accord. C'est bien de lui laisser une seconde chance. Mais ne te laisse pas aveugler par la culpabilité.

Addison fronça les sourcils.

— Qu'est-ce que tu veux dire ? s'enquit-elle, un peu sur la défensive.

— C'est juste que... peu importe à quel point tu penses qu'un père et sa fille devraient avoir un lien, parfois la meilleure chose à faire, c'est de tourner la page.

On aurait dit qu'il s'exprimait par énigmes, ce qui agaçait Addison.

— Je vois.

Dude laissa échapper un soupir.

— Je ne m'exprime pas très clairement. Fais confiance à ton instinct. Si tu as l'impression que quelque chose cloche, c'est sûrement le cas. Vogel avait peut-être de bonnes raisons de se tenir éloigné de sa fille pendant les douze premières années de sa vie. Mais pourquoi revenir maintenant ? Pourquoi veut-il faire partie de sa vie aujourd'hui alors qu'il ne le voulait pas auparavant ?

— Je n'en sais rien, murmura Addison.

Ils entendirent un véhicule arriver sur le parking, un peu trop vite pour prendre correctement le virage.

— Le voilà, lâcha-t-elle inutilement.

Dude s'approcha d'elle et la saisit à nouveau par le bras, reculant d'une dizaine de pas pour qu'ils ne restent pas au milieu du parking.

Addison lança un regard appuyé vers son bras.

— Tu es très protecteur, lança-t-elle d'un ton sarcastique.

— Tu n'as pas idée, répondit-il avant d'adresser un signe de tête à l'homme qui approchait.

Brady avait fait un effort vestimentaire ce matin-là : jean, polo ajusté, cheveux coiffés avec soin. Et lorsqu'il s'approcha, Addison sentit son eau de toilette. La différence entre Dude et lui était flagrante. Tous deux portaient un jean, mais le tee-shirt, les bottes militaires, les cheveux en bataille et l'odeur de savon frais de Dude dégageaient quelque chose de plus... brut. Naturel. Authentique.

— Salut, Addison, lança Brady en arrivant à leur hauteur. C'est qui, ce type ?

Addison éclata de rire.

— Ce *type* s'appelle Dude. C'est un ami de mon mari.

— Dude ? Vraiment ? C'est vraiment votre nom ?

— Oui, répondit-il en regardant fixement Brady, l'air impassible, les bras croisés.

Addison fut sauvée de ce moment gênant par l'arrivée d'Artem, Borysko et Yana, qui couraient dans leur direction.

— Oh, je ne savais pas que tu amènerais tous les enfants, remarqua Brady.

Elle savait qu'Ellory lui avait parlé de ses frères et de sa sœur lors de leurs échanges par SMS.

— Ils parlent anglais ? demanda-t-il juste avant que les enfants ne les rejoignent.

Sa question arracha un sourire crispé à Addison.

— Bien sûr qu'ils parlent anglais. Ils apprennent encore, mais ils ont fait des progrès incroyables depuis leur arrivée aux États-Unis. Artem, Borysko, Yana, voici Brady, le père biologique d'Ellory.

Elle avait déjà expliqué aux enfants ce que signifiait *biologique*, mais pour une raison quelconque, elle ressentait toujours le besoin de le préciser lorsqu'elle parlait de Brady.

— Bonjour, lança Brady d'une voix exagérément forte. Com-ment ça va ? J'ai beau-coup en-tendu par-ler de vous.

Addison regarda son ex avec incrédulité.

— Pourquoi tu leur parles comme ça ? Ils sont juste là, ils t'entendent très bien. Et tu n'as pas besoin de parler si lentement, ils te comprennent parfaitement.

— Oh. D'accord.

Artem fit un pas en avant et tendit la main.

— Moi, c'est Artem. Frère d'Ellory, Yana et Borysko. Enchanté.

Brady baissa les yeux vers la main d'Artem. Elle était sale et un peu orangée à cause de la rouille sur les barres du toboggan. Au lieu de la serrer, Brady se contenta de hocher la tête.

Artem resta figé un moment, visiblement un peu déconte-nancé, avant de baisser le bras lorsque Dude posa une main sur son épaule et le tira doucement en arrière.

— Moi, c'est Borysko.

— Et moi, c'est Yana.

Addison ne put s'empêcher de sourire. Les enfants étaient adorables, manifestement décidés à faire bonne impression en se présentant aussi poliment, comme on leur avait appris.

— D'accord, répondit Brady avant de tourner la tête pour chercher Ellory du regard.

Elle était toujours assise sur un banc avec Remi, près du bâtiment. Elles les observaient sans bouger.

À ce moment-là, Yana dit quelque chose à ses frères en ukrainien. Artem lui répondit dans la même langue.

— Tu viens de dire qu'ils parlaient anglais, lâcha Brady en fronçant les sourcils.

Pour la énième fois, Addison se demanda ce qu'elle avait bien pu trouver à cet homme des années auparavant. Il se comportait comme un crétin... et c'était sans doute ce qu'Artem avait dit à sa sœur.

— C'est le cas, répondit catégoriquement Addison.

— Ça, ce n'est pas de l'anglais, rétorqua-t-il.

Addison leva les yeux au ciel, réalisant au passage qu'elle avait passé trop de temps avec sa fille, car ce réflexe venait clai-rement d'Ellory.

— Bien sûr que si, répliqua-t-elle avant de se tourner vers les enfants. Retournez jouer. On sera là-bas, près des bancs.

Borysko prit immédiatement la main de Yana et l'entraîna vers les balançoires. Artem regarda Addison, puis Brady, puis Dude. Il fit un signe de tête à l'ancien SEAL avant de suivre son frère et sa sœur en direction de l'aire de jeux.

— Je n'ai pas beaucoup de temps, déclara Brady en consultant sa montre. On m'a appelé au boulot à l'improviste. Donc si ça ne te dérange pas, je vais aller voir ma fille, maintenant.

Addison aurait aimé être surprise, mais Brady faisait toujours ça avec elle aussi. Arriver, puis repartir plus tôt que prévu avec une excuse quelconque. À l'époque, elle n'avait pas de raison de douter de lui, et même maintenant, elle n'était pas sûre qu'il mente. Mais tout en lui respirait la malhonnêteté. Il était bien trop tiré à quatre épingles pour quelqu'un qui devait retourner nettoyer les sols.

Lorsque Brady se dirigea vers Ellory et Remi, Addison et Dude lui emboîtèrent le pas.

Il se retourna, agacé.

— Où allez-vous ?

— Avec toi, répondit Addison.

— Sérieusement, Addison. Je veux lui parler sans que tu sois sur mon dos. Ce n'est plus une gamine.

— Faux. C'est toujours une enfant. *Mon* enfant. Et pour elle, tu es toujours un inconnu. Donc soit je reste sur ton dos, comme tu dis, soit tu fais demi-tour, tu remontes dans ta voiture, et tu t'en vas.

— Et ton garde du corps, il faut qu'il soit là, lui aussi ?

— Oui, répondit-elle fermement.

— Très bien, comme tu veux, bougonna Brady.

Quand ils atteignirent le banc, Ellory et Remi se levèrent.

— Salut ! Moi, c'est Remi, lança l'amie d'Addison avec un grand sourire, mais sans tendre la main.

— Brady... Salut, Ellory.

— Salut.

Un silence gênant s'installa.

— Pourquoi ne pas vous asseoir et discuter, suggéra Addison. On va attendre ici.

— C'est déjà ça, marmonna Brady en allant s'assoir sur le banc.

Il s'assit à côté d'Ellory, qui semblait nerveuse et mal à l'aise, grattant distraitement la poussière avec le bout de sa chaussure.

— Il n'est pas du tout comme je l'imaginais, murmura Rémi alors qu'ils reculaient un peu pour leur laisser un semblant d'intimité.

Pas assez pour qu'Addison ne puisse pas entendre en dressant l'oreille, mais suffisamment pour que Brady se détende un peu.

— C'est... commença Addison en cherchant ses mots.

— Un connard, murmura Dude.

Remi s'esclaffa. Addison s'efforça de ne pas sourire.

— Pas vraiment... Enfin, pas toujours. Mais il fait des efforts. Ça compte, non ?

— Non, absolument pas, rétorqua Dude.

Addison commençait à se sentir stressée, et les remarques de l'ami de Ricky ne l'aidaient pas vraiment, même s'il se montrait sans doute plus diplomate que son mari ne l'aurait été. Ricky détestait Brady, et s'il avait entendu sa manière de parler à Artem, Borysko et Yana – comme s'ils étaient sourds et idiots - ça l'aurait mis hors de lui.

Addison faisait de son mieux pour garder une oreille attentive sur la conversation entre sa fille et Brady, tout en surveillant les autres enfants sur le terrain de jeu. Elle observait Yana sur la balançoire quand la petite fille voulut se lever et trébucha, tombant lourdement au sol. Aussitôt, elle poussa un cri aigu et se mit à pleurer.

— Je m'en occupe, dit Dude.

Il se précipita immédiatement vers elle en trottinant.

— Il a un faible pour les filles, remarqua Remi. Et j'ai entendu dire que c'était un dominant, ajouta-t-elle en chuchotant.

— Un quoi ? s'enquit Addison.

— Un dominant. Comme dans *dominant et soumis*... Je parie que cet homme est redoutable au lit.

— Remi ! s'indigna Addison. Tu es avec Kevlar.

— Oui, mais ça ne veut pas dire que je n'ai pas le droit de regarder. Et je ne contrôle pas forcément mes pensées. Quand Vincent prend les choses en main au lit, je trouve ça incroyablement sexy. Mais quand j'imagine *cet homme* faire la même chose... Je crois que j'aurais tellement peur que je me pisserais dessus... ou que je m'évanouirais d'excitation.

Addison ne put s'empêcher de glousser. Remi n'avait pas tort. Dude dégageait quelque chose de... dangereux. Ce n'était pas difficile de l'imaginer comme adepte des aspects dominants du BDSM. De toute évidence, Cheyenne, sa femme, avait de la chance.

Elles observèrent Dude relever Yana, puis s'asseoir dans la poussière pour la consoler. Il embrassa sa petite main et essuya la terre sur ses genoux. Addison jeta un regard à Brady, qui observait la même scène, le mépris se lisant sur son visage.

Ils étaient tous les deux pères, mais l'un d'entre eux surpassait l'autre de très loin.

Elle repensa à ce que Dude lui avait dit, et se demanda ce que Brady faisait ici. Quel était son objectif ? Elle n'était pas certaine qu'il voulait vraiment assumer son rôle de père. Alors pourquoi le faire auprès d'Ellory ?

Elle remarqua soudain qu'à côté de Brady, sa fille semblait

mal à l'aise. Elle évitait son regard, et son corps était légèrement tourné dans l'autre direction. Addison se demanda ce qui lui avait échappé. Qu'avait dit son ex à Ellory pendant qu'elle discutait avec Remi ?

— Tout va bien ? demanda-t-elle en s'approchant du banc.

— Bien sûr, pourquoi ça n'irait pas ? répliqua sèchement Brady.

— Ellory ? insista Addison, ignorant la réponse de son ex. Elle avait besoin de l'entendre de la bouche de sa fille.

— Ça va, répondit-elle calmement.

— On parlait juste de son truc, ajouta Brady. Tu sais, sa maladie. J'ai fait des recherches. Je voulais savoir ce qu'elle pouvait manger, et ce qui se passerait si elle prenait un hamburger au fast food.

Addison grimaça. Premièrement, le fast food était catastrophique pour Ellory. Tout ce gras et cette huile n'arrangeaient en rien ses problèmes intestinaux. Ensuite, c'était la dernière chose dont sa fille avait envie de parler avec quelqu'un qu'elle connaissait à peine. C'était déjà assez difficile pour elle de supporter la diarrhée, les gaz, les lavements, les laxatifs, et tout ce qui accompagnait la maladie. C'était loin d'être une priorité pour elle.

— Ellory, pourquoi tu ne parlerais pas à ton père de la pièce de théâtre à laquelle tu participes ?

— Tu es comédienne ? C'est génial !

— Non, je suis régisseuse lumière. Je gère tout l'éclairage de la pièce.

— Ah, fit Brady, visiblement déçu.

Addison serra les poings. Ellory avait travaillé dur tout le semestre pour apprendre à manipuler la console, et elle en était très fière. Elle regarda sa fille se voûter légèrement, et sa colère envers son ex grandit.

— Il y aura des soirées dansantes prochainement ? demanda Brady. C'est ce qu'il y avait de mieux pendant mes années collège. Tu es encore trop jeune pour le bal de promo, mais il y a peut-être un autre événement qui te permettrait de t'habiller pour l'occasion... Tu pourrais porter des talons, ça te ferait gagner quelques centimètres.

— Elle n'est qu'en cinquième, lui rappela Addison.

— Et alors ? Je me souviens avoir participé à quelques soirées de ce genre au collège.

— Ça ne m'intéresse pas, déclara Ellory.

— Bon, il faut que j'y aille, conclut Brady en faisant semblant de regarder sa montre. C'était sympa de te voir, Ellory. Peut-être qu'on pourra se revoir bientôt, sans les chiens de garde.

Il se leva, puis se dirigea vers sa voiture sans se retourner.

— Charmant, murmura Remi.

Mais l'attention d'Addison était tournée vers sa fille. Ellory n'avait même pas levé les yeux lorsque son père était parti.

— Je vais voir comment va Yana, proposa Remi en se retirant pour laisser à Addison et sa fille un moment en tête à tête.

Addison ne dit rien et s'assit simplement à côté de sa fille, prête à l'écouter si elle avait besoin de parler.

— C'était... gênant, déclara finalement Ellory au bout d'une minute.

Addison laissa échapper un petit rire.

— Effectivement.

— Qu'est-ce que tu lui trouvais ?

Encore une fois, Addison sourit.

— J'étais jeune, ma chérie. Lui aussi. Et j'aime à penser qu'à l'époque il n'était pas aussi... maladroit.

Elle se pencha et cogna son épaule contre celle de sa fille.

— Hé...

— Oui ?

— Je t'aime.

— Moi aussi. Tu te souviens quand j'ai dit à Ricky que j'étais régisseuse lumière pour le spectacle ? Il a trouvé ça trop cool. Il m'a ramené un gâteau pour fêter ça. Même si ça faisait déjà quelques mois que j'avais commencé, il ne le savait pas. Il voulait quand même marquer le coup pour me montrer qu'il était fier de moi.

— Oui, je me souviens.

— Et le gâteau était horrible. Il m'a avoué plus tard qu'il ne voulait pas te déranger en te demandant de faire quoi que ce soit, et qu'il voulait s'en occuper lui-même... pour te montrer combien tu comptes pour lui.

Ellory s'esclaffa.

— C'est vrai ? J'ai juste pris une bouchée... parce que, eh bien, tu sais. Et tes gâteaux sont bien meilleurs. Mais c'est le geste qui compte. Brady, lui, avait seulement l'air... déçu.

Elle n'avait pas tort. Addison, pensive, laissa échapper un petit gémissement.

— Ricky fait de son mieux pour être un modèle masculin positif pour toi. Même s'il fait des erreurs – comme t'apporter un dessert que tu ne devrais pas manger, alors que ta mère fait les meilleurs gâteaux à des kilomètres à la ronde. Mais il a un grand cœur, et c'est touchant de le voir essayer sans jamais abandonner. Je pense que tu as raison... Brady ne fait pas vraiment beaucoup d'efforts pour te comprendre. Et savoir ce que tu aimes ou pas.

— Maman ?

— Oui, ma chérie ?

— Quand est-ce que Ricky va rentrer à la maison ? Il me manque.

— À moi aussi. Je ne sais pas. Rappelle-toi, il nous a dit

avant de partir qu'il ne savait jamais combien de temps ses missions allaient durer. Parfois, elles durent des mois, et d'autres fois, c'est plus court, juste quelques semaines.

— Eh bien... je ne suis pas sûre de vouloir revoir Brady. En tout cas, pas tout de suite.

Addison remarqua immédiatement qu'Ellory l'appelait désormais *Brady* au lieu de *Papa*.

— C'est toi qui décides, chérie. Personne d'autre.

Ellory hocha la tête.

— Quand il est là, je ne me sens pas vraiment bien dans ma peau. Ricky, lui... il me comprend. Je l'aime beaucoup. Au début, je n'étais pas sûre que votre mariage soit une bonne idée, mais maintenant, j'ai du mal à imaginer la vie sans lui. Il m'écoute. Il me laisse bricoler dans le garage avec lui. Il ne me force pas à manger, et il ne dit pas que c'est dégoûtant quand mes intestins font... leur truc. Il est gentil.

Ces paroles lui allèrent droit au cœur. Effectivement, Ricky était gentil. Elle embrassa sa fille sur la tempe.

— Tu veux aller jouer avec les autres ?

— Oui. Tu sais, quand j'ai dit que Dude faisait un peu peur...

— Hmm-hmm.

— Je retire ce que j'ai dit. C'est pas vrai. Enfin, peut-être un peu, à cause de son allure. Mais le voir avec Yana, et comment il t'a fait reculer quand Brady est arrivé comme un fou sur le parking... Il est protecteur, et ça n'a rien d'effrayant. C'est plutôt réconfortant.

— Oui, ma chérie. Tu as raison. Mais il faut que je te dise... il y une différence entre être protecteur et être envahissant, voire complètement étouffant.

Ellory sourit.

— Je sais. J'ai vu certains de tes documentaires sur les

criminels. C'est normal qu'un petit ami, ou une petite amie, veuille savoir où tu es et si tout va bien. Mais harceler quelqu'un en l'appelant sans arrêt, en lui envoyant des tonnes de messages, ou en essayant de l'éloigner de sa famille et de ses amis, c'est autre chose.

— Exactement. Tant que tu fais bien la différence...

Ellory se tourna vers sa mère.

— La manière dont Ricky veille sur les enfants, c'est protecteur. La façon dont il te regarde quand tu cuisines, comme s'il n'en revenait pas que tu sois là et qu'il se rappelait qu'il a beaucoup de chance, c'est protecteur. Et quand Dude a couru vers Yana lorsqu'elle est tombée, même si elle n'était pas blessée, juste effrayée... c'est protecteur. Je sais faire la différence.

Addison retint ses larmes. Sa fille grandissait. Trop vite. C'était réjouissant et effrayant à la fois. Le temps passait trop vite. Un jour, elle clignerait des yeux, et Ellory serait partie à l'université. Elle n'était pas prête.

— Eh oh, ne pleure pas, maman, dit Ellory en levant les yeux au ciel. Je vais aller fatiguer les enfants pendant que vous restez bavarder ici, Remi et toi.

— Bonne idée. Préviens-moi quand tu voudras qu'on rentre, je me tiens prête.

— Promis.

Ellory se leva et se dirigea vers l'aire de jeu. En chemin, elle se retourna et ajouta :

— Tu sais, des fois, on croit que ce qu'on n'a pas est le truc le plus précieux. On le veut plus que tout. Mais une fois qu'on l'a, on se rend compte qu'on avait déjà tout ce qu'il fallait.

Addison la regarda rejoindre Dude et les enfants en trottinant, et sentit ses yeux s'embuer de nouveau.

— Ça va ? demanda Remi, surgissant de nulle part.

— Oui, répondit-elle en s'essuyant les yeux. Je viens juste

de réaliser que ma fille est beaucoup plus futée que je ne l'étais à son âge. Et même plus que quand j'avais vingt-et-un ans.

— Elle est géniale. Tu as fait un boulot extraordinaire avec elle.

Ce compliment signifiait plus pour Addison qu'elle ne pouvait l'exprimer. Toutes ces nuits blanches, toutes ces larmes, ces moments d'inquiétude quand les médecins essayaient de comprendre ce qui n'allait pas, les galères avec l'école, les amis... Savoir qu'elle s'était bien débrouillée, ça valait tout l'or du monde.

— Allez, on dirait que tu as besoin de sensations fortes. Tu préfères la balançoire, ou le toboggan ?

— Tu te souviens des tourniquets dans les années 70 et 80, ceux qui tournaient si vite que les gamins étaient presque éjectés ?

— Oh que oui !

— Il nous en faudrait un comme ça.

Remi éclata de rire.

— Mais pas les fractures qui vont avec. On devra se contenter de se brûler la peau sur des toboggans en métal chauffés à blanc.

— Sauf que celui-ci est en plastique, souligna Addison en souriant.

— Mince. Ça casse tout.

— Merci d'être venue aujourd'hui.

— C'est normal. Les amis, ça sert à ça.

Après un moment d'hésitation, Addison posa la question qui lui brûlait les lèvres.

— Tu as une idée de quand ils vont rentrer ?

Remi comprit tout de suite de qui elle parlait.

— Non, mais bientôt, j'espère.

— Moi aussi, murmura Addison.

— C'est fou comme ils nous manquent, hein ? Quand ils sont là, ils nous rendent dingues, mais dès qu'ils sont partis, on donnerait tout pour retrouver ça.

— Tellement.

— Je vais essayer de prendre Dude à part pour lui demander s'il en sait plus. Parfois, les autres SEALs ont des informations que les familles ne sont pas censées avoir. Il lâchera peut-être quelque chose...

— Ce mec ? Lâcher quelque chose ? Tu rêves.

— Je pourrais tellement partir sur une blague douteuse... mais je vais m'abstenir, plaisanta Remi avec un sourire en coin. C'est mal de fantasmer sur le mec de quelqu'un d'autre.

Addison éclata de rire, puis reprit son sérieux.

— La moindre info serait un énorme soulagement.

Une heure plus tard, les enfants étaient fatigués, morts de faim, et prêts à rentrer à la maison. Il s'était avéré que Dude n'en savait pas plus sur la mission de Ricky et les autres, mais il avait promis de se renseigner, ce qui avait légèrement rassuré Addison.

Ce soir-là, une fois les enfants couchés, Addison était installée dans le salon, un brin mélancolique. Elle se sentait seule, ce qui la surprenait toujours un peu, car elle avait passé tellement de soirées en solitaire devant la télé. Mais c'était avant que Ricky fasse partie de sa vie ; avant qu'elle accepte ce mariage de convenance, qui contre toute attente, avait abouti sur celui dont elle avait toujours rêvé.

Le téléphone d'Ellory vibra encore, pour la dixième fois au moins depuis qu'elle était montée se coucher. Agacée, Addison saisit le portable et vit que c'était Brady. Encore lui. Pourtant, Ellory avait été claire : elle lui avait dit qu'elle était débordée avec l'école, et qu'elle ne savait pas quand ils pourraient se voir. Mais apparemment, Brady n'avait pas compris le message. Ou il avait choisi de l'ignorer. Cette fois, c'en était trop.

. . .

Ellory : C'est Addison. Il faut que tu t'arrêtes. Ellory est au lit.

Brady : Déjà ? Ce n'est plus un bébé.

Ellory : Oui, déjà. Et si tu continues à la harceler, ça va la faire fuir. Laisse-lui un peu d'espace, Brady.

Brady : Tu essaies juste de m'éloigner de ma fille. Je ne te laisserai pas faire.

Ellory : Je ne cherche pas à t'éloigner d'elle. Je la connais mieux que toi, et je te dis que tu l'étouffes. Tu dois calmer le jeu avec tes messages, tes appels, et tes demandes insistantes.

Brady : C'est bien ce que je pensais. Tu veux me maintenir à distance.

Addison soupira en laissant tomber sa tête sur le dossier du canapé. Brady était un idiot. Elle essayait de lui rendre service, mais il redoublait d'efforts pour jouer les victimes. Et elle en avait vraiment marre de ces messages à tout bout de champ. Comme si une fille de douze ans n'avait pas besoin de se coucher à une certaine heure. Certes, elle était mature pour son âge, mais c'était tout de même une enfant.

Ellory : Je te l'ai déjà dit, n'envoie plus de messages aussi tard. Ne pousse pas le bouchon. Si tu continues, je porte plainte. À ton avis, quel camp va choisir le juge ? Le mien. Tu ne m'as pas versé un centime de pension alimentaire, et tu n'as jamais été là pour Ellory. Je ferai tout ce qu'il faut pour la protéger, y compris de son propre père. Ne te moque pas de moi, Brady. Je ne plaisante pas.

Brady : Ne joue pas à ça avec moi, Addison. Tu n'as pas envie de savoir jusqu'où je suis prêt à aller pour voir ma fille.

Ce dernier message lui fit froid dans le dos. Pourquoi Brady s'acharnait-il autant ? Elle n'en savait rien, mais elle était fatiguée d'essayer de le raisonner. Elle hésita à laisser les messages sur le téléphone pour qu'Ellory puisse les lire elle-même, mais elle ne voulait pas s'abaisser à ce niveau. De toute façon, Ellory n'était pas dupe. Elle voyait très bien qui était réellement son père.

Addison effaça tous les messages et activa le mode *silencieux*. Elle aurait bien eu besoin des conseils avisés de Ricky à ce moment-là. Mais dès qu'il s'agissait de Brady, Ricky perdait son sang-froid. Rien que prononcer son nom suffisait à lui faire froncer les sourcils.

Pendant un instant, Addison regretta d'avoir croisé Brady à l'hôpital. C'était une épine dans le pied dont elle aurait largement pu se passer. Sa vie était déjà bien assez compliquée. Gérer Brady, qui de plus, semblait avoir quelque chose derrière la tête, était la dernière chose dont elle avait besoin. Mais elle n'avait pas le choix. Elle allait devoir attendre qu'il se lasse de jouer le père modèle, et que ses véritables intentions finissent par se dévoiler.

— Où que tu sois, j'espère que tout va bien, Ricky, murmura-t-elle dans le calme de la soirée. Reviens vite. Tu me manques.

* * *

Brady plaqua son téléphone sur la table avec rage. Son plan pour se rapprocher de sa fille ne se déroulait pas comme prévu. Pourtant, il avait pensé à tout : amadouer rapidement la gamine avec des paroles mielleuses, puis la pousser à demander à sa mère de passer du temps seule avec lui. Dès qu'il aurait réussi, il l'amènerait à son contact, toucherait sa part de l'argent, puis Ellory serait expédiée à un trafiquant à l'étranger.

Le fait que Riverton soit une ville côtière était un avantage non négligeable. Son contact avait perfectionné l'art de faire passer discrètement vers un réseau en Asie. La plupart du temps, il s'agissait de cadavres. Mais avec une donneuse vivante, c'était encore mieux : les organes restaient intacts, et ça rapportait gros.

Brady avait aussi compris qu'il pouvait aller encore plus loin. Il toucherait sa commission pour avoir livré Ellory, mais en plus, il exigerait une rançon d'Addison. Elle paierait la somme qu'il demanderait, il en était certain. Il engagerait quelqu'un pour déposer une lettre chez elle ou passer un coup de téléphone anonyme, avec des instructions précises pour le paiement, pendant qu'il jouerait son rôle de père éploré.

C'était le jackpot asssuré !

Mais avant cela, il devait trouver un moyen pour qu'Ellory réponde à ses foutus messages.

Cette fille était un mystère. Maladive, blafarde, franchement étrange... et gênante. Il n'avait rien en commun avec elle. Rien du tout. Elle ne lui ressemblait en rien. Rien que lui parler le rebutait. Et vu l'attitude qu'elle avait, elle devait penser exactement la même chose. Pas de doute, il allait devoir trouver une autre approche, un moyen d'arriver à ses fins et de la voir seule, coûte que coûte.

Il n'avait pas encore de plan précis, mais il trouverait. Il était hors de question de laisser tomber. Elle avait bien trop de valeur. Et maintenant que son associé avait évoqué l'idée de court-circuiter les intermédiaires – étant donné qu'un donneur vivant était un atout rare – il n'y avait plus de retour en arrière possible. Au lieu de passer par les acheteurs habituels, l'homme comptait négocier directement avec un client prêt à payer une fortune pour ces organes. C'était la promesse d'une somme encore plus importante. Brady était trop impliqué pour reculer. Il ne savait pas comment, mais il trouverait une solution.

Sa fille n'était rien de plus à ses yeux qu'un moyen de parvenir à ses fins, et il y arriverait. Il l'avait toujours fait. Il y arrivait toujours.

CHAPITRE 13

MacGyver était épuisé. La mission avait rencontré quelques petits accrocs et avait duré plus longtemps que prévu. Mais finalement, ils avaient localisé le terroriste qu'ils devaient neutraliser, et empêché un nouveau plan visant à tuer des innocents sur le sol américain. Pourtant, éliminer des terroristes, c'était un peu comme jouer à *chasse taupes* : une fois qu'on en neutralisait un, un autre apparaissait et prenait immédiatement sa place.

Le métier de SEAL était gratifiant, mais c'était aussi un combat sans fin. Par le passé, MacGyver avait souvent été accablé par cette capacité de certains êtres humains à en tuer d'autres, généralement sans raison valable. Aujourd'hui, même s'il était fatigué, l'adrénaline le maintenait en éveil.

Bientôt, ils allaient enfin rentrer chez eux. Après un débriefing en Allemagne, MacGyver savait qu'il fallait enchaîner, une fois à Riverton, avec plusieurs réunions sur les améliorations possibles lors des prochaines missions. Mais avant cela, il allait retrouver sa famille. Rien que cette idée l'emplissait d'une énergie nouvelle.

— C'est agréable, non ? demanda Safe.

— Quoi ?

— De savoir que quelqu'un t'attend chez toi.

— Oui, c'est vrai, convint MacGyver. Comment se passe le travail de Wren avec son père ?

— Très bien. Elle adore ça. Retrouver son père et ses trois demi-frères, c'était une bénédiction. Et Ellory, ça avance avec son père biologique ?

MacGyver fronça les sourcils.

— Pas vraiment. Vogel n'a rien à voir avec le père de Wren, c'est certain.

— Ça craint... Et elle tient le coup ?

— J'en sais rien. Ça m'embête d'avoir raté leur dernière rencontre, mais d'après Addison, ça ne s'est pas très bien passé. Elle m'a dit qu'elle m'expliquerait tout en détail quand je rentrerais.

— Ils ont de la chance de t'avoir. Tu es un bon père, MacGyver. Honnêtement, quand tu as dit que tu voulais garder Artem, Borysko et Yana, j'ai eu des doutes. Sérieusement, qu'est-ce qu'on savait en termes d'éducation des gosses ? Je veux en avoir un jour, mais je veux aussi profiter de Wren avant de sauter le pas. Toi, t'as plongé la tête la première dans la paternité, sans filet.

— Je ne pourrais pas t'expliquer comment, mais ces trois-là... c'était évident qu'il fallait qu'ils restent avec moi. Quelque chose s'est passé là-bas, en Ukraine, dans la ville en ruines. L'idée de les abandonner me brisait le cœur. J'en étais incapable.

— On est tous très heureux pour toi. Et je le pense vraiment : tu es fait pour ça.

— Merci.

Au moment de l'atterrissage, MacGyver était très impatient.

Tout ce qu'il voulait, c'était rentrer chez lui et revoir ceux qui formaient son univers.

— Tu vas appeler Addison pour lui dire que tu es de retour ? demanda Preacher.

— Non, je vais rentrer directement à la maison, et faire la surprise à tout le monde. Il est encore assez tôt, les enfants ne devraient pas être couchés.

— Je ne sais pas si c'est une très bonne idée, l'avertit Preacher en fronçant les sourcils.

— Pourquoi ?

— Tu risques de leur faire peur en débarquant à l'improviste.

MacGyver sourit.

— Je suis prêt à prendre le risque.

— D'accord, mais ne viens pas te plaindre si Addison te passe un savon parce que tu ne l'as pas prévenue dès que tu as posé un pied sur le sol américain.

MacGyver réfléchit un instant à la suggestion de son ami, mais il mourrait d'envie de voir la réaction d'Addy et des enfants. Et il ne voulait pas perdre plus de temps au téléphone alors qu'il pouvait déjà être en route pour les serrer dans ses bras.

Sur le parking, l'équipe SEAL se dispersa, et MacGyver monta dans la Coccinelle d'Addison, qui heureusement démarra sans problème. Il esquissa un sourire. Addison adorait cette bagnole. Il espérait qu'elle n'avait pas eu de soucis avec son Explorer pendant son absence.

Un million de questions se bousculaient dans sa tête. Comment allait Ellory ? Est-ce que Yana parlait davantage ? Borysko avait-il appris plein de nouveaux mots, comme il le lui avait demandé ? Artem avait-il réussi son dernier devoir de science ? Et Addison... était-elle complètement déboussolée ?

Avait-elle réussi à gérer tout cela ? C'était pour elle qu'il s'inquiétait le plus.

Quand MacGyver se gara dans l'allée, les lumières de la maison étaient allumées, ce qui le fit sourire. C'était Noël, Pâques et la fête nationale réunis. Il laissa son sac dans la voiture avec l'intention de s'en occuper le lendemain, et se dirigea vers la porte d'entrée. Elle était fermée à clé – Dieu merci. Il avait supplié Addison de toujours fermer à clé, même quand ils étaient à la maison. Il ouvrit discrètement avec sa clé et entra en silence.

L'odeur le frappa immédiatement, et il sentit sa gorge se serrer. Il n'aurait jamais cru qu'une odeur puisse le mettre à genoux. Après des semaines dans la poussière et la crasse, à supporter sa propre odeur et celle de ses coéquipiers, le parfum des cookies sortant tout juste du four avait de quoi le faire vaciller.

Des éclats de rire résonnaient dans le salon, ajoutant une couche de bonheur presque écrasante. En avançant sans un bruit, il aperçut sa famille installée sur le canapé. Ils étaient emmitouflés dans des couvertures que MacGyver n'avait jamais vues avant son mariage avec Addison. On aurait dit une scène tout droit sortie d'un film à l'eau de rose, à quelques détails près : les cheveux de Yana étaient coupés n'importe comment, Borysko avait un bleu sur le front, Artem une tache sur son tee-shirt, et Ellory roulait des yeux suite à une remarque de l'un de ses frères.

Quant à Addison... elle était encore plus belle que dans ses souvenirs. Elle avait des cernes sous les yeux, ses cheveux bouclés étaient en bataille, elle portait l'un de ses tee-shirts de la Marine... et il ne pouvait pas la quitter des yeux.

C'était son univers. Ce désordre, cette pagaille. Cette femme. Ces enfants. Tout cela était à lui, et son travail en valait la peine, aussi dur était-il. L'idée que l'un de ces êtres précieux soit pris dans le collimateur d'un homme comme celui qu'ils venaient d'abattre lui était insupportable.

— Ricky ?

L'exclamation incrédule d'Ellory réduisit la pièce au silence pendant une fraction de seconde avant qu'un véritable vacarme n'éclate. Les enfants se mirent à crier et bondirent du canapé pour courir vers lui. Même Ellory. MacGyver posa un genou au sol, ouvrit grand les bras, et fut littéralement renversé par ses enfants en délire.

— T'es rentré !

— Ricky !

— Depuis quand tu es là ?

— Pourquoi tu ne nous as rien dit ?

MacGyver ne pouvait pas s'arrêter de sourire. Il n'avait jamais été aussi heureux de toute sa vie. Voilà pourquoi les vidéos de retrouvailles de soldats faisaient pleurer les gens. Il était en train de vivre ce genre d'émotion en direct, et c'était indescriptible.

En levant les yeux au milieu de la montagne d'enfants, MacGyver aperçut Addison, debout au-dessus d'eux, la main sur la bouche, en larmes. Pendant une fraction de seconde, il fut gagné par l'angoisse. Est-ce que c'étaient des larmes de joie ? Mais avant qu'il n'ait le temps de s'inquiéter davantage, elle s'agenouilla et se jeta dans la mêlée.

MacGyver éclata de rire en essayant d'enlacer tout le monde à la fois. Mission impossible. Il s'en fallut de peu pour que Yana lui envoie un coup de genou au mauvais endroit, Artem lui hurlait des questions à l'oreille, Borysko pesait sur lui comme une enclume, et Ellory était collée à lui, un immense sourire aux lèvres.

Non sans mal, il finit par les relever tous, puis se tourna vers Addison.

— Chérie, je suis rentré, lâcha-t-il avec un sourire en coin.

237

Elle laissa échapper un adorable mélange de reniflements et de rire, puis se jeta dans ses bras. MacGyver recula d'un pas, mais resta stable et la serra contre lui. Voilà ce qu'il attendait, ce qu'il rêvait de retrouver, ce qu'il avait espéré jour après jour : serrer sa femme dans ses bras.

Mais elle se dégagea rapidement, l'air inquiet.

— Ça va ? On dirait que tu as maigri. Tu n'es pas blessé ? Et les autres, ils vont bien ?

— Je vais bien. Tout le monde va bien. J'ai peut-être perdu un peu de poids, mais vu l'odeur dans la cuisine, ça devrait s'arranger en un rien de temps.

— Maman a fait du quatre-quart ! s'écria Artem, collé à MacGyver comme s'il ne voulait plus jamais le lâcher. On n'en avait jamais mangé, mais c'est bon !

— Des fraises ! s'exclama Yana de l'autre côté.

— Vous avez mangé du quatre-quarts avec des fraises ?

— Oui ! répondit Borysko avec un grand sourire.

— Et qu'est-ce qui s'est passé avec tes cheveux ? demanda MacGyver en balayant une mèche rebelle sur le front de Yana.

— Elle a trouvé des ciseaux de cuisine, soupira Addison en secouant légèrement la tête.

— Et toi, Borysko ? Tu as un gros bleu sur le front.

— Tombé à l'école, expliqua-t-il en plaquant une main au sol pour mimer sa chute.

MacGyver grimaça.

— Aïe. Mais ça va ?

— Oui, répondit Borysko en souriant.

— Et toi, Ellory ? Tout va bien à l'école ?

— Si tu parles de Chrys, elle me laisse tranquille maintenant. Enfin, sauf une fois, un peu avant l'école. Elle est venue avec ses copines pour me dire des trucs méchants, mais j'ai fait comme tu as dit : je l'ai regardée droit dans les yeux sans répondre. Ça l'a mise mal à l'aise, et elle est partie.

MacGyver s'esclaffa.

— Bien joué. Et le théâtre, alors ?

Le visage d'Ellory s'illumina aussitôt. Apparemment, c'était la bonne question à poser.

— C'est génial ! J'adore ça. Avant, je pensais que c'était juste pour jouer sur scène, et ça ne m'intéressait pas. Mais dans les coulisses, c'est trop bien. La semaine dernière, j'ai même réparé un projecteur. Personne ne comprenait pourquoi il ne marchait pas. Je l'ai bidouillé un peu, et hop, il s'est rallumé !

— La reine du bricolage ! lança-t-il avec fierté.

Il lui fallut une bonne heure pour écouter les histoires de chacun. Pendant ce temps, Addison réchauffa quelques restes et lui apporta une assiette. Plus tard, elle revint avec une belle part de quatre-quarts recouverte de fraises, et un verre d'eau. Les enfants n'avaient pas menti : c'était un des meilleurs desserts qu'il avait mangés. Chaque bouchée était un pur délice.

Pour coucher les enfants, il dut s'armer de patience. Ils étaient surexcités, et voulaient tous parler en même temps. Il lut trois histoires à Yana, borda les garçons, puis les rassura en leur disant qu'il resterait à la maison. Il prit un moment pour demander à Ellory comment elle se sentait, et lui proposa de remettre à plus tard la discussion sur son père, quand ils auraient un moment rien qu'à eux. Elle hocha simplement la tête, sans rien ajouter, ce qui rassura MacGyver.

Exténué par le voyage et les retrouvailles, il s'affala dans le canapé. Toutefois, malgré la fatigue, il était envahi par une profonde sérénité. C'était sa vie. Élever quatre enfants qui avaient des besoins si différents était épuisant, mais ça valait tout l'or du monde. Rien qu'en imaginant où seraient Artem, Borysko et Yana à l'heure actuelle s'il ne les avait pas ramenés ici, il avait des frissons.

Une fois les enfants enfin endormis, il put se consacrer à sa femme.

Addison l'attendait dans le salon. Elle avait rangé la cuisine, plié les couvertures, et commencé à préparer le repas des enfants pour le lendemain. Une fois de plus, MacGyver fut impressionné par son organisation.

Sans un mot, il s'approcha d'elle et la prit dans ses bras. Ils gardèrent le silence un long moment.

— Bienvenue à la maison, murmura-t-elle finalement, le visage plongé dans ses cheveux. Dans ce joyeux bazar.

— Ça m'avait manqué, lui avoua-t-il.

Elle ricana légèrement contre lui, puis se recula en gardant ses bras autour de sa taille.

— Je n'arrive pas à croire que tu n'aies pas appelé pour me prévenir que tu rentrais, dit-elle en fronçant légèrement les sourcils.

— Je ne voulais pas perdre de temps. La seule chose à laquelle je pensais, c'était arriver ici et revoir tout le monde.

— Bon, je te pardonne pour cette fois. Mais la prochaine fois, tu as intérêt à m'appeler à la seconde où tu touches le sol.

MacGyver éclata de rire.

— Oui, madame.

Il la dévisagea un instant.

— Tout va bien ? Tu as l'air épuisée.

— Tu m'as volé ma réplique, plaisanta-t-elle.

— Addison... insista MacGyver d'un air sérieux.

— Je vais bien, répondit-elle. Je suis juste fatiguée. Je trouvais déjà qu'être mère célibataire avec un enfant, c'était dur, mais avec quatre... c'est une tout autre histoire.

MacGyver sentit la culpabilité monter en lui.

— Non, fit-elle en secouant la tête.

— Quoi, non ?

— Tu n'as pas le droit de te sentir coupable. Tu as fait ce

que tu es censé faire. Je peux m'occuper des enfants pendant ton absence. Mais tu m'as manqué. J'ai pensé à toi chaque seconde. Je me demandais où tu étais, ce que tu faisais, si tu étais blessé... Ce n'était pas drôle.

Le cœur de MacGyver s'emballa lorsqu'il entendit ces mots.

— Maintenant, je comprends ce que Caroline, Alabama et les autres voulaient dire, poursuivit-elle. Être mariée à un militaire, ce n'est pas facile. Mais c'est aussi gratifiant. Le fait que je m'occupe de tout ici pendant que tu es en mission, ça donne un sens à tout ça.

— Oh, croyez-moi, vous êtes indispensable, madame Douglas.

Elle sourit légèrement.

— Mme Douglas... Je ne m'y suis toujours pas habituée.

Il sourit à son tour.

— En parlant de ça... J'ai entendu Artem t'appeler Maman. Je n'ai pas réagi sur le moment, parce que je ne savais pas si c'était une habitude. Qu'est-ce que tu en penses ? s'enquit MacGyver.

Addison sourit.

— C'est génial. Et c'était la première fois, précisa-t-elle, encore émue.

MacGyver passa une main sur son visage, ému lui aussi.

— C'est le meilleur retour de mission que j'ai jamais vécu. Toi, les enfants, entendre Artem t'appeler maman... c'est plus que ce que j'aurais jamais pu espérer.

Addison le serra fort dans ses bras, et MacGyver ferma les yeux, savourant ce moment. Il recula légèrement, laissant ses doigts glisser dans les cheveux auburn d'Addison, qui semblaient s'attacher à lui pour mieux le retenir.

— Je suis épuisé, avoua-t-il. Tout ce dont j'ai envie, c'est dormir dans mon lit avec ma femme dans les bras.

— Je crois qu'on peut arranger ça, répondit-elle avec un

sourire. Va prendre une douche. Attends... Et ton sac ? Il est dans la voiture ? Je peux aller le chercher pendant que tu te laves.

— Laisse tomber. Il y a plein de trucs qui puent, tu pourras à peine t'en approcher. Je m'en chargerai demain. Je suis libre jusqu'à midi. J'ai juste un débriefing avec le commandant, et ensuite, j'irai chercher les enfants.

Addison laissa échapper un soupir.

— Tu m'as tellement manqué. Je crois que j'ai fait au moins mille kilomètres avec ta voiture, à force de trimballer tout le monde.

— Il est peut-être temps que les garçons prennent le bus pour aller à l'école. Ils sont plus à l'aise maintenant, et leur anglais est bien meilleur.

Addison hocha la tête.

— Justement, j'y pensais. C'est beaucoup de les déposer et de les récupérer tous les jours, avec Yana et Ellory.

— Allez, on y va. Fini la logistique. Notre lit nous appelle.

Addison sourit et pencha la tête.

— C'est ça, que j'entends ? Je pensais que c'était une hallucination.

Il aimait cette femme, à en perdre la raison. Après avoir vérifié que la maison était bien fermée, MacGyver se dirigea vers la salle de bain pour prendre une douche bien méritée. Lorsqu'il en ressortit, les dents fraichement brossées et un soupçon de lotion sur la peau – la chaleur du Moyen-Orient avait été impitoyable – Addison était déjà couchée et l'attendait.

Au contact de draps propres et d'un matelas confortable, MacGyver poussa un soupir de satisfaction. À peine installé, sa femme était déjà blottie dans ses bras.

Il essaya de garder le contrôle en fermant les yeux. Ses retrouvailles avec ses enfants avaient été poignantes, mais... être dans son lit avec sa femme contre lui, c'était presque trop.

— Bienvenue à la maison, Ricky, murmura Addison contre son torse. Je t'aime.

— Moi aussi, je t'aime. Plus que tout.

Il pensait rester éveillé un moment et savourer le bonheur d'être chez lui, propre, avec Addy dans les bras. Mais il s'endormit presque aussitôt. Le fait de se sentir aimé et en sécurité, combiné à trente-six heures sans sommeil, était le remède parfait.

* * *

Addison avait beau être épuisée, impossible de dormir. Depuis le départ de Ricky, elle avait rêvé de cet instant chaque nuit. Il sentait le citron, preuve qu'il avait mis de sa lotion avant de se mettre au lit. Sentir les mouvements de son torse à chaque respiration la fascinait. Il était là... et relativement indemne. Elle avait remarqué les hématomes sur son torse et ses bras, mais comme ça n'avait pas l'air de le gêner, elle choisit de les ignorer.

Son mari était rentré. Ces semaines sans lui avaient été éprouvantes, plus qu'elle n'oserait jamais l'admettre. Elle avait douté à de nombreuses reprises. Faisait-elle ce qu'il fallait avec les enfants ? Elle s'inquiétait à cause de son ex, d'Ellory, et du travail qui s'accumulait. La maison était en désordre, et le linge sale s'empilait... mais tout le monde allait bien, et c'était déjà une victoire en soi.

Elle n'avait même pas organisé toute la journée du lendemain avec Ricky, comme ils avaient l'habitude de le faire. Il était bien trop fatigué, et s'était endormi en quelques secondes. Ils auraient tout le loisir de parler des corvées et des activités des enfants pendant le petit déjeuner.

C'était devenu un luxe de partager ce premier repas de la journée avec Ricky, comme de pouvoir profiter de tout ce qu'il faisait pour la famille. Malgré son travail, il trouvait toujours un moyen de l'aider et de la soulager un peu.

Addison finit par s'endormir, une jambe à cheval sur les cuisses de Ricky, un bras autour de sa taille, le serrant contre elle, même dans son sommeil.

Elle ne savait pas vraiment ce qui l'avait réveillée, ni l'heure qu'il était. La chambre était encore plongée dans une douce pénombre, uniquement éclairée par les veilleuses qu'ils avaient installées pour que les enfants puissent venir les voir en cas de besoin.

En un instant, tout lui revint. Ricky était là.

— Désolé, murmura-t-il. Mon sommeil est décalé. Je me suis réveillé avec ma magnifique femme dans les bras, en train de baver sur moi – mais je ne relèverai pas ce point. Disons que mon corps a... pris des initiatives.

Addison ricana et leva les yeux vers son mari. Ricky était penché au-dessus d'elle, un coude appuyé sur le matelas, l'autre main glissée sous le tee-shirt d'Addison et jouant avec son téton. Elle pouvait sentir son érection contre sa cuisse.

Une vague de désir la submergea immédiatement. Elle n'avait pas pensé une seule fois au sexe pendant son absence. Elle était trop occupée et inquiète. Mais maintenant qu'il était rentré sain et sauf, et dans le lit avec elle... elle ne pensait plus qu'à ça.

Sans hésiter, elle se redressa légèrement et retira son haut. Puis, d'un seul geste, elle fit glisser sa culotte le long de ses jambes avant de se rallonger, un sourire coquin sur les lèvres.

— Dépêche-toi, avant que les enfants se réveillent et réclament leur pile de pancakes. Je ne sais pas comment ils font pour manger tout ça.

Ricky esquissa un sourire, puis se pencha pour embrasser sa poitrine. Addison laissa échapper un gémissement et se cambra sous ses caresses. Cela lui avait tellement manqué. Avec lui, c'était toujours plus intense. Il n'y avait aucune comparaison possible avec ses autres expériences.

Sentant l'impatience monter en elle, elle glissa une main dans son boxer et la referma autour de son érection.

— Mince, ma chérie... Oui....

Ricky ne put s'empêcher de pousser ses hanches contre sa main, et un sourire effleura les lèvres d'Addison.

En une fraction de seconde, il se débarrassa de son boxer et s'agenouilla entre ses cuisses. Il glissa les mains sous ses fesses, la soulevant du matelas tout en baissant la tête.

Addison tressaillit, surprise par la manière dont il s'attaqua directement à son intimité. Pas de préliminaires, ni d'hésitation. Ricky se concentra directement sur son clitoris, le léchant et le suçant comme si sa vie en dépendait, comme si elle seule pouvait le sauver.

Cela faisait si longtemps, et il était tellement doué, qu'elle sentit son corps se tendre au bout de quelques minutes à peine. Ses cuisses se mirent à trembler, animées par la montée d'un plaisir dévastateur. Elle sentit l'orgasme arriver avec une rapidité presque déroutante. Mais juste au moment où la tension explosa en elle, Ricky redressa la tête, reposa son corps sur le lit, puis lui écarta les cuisses.

Elle était encore en train de jouir quand il la pénétra d'un coup sec. Le sentir entièrement en elle prolongea son plaisir, tout comme le rythme effréné qu'il imposa dès les premiers mouvements.

Il se pencha au-dessus d'elle, les mains appuyées de part et d'autre de ses épaules. Ses coups de rein étaient puissants, et elle agrippa ses bras tout en plongeant le regard dans le sien. Il ne la quittait pas des yeux, comme s'il voulait graver chaque seconde de cet instant dans sa mémoire.

À chaque coup de rein, il frôlait son clitoris, envoyant des vagues de plaisir à travers l'ensemble de son corps. Était-ce toujours aussi extraordinaire avec lui ? Sans doute. Mais cela faisait si longtemps qu'elle ne se souvenait plus de cette intensité.

— Je t'aime, murmura-t-elle.

— Moi aussi... Tellement, répondit-il au rythme de ses mouvements.

Son rythme se fit plus saccadé, irrégulier, et Addison comprit qu'il approchait de l'extase. Elle se redressa légèrement pour saisir son lobe d'oreille entre ses dents, le mordillant avant de le sucer délicatement. Ce fut le déclic. Ricky laissa échapper un profond grognement, puis plongea en elle une dernière fois et se laissa aller avant de s'effondrer sur elle.

Un long moment s'écoula avant qu'il ne se redresse sur ses coudes pour la regarder.

— Bon sang, ma belle, tu as bien failli me tuer.

— Je suis juste restée allongée, sans bouger, répondit-elle en guise de taquinerie.

— Je sais, acquiesça-t-il, plus sérieux. Je t'aime tellement. Tu es tout pour moi. Avec toi, je suis l'homme que j'ai toujours voulu être.

— Ricky... murmura-t-elle, au bord des larmes.

Il lui avait tellement manqué. Le retrouver enfin à la maison, sain et sauf, c'était presque irréel. Elle chassa immédiatement de son esprit l'idée de son prochain départ. Elle avait envie de croire que le premier déploiement serait le plus difficile, mais au fond, elle savait que ce serait de plus en plus dur.

Elle se déplaça légèrement.

— Je t'écrase ? s'enquit-il, inquiet.

— Non, tu es parfait.

— Oh, merde !

— Quoi ?

— J'ai *encore* oublié. Je n'ai rien mis. Je suis désolé, ce n'est vraiment pas volontaire. Tout ce que j'avais en tête, c'était toi, ton goût, ton corps.

— Ce n'est pas grave, le rassura-t-elle doucement.

Il la regarda fixement.

— Tu prends quelque chose ? Tu as vu un médecin pendant mon absence ?

Addison détourna le regard, un peu gênée. Elle en avait eu l'intention. C'était le moment idéal pour commencer une contraception. Mais entre les enfants, le travail et tout le reste, elle n'avait pas trouvé le temps. Elle secoua lentement la tête.

— Regarde-moi, Addy.

Elle leva les yeux vers lui.

— Quatre enfants, c'est déjà beaucoup. Sûrement bien plus que ce que tu t'étais imaginée. En avoir un autre, ce serait... de la folie. Notre vie est déjà un peu dingue. Mais l'idée que tu portes mon enfant, une petite fille ou un petit garçon aux cheveux roux ? J'en crève d'envie.

Elle sentit son sexe tressaillir en elle.

— Moi aussi, murmura-t-elle.

— Bordel, soupira-t-il en posant le front contre le sien. Tu me rends fou, Addy.

— Ce n'est peut-être pas le bon moment, reprit-elle à mi-voix. On ne sait même pas encore si on obtiendra la garde permanente des enfants.

— On l'aura, répliqua-t-il fermement. Tex trouvera une solution.

Sa voix était pleine de conviction. Addison sentit son cœur se serrer. Elle avait envie d'y croire.

— La maison n'est pas assez grande pour un bébé de plus.

— On s'arrangera, répondit-il simplement. Au début, il pourrait dormir dans notre chambre.

C'était comme dans un rêve. Ce grand homme, fort et sûr

de lui, en train de lui parler de bébé avec une douceur qu'elle ne lui connaissait pas.

— Ça n'arrivera peut-être pas tout de suite, chuchota-t-elle.

— Combien de temps ça avait pris pour Ellory ?

— Euh... une seule fois, quand le préservatif s'est déchiré, avoua-t-elle.

Ricky s'esclaffa, et Addison sentit son corps vibrer contre le sien.

— Dans ce cas, on verra bien. Tu es d'accord pour qu'on laisse faire la nature ?

Addison hocha la tête, fébrile, mais décidée.

— D'accord, on laisse faire.

Un sourire radieux se dessina sur les lèvres de Ricky. Il recommença à balancer ses hanches lentement, avec sensualité.

— Ça va être amusant.

À ce moment-là, la voix tonitruante de Borysko résonna de l'autre côté de la porte. Il hurlait en ukrainien sur son frère.

— Merde, soupira Ricky en levant les yeux au ciel.

— Amusant, oui... jusqu'à ce que nos enfants nous rappellent leur existence, plaisanta Addison en riant.

Ricky se redressa, glissant hors d'elle avant de s'agenouiller sur le lit. Son sexe frôla le ventre d'Addison lorsqu'il se pencha pour l'embrasser.

— Si on veut que bébé Douglas nous rejoigne bientôt, il va falloir être un peu créatifs.

Addison rit doucement.

— J'ai une requête, annonça Addison alors que les voix à l'extérieur de leur chambre s'intensifiaient.

— Tout ce que tu veux.

— Quoiqu'il arrive, on n'appellera jamais cet enfant Doug.

Ricky éclata de rire.

— Aucun problème, répliqua Ricky en éclatant de rire.

Doug Douglas, ça ferait vraiment un nom pourri. Il n'en est pas question. Je vais prendre une douche et me calmer un peu pour être présentable devant les enfants. Mais dès qu'ils seront à l'école... je veux que tu sois ici, en-dessous de moi, à m'accueillir tout entier. Maintenant que tu as dit oui pour le bébé, je ne laisserai passer aucune occasion.

— J'ai créé un monstre.

— Exactement, répondit-il avec un sourire espiègle.

Il l'embrassa une dernière fois avant de bondir hors du lit et de se diriger vers la salle de bain. Son sexe se balançait devant lui, ce qui fit ricaner Addison une fois de plus.

Sans perdre de temps, elle sauta du lit à son tour. Elle enfila rapidement le tee-shirt qu'elle portait la veille, une culotte propre, un pantalon de survêtement, puis se dirigea vers la porte de la chambre. Elle se rafraîchirait dans la salle de bain des enfants. Elle avait des petits à préparer pour l'école, des pancakes à faire, du linge à laver, des gâteaux à cuire... et un mari à aimer. La vie ne pouvait pas être plus belle.

CHAPITRE 14

— Quelque chose a changé chez toi, dit Maggie à Addison quelques jours plus tard.

Toute la bande s'était réunie chez Safe et Wren pour fêter la réussite de la mission, le retour des hommes à la maison, et tout simplement passer du temps entre amis.

— Je me disais exactement la même chose, approuva Remi.

— Je suis contente que Ricky soit rentré, c'est tout.

— On est toutes contentes que nos hommes soient de retour, déclara Wren avec émotion.

— Non, ce n'est pas ça, reprit Maggie. Enfin si, on est contentes, mais Addison a l'air encore plus heureuse. Tex a déjà donné le feu vert pour l'adoption ?

— Eh bien, on a reçu un appel de l'agent chargée du dossier, et elle a dit qu'elle ne voyait aucune raison qu'il n'aboutisse pas favorablement. Les enfants sont heureux, et leurs entretiens se sont super bien passés. Ils ont tous les trois dit qu'ils voulaient rester avec nous, et qu'ils ne voulaient pas retourner dans leur pays. Nos visites à domicile se sont très bien déroulées aussi, et bien sûr, nos casiers judiciaires sont vierges.

— C'est génial ! Et... ? insista Maggie.

Addison sentit le rouge lui monter aux joues. C'était plus fort qu'elle.

— Et... ça se passe très bien avec Ricky.

Elles affichèrent toutes un grand sourire.

— On sait très bien ce que ça veut dire, dit Remi avec un petit sourire en coin.

— C'est à ce moment qu'on parle de sexe ? s'enquit Wren.

Elles rirent toutes aux éclats.

— Je déteste quand Nate est en mission, admit Josie. Surtout après ce qui leur est arrivé, à lui et à son ancienne équipe. Sans parler de l'épisode en Iran. Mais je dois avouer que *j'adore* quand il revient. Je vous jure, ses quelques semaines d'absence le rendent encore plus... Comment dire...

— Excité ? suggéra Remi.

— Exactement ! s'exclama Josie. Et je n'ai rien contre ça, mais si je ne savais pas pourquoi, je jurerais que Vincent est redevenu adolescent.

— Ajoute à ça des hormones de grossesse et un homme qui n'a eu aucune expérience avant moi, renchérit Maggie. Je suis surprise de pouvoir encore marcher normalement.

— Ouais, lâcha Wren.

— C'est tout ? s'étonna Remi. Juste *ouais* ?

— Hmm hmm... Je suis tout à fait d'accord avec vous. Tout ce que vous avez dit, et même plus encore.

— Plus ? s'exclama Josie. Ça me tuerait.

— Tu es bien silencieuse, remarqua Maggie en se tournant vers Addison.

— Je suis d'accord avec Wren, mais...

Elle hésita un instant, puis décida de se lancer. Si elle ne pouvait pas parler de sa vie avec ces filles, avec qui pouvait-elle le faire ?

— C'est encore plus intense quand on décide de laisser la nature suivre son cours, sans se soucier de la contraception.

Les quatre autres femmes poussèrent des cris d'excitation.

— Je savais qu'il se passait quelque chose ! s'exclama Maggie.

— Un autre enfant ? T'es vraiment plus courageuse que moi !

— C'est génial.

— Comment tu fais pour ne pas marcher en canard ?

Addison afficha un grand sourire. Elle adorait ces femmes, et se sentait tellement chanceuse de les avoir comme amies. En épousant Ricky, elle avait non seulement gagné une famille, une sécurité financière, de l'aide pour les frais médicaux d'Ellory, et un homme qu'elle aimait plus qu'elle n'aurait pu l'imaginer... mais elle avait aussi trouvé un groupe de femmes formidables, qui constituait le meilleur soutien qu'elle avait jamais eu.

— Calmez-vous, leur dit-elle en riant. Il n'y a aucune garantie que ça arrive de sitôt.

— C'est ce qu'on pensait, soupira Maggie.

— Avec les quatre que vous avez déjà, ça ne t'inquiète pas un peu ? demanda Wren.

— Bien sûr que si. J'ai la trouille. J'ai élevé Ellory toute seule. Ce n'était pas de tout repos, crois-moi. Mais maintenant que j'ai Ricky et que vous êtes là aussi, sans parler de Caroline et sa bande... je me sens prête. Je sais bien que ce ne sera pas facile. Repartir à zéro avec un autre enfant, ça ne me tente pas forcément. Mais... un enfant de Ricky ? Je n'arrête pas de l'imaginer avec un bébé dans ses bras musclés. Rien que d'y penser, j'ai l'impression d'exploser de l'intérieur.

— Oh, mon Dieu, voilà que je pense à la même chose,

soupira Josie. Nate veut des enfants. Pire encore, il veut des jumeaux. Comme son frère et lui. Et vu que c'est courant dans sa famille, avec la chance que j'ai, je vais me retrouver avec des triplés, voire plus.

— Ce serait génial ! s'exclama Rémi.

— C'est facile à dire, répliqua Josie. Tu n'auras pas à les porter et à les sortir de ton... Enfin, tu vois ce que je veux dire... C'est parce que tu n'aurais pas à les porter et à les faire sortir de ton hoo-hah ! rétorque Josie.

Tout le monde éclata de rire.

— Nous aussi, on veut des enfants, déclara Wren. Mais on veut d'abord profiter l'un de l'autre encore un moment.

— Vous pourrez vous entraîner avec mon bébé quand il arrivera, dit Maggie en se caressant le ventre.

— Et si jamais vous voulez garder Artem, Borysko et Yana pour une après-midi, n'hésitez pas à me le dire, ajouta Addison avec un clin d'œil.

— Bébé en location ! s'exclama Remi. On peut les faire tourner entre nous !

— Si vous pouviez vous dépêchiez de tomber enceinte... Nos enfants grandiraient ensemble, feraient des soirées pyjama, et tout le tralala, souligna Maggie.

— Ce n'est pas une mauvaise idée, réfléchit Josie.

— De quoi vous parlez ? demanda Safe en s'approchant avec Blink du porche arrière, où elles étaient assises.

Ils s'occupaient d'Artem et Borysko dans le jardin. Yana et Ellory était à l'intérieur avec les autres. Yana regardait sûrement un film Disney, et Ellory... Dieu seul savait ce qu'elle faisait.

— Mince, vous avez vu l'heure ? s'exclama Josie en baissant les yeux sur son poignet, même si elle ne portait pas de montre. J'ai complètement oublié ce... truc qu'on devait faire à la maison.

Blink la regarda un moment, puis hocha la tête comme s'il savait exactement de quoi Josie parlait.

— Amusez-vous bien, lança Remi lorsque Josie se leva pour rejoindre Blink.

— Oui, mais pas trop ! ajouta Wren.

Josie sourit, puis attrapa Blink par le bras et l'entraîna à l'intérieur.

— C'est quoi, ce délire ? demanda Safe, un peu perdu.

Wren se leva et passa un bras autour de son cou.

— Ne t'en fais pas pour ça, mon chéri.

— Tout va bien entre eux ?

— Je dirais plutôt que ça chauffe, répondit Wren avec un sourire en coin.

Safe avait l'air confus, tandis qu'Addison ne pouvait s'empêcher de rire avec les autres. Les hommes n'avaient aucune idée de ce qui les attendait ce soir. Manifestement, la discussion à propos des bébés avait fait son petit effet, et Addison n'était pas la seule à avoir envie de passer un peu de temps seule avec son mari.

— Addy. Des cookies ? demanda Borysko.

Il était en sueur et sentait le petit garçon qui s'était amusé au soleil toute la journée. Addison ne voyait rien de mal à ça.

— Oui, je crois qu'on devrait tous aller manger un ou deux cookies, maintenant. Va te laver les mains.

Le petit garçon se retourna et se précipita à l'intérieur, mais Addison l'arrêta en ajoutant :

— Et emmène Artem avec toi !

Borysko fit demi-tour et courut chercher son frère dans le jardin. Artem sembla hésiter un instant, mais dès qu'il entendit le mot *cookie*, il se mit à courir après Borysko pour arriver le premier à la salle de bain.

Les filles entrèrent à leur tour, et Addison balaya la pièce des yeux, à la recherche des autres membres de sa famille. Yana était assise sur le canapé, les yeux rivés sur son iPad, complètement absorbée. Ricky parlait avec Flash et Smiley. Quant à Ellory...

Addison fronça les sourcils. Sa fille était assise dans l'un des fauteuils du salon, les genoux contre la poitrine, son téléphone à la main. Elle balayait l'écran d'un air renfrogné.

Elle était tellement absorbée qu'elle ne remarqua même pas que sa mère s'approchait avant qu'Addison s'éclaircisse la voix.

Ellory leva les yeux, visiblement contrariée.

— Qu'est-ce qu'il y a ? s'inquiéta Addison.

En réponse, Ellory soupira.

— Il n'arrête pas.

Le ventre d'Addison se noua. Elle sut tout de suite de qui sa fille parlait.

— Tu lui as dit que tu étais occupée ?

— Oui. Il a juste essayé de me culpabiliser.

Addison tendit la main.

— Montre-moi, chérie.

Sans hésiter, Ellory passa son téléphone à sa mère.

Ricky passa un bras autour de sa taille, et elle s'appuya contre lui.

— Quelque chose ne va pas ?

— Tu veux bien aller surveiller les enfants et t'assurer qu'ils ne se rendent pas malade en mangeant une tonne de cookies ? demanda Addison à sa fille.

— D'accord.

— Il lui envoie toujours des messages ? s'enquit Ricky dès qu'Ellory fut hors de portée de voix.

— Apparemment.

Addison ouvrit l'application de messagerie et releva le téléphone, de manière à ce que Ricky puisse lire par-dessus son épaule.

. . .

Brady : Salut, qu'est-ce que tu fais ?

Ellory : Je traîne.

Brady : J'aimerais vraiment te revoir.

Ellory : Ouais.

Brady : Quand ?

Ellory : Je sais pas.

Brady : J'aimerais qu'on passe du temps juste tous les deux. Ta mère a tendance à être un peu collante.

Ellory : Peut-être.

Brady : Alors, quand ? Ce week-end, ça te va ?

Ellory : J'ai une pièce de théâtre.

Brady : Je peux venir ?

Ellory : Je pense pas que ça te plaira. Je ne suis même pas dans la pièce, je m'occupe des lumières.

Brady : Ah, ok. Et si on mangeait ensemble un midi ?

Ellory : Je jeûne, en ce moment.

Brady : Alors quand ? Allez, El. Je fais des efforts.

Ellory : Je sais pas. Je dois en parler à ma mère.

Brady : Si tu n'as pas envie, dis-le franchement. Je fais vraiment des efforts pour avoir une relation avec ma fille, et ça n'a pas l'air de t'intéresser. Ton beau-père SEAL te suffit ? Tu n'as pas besoin de ton vrai père ?

Ellory : Je n'ai pas dit ça, mais je ne sais pas.

Brady : Tu fais quoi, là, en ce moment ? Peut-être que je peux passer...

Ellory : Je ne suis pas à la maison, j'ai une réunion de famille.

Brady : Un truc en famille qui ne me concerne pas ?

Ellory : C'est avec les amis SEALs de Ricky.

Brady : J'ai compris. Je ne suis qu'un simple gardien. T'as honte qu'on te voie avec moi.

Ellory : Je n'ai pas dit ça.

Brady : Alors accepte de me revoir. Je veux apprendre à connaître ma fille.

Brady : Ellory ? Tu es toujours là ?

Brady : Ne m'ignore pas. Ta mère faisait pareil, et ça me rendait dingue.

Brady : Je suis sérieux. Réponds-moi.

Addison se mit à tapoter l'écran sans réfléchir. Elle entendit vaguement Ricky grogner dans son oreille, mais elle n'avait pas besoin de lui pour régler ça. Elle pouvait très bien gérer elle-même son ex. Et ce serait la dernière fois qu'il parlerait comme ça à leur fille.

Ellory : C'est Addison. Ne parle plus jamais à Ellory de cette façon. Ne la fais pas culpabiliser de passer du temps avec sa famille. Elle te verra selon son emploi du temps, pas le tien. Et je te le dis tout de suite, ce n'est pas en la harcelant que tu lui donneras envie de te revoir. Lâche-la, Brady. Je suis sérieuse !

En appuyant sur envoyer, elle avait du mal à respirer. Son ex était un idiot. S'il n'était pas capable de se rendre compte qu'il en faisait trop et qu'il était en train de tout gâcher, c'était son problème. Mais elle n'allait pas laisser Ellory souffrir à cause de sa stupidité.

Brady : Désolé. Je n'ai pas d'expérience en tant que père. Je veux juste la voir. Apprendre à la connaître. Et comme elle ne répond pas à mes appels, les messages sont le seul moyen que j'ai de lui parler.

Ellory : Si tu ne veux pas que je te bloque définitivement, tu ferais mieux de te ressaisir. Je ne plaisante pas.

Brady : D'accord. Je ferai de mon mieux. Promis.

Brady : Alors... quand est-ce que je pourrai la revoir ?

Frustrée, Addison poussa un gémissement. Il ne comprenait vraiment rien.

Ellory : On se tiendra au courant. Maintenant, arrête avec ces messages, on est occupés.

— Qu'est-ce que je peux faire ? demanda Ricky derrière elle en l'enlaçant.

Il posa le menton sur son épaule en resserrant ses bras.

— *Ça*, répondit Addison en se laissant aller contre lui. Pourquoi il ne comprend pas ?

— Aucune idée.

Cette réponse ne rassura pas vraiment Addison. Même si Ricky n'en savait pas plus qu'elle sur les motivations de Brady, elle espérait quand-même obtenir un éclairage différent, un autre point de vue.

Glissant le téléphone d'Ellory dans sa poche, elle se retourna dans les bras de Ricky.

— Si un jour on devait divorcer et que tu voulais voir notre enfant... promets-moi de ne pas te comporter comme Brady.

— D'abord, on ne divorcera jamais. Je ne suis pas aussi stupide que lui. Je sais reconnaître la meilleure chose qui me soit arrivée, et je ne ferais rien qui risque de tout gâcher. Ensuite, j'aurai toujours une vraie relation avec nos enfants. Je serai là pour eux, et pour toi. Alors ne t'inquiète pas, je ne manquerai jamais à mes responsabilités, que ce soit sur le plan émotionnel, physique ou financier.

Addison inspira profondément et se lova contre son mari. Elle avait besoin de ce moment avec lui. Elle avait besoin qu'on lui rappelle qu'il existait encore des hommes bien, des pères exemplaires. Ricky n'avait pas besoin de lui promettre qu'il serait toujours présent pour les enfants. Elle le savait déjà, sans le moindre doute.

— Désolée. C'est juste que... il m'énerve tellement !

— Tu veux que je lui parle ? proposa Ricky.

— Non, répondit-elle aussitôt. Si tu fais ça, il va piquer une crise et se mettre à hurler.

— D'accord. Mais s'il refait une scène comme celle d'aujourd'hui avec El, j'irai le voir et je lui remettrai les idées en place. Je préfère te prévenir, pour que tu ne sois pas surprise s'il vient se plaindre comme un gosse.

Addison ne put retenir un petit rire. Ricky avait parfaitement cerné son ex. Brady se plaindrait forcément si son mari allait lui crier dessus. Ça ne changerait rien, mais il était assez mesquin pour essayer de semer la zizanie entre eux.

— Ça s'est bien passé avec les filles ? demanda Ricky.

Addison hocha la tête, ravie de changer de sujet.

— Oui.

— Et avec Josie ? Avec Blink, ils sont partis plutôt précipitamment.

Addison regarda son mari en souriant.

— On parlait de faire des bébés. On se disait que ce serait chouette si nos enfants avaient à peu près le même âge et grandissaient ensemble. Josie a adoré l'idée, et comme Maggie a déjà pris de l'avance...

Ricky sourit, et Addison sentit son excitation grandir contre son ventre.

— Donc elle a ramené son mec pour une session *projet bébé* express.

Addison s'esclaffa.

— En gros, oui.

— Kevlar ? appela Ricky sans lâcher sa femme.

— Ouais ? répondit son coéquipier.

— Tu peux ramener les enfants à la maison dans deux heures ?

— Ricky ! protesta Addison, essayant en vain de se dégager.

— Bien sûr. Tout va bien ?

— Oui. On a juste des choses à faire qu'on ne peut pas gérer avec les enfants dans les pieds.

— Je vois... Les mêmes choses que Josie et Blink, hein ?

Addison sentait que son visage était rouge vif, mais elle ne pouvait pas nier que l'idée de passer quelques heures seule dans la maison avec Ricky était trop attrayante pour la laisser passer. Ils devaient toujours s'assurer de faire le moins de bruit possible pour ne pas réveiller les enfants.

— Merci, lança Ricky en entraînant Addison vers la porte d'entrée.

— Attends ! Il faut qu'on prévienne les enfants et qu'on leur dise au revoir.

— Kevlar et les autres s'en chargeront.

— Ricky ! protesta-t-elle une nouvelle fois en se laissant quand même faire.

Elle riait encore lorsqu'ils atteignirent la voiture. Ricky la poussa presque sans ménagement à l'intérieur avant de claquer la portière et de trottiner jusqu'au côté conducteur.

— Pas de temps à perdre, lança-t-il.

Addison se mordilla les lèvres avec un regard malicieux.

Elle posa la main sur la cuisse de Ricky, la remontant lentement jusqu'à son entrejambe.

— Je n'ai jamais fait ce genre de chose à un homme dans une voiture, avoua-t-elle de manière suggestive.

— Bon sang, Addison. D'abord, même si ça me tente énormément, il faudrait que tu détaches ta ceinture, et ça, c'est hors de question. Ensuite, je ne vais certainement pas risquer de foutre cette voiture dans un arbre pendant que tu me fais jouir. Et enfin... si tu veux un bébé, ce n'est pas là que ça doit finir. On sera à la maison dans moins de dix minutes.

— Ricky ?

— Oui ?

— Fais plus court.

La voiture accéléra, et Addison sourit, impatiente et satisfaite à la fois.

* * *

— Merde !

Brady en avait ras le bol. Fini de jouer le père modèle et d'essayer d'amadouer sa fille. Ces ados et leurs réponses en deux mots... Il avait bien fait de tirer un trait sur tout ça il y a douze ans, sans se retourner. Et il aurait dû se douter qu'avec ce job à Riverton, il finirait par se retrouver face à son ex insupportable.

Et le fait de revoir Addison avait rendu sa rencontre avec Ellory inévitable. Au début, il s'imaginait que ça se passerait bien, qu'il arriverait à charmer sa fille, et qu'elle serait ravie d'avoir un père aussi cool. Mais cette illusion s'était effondrée dès leur premier face-à-face. Cette gamine était une copie conforme de sa mère : coincée et agaçante, avec cette foutue maladie en prime. Aucun être saint d'esprit ne voudrait supporter cette merde – au sens propre - toute sa vie.

Une fois qu'il en aurait fini avec Ellory, il quitterait cette ville minable pour de bon. Il irait dans un endroit chaud. Le Mexique ? Non. Il ne parlait pas un mot d'espagnol, et n'avait aucune envie d'apprendre la langue. Hawaï ? Oui, Hawaï, c'était parfait. Avec tout son argent, il n'aurait aucun mal à s'installer confortablement. Son associé aurait sûrement besoin de lui dans une zone aussi touristique.

Quant à Addison et ses menaces... Elle allait voir de quoi il était capable. Si Ellory ne voulait pas passer de temps seule avec lui, il savait exactement comment s'y prendre. Elle était trop grande pour tomber dans des pièges idiots comme le coup classique du chien perdu, mais il connaissait son point faible.

Sa famille.

Elle préférait ce foutu SEAL à lui ? Très bien. Il allait se servir de cet imbécile contre elle.

Ce serait la première fois qu'il livrerait une personne vivante. D'habitude, ils opéraient avec des gens déjà morts. Il avait déjà volé des cadavres et des organes dans des funérariums. Mais il lui était aussi arrivé, à deux reprises, d'emmener quelqu'un contre son gré. À l'époque, il était fauché et désespéré. Les enfants rapportaient gros. Des parents prêts à tout pour sauver leur gamin pouvaient débourser des fortunes pour un cœur, un foie ou des poumons.

Alors il avait fourni ce qu'on lui demandait. Par deux fois, il avait attiré des gosses dans sa voiture avant de les étouffer. Rapide, sans bavure. Et ça payait bien.

Cette fois, c'était différent. L'acheteur était à l'étranger, et il fallait qu'Ellory reste en vie jusqu'à son arrivée. Ses organes devaient rester frais. L'acheteur était au courant qu'elle avait des problèmes intestinaux, mais ça n'avait pas d'importance. Ce qui comptait, c'était son cœur et son cerveau. Les deux étaient en parfait état.

Ellory n'était qu'un moyen d'arriver à ses fins. Rien de plus.

Il ne tarderait pas à passer à l'action. Elle pouvait bien profiter de son week-end, de sa pièce de théâtre, et passer du temps avec son beau-père SEAL et ses demi-frères. Parce que ce serait son dernier. La semaine suivante, elle partirait à l'étranger. Le voyage ne serait pas des plus agréables, enfermée dans un conteneur, mais il s'en fichait. Tout était déjà réglé avec les dockers, et il s'assurerait qu'elle ait assez d'eau pour ne pas mourir avant d'arriver.

Ce qui lui arriverait ensuite n'avait aucune importance à ses yeux. Tout ce qui comptait, c'était la somme qu'il toucherait une fois la transaction conclue.

Satisfait, il s'affala dans le canapé miteux qu'il avait récupéré dans une décharge. Dans une semaine, à la même heure, il serait à Hawaï, en train de baiser une nana en bikini après l'avoir draguée sur la plage. Et il pourrait enfin oublier cette garce d'Addison et sa gamine pleurnicharde.

CHAPITRE 15

MacGyver était de très bonne humeur. Excellente, même. Depuis son retour de mission, tout allait pour le mieux. Artem, Borysko et Yana s'épanouissaient. Ils prenaient du poids, amélioraient leur anglais, et s'adaptaient de mieux en mieux à leur nouvelle vie. Yana avait même commencé à dormir toute la nuit dans son propre lit, dans la chambre qu'elle partageait avec Ellory, au lieu de se réveiller et d'aller dans celle de ses frères.

Quant aux garçons, ils étaient moins sur le qui-vive en permanence. Ils étaient plus détendus, insouciants, et l'autre jour, ils avaient même fait des bêtises. La plupart des parents se seraient énervés en voyant leurs enfants répondre ou refuser de ranger le bazar qu'ils avaient laissé dans le salon parce qu'ils préféraient aller jouer dehors. Mais MacGyver y voyait une preuve qu'ils se sentaient vraiment chez eux. Ils n'avaient plus peur qu'une parole ou un geste de travers les renvoie en Ukraine.

Ellory, elle aussi, semblait mieux gérer sa maladie de

Crohn. Le jeûne faisait vraiment effet. MacGyver devait sans cesse se rappeler que les activités familiales ne devaient pas forcément tourner autour des repas. C'était une habitude difficile à perdre, car presque tous les moments passés ensemble impliquaient de manger quelque chose. Des plats qu'elle n'avait pas le droit de toucher. Alors ils faisaient des promenades, des sorties où il n'était pas question de nourriture. En plus, le harcèlement à l'école semblait s'être calmé, et elle passait du temps avec deux filles du groupe de théâtre. Aux yeux de MacGyver, elle s'épanouissait.

Et sa femme...

Il n'aurait jamais cru possible d'avoir une femme comme Addison. Il était tellement fier d'elle, et ne perdait jamais une occasion de vanter son entreprise en pâtisserie, à quiconque voulait bien l'écouter. Il gardait même quelques cartes de visite dans sa poche, au cas où quelqu'un parlerait d'un gâteau d'anniversaire ou de douceurs faites maison pour une occasion spéciale. Il en avait aussi déposé quelques-unes au supermarché, et fut ravi de constater qu'elles avaient toutes disparu la fois suivante.

Addison était aussi une mère incroyable. Les enfants l'adoraient. Il ne doutait pas une seconde que leur épanouissement, c'était avant tout grâce à elle. La demander en mariage avait été la meilleure décision de sa vie.

Ces derniers temps, il pensait souvent à organiser une cérémonie. Il se sentait coupable de l'avoir privée du grand mariage dont rêvent toutes les femmes. Aucun de leurs amis n'avaient été présent, et il était certain qu'une véritable cérémonie suivie d'une réception serait formidable. Ils pourraient faire en sorte que ce soit intime, en petit comité, et...

Son idée s'arrêta là. Petit comité ? Bien sûr. Rien qu'avec son équipe, ils seraient déjà plus d'une douzaine. En ajoutant ses parents, ses quatre frères et sœurs, les parents d'Addison, l'équipe de Wolf et leurs familles... on atteignait vite une cinquantaine d'invités. Il faudrait louer un espace à la base navale. Ou peut-être une cérémonie sur la plage, suivie d'une fête.

Mais il allait trop vite en besogne. D'abord, il devait demander à Addison si elle en avait envie. Si jamais elle disait oui, la première chose qu'il préciserait, c'est qu'elle ne s'occuperait pas de leur gâteau de mariage. Il voulait qu'elle profite pleinement, qu'elle savoure chaque instant, sans se stresser pour ce genre de détail. Évidemment, elle ne l'entendrait pas de cette oreille, mais il savait exactement comment la convaincre.

Il fallait la distraire. L'emmener dans leur chambre et lui faire l'amour jusqu'à ce qu'elle cède.

Faire l'amour avec sa femme... MacGyver n'avait même pas de mot pour le décrire. C'était juste naturel. Et entre eux, il n'y avait aucun tabou. Ils avaient testé de nouvelles positions, des sex toys, et ils s'étaient même un peu adonnés au jeu de rôle, après qu'elle lui avait avoué sa curiosité pour le mode de vie dominant-soumis de Dude et Cheyenne. Ce n'était pas vraiment leur truc à eux, pas sur le long terme... mais MacGyver avait adoré qu'elle l'appelle *monsieur* et se retrouve à sa merci. Comme il aimait la voir jouir quatre fois avant de se plonger finalement en elle. C'était une expérience aussi excitante qu'enivrante.

Mais ce qu'il aimait le plus avec sa femme, ce n'était pas le sexe. C'était la manière dont elle le regardait. Tout l'amour qui illuminait ses yeux chaque fois qu'elle posait le regard sur lui. Elle l'aimait de tout son cœur. Lui, sa fille, et les enfants qu'ils étaient sur le point d'adopter. Il adorait ça.

Et il aimait sa gentillesse. Sa façon de toujours aller vers les autres, de tendre la main à ceux qui en avaient besoin. Comme cette femme qui n'avait pas les moyens de payer une douzaine de cupcakes pour l'anniversaire de sa fille, et qui s'était rabattue sur six... Addison lui avait offert les six autres. Ou encore cette autre femme qui peinait à ranger ses courses dans sa voiture, appuyée sur ses béquilles... Addison avait traversé tout le parking pour l'aider.

Qu'elle connaisse une personne ou non, Addison se mettait toujours en quatre pour être gentille avec tout le monde.

Oui, MacGyver était un homme comblé, et il en avait conscience. Il ferait tout pour rendre sa femme heureuse. *Femme heureuse, vie heureuse.* C'était un dicton un peu cliché, mais il y croyait dur comme fer. Son seul but était de veiller sur le bonheur et la santé d'Addison.

Il savait qu'un jour viendrait où il partirait de nouveau en mission. Et même si l'idée de laisser sa famille derrière lui le hantait, il ferait son devoir. Il appréciait les moments qu'il passait avec ses coéquipiers, mais ils n'étaient plus au centre de son univers. Il avait trouvé un équilibre, et ça lui faisait un bien fou.

D'ailleurs, ils venaient de commencer à se préparer pour leur prochaine mission. Ça allait être du lourd : plus risquée que la précédente, mais tout aussi stimulante. Cela dit, un imprévu pouvait toujours bousculer leur plan. Une prise d'otages, par exemple, ou une protection rapprochée pour une personnalité politique. Ce métier lui réservait toujours des surprises, et il ne savait jamais vraiment où il serait déployé.

Ce matin-là, il était occupé par une mission bien plus importante. MacGyver préparait des pancakes pour ses trois petits monstres. Addison avait beau tenter de varier les petits déjeuners, depuis qu'ils avaient goûté ses pancakes, ils ne voulaient plus rien d'autre. Il avait laissé Addison dormir, satisfaite et détendue après une matinée d'amour. Pour une fois, il avait zappé sa séance d'entraînement rien que pour rester avec elle.

Elle n'était pas encore enceinte, mais il ne s'en souciait pas. Il préférait profiter du chemin qui les y mènerait.

Yana fut la première à débarquer dans la cuisine, encore ensommeillée, mais déjà prête pour l'école. Elle s'installa à table et regarda fixement MacGyver.

Il lui adressa un regard en coin.

— Bonjour, Yana. Tu as faim ?

Elle hocha la tête.

— Alors viens chercher une assiette et des couverts. Je ne suis pas serveur. Tu peux très bien te servir toute seule, et mettre tes affaires dans le lave-vaisselle après.

À cinq ans, elle était tout à fait capable d'accomplir ces petites tâches.

Elle haussa les épaules et descendit de sa chaise. Elle sortit une fourchette du tiroir de la cuisine, prit une assiette sur le plan de travail, puis retourna s'assoir. Ensuite, elle retourna chercher un verre et le remplit soigneusement de jus d'orange.

Artem et Borysko arrivèrent quelques minutes plus tard. Sans qu'on leur dise quoi que ce soit, ils prirent chacun leur assiette et leurs couverts. Ellory entra juste au moment où MacGyver déposait une pile de pancakes au milieu de la table.

Les trois enfants bondirent de leur chaise pour se jeter dessus.

— Qu'est-ce qu'on dit ? lança MacGyver, légèrement moqueur.

Ils tournèrent la tête vers lui et s'exclamèrent en chœur :

— Merci !

— De rien. Régalez-vous.

En quelques minutes, la pile de pancakes disparut presque entièrement, dévorée par ces petits voraces.

— Bonjour, murmura Ellory en sortant sa boisson protéinée du réfrigérateur.

— Salut. Bien dormi ? demanda MacGyver.

— Oui. Où est maman ?

— Elle devrait se lever bientôt. Je lui ai laissé un peu de temps ce matin.

— Ah, d'accord.

— Je sais que je te l'ai déjà dit, mais je voulais te le redire : tu as été formidable ce week-end. L'éclairage de la pièce était *parfait*.

— Je me suis un peu ratée dans le deuxième acte, mais j'ai rattrapé le coup.

— Je n'ai rien remarqué. Par contre, j'ai vu que tu avais l'air... plus heureuse, ces derniers temps.

Ellory s'adossa au plan de travail et but une gorgée de sa boisson.

— C'est vrai. J'aime ma mère, et on avait plutôt la belle vie. Mais avec toi et les petits... c'est encore mieux. J'adore passer du temps avec toi dans le garage, découvrir ce que tu faisais pendant tes missions, bidouiller des trucs électroniques ensemble... c'est super. Maman est une pâtissière extraordinaire, mais ça n'a jamais été mon truc. Alors c'est chouette de pouvoir faire toutes ces choses avec toi. Et ce que tu m'as montré m'a déjà bien servi, surtout pour bricoler le matériel en cours de théâtre.

MacGyver sentit une douce chaleur l'envahir.

— Je suis content que ça te plaise.

— En plus, tout ce que tu nous as appris à Maman et à moi en self-défense, non seulement c'est très amusant, mais ça me rassure aussi. Le monde n'est pas sûr, les gens peuvent faire des choses horribles. Ça me donne confiance de savoir comment me défendre, et protéger les petits.

MacGyver n'aimait pas qu'elle voie le monde de cette manière, mais il ne pouvait pas lui donner totalement tort.

— D'ailleurs, il va falloir prévoir une autre séance, bientôt.

— Oui. Et puis... les choses avec Chrys se sont presque complètement arrêtées. Les répliques que tu m'as suggérées m'ont beaucoup aidée.

Elle lui lança un sourire malicieux, puis ajouta :

— Elle ne sait plus quoi dire quand je réagis, et ça l'agace. Du coup, elle me cherche moins. Donc en gros... oui, je suis plus heureuse.

— Ça me rend heureux, moi aussi. Et ta mère t'a parlé de l'idée du bébé ?

Le visage d'Ellory s'illumina immédiatement.

— Oui ! Elle est enceinte ?

— Pas encore. Mais je voulais que tu saches que même si on avait une centaine d'enfants, tu seras toujours la première et la préférée de ta mère.

Elle leva les yeux au ciel.

— Pfff...

MacGyver hésita avant de poser la question qu'il savait nécessaire.

— Et ton père ? Comment ça va avec lui ?

Ellory haussa les épaules.

— C'est toujours pareil. Il m'a envoyé un message ce week-end après la pièce pour me demander comment ça s'était passé. J'ai trouvé ça sympa. Il n'a pas insisté pour me voir, et ça m'a soulagée. Si je dis que je n'ai pas envie d'avoir une relation avec lui, est-ce que ça fait de moi une horrible personne ?

— Non, ma chérie. Pas du tout. Ce sera toujours ton père, mais partager le même sang ne t'oblige pas forcément à être proche de lui.

— Peut-être que ça ira mieux quand je serai plus grande. Mais pour l'instant, il me stresse plus qu'autre chose.

— On verra comment ça évolue. Mais ne te sens jamais obligée de maintenir une relation avec quelqu'un juste parce que tu penses que c'est ce qu'il faut faire.

— D'accord. Merci.

Sans dire un mot, la jeune fille surprit MacGyver en lui faisant un gros câlin, avant d'aller rejoindre ses frères et sa sœur à table.

— Tout va bien ? demanda Addison en entrant dans la cuisine.

Elle se jeta dans les bras de MacGyver, que sa fille venait de libérer.

— Oui. Tu élèves vraiment une super jeune femme, Addy.

— Elle est plutôt géniale, reconnut-elle avant de prendre la spatule des mains de MacGyver. Va t'asseoir avec tes enfants. Je m'occupe de la prochaine fournée. Tu as bien besoin de reprendre des forces. Tu t'es déjà beaucoup dépensé ce matin.

— N'est-ce pas ? répondit-il avec le sourire.

— Tu as sauté ton entraînement. Il fallait bien que je compense un peu.

Il s'esclaffa, puis l'embrassa sur le front.

— Je t'aime.

— Moi. Mon café est prêt ?

— Bien sûr.

Il ne put s'empêcher de l'embrasser une dernière fois avant de prendre sa tasse et de rejoindre les enfants à table pour leur demander le programme de la journée.

Les matinées passaient toujours trop vite, et avant qu'il ne s'en rende compte, les enfants étaient prêts pour l'école. Il déposa Yana et Ellory, tandis qu'Addison attendait le bus avec Artem et Borysko. Les garçons adoraient prendre le bus. Ils se sentaient tellement grands, et ça permettait à Addison de gagner un temps précieux chaque jour.

— Ça ira pour récupérer les filles cet après-midi ? lui

demanda MacGyver. Je sais que tu dois préparer une tonne de cookies pour ce mariage.

— Ça devrait aller. Si j'ai un souci, je te préviendrai.

— D'accord. Je m'arrêterai au magasin en rentrant pour prendre ce qu'il manque.

— Merci. Ce serait super. On manque aussi de sacs poubelles, et Borysko a besoin de nouveaux pantalons. Il a beaucoup grandi ces derniers mois. Et il faut que je te dise, poursuivit-elle à voix basse. Ellory et moi, on va devoir faire un peu de shopping ce week-end, pour acheter des brassières. Elle m'a demandé hier soir si je voulais bien l'accompagner. Je crois qu'elle commence enfin à atteindre la puberté.

— Je ne suis pas prêt pour ça, grommela MacGyver. C'est d'abord les brassières, puis les jeans troués, puis les tampons, et après ce sera les rires débiles et les coups de fil avec les garçons.

Addison éclata de rire.

— C'est un bon entraînement pour Yana. Et pour une éventuelle petite fille dans le futur.

— N'importe quoi, lâcha MacGyver.

— Voilà que tu parles comme Ellory, se moqua Addison, toujours le sourire aux lèvres.

— Je t'aime. Plus que tout.

— Moi aussi. Allez, file. On se tient au courant.

— Je t'appelle ce midi, si j'ai un moment.

— Ça marche. Prends soin de toi.

— Toujours.

En sortant de l'allée, MacGyver ne put s'empêcher de sourire en regardant sa femme s'éloigner, les garçons à ses côtés, en direction de l'arrêt de bus au bout de la rue. À la vue des fesses de sa femme qui descendait le trottoir avec les garçons, en direction de l'arrêt de bus au bout de la rue, il se sentait vraiment chanceux.

Il déposa d'abord Yana à l'école, puis quelques minutes plus tard, il arriva devant l'établissement d'Ellory. Instinctivement, il posa une main sur son bras pour la retenir.

— El ?

— Oui ?

— Je t'aime. Je voulais juste que tu le saches.

Elle lui sourit chaleureusement.

— Je t'aime aussi, Ricky.

— Passe une bonne journée. Et si besoin, botte les fesses de quelques harceleurs.

— Compte sur moi. Et toi, casse la gueule aux méchants.

— Compte sur moi.

Ils échangèrent un sourire, puis MacGyver resta un instant pour la regarder entrer dans l'école. Il n'avait jamais exprimé ce qu'il ressentait auparavant, mais aujourd'hui, ça lui semblait être le moment parfait. Il n'était pas du genre à trop s'épancher... Enfin, pas avant d'avoir rencontré Addison et sa fille, et qu'il n'entame le processus d'adoption d'Artem, Borysko et Yana. Il n'avait pas honte d'exprimer ses sentiments à ceux qu'il aimait. La vie était trop courte, il le savait mieux que personne, et il ne voulait laisser passer un autre jour avant qu'Ellory sache à quel point il tenait à elle.

En se dirigeant vers la base navale, MacGyver avait le sourire aux lèvres. La journée serait bonne. Il en était convaincu.

* * *

Aujourd'hui serait un grand jour. Brady se sentait gonflé à bloc. Et ce n'était pas à cause des quelques verres qu'il avait bus avant de quitter son appartement miteux.

Tout était en place. Son contact était prêt, et le Conex aussi. Il n'avait plus qu'à récupérer Ellory et la conduire jusqu'au dock. Là, il la confierait à son associé, et quand Addison l'appellerait pour lui annoncer la disparition de sa fille, il jouerait le père désemparé.

Le seul petit souci serait de maintenir sa version quand on lui demanderait pourquoi il avait récupéré Ellory à l'école. Mais il avait déjà tout prévu. Il prendrait son téléphone, modifierait l'heure sur les deux appareils, et créerait une fausse conversation dans laquelle Ellory lui demanderait de venir la chercher parce qu'elle ne se sentait pas bien. Il trouverait bien une excuse crédible pour expliquer pourquoi elle l'avait contacté lui, et pas sa mère.

La priorité maintenant, c'était de mettre la main sur sa fille et de la conduire au dock sans qu'elle ne s'en rende compte. Il règlerait les détails ensuite.

Rien que d'imaginer l'argent qui allait bientôt arriver sur son compte, Brady se sentait presque euphorique. Il n'avait jamais gagné autant en une seule fois ; cette affaire allait changer sa vie.

Il se gara près du collège et prit une grande inspiration. Puis il expira lentement avant de sortir de son pick-up.

— Tu vas y arriver, murmura-t-il en se dirigeant vers les portes de l'établissement.

Il s'attendait à ce qu'il y ait des caméras. En entrant dans le bâtiment, il fit de son mieux pour avoir l'air d'un père inquiet. Il suivit les indications menant au bureau, répétant son scénario dans sa tête.

— Bonjour, que puis-je faire pour vous ? demanda la femme derrière le comptoir.

— Je m'appelle Brady Vogel. Je viens chercher Ellory Wentz.

Elle tapota sur son clavier, puis fronça les sourcils.

— Je suis désolée, elle n'est pas inscrite pour un départ anticipé aujourd'hui.

— Je sais. Je suis son père. Son père biologique. Sa mère et son beau-père ont eu un accident. Je viens la chercher pour l'emmener les voir à l'hôpital.

— Oh ! C'est terrible. Ils vont s'en sortir ?

— Les médecins ne sont pas sûrs pour le moment, répondit Brady d'un air aussi triste que possible.

— Je vais vérifier la liste des personnes autorisées à venir la chercher. Je peux avoir une pièce d'identité, s'il vous plaît ?

C'était la partie délicate. Brady sortit sa carte d'identité et la tendit à la femme.

— Je ne pense pas qu'Addison ait eu le temps de m'ajouter sur la liste. On vient juste de se retrouver après des années sans se voir, et personne n'imaginait ce qui allait arriver. Mais si vous allez chercher Ellory, elle vous confirmera que tout est en ordre.

— Ah... Je suis désolée, mais si vous n'êtes pas sur la liste, je ne peux pas la laisser partir avec vous.

— D'accord... donc vous allez laisser sa mère mourir sans qu'Ellory puisse lui dire au revoir, juste à cause d'une erreur administrative ? Vous êtes prête à assumer ça ? Je ne suis pas du genre à traîner les gens en justice, mais là, je n'hésiterai pas. Écoutez, je suis son père biologique. Je ne mens pas. Allez chercher Ellory, et demandez-lui. Elle est assez grande pour décider si elle veut venir avec moi. Ce n'est pas comme si j'allais l'enlever. Je veux juste qu'elle puisse voir sa mère.

— Je ne sais pas... je suis nouvelle ici, et...

Brady se frotta les mains mentalement. Il adorait les nouveaux employés.

— Écoutez, je ne veux pas causer de problème. Mais cet accident... C'est terrible. Il y a une chance pour qu'Ellory puisse voir son beau-père, mais sa mère...

Brady baisse la tête et tenta de verser quelques larmes... en vain.

— Elle est dans un état critique, conclut-il après un long silence.

— Je vais envoyer quelqu'un chercher Ellory.

Bingo.

— Merci. Je suis sûr qu'elle appréciera de pouvoir voir sa mère.

Dix minutes plus tard - pendant lesquelles Brady fit les cent pas - Ellory arriva enfin.

En le voyant, elle s'arrêta net.

— Brady ? s'étonna-t-elle.

— Salut, ma grande. Je viens te chercher pour t'emmener voir ta mère. Elle a eu un accident.

— Où est Ricky ?

— Il était avec elle.

— Est-ce qu'elle... est-ce qu'elle va bien ?

— Je crains que non.

— Ellory, M. Vogel n'est pas sur la liste des personnes autorisées à venir te chercher. Il dit qu'il est ton père biologique.

— C'est vrai, confirma Ellory.

— Tu es d'accord pour partir avec lui ? demanda doucement la femme.

Ellory hocha la tête.

Brady jubilait intérieurement. Il comptait déjà l'argent qui allait bientôt tomber entre ses mains. Il s'approcha d'Ellory, passa un bras autour de ses épaules, et lui fit une légère accolade.

— Ça va aller. Allez viens, je t'emmène la voir.

La préadolescente hocha la tête silencieusement et se laissa guider jusqu'à la porte. Elle semblait complètement sonnée, et c'était exactement ce qu'il cherchait. Brady ne voulait pas qu'elle soit lucide, encore moins qu'elle remarque ce qui se passait autour d'elle. Il avait besoin qu'elle reste dans cet état de choc, bouleversée, pour qu'elle ne réalise pas qu'ils n'allaient pas à l'hôpital.

Quand ils montèrent dans son pick-up, Ellory pleurait déjà, ce qui ravit Brady au plus haut point.

— Yana, murmura-t-elle alors qu'il démarrait.

— Quoi ? s'enquit Brady en lui jetant un regard.

— Et Yana ? Et les garçons ? On va les chercher aussi, hein ?

— Un des collègues SEAL de ton beau-père est allé les chercher. J'ai proposé de venir te récupérer pour qu'on puisse tous arriver à l'hôpital rapidement.

— Mais Yana est habituée à rentrer avec moi. Elle va s'inquiéter si quelqu'un d'autre vient la chercher à ma place.

Brady serra les dents, tâchant de garder son calme. Ce détail lui avait échappé. Mais en y réfléchissant... Livrer deux spécimens vivants à son contact ? Même sans prime supplémentaire, ça pourrait renforcer son crédit auprès de lui.

— Bien sûr qu'on peut aller la chercher, répondit-il d'un ton apaisant.

Ellory hocha la tête et baissa les yeux sur son téléphone portable, qu'elle tenait dans la main.

Brady fronça les sourcils. Il fallait absolument qu'il lui prenne ce téléphone. Hors de question qu'il permette aux autorités de remonter jusqu'aux docks, où le Conex attendait déjà sa précieuse cargaison : elle.

— Qu'est-ce que tu fais ? demanda-t-il brusquement.

— J'envoie un message à maman, marmonna Ellory.

D'un geste rapide, il posa la main sur l'écran.

— Non.

— Pourquoi ?

— Parce qu'elle ne peut pas répondre. Elle est gravement blessée, Ellory. Elle n'enverra de SMS à personne. Son téléphone est sûrement encore dans sa voiture, là où elle a eu l'accident.

Profitant de sa confusion, il lui prit le téléphone alors qu'elle éclatait en sanglots.

Parfait. Il venait d'implanter une image assez traumatisante dans son esprit pour qu'elle ne pense à rien d'autre qu'à l'état de sa mère.

Il se dirigea vers l'école primaire. Cette fois, Ellory l'accompagna à l'intérieur. Il répéta le même stratagème pour récupérer Yana. La présence d'Ellory facilita grandement les choses, surtout avec ses yeux rouges et ses récentes larmes.

Ellory expliqua à Yana ce qui se passait, et en quelques minutes, Brady se retrouva avec deux filles hystériques à gérer. En temps normal, ça l'aurait profondément agacé, mais aujourd'hui, leurs pleurs servaient parfaitement ses plans, et il en était ravi.

Les filles montèrent dans le pick-up, et il prit la direction des docks industriels, où d'immenses cargos attendaient leur chargement.

Ellory était trop occupée à consoler sa petite sœur pour prêter attention au trajet. Elle lui répétait que leur mère était forte, que Ricky aussi était blessé, mais qu'il irait bien.

Tout se déroulait exactement comme prévu. Brady avait le téléphone d'Ellory – qu'il avait éteint avant de le glisser dans sa poche – les filles ne faisaient pas attention à la route, et il était parfaitement dans les temps. Pour une fois.

Ce ne fut qu'au moment où il arrêta le pick-up qu'Ellory se rendit compte qu'ils n'étaient pas au bon endroit.

— Où est-ce qu'on est ? On devait aller à l'hôpital voir Maman et Ricky.

— J'avais juste besoin de faire un détour. Ne t'inquiète pas, on repartira dans une minute, répondit Brady d'un ton rassurant. Reste ici avec Yana.

Il sortit du véhicule et s'approcha de son contact, qui l'attendait à proximité. L'homme avait une apparence totalement banale : cheveux bruns, yeux marron, taille moyenne, vêtu d'une combinaison de travail semblable à celles de tous les dockers. Brady aurait été incapable de le décrire précisément aux autorités. Aucun trait distinctif.

— J'ai ce que tu voulais. En parfait état. Et je t'ai amené un bonus.

L'homme jeta un œil vers le camion, puis reporta son attention sur Brady.

— Je ne te paierai pas plus.

— Je ne m'attends pas à plus, répondit Brady avec un sourire, savourant l'air surpris de son interlocuteur. Considère ça comme un cadeau. Un remerciement pour notre collaboration. Et crois-moi, ça te rapportera gros. Une donneuse vivante de moins de cinq ans... Quelqu'un paiera cher pour son cœur, j'en suis sûr.

— Elle est en bonne santé ?

— Oui.

Brady n'avait pas accès au dossier médical de la fillette, mais à première vue, elle semblait en bonne santé.

— Très bien. Le conteneur est prêt. Tu les fais entrer, et je m'occupe du reste. Il y a juste un petit espace au milieu d'autres marchandises, donc elles ne pourront pas se cogner contre les parois du Conex. Le risque qu'on les entende est minime, mais je préfère ne pas prendre de risques. L'acheteur de l'adolescente est pressé de l'envoyer en Asie. Sa fille est en train de mourir, et il a besoin de ses organes. Tout de suite.

— Ça marche. Et mon argent ?

L'homme se déplaça légèrement sur la droite et se pencha pour attraper quelque chose derrière une pile de cartons. Il tendit un sac de sport à Brady.

— J'imagine que vous n'allez pas être grossier au point de faire les comptes maintenant. On n'a pas le temps pour ça. Tout est là.

Brady avait envie de vérifier, mais ce n'était pas le moment de se mettre Ellory encore plus à dos. Il devait boucler cette affaire, enfermer les deux filles dans la boîte, et en finir avec ça.

— Je te fais confiance, dit-il à l'homme.

C'était un mensonge. Il ne lui faisait pas du tout confiance, mais pour l'instant, il n'avait pas le choix.

— Ravi de faire affaire avec toi. J'espère qu'on pourra bientôt collaborer de nouveau.

Brady hocha la tête, puis retourna vers le pick-up. L'étape suivante s'annonçait délicate. Il devait convaincre Ellory de le suivre, mais il savait déjà que ça n'allait pas être simple. Elle n'était pas idiote ; elle devait se douter que quelque chose clochait. Il devait convaincre Ellory de l'accompagner, mais il n'était pas sûr que cela se passe bien. Elle n'était pas stupide, elle devait déjà penser que quelque chose n'allait pas.

Effectivement, quand il ouvrit la portière, elle lui lança :

— Qu'est-ce qui se passe ? C'était qui cet homme ? Pourquoi on est ici ?

Brady rangea le sac plein de billets derrière son siège, puis se tourna vers Yana.

— Viens ici, Yana.

La petite fille, assise entre lui et Ellory, se recula pour se coller à sa sœur.

Brady, agacé, lui saisit le bras et la tira à travers le siège jusqu'à la faire sortir par sa portière. Elle se débattit, essayant de se dégager, mais il la tenait fermement.

— Viens ici, dit-il à Ellory, cette fois en lui faisant signe du doigt.

Elle jeta un bref regard en direction de la porte passager.

— Si tu n'obéis pas, je vais lui faire du mal, menaça Brady.

Ellory le fusilla du regard. D'un coup, les sanglots désespérés laissèrent place à des yeux qui lançaient des éclairs.

— Ma mère n'est pas blessée, hein ?

— J'ai dit, *viens ici*, répéta Brady d'un ton aussi ferme que possible.

Pour lui donner une bonne raison d'obéir, il serra le bras de Yana jusqu'à ce qu'elle pousse un cri de douleur.

— Ne lui faites pas de mal ! hurla Ellory en glissant lentement sur le siège.

Dès qu'elle fut à portée de main, Brady tendit le bras et l'attrapa à son tour. Quand il la tira vers lui, elle faillit tomber du pick-up, mais reprit son équilibre in extremis.

— Silence, ou je te laisse ici et j'emmène Yana avec moi. Je trouverai bien quelqu'un qui voudra acheter une jolie petite fille comme elle pour son propre plaisir.

Il fallut un moment à Ellory pour comprendre le sens de ses paroles, mais quand ce fut le cas, elle fut prise d'un haut-le-cœur, horrifiée.

— Tu es un monstre !

— Tu aurais dû être plus gentille avec moi, ma chère fille. Si ça avait été le cas, tu ne serais pas dans cette situation. Mais tu as tout gâché. Et pour être clair, c'est toi qui as insisté pour qu'on aille chercher Yana. Elle n'était pas censée être mêlée à tout ça.

La bouche d'Ellory s'ouvrit, mais aucun son n'en sortit. Brady afficha un sourire satisfait. Il l'avait clouée sur place.

Il les traîna à travers l'asphalte jonché de conteneurs Conex, alignés les uns après les autres en attendant d'être chargés sur d'immenses cargos pour partir à l'autre bout du monde. Brady se dirigea tout droit vers le conteneur que son contact lui avait indiqué, le seul dont la porte était ouverte. À l'intérieur, des cartons empilés du sol au plafond ne laissaient qu'un passage étroit au centre.

Le bruit d'un moteur derrière eux fit sursauter Brady. Il faillit lâcher les filles. En se retournant, il aperçut son contact au volant d'un chariot élévateur, avec une pile de cartons prête à être soulevée. L'homme voulait s'assurer qu'il n'y avait pas de double jeu, et Brady ne lui en voulait pas. Il venait de lui confier une grosse somme d'argent.

— Allez, entre là-dedans, ordonna-t-il en poussant Ellory vers le conteneur ouvert.

Sans surprise, elle résista.

— Non.

— Très bien. Viens, Yana, on va rencontrer ton nouveau papa. Il faudra tout faire pour lui plaire, même quand il te dira d'enlever tous tes vêtements, et...

— Arrête ! hurla Ellory.

— Alors entre. Tout de suite, lui lança Brady d'un ton glacial.

— Comment tu peux faire ça ? Ce n'est qu'une petite fille !

— L'argent... C'est ça qui fait tourner le monde. Et ce n'est qu'une orpheline dont personne ne veut. Elle est inter-changeable.

— Faux ! Nous, on l'aime. Et moi, alors ? Ton propre sang ! Tout ça, c'était du vent ? Tu as tout prévu depuis le début ? Tu voulais vraiment me connaître, oui ou non ?

— Au début, oui. Mais encore une fois : tu as tout gâché. Et tu devrais me remercier, Ellory. Pour une fois, tu vas être utile. Tes organes vont sauver la vie de quelqu'un d'autre. Une autre fille. Quelqu'un de bien. Quand elle aura ton cœur, elle sera comme neuve.

Ellory fut prise d'un nouveau haut-le-coeur.

— Allez, entre, insista en serrant encore le bras de Yana.

Elle criait et pleurait à pleins poumons, ce qui lui tapait sur les nerfs.

— Il y a de l'eau là-dedans pour tenir un peu, mais je te conseille de la rationner, surtout maintenant que vous êtes deux. Dans quelques semaines, vous serez arrivées à destina-tion, et on vous emmènera dans une clinique où vous serez endormies pour qu'on prélève vos organes. Vous ne sentirez rien, et vous sauverez des vies. Toutes les deux.

— Tu ne t'en tireras pas comme ça, murmura Ellory.

— C'est déjà fait. Allez, dépêche-toi. J'ai un rôle à préparer... celui du père inquiet et éploré. Quand tout le monde découvrira que vous avez disparu, Addison et ton précieux Ricky vont paniquer. J'ai déjà arrangé un appel anonyme pour demander une rançon. Ils paieront, j'en suis sûr. Je vais doubler la mise, avec toi et cette petite morveuse.

— Il y a des caméras à l'école. Ils sauront que c'est toi qui es venu nous chercher.

— Bien sûr. Et je leur montrerai les messages où tu me suppliais de venir parce que cette fille a recommencé à te harceler, et que tu n'en pouvais plus. Mais tu étais trop gênée pour en parler à ta mère ou à quelqu'un d'autre. Alors tu m'as demandé de venir. Tu avais prévu de dire à l'école qu'il y avait eu un accident, car tu savais que sinon, ils ne te laisseraient pas partir. Tu es maline. Tout le monde croira que tu peux inventer une histoire pareille. Et moi, je n'aurai qu'à dire que tu m'as demandé de te déposer à quelques rues de chez toi, pour que personne ne me voie avec toi. Tu voulais me protéger... et apparemment, quelqu'un t'a enlevée avec Yana juste après ça.

Brady était plutôt fier de lui. Son plan touchait à sa fin. Il ne lui restait qu'à jouer la comédie un peu plus longtemps.

— Plus un mot. Allez, entrez, *maintenant* !

Ellory recula d'un pas, puis d'un autre, s'enfonçant un peu plus dans le conteneur.

— C'est bien, ma fille, railla Brady d'un ton sarcastique.

Sans prévenir, il poussa Yana avec force vers sa sœur, si brutalement que la petite tomba à genoux. Elle poussa un cri, sanglota encore plus fort, avant de se relever et de courir se blottir contre Ellory.

Brady fit un signe à son contact, et le chariot élévateur s'approcha de l'entrée du Conex. La dernière fois qu'il vit sa fille, elle reculait précipitamment tandis qu'une pile de caisses transportées par le chariot lui bloquait la vue.

Quelques secondes plus tard, son contact recula le chariot et le gara, puis Brady l'aida à fermer et verrouiller les portes du conteneur.

L'homme le regarda d'un air pensif.

— C'est vraiment ta fille ?

— Malheureusement, oui.

— T'es vraiment un sacré salaud. Je crois que tu me plais bien.

Brady afficha un sourire en coin.

— Merci pour l'opportunité. Je te passe un coup de fil une fois que je serai installé à Hawaï.

— Hawaï est plus près de l'Asie, répondit l'autre avec un sourire. Je pourrais avoir besoin d'un gars dans ce coin-là pour faire passer de la marchandise.

Brady lui serra la main, puis se dirigea vers son pick-up. Il devait s'occuper des messages entre son téléphone et celui d'Ellory. Le même type qui allait passer l'appel pour demander une rançon allait aussi l'aider à trafiquer ça. Il était doué en informatique, et avait promis que si les flics vérifiaient les relevés de téléphone d'Ellory, ils trouveraient un message daté d'avant qu'elle n'apparaisse sur les caméras de l'école en train de sortir du bâtiment.

Tout allait marcher comme sur des roulettes, et Brady en était ravi.

* * *

Ellory était assise par terre dans le conteneur, où Yana et elle avaient été forcées d'entrer. Elle tenait sa petite sœur dans ses bras, essayant de la consoler alors qu'elle pleurait à chaudes larmes.

Brady avait raison... Tout ça, c'était sa faute. C'était elle qui avait insisté pour qu'ils aillent chercher Yana avant d'aller à l'hôpital. Mais d'un autre côté, n'importe qui avec un minimum de décence aurait fait pareil.

Elle était tout de même soulagée que sa mère et Ricky n'aient rien. Si quelque chose de positif pouvait ressortir de cette situation, c'était bien ça. Pourtant, elle devait l'admettre : elle était terrifiée. Elle n'avait aucune idée de ce qu'il fallait faire. Tout ce qu'elle voulait, c'était rentrer chez elle.

— Noir, dit Yana entre deux sanglots.

Effectivement, il faisait noir. Complètement noir, au point qu'Ellory ne percevait aucune différence quand elle fermait les yeux ou les ouvrait. Elle avait eu le temps d'apercevoir leur petit espace avant que les caisses ne soient empilées dans le passage menant à leur recoin, et que la porte ne se referme. L'endroit devait faire environ un mètre vingt sur un mètre vingt, entouré de cartons contenant sûrement une cargaison destinée à l'étranger. Il y avait un seau – sans doute pour leurs besoins naturels – et quatre petites bouteilles d'eau. Pas assez pour tenir deux semaines, si Brady avait dit la vérité sur la durée de leur trajet.

Elles mourraient avant d'arriver à destination.

Cette pensée donna envie à Ellory de s'allonger et d'abandonner. Mais quelque chose que Ricky lui avait raconté lui revint en mémoire. Il lui avait parlé de la Hell Week, cette fameuse semaine d'entraînement que les films et les séries sur les SEALs aimaient tant mettre en avant. Il lui avait avoué qu'il avait eu envie de sonner la cloche qui lui aurait permis de mettre fin à son calvaire. Il entendait ce son résonner dans sa tête, comme une tentation constante. Il lui avait confié à quel point il enviait ses camarades qui abandonnaient et sonnaient cette cloche. Comme la devise des SEALs tournait en boucle dans son esprit, le poussant encore plus à vouloir renoncer. *The only easy day was yesterday.*

Ricky lui avait expliqué que s'il pensait à quel point la veille avait été infernale, il se disait qu'il n'aurait jamais la force de survivre à aujourd'hui.

Mais allongé dans le sable, après des milliers de pompes et d'abdos, ou agenouillé dans les vagues glacées... quand son ventre se tordait de faim et que ses bras tremblaient sous le poids des grands bateaux gonflables noirs qu'il portait avec ses coéquipiers... quelque chose avait fini par le frapper.

La veille avait été un enfer. Il ne pensait pas pouvoir y survivre... et pourtant, il l'avait fait. Et là, il se retrouvait dans le présent. En y réfléchissant, rouler dans le sable et les vagues le jour précédent lui semblait presque facile comparé à ce qu'il endurait aujourd'hui.

Cette devise disait vrai. S'il pouvait tenir bon aujourd'hui, ce jour ne deviendrait qu'un souvenir demain. Et avec le recul, il lui paraîtrait facile.

Ellory devait tenir bon. Si elle pouvait utiliser son intelligence pour traverser cet enfer, bientôt, ce ne serait qu'un hier de plus.

Tout ce qu'elle avait vécu avec sa maladie de Crohn lui avait semblé insurmontable à l'époque. Sa première endoscopie, son premier scanner. Mais aujourd'hui, ces choses ne lui faisaient plus peur. Elle s'y était habituée. Ces épreuves semblaient désormais faciles. C'était exactement comme la devise dont Ricky lui avait parlé : hier paraissait simple, mais cela ne voulait pas dire qu'elle ne pouvait pas survivre à aujourd'hui. Ricky l'avait fait ; il avait survécu à la Hell Week, et il était devenu SEAL.

Elle n'avait qu'à tenir bon jusqu'à ce que Ricky et ses amis la retrouvent.

Brady avait peut-être tout planifié, mais il ferait forcément une erreur. Elle n'avait aucun doute là-dessus. Ricky était bien plus intelligent que son père biologique. Et sa mère comprendrait tout de suite que ce n'était pas crédible : jamais Ellory ne l'aurait appelé, même si on la harcelait. Elle se serait tournée vers Remi, ou Wren, ou même Carline.

Il devait y avoir un moyen. Il fallait juste rester positive. Ils allaient les retrouver.

Une autre idée lui vint à l'esprit. La première fois qu'ils s'étaient rencontrés, Ricky lui avait parlé de MacGyver, ce personnage de série qui se sortait toujours de situations impossibles avec ce qu'il avait sous la main. Ricky lui avait raconté qu'on l'appelait comme ça parce qu'il avait le même talent pour bricoler des trucs astucieux à partir de rien.

Ellory releva la tête et imagina les piles de cartons autour d'elle. Elle ne savait pas ce qu'ils contenaient, mais il devait bien y avoir quelque chose qu'elle pourrait utiliser pour les sortir de là, elle et Yana. C'était ce que Ricky aurait fait. Il ne serait pas resté là, à s'apitoyer sur son sort. Il aurait trouvé un moyen.

— Yana, respire. Ça va aller. On va trouver une solution.

Elle sentit que la petite fille obéissait. Yana inspira profondément, puis essuya ses joues avec son épaule.

— C'est bien, lui dit doucement Ellory. Je sais que tu adores déballer les cadeaux. Et si tu m'aidais à ouvrir quelques trucs ?

— Comme des cadeaux ? demanda Yana d'une petite voix tremblante.

— Exactement. Tu te souviens, quand on est arrivées, toutes ces boîtes autour de nous ?

Contre elle, Yana hocha la tête.

— Et si on essayait de voir ce qu'il y a dedans ? Il y a sûrement des trucs utiles. Peut-être des couvertures pour qu'on puisse s'allonger. Ou encore mieux, une boîte remplie de télé-phones qui fonctionnent.

Le conteneur ne semblait pas encore avoir bougé. Plus elles agiraient vite, mieux ce serait. Une fois cette caisse embarquée sur l'un de ces énormes cargos, leurs chances de s'échapper seraient quasiment nulles. Elles devaient se mettre au travail.

Ellory se leva, et aida Yana à faire de même. Elle ne savait pas du tout comment ouvrir ces cartons – elle n'avait ni couteau, ni objet tranchant. Mais elle trouverait une solution. Elle n'avait pas le choix. Si elle n'y arrivait pas, Yana et elle disparaitraient à jamais.

CHAPITRE 16

— Comment ça, elle n'est pas là ?

— Le père d'Ellory a expliqué que vous aviez eu un accident. Il a dit qu'il devait l'amener à l'hôpital pour qu'elle puisse vous dire au revoir.

Addison regarda fixement la secrétaire, sidérée. Comment avait-on pu en arriver là ? Brady n'était pas autorisé à récupérer sa fille, il ne figurait même pas sur la liste des personnes habilitées.

— Il était très convaincant, balbutia la femme, ce qui n'impressionna pas du tout Addison. Quand nous avons appelé Ellory, elle avait l'air parfaitement d'accord pour partir avec lui. Elle ne semblait pas effrayée du tout. À vrai dire, quand ils sont partis, il avait même un bras sur son épaule.

Addison était *furieuse*. Tellement furieuse qu'elle avait du mal à réfléchir. Quelqu'un allait payer cher pour cette énorme erreur. Elle comptait bien passer un savon à la directrice, appeler la police et déposer plainte – hors de question de laisser passer ça. Mais pour l'instant, elle devait retrouver sa fille.

Faisant volte-face, elle quitta le bureau et se précipita vers le parking. En se retournant, elle quitta le bureau et sprinta jusqu'au parking. À peine sortie du bâtiment, elle appela l'école de Yana. Une boule d'angoisse la rongeait, et elle avait l'affreux pressentiment de savoir ce qu'on allait lui dire.

Elle avait vu juste. Yana n'était plus là non plus. Ellory et Brady l'avaient récupérée à l'école. Et maintenant, ni Ellory ni son ex ne répondaient au téléphone.

Désemparée, ne sachant que faire ni où aller, Addison fit la seule chose qui lui vint à l'esprit : appeler son mari.

— Tu veux que je ramène quelque chose en rentrant ? demanda Ricky spontanément.

— Ellory et Yana ont disparu.

— *Quoi* ? répondit-il, soudainement très sérieux.

— Quand je suis arrivée à l'école pour récupérer Ellory, on m'a dit que Brady était venu la chercher plus tôt. Il leur a raconté qu'on avait eu un accident, qu'on était à l'hôpital, et qu'il devait l'emmener nous voir.

— Il n'est pas sur la liste des personnes autorisées, répliqua Ricky d'un ton sec et tranchant.

— Je sais, répondit Addison, au bord des larmes. Mais la secrétaire est nouvelle – ce qui n'est absolument pas une excuse, et quelqu'un va le regretter une fois qu'on aura retrouvé les filles. Mais elle s'est laissée embobiner. Elle a dit qu'Ellory était partie avec lui sans hésitation.

— Si elle croyait qu'on était blessés, bien sûr qu'elle l'a fait, souligna Ricky. Yana aussi ?

— Oui.

— Je suis sur la route. Je vais récupérer les garçons avant qu'ils montent dans le bus, et... Attends, tu as appelé leur école ?

— Non.

Le sentiment d'angoisse se décupla. Et si Brady avait aussi

emmené Artem et Borysko ? Elle ne pouvait même pas supporter cette idée. C'en était trop.

— Je les appelle tout de suite. Rentre à la maison, Addison. Sois prudente au volant, je serai là dès que possible. Je vais aussi appeler Julie Hurt. Elle est la plus proche de chez nous. Tu te souviens d'elle ? Tu l'as rencontrée chez Caroline.

— Oui...

Le simple fait de réfléchir était douloureux. Tout ce qu'Addison voyait dans sa tête, c'était Ellory. Le jour de sa naissance. Son premier anniversaire, quand elle avait failli s'étouffer avec un gros morceau de gâteau. À six ans, quand elle avait appris à faire du vélo. La première fois qu'Addison avait dû l'emmener aux urgences pour des douleurs au ventre. Et ce matin encore, juste avant de partir. Tous ces souvenirs amplifiaient la douleur.

C'était tout ce qui lui resterait ? Des souvenirs doux-amers ?

Et Yana... La petite devait être morte de peur. Complètement perdue, sans comprendre ce qui se passait. Addison espérait au moins qu'Ellory était avec elle.

— Addy ! aboya Ricky pour la sortir de sa torpeur, réalisant clairement qu'il l'avait perdue pendant un moment. Écoute-moi. On va les retrouver. Personne ne nous enlèvera nos filles. J'envoie Kevlar et Blink traquer Vogel. Ils lui feront cracher le morceau, et il leur dira où elles sont. Tu m'entends ?

— Oui.

Le monde semblait s'éclaircir à nouveau.

— Je vais aussi demander à Smiley et Flash de te rejoindre à la maison. Ils arriveront sûrement avant moi, vu que je vais chercher les garçons. Save va retrouver Wolf et sa bande, ils commenceront à fouiller les environs pour trouver les filles. Wolf appellera Tex. Crois-moi, il peut suivre la moindre trace existante. Ça va aller, d'accord ?

— D'accord.

— Respire, Addy. On va les retrouver.

Savoir que Ricky et ses amis s'occupaient de tout la soulagea un peu. L'angoisse recula d'un cran. Elle avait entendu toutes les histoires sur l'incroyable Tex. Il avait sauvé Blink et Josie de cette prison en Iran, et retrouvé d'innombrables personnes disparues. Il avait fait payer leur erreur aux services sociaux quand Artem, Borysko et Yana avaient été arrachés à leur foyer. Elle devait croire qu'il retrouverait aussi les filles.

— Tiens bon, Addy. Pour moi.

— Ça va mieux, maintenant que je sais que tu es sur le coup. Je me sens moins seule.

— Tu n'es pas seule. *Jamais*. Je serai à la maison dès que possible. Sois prudente, et appuie-toi sur nos amis. Je t'aime, Addison. Tellement.

— Je t'aime aussi. Fais attention.

— Toujours.

Cet échange familier aida Addison à reprendre pied. Elle raccrocha et se dépêcha de rejoindre sa voiture. Avec un peu de chance, Ellory et Yana seraient déjà à la maison à son arrivée.

Une fois encore, pleine d'espoir, elle essaya d'appeler Ellory, mais sa tentative échoua. Elle tomba directement sur la messagerie. Le téléphone était éteint, ou hors service... Pendant une seconde, elle avait espéré que sa fille décrocherait et lui demanderait pourquoi elle paniquait autant.

Impuissante, n'ayant rien d'autre à faire, Addison se mit en route pour rentrer chez elle.

MacGyver avait la tête qui tournait. Il était furieux que les deux écoles aient enfreint le protocole et laissé Vogel emmener Ellory et Yana sans autorisation. Il était frustré qu'Ellory ne réponde pas à ses appels – c'était la première chose qu'il avait essayé de faire. Et il était terrifié à l'idée que Vogel puisse leur faire d'horribles choses.

Pourquoi avait-il fait cela ? Qu'avait-il à gagner ? Où pouvait-il les emmener ? MacGyver avait beaucoup trop de questions, et aucune réponse. Jusqu'à ce que Kevlar et Blink mettent la main sur Vogel et l'interrogent, il allait devoir prendre son mal en patience.

Il appellerait la police dès qu'il rentrerait chez lui, mais il voulait d'abord laisser à ses coéquipiers une longueur d'avance pour retrouver l'ex d'Addison. Ils utiliseraient des méthodes que la police ne pouvait pas se permettre pour obtenir des réponses. Ils lui feraient tout avouer sur les raisons qui l'ont poussé à enlever les filles.

Il avait ressenti un immense soulagement en apprenant qu'Artem et Borysko étaient encore à l'école. Il avait informé la secrétaire qu'il viendrait les chercher lui-même, et envoyé un bref message à Addison pour la prévenir qu'ils étaient en sécurité.

Les garçons étaient perplexes en le voyant arriver. Ils ne comprenaient pas pourquoi il ne les laissait pas prendre le bus. Une fois dehors, MacGyver s'accroupit face à eux.

— J'ai une mauvaise nouvelle, leur annonça-t-il d'un air grave.

Les deux garçons le regardèrent avec de grands yeux inquiets.

— Vous vous souvenez de Brady ? Le père biologique d'Ellory ?

Il refusait de présenter Brady comme son vrai père, car c'était *lui*, son vrai père. Il ne connaissait Ellory que depuis un peu plus d'un an et n'avait pas endossé ce rôle très longtemps, mais au fond de lui, il savait qu'elle était sa fille. Il lui avait fallu douze ans pour la trouver, mais maintenant qu'elle était là, c'était une évidence. Il avait ressenti la même chose en rencon-

trant Artem, Borysko et Yana dans cette situation cauchemar-
desque en Ukraine. Il sentait au plus profond de son être qu'ils
étaient faits pour être ses enfants.

— Oui, elle ne l'aime pas trop, répondit Borysko.

— C'est vrai. Eh bien, aujourd'hui, il est venu chercher
Ellory et Yana à l'école, et on ne sait pas pourquoi. Ni où elles
sont. On est à leur recherche.

MacGyver faisait de son mieux pour minimiser la gravité de
la situation.

Mais le visage d'Artem se décomposa, et il se mit à
trembler.

— Il les a prises ? demanda-t-il d'une voix faible.

MacGyver refusait de leur mentir. Pas à ces garçons qui
avaient déjà vécu l'enfer.

— Oui. Mais je te promets qu'on fait tout pour les retrouver
et les ramener à la maison.

Artem se tourna vers Borysko et commença à lui parler en
ukrainien d'un ton pressant. MacGyver les laissa faire. Il ne
leur demanda pas ce qu'ils disaient. Souvent, Artem se comportait comme l'enfant de huit ans qu'il était. Mais parfois, comme
maintenant, il dégageait une maturité troublante, comme s'il en
avait dix de plus.

Quand il se retourna vers MacGyver, son inquiétude était
encore plus palpable.

— Yana a peur. Mais Ellory est avec elle. Elle aime beaucoup Ellory.

— Tu as raison, sur toute la ligne, confirma MacGyver.

— Qu'est-ce qu'on peut faire pour aider ? demanda Artem.

— Veiller sur Addy. Et surtout, me faire confiance, ainsi qu'à
mes amis. On fait tout ce qu'on peut pour retrouver Brady et
vos sœurs. La dernière chose dont j'ai besoin, c'est que vous
partiez à leur recherche de votre côté. Ce n'est pas comme en
Ukraine. Là-bas, vous étiez les experts, vous saviez où vous

cacher, comment trouver à manger. Mais ici, c'est ma ville. Avec mes amis, on va retrouver Brady et lui faire cracher le morceau. D'accord ?

— Addy a peur aussi, lâcha Borysko.

Ce n'était pas une question.

— Oui, mon grand. Elle est terrifiée. Pas seulement pour Ellory, mais aussi pour Yana. Vous m'aiderez à la rassurer ? À lui tenir la main si elle pleure ? À lui faire des câlins ?

Les deux garçons hochèrent la tête solennellement.

Le trajet du retour se fit dans un silence pesant. MacGyver était perdu dans ses pensées, essayant de comprendre ce que Vogel pouvait bien vouloir aux filles. Quant aux garçons, ils devaient sans doute penser à Yana ; à quel point elle devait avoir peur. Ils veillaient sur elle depuis un moment déjà, et ne pas savoir où elle était ni ce qui se passait, ça devait être insoutenable.

Quand MacGyver se gara devant la maison, plusieurs voitures étaient déjà stationnées dans la rue. Ils descendirent du 4x4, et Artem et Borysko coururent jusqu'à la porte, MacGyver sur leurs talons.

Addison se leva dès qu'ils entrèrent. La déception dans son regard le bouleversa. De toute évidence, elle espérait que sa fille et Yana passeraient la porte. Mais en les voyant, elle perdit le peu de contrôle qu'elle essayait désespérément de garder.

Elle tendit les bras aux garçons, des larmes se mettant à couler sur ses joues. Ils s'y précipitèrent et s'agrippèrent à elle. Sous l'impact, Addison bascula légèrement en arrière, puis s'agenouilla pour mieux les serrer contre elle.

— Ricky va les retrouver, murmura-t-elle. Il faut juste qu'on tienne bon jusqu'à leur retour. Je suis sûre qu'Ellory veille sur Yana. Elles vont bien.

Personne ne savait vraiment ce qui se passait, mais MacGyver espérait de tout son cœur qu'elle avait raison. En la regardant, un flot de tendresse l'envahit. Elle était bouleversée, et pourtant, elle trouvait encore la force de rassurer les garçons. Et en entendant cette confiance qu'elle lui accordait, cette certitude qu'il ramènerait les filles, il était déterminé à lui prouver qu'elle ne se trompait pas.

En regardant autour de lui, MacGyver remarqua que Julie Hurt était là, son mari Patrick à ses côtés. Smiley et Flash aussi. Ce dernier s'était mis à l'écart, visiblement tendu et inquiet, tandis que Smiley parlait au téléphone.

Ils n'étaient pas les seuls à être venus. Abe, Benny et Mozart étaient là également, ainsi que Caroline, qui se tenait près du canapé, où elle était assise avec Addison avant l'arrivée de MacGyver et des garçons.

Pendant qu'il attendait qu'Addy ait fini de rassurer Artem et Borysko, la porte s'ouvrit derrière lui. Il se retourna, et comprit enfin ce qu'Addison avait ressenti en les voyant entrer. L'espace d'un instant, l'espoir s'éveilla en lui... avant de retomber immédiatement. Remi, Josie, Wren et Maggie se tenaient sur le seuil.

En quelques secondes, Addison et les garçons se retrouvèrent entourés par les filles. Ils échangèrent tous des étreintes, des paroles réconfortantes et des encouragements.

MacGyver ressentit un profond soulagement. Avoir ces gens à leurs côtés, des hommes et des femmes prêts à tout arrêter pour les soutenir, était une chance inestimable. Mais il devait parler à Addison. Peut-être avait-elle une information qui les aiderait à retrouver Ellory et Yana.

Comme si elle avait lu dans ses pensées, Addison s'écarta du groupe et s'approcha de lui. Elle s'effondra presque dans ses bras, et il la serra aussi fort qu'il put.

— Ricky, lui murmura-t-elle à l'oreille en s'agrippant à lui.

— Je sais. On va les ramener.

Addison hocha la tête, et ce simple geste raffermit encore sa détermination. Addison lui confiait ce qu'elle avait de plus précieux : sa fille. Il n'échouerait pas.

Il recula légèrement pour mettre un peu de distance entre eux et l'agitation du salon. Il posa les mains sur son visage et plongea son regard dans le sien. Ses yeux rougis, sa peau marquée par les larmes, ses cheveux en bataille... Elle était bouleversée, mais pas entièrement brisée.

— Ce salaud a pris nos filles, dit-elle d'une voix tremblante – pas de peur, mais de colère. Pourquoi ? Il n'a jamais vraiment aimé Ellory.

— Je ne sais pas. Mais on va le retrouver, et elles aussi. Il ne recommencera *jamais*.

Addison hocha la tête.

— Ils l'ont trouvé, annonça subitement Smiley.

Addison se retourna si brusquement qu'elle aurait perdu l'équilibre si MacGyver ne l'avait pas retenue.

— Où ça ? Ils les ramènent à la maison ?

— Ils ont trouvé Vogel, pas les filles, précisa Smiley à voix basse.

— Quoi ? murmura Addison, sous le choc.

Un frisson glacé parcourut MacGyver. Si Ellory et Yana n'étaient pas avec lui... Où étaient-elles ?

CHAPITRE 17

— Je m'en occupe ! s'exclama Ellory.

C'était bien plus compliqué qu'elle ne l'avait imaginé de grimper sur les cartons empilés pour atteindre l'un de ceux du haut. Déjà, se déplacer dans un espace aussi exigu était une galère en soi, mais dans le noir complet, c'était encore une autre histoire. Et avec une petite sœur paniquée à gérer... c'était pire que tout.

Après plusieurs tentatives infructueuses et deux chutes sur les fesses, elle finit par atteindre le sommet d'une pile de cartons. Puis, avec ses ongles, elle s'attaqua au ruban adhésif qui scellait l'un de ceux du dessus. Ça lui prit un temps fou. Celui qui les avait emballés ne faisait pas les choses à moitié.

Plonger la main dans un carton sans savoir sur quoi elle allait tomber n'avait rien de rassurant. Il pouvait y avoir quelque chose de tranchant qui lui entaillerait la peau, ou un truc visqueux et répugnant. Mais avec un peu de chance, elle trouverait quelque chose d'utile : des vêtements pour amortir le sol, une lampe torche qui leur sauverait la mise, ou mieux encore, un stock de bouteilles d'eau. Mais dans l'idéal... des armes seraient les bienvenues. Un ensemble de couteaux, des flingues... ou un outil capable de découper le métal.

Consciente de l'absurdité de ses pensées, Ellory se força à se concentrer sur la tâche à accomplir. Elle prit une grande inspiration et plongea la main à l'intérieur du carton, prête à tout.

À sa grande surprise, tout ce qu'elle touchait était doux. Duveteux. Ce n'était pas vivant - Dieu merci - mais il y avait des parties dures et d'autres molles. En fouillant un peu plus, elle comprit qu'il y en avait plusieurs du même genre. Frustrée de ne rien voir, elle tourna la tête vers sa sœur.

— Yana ?

— Ellory ? répondit la petite voix.

— Je vais faire tomber quelque chose. Recule-toi contre les cartons, le plus loin possible de moi. Tu as compris ?

— Oui.

— Vas-y.

Ellory sentit ses muscles trembler. Elle n'avait pas l'habitude de fournir ce genre d'effort. Se maintenir en équilibre sur les bords minuscules des cartons n'était pas vraiment son activité au quotidien. Si elle s'en sortait... ou plutôt, *quand* elle s'en sortirait, elle demanderait à Ricky de l'aider à se muscler un peu. Elle était petite et maigre, et elle espérait que la puberté arrangerait les choses. En attendant, elle voulait être capable de gérer ce genre de situation plus facilement.

— Prête, annonça Yana.

Ellory était fière de sa sœur. Cette situation était terrifiante, et pourtant, la petite tenait bon. Peut-être que son passé y était pour quelque chose. Tout ce qu'elle et ses frères avaient dû faire pour survivre... Cette pensée l'attrista.

— Ok, je vais lâcher un truc. Ne bouge pas tant que je ne suis pas redescendue, d'accord ?

— D'accord.

Ellory se mit en équilibre sur la pointe des pieds, puis attrapa l'un des objets et le fit tomber. Un bruit sourd se fit entendre.

— Ça va ?

— Oui, répondit aussitôt Yana.

Ellory en fit tomber un autre, puis encore un. Elle ne savait pas si elle aurait la force de remonter là-haut, alors autant en descendre plusieurs. Peu importe ce que c'était, ça pouvait forcément être utile.

— Je redescends, reste où tu es. Tu t'en sors super bien.

— Attention.

— Ne t'inquiète pas, la rassura-t-elle.

Les muscles tremblants, Ellory entama la descente avec prudence. Quand ses pieds touchèrent enfin le sol, elle ressentit un immense soulagement.

À tâtons, elle retrouva les objets qu'elle avait jetés au sol.

— Yana, tu peux venir.

La petite ne se fit pas prier. En quelques secondes, Ellory sentit ses petites mains la chercher dans l'obscurité.

Elle l'attira doucement contre elle et s'assit sur le sol métallique en laissant échapper un soupir. Ça faisait du bien de reposer ses jambes. Ses cuisses et ses mollets allaient s'en souvenir le lendemain...

Yana s'installa sur ses genoux comme si c'était la chose la plus naturelle au monde. Ellory sentit une chaleur familière l'envahir. Elle était heureuse d'avoir Yana avec elle. Mais aussitôt, elle se sentit affreusement coupable. Elle ne devrait pas être là, au milieu de cet enfer, même si sa présence rendait tout cela un peu moins effrayant. Ellory n'avait pas le droit de craquer. Elle devait tenir bon, ne serait-ce que pour Yana. Si elle avait été seule, elle serait sûrement recroquevillée sur le sol, en larmes. Elle n'aurait jamais eu le cran d'escalader ces cartons dans le noir.

— Voyons ce qu'on a là, dit-elle en prenant l'un des objets.

Ellory le retourna dans ses mains et essaya de se représenter ce qu'elle tenait. Au bout d'un moment, elle réalisa qu'il s'agissait d'une sorte d'animal en peluche. Les petites zones plus fermes devaient être les yeux et le nez en plastique. Il semblait tenir quelque chose entre ses pattes, mais Ellory n'arrivait pas à comprendre ce que c'était. Elle passa ses doigts partout, cherchant un indice.

Quelle déception... Une boîte pleine de peluches ? Ça ne leur servirait à rien. Elle s'apprêtait à lâcher l'objet quand ses doigts effleurèrent un petit bouton caché sous une couture.

Sans réfléchir, elle appuya dessus.

Le jouet s'anima brusquement entre ses mains. Paniquée, elle le lâcha aussitôt et l'entendit rouler sur le sol. Yana sursauta violemment et se cogna la tête contre le menton d'Ellory.

Sous leurs yeux ébahis se trouvait un ours en peluche qui portait une salopette rouge et verte, et tenait un paquet cadeau entre ses pattes. Autour du paquet, une guirlande de petites lumières clignotantes s'illumina, et une mélodie s'éleva : *Jingle Bells*.

Ellory le fixa des yeux un instant, puis un immense sourire s'afficha sur son visage.

Elle voyait !

La lumière, bien qu'intermittente, éclairait l'espace. Chaque fois, c'était un peu comme si elle venait d'allumer celle de sa chambre.

Sans perdre une seconde, elle ramassa une autre peluche, chercha le bouton et l'activa. De nouvelles lumières s'allumèrent, et une autre voix mécanique entonna *Jingle Bells*. Elle répéta l'opération avec le troisième.

Les ours diffusaient suffisamment de lumière pour qu'elle puisse facilement voir les piles de cartons autour d'eux. Ellory fut surprise de constater ce qu'elle avait accompli : grimper jusqu'au sommet, qui s'élevait à une dizaine de mètres. Si elle avait vu cela avant, elle aurait sans doute hésité à escalader.

Mais ça en valait la peine. Il y avait de la lumière ! Maintenant qu'elle voyait enfin quelque chose, si elle parvenait à grimper tout en haut et à faire tomber un carton, puis un autre, elle finirait par se fabriquer une sorte d'escalier, ce qui lui permettrait d'examiner plus facilement le contenu des autres cartons. Ils n'étaient sûrement pas *tous* remplis d'ours en peluche.

Un souvenir précis lui revint : les heures passées dans le garage avec Ricky à bricoler tout et n'importe quoi. L'une des premières choses qu'il lui avait apprises, c'était qu'une simple batterie pouvait avoir mille et une utilités : chauffe-mains, briquet, électro-aimant pour fabriquer une boussole, allume-feu... Il lui avait montré des tas d'astuces. Allumer un feu ici serait catastrophique, mais peut-être qu'elle pouvait bidouiller quelque chose d'utile.

Elle esquissa un sourire. MacGyver... Il fallait qu'elle se mette dans la peau de Ricky. S'il était coincé ici avec ses potes SEALS, que feraient-ils ? Son cerveau s'emballa, et soudain, elle n'avait qu'une hâte : découvrir ce qu'elle avait sous la main. Brady la prenait peut-être pour une incapable à cause de sa maladie, mais elle allait lui prouver le contraire – il ne l'avait jamais exprimé, mais elle n'était pas dupe, elle voyait bien dans son regard qu'il la trouvait pathétique.

— Yana, tu peux prendre celui-ci ? On n'a qu'à l'appeler Fred. Si les lumières s'éteignent, appuie sur ce bouton pour que je puisse y voir quelque chose.

— D'accord, répondit Yana en serrant l'ours en peluche contre elle.

Ellory se redressa et s'étira. Elle se sentait pleine d'énergie.

Un carton en moins, plus que quatre-vingt-dix mille, marmonna-t-elle avant d'aider Yana à se mettre à l'abri, hors de portée des cartons qu'elle s'apprêtait à faire tomber. Elle prit une profonde inspiration et recommença à grimper. Le temps pressait. Elle ignorait quand le conteneur serait embarqué sur le cargo qui les emmènerait à l'autre bout du monde. Plus elle agissait vite, plus elle avait de chances de trouver une solution avant qu'il ne soit trop tard.

* * *

MacGyver foudroya Brady Vogel du regard. Dès qu'il avait appris que Kevlar et Blink avaient mis la main sur le père biologique d'Ellory, il avait quitté la maison pour les rejoindre. Smiley et les vétérans étaient restés sur place pour veiller sur Addison et les garçons.

Addison n'avait pas apprécié. Elle aurait voulu venir avec lui et affronter son ex, lui arracher des réponses sur l'enlèvement des filles et leur localisation. Mais MacGyver l'avait suppliée de rester. Il avait fini par la convaincre en lui disant que s'il lui arrivait quoi que ce soit, il ne s'en remettrait pas.

Leur séparation avait été un crève-cœur. Tout ce qu'il voulait, c'était rester avec elle, la prendre dans ses bras, la rassurer. Il savait que ses coéquipiers obtiendraient les informations nécessaires, il n'en doutait pas une seconde. Mais il avait besoin de parler lui-même à Vogel, de se confronter à lui.

Il avait retrouvé Flash, Safe et Preacher chez Wolf. À sa grande surprise, leur ancien chef d'équipe avait proposé d'utiliser son sous-sol comme salle d'interrogatoire.

Quand il était arrivé, les meubles avaient été poussés contre les murs, et Vogel était assis sur une chaise, les mains menottées dans le dos. Son visage arborait deux magnifiques cocards, sa lèvre fendue laissait couler un mince filet de sang, mais il ne se laissait pas abattre. Pas la moindre trace de soumission.

— Je t'avais prévenu, lâcha Kevlar. MacGyver ne sera pas aussi tendre que Blink et moi. Si j'étais toi, j'arrêterais de débiter les conneries que tu nous sers depuis tout à l'heure, et je commencerais à parler.

— Je vous dis la vérité. C'est Ellory qui m'a envoyé un message. Elle en avait marre de se faire harceler et ne voulait pas en parler à sa mère, parce qu'elle lui avait déjà dit que ça s'était arrêté. Elle avait honte. Elle m'a demandé de venir la chercher. C'est elle qui a eu l'idée de prétexter l'accident. Elle est maline ! Elle savait que je n'avais pas le droit de la récupérer à l'école. Vérifiez mon téléphone. Les messages sont dedans. Elle m'a supplié de la sortir de là. Ce n'était pas *mon* idée !

MacGyver l'écouta, impassible. Il n'en croyait pas un mot.

— Et Yana ? Pourquoi tu l'as emmenée ?

— Encore une fois, C'est Ellory qui me l'a demandé. Elle m'a dit qu'elles rentraient toujours toutes les deux avec sa mère, et que la petite aurait peur si quelqu'un d'autre venait la chercher. Elle est entrée avec moi dans l'établissement et a fait semblant d'être bouleversée pour qu'on puisse prendre Yana avec nous. Regarde les vidéos de surveillance de l'école, mec ! Elles prouveront que je dis la vérité.

— Où est son téléphone ? demanda MacGyver.

— Tiens, répondit Kevlar en le lui lançant.

MacGyver le rattrapa au vol et alluma l'écran.

— Le code est 1-2-3-4-5, ajouta Kevlar sans le moindre signe d'amusement.

— Évidemment, grommela MacGyver en déverrouillant l'appareil pour consulter les messages.

Il y avait bien des messages d'Ellory suppliant Vogel de venir la chercher, et lui suggérant de dire à la secrétaire qu'Ad-

dison et lui avaient eu un accident. À première vue, cela confir-
mait son histoire... mais son instinct lui criait que c'était du
pipeau. Surtout après sa conversation avec Ellory le matin
même au petit déjeuner.

— Où sont-elles maintenant ? Où les as-tu emmenés ?

— Je les ai déposées à quelques rues de chez toi. Encore
une fois, c'était l'idée d'Ellory. Comme sa mère travaille à domicile, elle ne voulait pas qu'elle les voie sortir de ma voiture. Elle
avait peur qu'Addison se sente blessée qu'elle ne l'ait pas prévenue. J'en sais rien, mec. C'est une ado. Impossible de les
comprendre.

— Elle n'a que douze ans, répliqua MacGyver, agacé.

— Peu importe. Écoute, je voulais juste l'aider. Ma fille était
en détresse, je voulais faire quelque chose, c'est tout. Je n'ai
aucune idée de ce qui leur est arrivé après ça.

Tout en MacGyver hurlait que Vogel mentait comme un
arracheur de dents. Tex pourrait facilement vérifier les images
des caméras de l'école et les horodatages des messages. Ils
n'avaient pas le téléphone d'Ellory, mais Tex pouvait aussi
fouiller dans ses relevés pour voir si elle les avait vraiment
envoyés. Peut-être même retrouver l'endroit d'où ils avaient été
expédiés. Mais pour l'instant, son téléphone était éteint. Impossible de la localiser, ni elle, ni Yana.

La frustration commençait à le ronger. Il croyait qu'en
mettant la main sur Vogel, ils obtiendraient enfin des réponses.
Mais les filles pouvaient être n'importe où.

À ce moment-là, le portable de Preacher sonna.

— Preacher. *Quoi ?* Merde. Ok. Attends, je mets le haut-
parleur... Voilà, tout le monde t'entend.

— MacGyver ?

C'était Smiley.

MacGyver s'approcha.

— J'écoute.

— Addison vient de recevoir un appel pour une rançon.

Le monde de MacGyver vacilla.

— Quoi ?

— Ouais. Le type a dit qu'il avait Ellory et Yana. Il veut 250 000 dollars pour vous les rendre saines et sauves.

MacGyver resta sans voix, figé sur place.

— Quand est-ce qu'il a appelé ? s'enquit Safe.

— Il y a moins de deux minutes.

— Je vous l'avais dit, je n'ai rien à voir avec ça ! s'écria Vogel depuis sa chaise.

MacGyver l'ignora.

— On n'a pas pu tout enregistrer, mais on a capté une bonne partie, déclara Smiley.

— Fais-nous écouter, lui demanda Kevlar. On reconnaîtra peut-être la voix.

Il y eut un peu de friture au bout de la ligne, puis une voix que MacGyver n'avait jamais entendue de sa vie s'exprima sur l'enregistrement :

... vont bien pour l'instant, mais si je n'ai pas 250 000 d'ici demain soir, ce ne sera plus le cas. Pas un mot à la police. Apportez l'argent en billets de 20 et de 50 dollars. Et pas d'entourloupe, sinon vous ne reverrez jamais les gamines. Déposez le fric dans un carton au croisement de Fourth et Aspen, derrière la station-service, près de la benne à ordures, à 22 h 00 précises demain soir. Repartez directement. Ce sera votre unique chance de les récupérer.

Un silence pesant s'installa.

— Quelqu'un reconnaît cette voix ? demanda Wolf.

MacGyver secoua la tête, tout comme le reste de l'équipe.

— Bordel, murmura Kevlar.

— Il va tuer ma fille ! Qu'est-ce qu'on va faire ?

Tout le monde se retourna vers Vogel. C'était la première

fois qu'il exprimait autre chose que de la panique... et ça sonnait faux.

Pourquoi cette inquiétude si soudaine ? S'il était vraiment innocent, il aurait dû être affolé dès le départ, pas seulement maintenant.

Cet homme savait où se trouvaient les filles. MacGyver aurait parié son pin's Budweiser là-dessus.

— Laissez-le partir, dit-il d'une voix basse et mesurée.

— Quoi ?

— Tu te fous de nous ?

— T'as perdu la tête ?

Il ignora les protestations de ses coéquipiers.

— Tu viens avec nous à la maison. Tu es un témoin ; le dernier à avoir vu Ellory et Yana. Tout ce que tu as pu voir, entendre, le moindre détail... il faut qu'on le sache. Tu es son père, après tout. Tu as le droit d'être là autant que nous.

À son grand soulagement, personne ne le questionna davantage, même si ses coéquipiers lui lancèrent des regards intrigués. MacGyver se tourna vers Preacher, qui tenait toujours son téléphone.

— Smiley ?

— Je suis là.

— Préviens Addison et les autres qu'on rentre. On trouvera bien un moyen de réunir la somme. Même s'il faut que je vende tout ce que je possède, je ramènerai les filles.

— Ça marche. À plus tard.

MacGyver n'avait pas le temps d'expliquer son raisonnement à ses amis, encore moins devant Vogel, mais ils le connaissaient suffisamment pour comprendre qu'il avait une idée en tête. Ils joueraient le jeu jusqu'à ce qu'il puisse leur en parler.

Vogel cachait quelque chose. Toute cette histoire tournait autour de lui. Même si ce n'était pas lui qui avait passé cet appel, il n'avait pas eu l'air surpris en entendant l'enregistrement. Toutes ses réactions sonnaient faux.

Parfois, garder ses ennemis près de soi était le meilleur moyen d'obtenir des réponses. Et c'est exactement ce que MacGyver allait faire. Il comptait bien ne pas le lâcher d'une semelle. Cet homme était la clé pour retrouver Ellory et Yana. Il en était certain.

CHAPITRE 18

Ellory observa le tas d'objets éparpillés autour d'elle, frustrée. Elle avait réussi à empiler des cartons pour se confectionner un escalier, mais le contenu des douze premiers cartons qu'elle avait ouverts était décevant. Toujours les mêmes jouets de Noël. Ils faisaient de la lumière, certes, mais entendre *Jingle Bells* en boucle commençait sérieusement à lui taper sur les nerfs. Elle avait envie d'arracher la tête des oursons pour les faire taire, mais elle n'osait pas – ça risquait de leur faire perdre la lumière qu'ils diffusaient.

Pas question d'abandonner. Il devait bien y avoir quelque chose ici qui leur permettrait, à Yana et à elle, de s'échapper.

Lorsqu'elle ouvrit le treizième carton, son cœur s'emballa. Il contenait des dizaines de kits d'outils de voyage. Chacun était composé d'un petit marteau, deux tournevis et une pince, soigneusement empaquetés dans un emballage plastique. Il y avait aussi des clous, des vis, et même quelques punaises. Mais son enthousiasme retomba rapidement. Ces outils ne pouvaient servir à rien, à part peut-être à accrocher un cadre.

C'était un gadget conçu par une entreprise quelconque qui trouvait cela *mignon* pour les femmes et les enfants.

Toutefois, son découragement ne dura pas. Même petits et bon marché, ça restait des outils. Elle pourrait peut-être en tirer quelque chose.

Les autres cartons étaient moins prometteurs : des tongs en plastique, des grenouilles en caoutchouc, et... un carton entier de sextoys, qui lui arracha une grimace de dégoût.

Toujours pas de vêtements, ce qui était une vraie déception. Elle aurait voulu du tissu, n'importe quoi de plus doux que le sol métallique, pour que Yana puisse s'allonger plus confortablement. Elle posa les yeux sur sa petite sœur et sentit les larmes monter. Yana était endormie, recroquevillée sur le côté, un ourson lumineux serré contre elle. Des traces humides striaient ses petites joues.

La pression s'abattit brutalement sur les épaules d'Ellory. Si elle ne trouvait pas un moyen de sortir, elles allaient mourir ici. Elle repensa à ce que Brady lui avait dit. Il l'avait vendue pour ses organes. Elle fut foudroyée par la panique. Il fallait partir. *Maintenant.*

Elle avait envisagé de grimper jusqu'à la porte, mais vu la manière dont les cartons étaient entassés, impossible d'en dégager assez pour se frayer un passage. Et même si elle y parvenait, comment ouvrir la porte ? Elle avait entendu distinctement un cadenas se refermer.

Elle regardait toujours Yana, cherchant désespérément comment utiliser les batteries, les outils et les grenouilles en plastique pour s'échapper, quand quelque chose attira son attention derrière la tête de sa sœur.

Prudemment, Ellory rampa jusqu'à elle. À cet endroit précis, le sol avait une teinte différente : orange. Du moins, c'est ce qu'elle distinguait – difficile à dire avec les lumières multicolores des ours en peluche.

En prenant d'infinies précautions pour ne pas la réveiller, Ellory écarta doucement Yana et rapprocha un ourson pour mieux voir. Elle passa la main sur la zone, et sursauta en sentant une texture... spongieuse.

— Merde alors ! s'exclama-t-elle avant de culpabiliser aussitôt.

Mais si un gros mot pouvait être justifié, c'était bien maintenant.

— C'est rouillé ! Le sol est rouillé !

Un frisson d'excitation la traversa tandis qu'elle grattait la surface. Lorsqu'un éclat de métal rouillé se détacha, elle faillit laisser échapper un cri de surprise. Elle ne voulait pas s'emballer trop vite – quelques taches de rouille ne signifiaient pas qu'elles tenaient une issue. Mais l'espoir était là, vibrant dans ses veines, impossible à réprimer.

Elle s'attaqua à la tache avec fébrilité, se réjouissant à chaque nouveau fragment de métal qui cédait sous ses doigts. Puis, se retournant brusquement, elle saisit l'un des petits kits d'outils et sortit un marteau.

Elle l'abattit sur la zone fragile, et le coup résonna à travers l'espace confiné.

Yana se réveilla en sursaut et gémit.

— Désolée, Yana, je ne voulais pas te faire peur. Mais regarde ! Le sol est fragile à cet endroit. On va peut-être pouvoir le percer et sortir d'ici.

Yana la regarda, les yeux ensommeillés.

— Bien ?

— Oui, c'est bien, répondit Ellory.

Enfin... encore fallait-il faire un trou assez grand pour passer. Et même si elles y arrivaient... le conteneur était sûrement posé à même le sol. Elles pourraient traverser la tôle rouillée, mais pas du béton ou de l'asphalte. Et s'il était empilé sur un autre, elles étaient foutues aussi.

Leur seule chance serait de sortir pendant le déplacement du conteneur. Même dans ce cas, elles risquaient d'être repérées. Mais Ellory refusait d'abandonner. Elle devait essayer.

— Tiens, prends ça, dit-elle en tendant un petit tournevis à Yana. Essaie de soulever le métal.

Ellory lui montra comment faire, et son cœur se gonfla de fierté lorsqu'elle vit sa petite sœur s'exécuter sans hésiter.

Pendant qu'elle martelait la tôle et que Yana s'acharnait à soulever les morceaux de métal rouillé, Ellory priait de toutes ses forces pour que Ricky et sa mère soient sur leur trace. Car s'échapper du conteneur n'était qu'une première étape. Elle ignorait où elles étaient, elle ne savait pas conduire, et elle n'avait aucune envie de tomber sur quelqu'un d'autre qui serait de mèche avec Brady.

Elle sourit. *De mèche.* Elle n'avait jamais eu l'occasion d'utiliser cette expression dans une phrase de la vie courante. Son professeur serait tellement fier. Puis son sourire s'effaça. Si elle ne sortait pas d'ici, elle ne pourrait jamais le lui dire.

— Continue, Yana. On va y arriver.

Ricky lui avait toujours vanté le pouvoir de la pensée positive. Il lui répétait que dans les pires situations, ses coéquipiers et lui ne parlaient jamais des issues catastrophiques potentielles. Ils les connaissaient, bien sûr, mais ne leur donnaient pas de poids en les verbalisant. Il disait que les mauvaises ondes prenaient le dessus si on les laissait faire.

S'accrochant à ce principe, Ellory se mit à parler à sa sœur de tout ce qu'elles feraient une fois rentrées. À quel point Artem et Borysko seraient fous de joie. Comment leur mère pleurerait de joie. Peut-être même Ricky aussi. Elles auraient le droit de manger ce qu'elles voudraient, dormiraient dans leurs lits, et mettraient des vêtements propres.

Inlassablement, elle continua de bavarder à mesure que les outils miniatures s'attaquaient au plancher. Chaque coup de marteau était comme une prière silencieuse. Il fallait qu'elles sortent avant que les immenses grues ne viennent emporter leur prison de métal.

* * *

Addison se demandait vraiment pourquoi Ricky avait ramené Brady chez eux. Elle était furieuse. Contre Ricky. Contre son ex. Contre tout, et tout le monde. Elle était à bout, et tout ce qu'elle voulait, c'était qu'ils sortent tous de chez elle et la laissent tranquille.

Mais aussitôt cette pensée formulée dans son esprit, un sentiment de culpabilité l'envahit. Tout le monde était là pour l'aider. Les filles s'occupaient d'Artem et de Borysko dans leur chambre, les gars faisaient tout leur possible pour réunir l'argent de la rançon – et si possible, retrouver Ellory et Yana avant d'avoir à s'en servir.

Quelques-uns étaient au téléphone avec Tex – dont elle avait tellement entendu parler – leur commandant, ainsi que Wolf et les membres de son équipe qui n'étaient pas encore arrivés. Leurs compagnes, elles, parcouraient la ville à la recherche du moindre signe de la présence des filles.

Tout le monde se rendait utile... et Addison ne pouvait rien faire d'autre qu'attendre, impuissante.

Ricky ne l'avait pas quittée d'une semelle. Dès son retour avec Brady, il était venu droit vers elle et ne l'avait plus lâchée. Comme s'il... montait la garde ? Non, ça n'avait aucun sens. Il n'aurait pas ramené son ex ici s'il pensait qu'il pouvait lui faire du mal... n'est-ce pas ?

Pour la première fois depuis une éternité, son cerveau se remit en marche. Que faisait Brady ici ? Après tout, c'était lui qui avait récupéré Ellory et Yana à l'école sans autorisation.

— Ricky ? Je peux te parler ?

— Bien sûr.

— Seul à seul ?

Il balaya la pièce du regard, puis regarda fixement Addison en haussant un sourcil. Elle eut presque envie de rire, mais vu la situation, ce serait plutôt déplacé.

— Pourquoi Brady est-il ici ? chuchota-t-elle.

Ricky regarda autour d'eux, puis passa un bras autour de sa taille et l'entraîna vers leur chambre. Une fois à l'intérieur, il referma la porte.

— Ça va ? Tu tiens le coup ?

— Oui et non. Que fait-il ici ? insista-t-elle en regardant son mari dans les yeux. Je le déteste. Je ne veux pas de lui dans la maison.

— Moi aussi je le déteste, admit Ricky, la prenant au dépourvu. Il est ici parce qu'il sait quelque chose. Je ne sais pas quoi exactement, et il joue bien son rôle de père inquiet, mais il y a un truc qui cloche. Le seul moyen de le savoir, c'est de le garder sous surveillance.

Addison eut un déclic.

— Tu crois qu'il peut laisser échapper quelque chose, faire une erreur qui nous permettra de retrouver les filles ?

— Peut-être. En tout cas, je préfère l'avoir sous les yeux plutôt que le laisser dehors à faire Dieu sait quoi.

Addison hocha la tête. Ça lui semblait parfaitement logique.

— Je peux peut-être aider, le pousser à bout pour qu'il finisse par lâcher quelque chose...

— Je ne veux pas que tu te fasses du mal, répondit Ricky.

Addison le regarde en clignant des yeux, interloquée.

— Ce qui me fait du mal, c'est de ne pas savoir où sont mes filles. Si elles sont blessées, si elles ont peur, ou même si elles sont... *vivantes*. Si je peux le provoquer au point de le faire craquer, je le ferai. Je ne peux pas lui coller mon poing dans la figure comme vous avez visiblement eu plaisir à le faire, mais je peux l'atteindre avec des mots.

— Je t'aime, murmura Ricky en appuyant son front contre le sien.

— Moi aussi.

— Ça m'est déjà arrivé d'avoir peur en mission, quand tout partait en vrille et que je croyais que j'allais mourir ; moi, ou mes frères d'armes. Mais jamais je n'ai eu aussi peur qu'en ce moment. Ne pas savoir où sont nos enfants me paralyse. J'ai l'impression de ne plus pouvoir réfléchir.

— Je sais, murmura Addison.

Étrangement, savoir que Ricky ressentait la même chose qu'elle l'aidait à tenir. Elle se sentait moins seul.

— Tu crois que c'est lui ? demanda-t-elle.

Ricky n'eut pas besoin de lui demander ce qu'elle entendait par là.

— Oui.

— Ce n'était pas lui au téléphone. Celui qui a appelé pour la rançon.

— Non, confirma Ricky en inspirant profondément. Mais il pourrait très bien avoir payé quelqu'un pour le faire.

— Et les SMS ? Tu crois qu'ils sont truqués ?

— C'est possible. Ce n'est pas mon domaine, mais Tex est en train de creuser la question.

— Donc tu crois qu'il a enlevé les filles et qu'il les cache quelque part, conclut Addison.

Ricky la regarda fixement pendant un long moment avant de hocher la tête.

— Oui, ma chérie.

— Pourquoi ?

— Ça, je ne peux pas encore le dire. Mais une chose est sûre : personne ici ne lâchera l'affaire tant qu'on ne saura pas la vérité. Et j'ai comme l'impression que l'argent de la rançon joue un rôle là-dedans.

Addison plissa les yeux.

— D'accord. Dans ce cas... je peux aller emmerder mon ex, maintenant ? Ça fait longtemps que j'attends de lui dire ses quatre vérités.

Les lèvres de Ricky tressaillirent, mais il ne parvint pas à sourire complètement. Il se contenta de hocher la tête et d'ouvrir la porte.

Addison ne perdit pas de temps. Elle traversa la pièce, croisant Wolf au passage – il avait dû arriver pendant qu'ils étaient dans la chambre. Elle s'assura qu'Artem et Borysko n'étaient pas dans les parages – ils étaient toujours avec Remi et Maggie, plongés dans une partie de cartes – puis se dirigea tout droit vers Brady.

— Qu'est-ce que tu es venu faire ici, Brady ?

— Quoi ? Ma fille a disparu, répliqua-t-il.

— Ce n'est pas suffisant. Pourquoi tu t'en soucies, tout à coup ? Tu as passé presque douze ans sans te préoccuper d'elle. Tu n'as jamais appelé. Tu n'as jamais contribué à son éducation, ni émotionnellement, ni financièrement. Rien. Alors pourquoi maintenant ?

— J'ai changé, répondit-il.

Addison haussa un sourcil.

— Vraiment ? La première fois que tu m'as vue lui changer sa couche, ça avait l'air de te dégoûter. Et quand tu as appris qu'elle avait la maladie de Crohn, tu as eu exactement la même réaction.

— Lâche-moi un peu. J'étais sous le choc, se défendit-il.

— Si tu avais été là pour elle, tu n'aurais pas été surpris.

— Qu'est-ce que tu veux que je te dise ? lança-t-il, agacé.

— Je veux savoir pourquoi tu as menti et emmené ma fille derrière mon dos !

— C'est aussi ma fille. Je devrais être sur cette fichue liste !

— Faux. D'un point de vue biologique, peut-être. Mais en dehors de ça ? Non. Ricky a fait davantage pour elle en un an que toi dans toute ta vie. *Ce* n'est *pas* ta fille.

Elle semblait avoir touché un point sensible.

— Ce n'est pas son père, grommela-t-il.

— Oh que si. Il a passé des heures à l'écouter, à parler avec elle, à lui apprendre des choses. Il lui apporte une couverture et une bouillotte quand elle a mal au ventre. C'est plus un père pour elle que tu ne l'as jamais été.

— Ce n'est pas ma faute ! balbutia-t-il.

— Si, c'est ta faute ! hurla Addison. Tu avais toutes les chances d'être un bon père. Mais au lieu de ça, tu es parti. Sans un mot. Sans même te retourner. Maintenant que tu es à Riverton, tu penses pouvoir débarquer et jouer au papa ? Tu ne peux pas. Ce n'est pas aussi simple.

— C'est parce que tu lui as bourré le crâne avec tes conneries. Tu l'as montée contre moi !

Addison s'esclaffa, mais elle ne rigolait pas du tout.

— Non, Brady. Crois-le ou non, on ne parle pas de toi quand tu n'es pas là. Le monde ne tourne pas autour de ta petite personne. Si Ellory t'en veut, c'est à cause de toi. Avec tes messages incessants, et tes remarques dégueulasses sur sa maladie et sur son poids. Elle ne se serait jamais tournée vers toi pour régler ses problèmes de harcèlement, on le sait tous les deux. Alors maintenant, pourquoi tu ne cracherais pas le morceau ? Dis-moi ce que tu as fait d'elle et de Yana, qu'on en finisse avec cette foutue mascarade !

Elle s'était approchée de lui, lui hurlant presque au visage, mais elle sentait toujours la main de Ricky dans son dos. Il la laissait vider son sac, tout en restant prêt à intervenir au moindre faux pas.

Elle sentait aussi la présence de leurs amis derrière elle. Toute la pièce était suspendue à leur échange.

Brady, comme s'il captait l'hostilité dans chaque regard posé sur lui, se mit à transpirer.

— T'as toujours été une foutue maniaque, cracha-t-il. T'as toujours voulu tout contrôler. Il était tant que tu captes que tu ne peux pas, et que ça te pète à la gueule ! T'as toujours tout eu. Tu ne sais pas ce que c'est que de devoir ramasser la merde des autres. Quand les gens jettent tout par terre sans penser à celui qui nettoie derrière eux. T'as jamais galéré, Addison. *Jamais*.

— Tu racontes n'importe quoi, lâcha-t-elle. Je n'ai fait que ça, galérer. Tu crois que c'est facile d'élever seule une gamine qui a une maladie chronique ? Non, mais c'est une foutue chance ! Tout ce que j'ai, je me suis tuée à la tâche pour l'obtenir. La vie n'est pas facile, Brady. Mais toi, tu n'as jamais voulu le comprendre. Tu as toujours cherché la solution de facilité.

— T'en fais pas, tu n'auras plus à me supporter longtemps, lui dit-il d'un ton provocateur.

— Ah oui ? Et pourquoi, cette fois ?

— Parce que je me casse de ce trou à rats ! Je vais à Hawaï. Le soleil, la plage... Je vais enfin profiter de la vie, bordel !

Le visage de Brady était écarlate, sa respiration haletante. On aurait dit qu'il n'attendait qu'une excuse pour exploser.

Addison ricana.

— Et comment tu comptes faire pour payer, abruti ? La vie là-bas coûte une blinde. Rien que le lait est trois fois plus cher qu'ici. Et un appartement ? Au moins le double.

— J'ai de l'argent, répliqua-t-il.

— Vraiment ? Alors pourquoi tu n'as pas mis un centime dans la rançon pour récupérer ta fille, si tu étais si inquiet ?

— Parce qu'elle ne reviendra pas ! hurla-t-il. Pourquoi je paierais pour la faire revenir alors qu'elle est déjà partie ?!

Un silence de plomb s'abattit sur la pièce. Addison, le souffle coupé, eut un mouvement de recul.

— J-je voulais dire...

Trop tard. Il avait lâché le morceau. Tout le monde l'avait entendu.

Blink fut le premier à réagir. Il surgit derrière Brady et lui fit une clé d'étranglement en se penchant pour lui murmurer à l'oreille :

— On savait que tu nous cachais quelque chose. Tu es cerné par plusieurs hommes qui connaissent une dizaine de façon de tuer et de faire disparaître un corps. Alors parle, Vogel. À moins que tu veuilles passer un sale quart d'heure. Parce que là, crois-moi, on crève tous d'envie de s'y mettre.

Addison se tenait assez près pour entendre ce que le SEAL, habituellement silencieux, disait à son ex.

Elle retint son souffle.

Tout le monde retint son souffle.

Brady balaya la pièce du regard, cherchant une échappatoire. Mais il n'y en avait pas.

De sa main gauche, Blink fouilla dans sa poche et sortit un couteau KA-BAR. Il l'ouvrit d'un geste précis, et au lieu de le plaquer sur la gorge de Brady, il le pointa entre ses jambes.

— J'ai passé des semaines dans une prison iranienne, sous la torture. Si tu crois que je ne sais pas ce que je fais... détrompe-toi.

— OK, OK ! Pitié, ne fais pas ça... Je vais parler. Mais ça ne sert à rien, c'est trop tard !

Un frisson d'horreur parcourut Addison. Elle avait réussi. Elle l'avait poussé à craquer. Mais l'entendre dire qu'il était trop tard... C'était insupportable.

Ricky passa un bras autour de sa taille et l'éloigna des deux hommes.

— Sortez les femmes d'ici, ordonna Kevlar tandis que les autres s'approchaient de Brady.

On déplaça la table du salon, et une chaise fut placée sur le carrelage, au milieu de la salle à manger.

Addison percevait les mouvements autour d'elle, mais ses yeux restaient rivés sur son ex. Il allait enfin leur révéler où étaient Ellory et Yana, et ce qu'il leur avait fait. Elle oscillait entre euphorie et terreur.

— Allez, viens avec nous dans la chambre, Addison, lui dit Julie Hurt à voix basse.

— Non, elle reste, trancha Ricky en gardant son bras autour d'elle.

Addison se laissa aller contre lui, reconnaissant qu'il ne l'ait pas obligée à sortir de la pièce. Elle ne voulait pas assister à ce qui allait suivre, mais il était hors de question qu'elle parte avant de savoir où étaient Ellory et Yana.

Brady était toujours assis, effondré, entouré de SEALs qui le fixaient du regard sans sourciller.

— Parle, Vogel, ordonna Safe.

Sans se faire prier, Brady déballa toute l'histoire.

Il expliqua comment il avait marchandé les organes d'Ellory. Comment il l'avait expédiée à l'étranger vivante pour qu'ils soient *frais* lors du prélèvement. Comment il avait engagé quelqu'un pour demander une rançon, histoire de gagner plus d'argent tout en jouant les pères éplorés.

Addison avait envie de vomir.

Et quand il révéla où il avait laissé les filles, la peur prit le dessus.

Elles étaient enfermées dans un conteneur en métal, prêtes à être chargées sur un cargo.

Non, il ne savait pas lequel. Il savait juste qu'il était bleu.

Non, il ne savait pas quand le bateau partirait. Il savait juste que c'était imminent.

Oui, il donnerait le nom de son contact, mais c'était sûrement une fausse identité.

Chaque nouvelle révélation lui glaçait le sang. Cet homme, le père de son enfant, avait enlevé sa propre fille, l'avait vendue, et condamnée à une mort certaine. Et il osait encore se faire passer pour une victime.

Et lorsqu'il avoua avoir engagé quelqu'un pour la demande de rançon parce qu'il voulait écarter tout soupçon en agissant comme un père inquiet, et doubler la mise, Addison eut envie de tuer ce salaud de ses propres mains.

— On appelle les flics, déclara Wolf. Vous, foncez au chantier naval.

Sans un mot, Ricky se dirigea vers la porte, entraînant Addison avec lui. Elle était reconnaissante qu'il n'ait pas essayé de la convaincre de rester. Elle devait y aller, être auprès des filles. Elle priait juste pour ne pas voir l'un de ces cargos disparaître au loin, emportant avec lui son dernier espoir. Le temps était compté, et elle était morte de peur. Et s'il était trop tard ?

CHAPITRE 19

Ellory esquissa un sourire. Elles l'avaient fait ! Avec ce minuscule marteau et ce tournevis de pacotille, Yana et elle avaient réussi à creuser un trou assez grand dans le plancher du conteneur pour pouvoir passer à travers. Évidemment, il n'y avait rien en dessous à part le béton sur lequel reposait la caisse. Mais tôt ou tard, il allait bien falloir la déplacer, et ce serait à ce moment-là qu'elles pourraient s'échapper... Du moins, elle l'espérait.

— Bien joué, Yana ! lança-t-elle à sa petite sœur.

Travailler sur ce plan leur avait fait du bien à toutes les deux. Ça leur avait permis de penser à autre chose. Heureusement que le conteneur dans lequel elles étaient enfermées était vieux et vétuste.

— Viens ici, ajouta-t-elle en attirant Yana sur ses genoux.

Ça la rassurait de l'avoir contre elle, et elle espérait qu'il en était de même pour sa sœur.

— Méchant... Papa, dit Yana.

— Oui, acquiesça Ellory. Brady n'est pas un homme bien.

— Pourquoi ?

Ellory laissa échapper un soupir.

— Je ne sais pas. Il n'a sûrement pas toujours été comme ça. Maman est trop intelligente pour s'être mise avec un homme capable de la maltraiter.

— Ricky... Gentil, ajouta Yana.

— Oui, acquiesça Ellory.

— Ukraine... Aidé. Gentil. Manger, eau. Caché.

La fillette soupira et marmonna quelque chose en ukrainien. Ellory supposa qu'elle expliquait dans sa langue pourquoi elle pensait que Ricky était une bonne personne.

Yana leva les yeux vers elle.

— Il va trouver. Sauver. Comme Ukraine.

— J'espère, murmura Ellory.

La chanson de Noël lui martelait la tête, comme si son crâne allait exploser sous un coup de massue. Elle éteignit tous les jouets, à l'exception de celui que Yana tenait dans ses bras. Aussitôt, le bruit devint plus supportable. Il y avait moins de lumière, mais maintenant qu'elles avaient fait ce qu'elles pouvaient, il ne leur restait plus qu'à attendre. Autant patienter avec un seul ours lumineux qu'avec une dizaine.

Elle attrapa une petite grenouille en caoutchouc et la glissa dans sa poche. C'était idiot, mais qui sait, peut-être que ça leur porterait chance. Même si elle était fière de ce qu'elles avaient accompli, leur survie tenait encore du miracle. Et s'échapper pendant le transport du conteneur était risqué. Il faudrait sauter rapidement, car si elles se laissaient tomber de trop haut, elles risquaient de se blesser gravement, voire pire. De plus, même si elles y parvenaient, elles pourraient être repérées et capturées de nouveau.

En réalité, Ellory était morte de peur. Pas seulement pour elle, mais surtout pour Yana. Sa petite sœur ne méritait pas ça. Elle avait déjà enduré tellement de choses en si peu de temps.

Pour éviter de pleurer et de lui montrer à quel point elle

était terrifiée, Ellory pinça les lèvres. Elle voulait voir sa mère, sentir ses bras autour d'elle. Les câlins de sa mère l'aidaient toujours à se sentir mieux.

Ellory n'avait aucune idée du temps qui s'était écoulé depuis qu'elles avaient percé ce trou. Ni depuis combien de temps elles attendaient, blotties dans le noir. Soudain, le conteneur tressaillit.

C'était le moment.

Yana sursauta et la regarda avec de grands yeux.

— Ça y est. Il faut faire vite. Je passe en premier, et dès que je serai dehors, tu me suis. Je t'aiderai, d'accord ?

— D'accord, murmura Yana.

Elle avait l'air terrifiée elle aussi, mais elle ne pleurait pas. C'était déjà une victoire en soi. Elle tendit la main et éteignit l'ours en peluche. L'obscurité les engloutit d'un coup, aussi brutalement que le silence. Ellory hésita un instant, puis enfouit la peluche sous son pull. Cet ours leur avait sauvé la vie, et Yana y tenait. Pas question de l'abandonner.

En s'élevant, le conteneur se balançait doucement. Ellory regarda fixement le trou en plissant les yeux, aveuglée par la lumière soudaine. Il faisait encore jour, mais le soleil déclinait. Était-ce une bonne chose ? Cela leur permettrait de voir où elles allaient, mais elles seraient aussi plus facilement repérables. Si l'homme avec qui Brady avait fait affaire était celui qui déplaçait le conteneur, il les identifierait forcément, et n'hésiterait pas à leur mettre la main dessus.

Il était hors de question pour Ellory de retourner là-dedans. Jamais. Brady lui avait raconté son plan en détails, et elle n'avait aucune intention de se retrouver sous un scalpel.

Le sol en béton s'éloignait. C'était maintenant ou jamais.

Sans réfléchir, Ellory s'allongea et passa les bras, puis la tête, à travers l'ouverture. Le trou était étroit. Le métal rugueux lui entailla les épaules, mais elle n'y prêta pas attention. Son cœur battait à tout rompre.

Le conteneur continuait de s'élever. Si elle traînait trop, Yana ne pourrait jamais sauter.

Une vague de panique la submergea. Et si elle restait coincée ? Et si le trou était vraiment trop petit ? Mais alors qu'elle commençait à s'affoler, son corps se libéra d'un coup.

Elle eut juste le temps de protéger sa tête avec ses bras avant de heurter le sol. Elle n'avait jamais été aussi heureuse d'être libre. Mais pas le temps de savourer le moment. Elle se redressa d'un bond et leva les yeux. Le conteneur était déjà à un mètre cinquante. Puis deux mètres. L'homme qui le soulevait ne traînait pas.

— Yana, saute ! lui lança-t-elle d'urgence en levant les mains.

La petite hésita. L'espace d'une seconde, Ellory croisa son regard terrifié. Puis Yana glissa ses jambes à travers l'ouverture. Petite comme elle était, elle n'aurait aucun mal à passer. Mais le conteneur montait encore. Beaucoup trop haut.

— Allez, Yana ! s'écria Ellory en tendant les bras.

La fillette finit par lâcher prise. Ellory crut un instant qu'elle n'allait pas réussir à la rattraper, mais une seconde plus tard, elle la serrait contre elle.

Elles s'effondrèrent toutes les deux au sol. Ellory resserra ses bras autour de sa sœur pour essayer de la protéger. En atterrissant sur les fesses, elle s'était cogné le coccyx, mais elle s'en fichait.

Elles avaient réussi.

Elles étaient libres.

À peine cette pensée lui avait traversé l'esprit qu'une voix retentit. Le grutier venait de crier quelque chose. Elles n'étaient pas encore tirées d'affaire.

— On doit filer d'ici, Yana ! lança Ellory d'une voix pressante, se relevant d'un bon avant d'aider sa sœur à se mettre debout.

Elle suivit du regard l'homme qui criait et sentit son ventre se nouer. Son pire cauchemar venait de prendre forme sous ses yeux. L'homme auquel son père les avait vendues descendait de la cabine d'un camion garé à quelques mètres de là. Sur son visage, elle pouvait distinguer une grande stupeur et une colère absolue.

— Cours ! s'écria-t-elle en poussant sa sœur vers les innombrables conteneurs empilés autour d'elles.

Elles allaient devoir se cacher dans ce labyrinthe de métal, attendre que la nuit tombe, et trouver un moyen de s'échapper et de trouver de l'aide.

Les menaces de l'homme résonnaient encore à leurs oreilles tandis qu'elles détalaient.

* * *

MacGyver roulait à tombeau ouvert, la mâchoire crispée. Il n'arrivait pas à croire ce que Vogel avait fait. Il avait vendu Ellory. Sans le moindre scrupule, sachant parfaitement ce qu'elle allait subir, entassée dans un foutu Conex expédié à l'autre bout du monde. Et Yana... Il l'avait abandonnée sur place aussi, alors qu'elle n'avait jamais fait partie du marché. Un dommage collatéral, selon ses propres mots.

Il pouvait aller au diable. Lui, et son complice. Ils allaient découvrir son identité et le faire tomber aussi. Mais d'abord, il fallait retrouver les filles. Et parmi des centaines de conteneurs, c'était quasiment mission impossible.

Pas question de se laisser gagner par le doute. L'échec n'était pas une option. Ils allaient fouiller chaque Conex, bloquer tout le port s'il fallait. Elles devaient être mortes de trouille, mais ils allaient les retrouver.

Derrière lui, le cortège de véhicules lui donna la certitude qu'il ne parlait pas dans le vide. Des SEALs, parmi les meilleurs que la Marine ait jamais formés. Aucun d'eux n'abandonnerait tant qu'ils n'auraient pas mis la main sur les filles.

— Bordel, j'y crois pas ! Quel enfoiré ! Un foutu connard ! J'aurais aimé que Blink lui coupe la queue. Wolf va le buter, hein ?

MacGyver tourna la tête vers sa femme. Elle aurait dû être en larmes, au bord de la crise de nerfs. Mais c'était la colère qui prenait le dessus. Dans ses yeux, il retrouva la même détermination qui le portait.

— Non, répondit-il. Mais il va regretter d'avoir croisé notre route.

— Je n'arrive pas à croire qu'il ait orchestré tout ça. Qu'il ait osé faire semblant de s'inquiéter pour elle. Sa propre fille ! pesta Addison, légèrement moins furieuse, mais toujours sur les nerfs.

MacGyver ne pouvait pas se permettre de la laisser sombrer dans l'hystérie ou la panique.

— Il n'est plus l'homme que tu as connu il y a douze ans.

— En fait, si. Il est exactement pareil. Égoïste, et prêt à tout pour son propre intérêt.

Elle prit une grande inspiration.

— Quel est le plan ? Par où on commence ?

— On fouille les conteneurs les plus proches des cargos, répondit MacGyver. Les bleus en priorité. Je ne sais pas s'ils ont eu le temps de charger le Conex à bord d'un bateau, mais Tex est déjà en train de verrouiller le port. Aucun navire ne partira avant qu'on les ait retrouvées. Addison hocha la tête. Elle serrait les poings, mais à part ça, elle semblait étonnamment calme.

— Ça va, ma chérie ?

— Oui, répondit-elle.

— Si ce n'est pas le cas, c'est tout à fait normal.

Elle se tourna vers lui.

— Ellory est maligne. Et tu as passé tout ton temps libre avec elle dans le garage, à lui apprendre pourquoi on te surnomme MacGyver. S'il existe un moyen de s'échapper, elle le trouvera. Parce qu'elle a appris du meilleur : toi, MacGyver.

C'était l'une des rares fois où sa femme l'appelait par son surnom, et ça lui faisait plus d'effet qu'il ne pouvait l'exprimer.

Malgré tout, au fond de lui, il était envahi par le doute. Ellory était encore une enfant. Comment pourrait-elle sortir d'un conteneur scellé ? Il lui faudrait un chalumeau, et une foutue chance. Mais la foi qu'avait sa femme en leur fille et en lui le fit presque vaciller. Jamais il ne briserait son espoir.

— Elle est forte. Elle va tenir. Yana aussi. Elle n'a que cinq ans, mais elle a déjà vécu l'enfer. Elle tiendra bon.

Il avait surtout besoin de s'en convaincre lui-même. Addison hocha la tête, résolue.

Elle posa une main sur sa cuisse.

— Je t'aime. Je suis terrifiée, en colère, et en mille morceaux, mais savoir que tu es là... Que tu n'abandonneras pas tant qu'on ne les aura pas retrouvées... Ça me permet de tenir.

— Je ressens la même chose, chérie, admit MacGyver. J'ai vécu des centaines de missions, mais celle-ci... C'est la plus importante de toutes. Si j'avais pu, je t'aurais laissée à la maison avec Artem et Borysko. Mais j'ai besoin de toi. Tu m'empêches de m'écrouler sous le poids de la colère et de la peur. Et tu es aussi la raison pour laquelle cet enfoiré respire encore. Si tu n'étais pas là, je l'aurais déjà buté.

Addison esquissa un sourire amer.

— Dans ce cas, je suis bien contente d'être là. Ellory et Yana vont avoir besoin de toi pour surmonter tout ça. Artem et Borysko aussi. Il faut leur montrer comment devenir des hommes bien. Et puis... te rendre visite en prison, ça n'aurait pas eu la même saveur.

À sa grande surprise, MacGyver s'esclaffa, avant de se reprendre.

— Vogel aura ce qu'il mérite. Mais pour l'instant, on doit se concentrer sur l'essentiel : trouver une aiguille dans une botte de foin.

Addison haussa un sourcil.

— On peut le faire, déclara-t-elle. Les MythBusters ont bien réussi à en trouver quatre. Deux, c'est dans nos cordes.

MacGyver n'était pas surpris qu'elle apprécie cette vieille émission scientifique. Dommage qu'elle ne soit plus diffusée, d'ailleurs. Il se promit d'organiser un marathon de visionnage en famille quand tout cela serait derrière eux.

À mesure qu'ils s'approchaient du chantier naval, MacGyver sentait la pression peser sur ses épaules. Devant lui, un océan de conteneurs s'étendait à perte de vue. Mais ils avaient un point de départ. Vogel avait précisé que celui dans lequel se trouvaient les filles étaient bleu. Ils allaient commencer par ceux qui étaient alignés près des bateaux, puis remonter jusqu'à elles.

Patrick Hurt avait lancé un appel à tous les SEALs qui étaient à proximité du chantier naval, en service ou non, pour qu'ils viennent prêter main forte. MacGyver ne doutait pas que ses frères d'armes arriveraient en force. Ils trouveraient ses filles. Il n'envisageait aucune autre issue.

* * *

Bree Haynes avait l'impression d'être une traqueuse. En tout cas, elle se comportait comme telle. En fuyant Las Vegas et les hommes qui la recherchaient, elle n'avait aucun plan précis. Tout ce qu'elle savait, c'était que l'homme qui l'avait aidée au pire moment de sa vie – Jude Smiley Stark – était un Navy SEAL basé à Riverton, en Californie.

Elle ne l'avait rencontré qu'une seule fois, mais elle s'était sentie en sécurité avec lui. Alors quand son ex-mari avait remué ciel et terre pour la retrouver dans le seul but de l'envoyer dans un bordel à l'étranger, elle n'avait pensé qu'à un seul endroit où se réfugier.

À Riverton.

Elle vivait dans sa voiture, une Subaru Outback. Dès son arrivée, elle s'était garée près d'une des entrées de la base navale. À sa grande surprise, il ne lui avait fallu que trois jours pour repérer Jude Stark, un matin où il arrivait sur les lieux.

Depuis, elle le suivait. Elle savait où il vivait, ainsi que tous ses coéquipiers, et où il passait ses nuits. Chez lui, le plus souvent. Il disparaissait aussi régulièrement pendant quelques jours. Plusieurs fois, elle l'avait suivi jusqu'à l'autoroute, mais elle faisait toujours demi-tour avant d'atteindre les limites de la ville, trop terrifiée à l'idée de quitter Riverton après avoir fourni tant d'effort pour y arriver. Elle ignorait où Jude partait si souvent, mais au fond, ça n'avait pas d'importance.

Ce soir, pourtant, quand elle l'avait vu sortir de la base navale, il roulait comme un fou. Discrètement, elle l'avait suivi jusqu'à l'une des maisons de ses amis, où un nombre impressionnant de voitures étaient déjà garées.

D'autres véhicules étaient arrivés ensuite, et au bout d'un moment, un groupe de personnes – dont tous ses coéquipiers – étaient sortis précipitamment. Bree n'avait pas pu s'empêcher de les suivre.

Sa curiosité était incontrôlable. Il fallait dire que son quotidien était d'un ennui mortel. Elle passait ses journées à se cacher dans sa voiture et à observer les passants en s'inventant des histoires sur eux.

Elle dormait mal, toujours sur le qui-vive, s'attendant à voir débarquer son ex et son soi-disant *propriétaire* à tout moment. Et elle devait bien l'admettre : elle était devenue un peu obsédée par les amis de Jude. Les femmes riaient tout le temps, et les enfants qui vivaient dans cette maison où tout le monde s'était réuni étaient adorables.

Mais aujourd'hui, l'atmosphère était tendue. Elle l'avait senti, même depuis la rue, garée à bonne distance.

Elle avait suivi le convoi aussi prudemment que possible, jusqu'à un immense chantier portuaire. Elle brûlait d'envie d'en savoir plus, de se rapprocher, de comprendre ce qu'il se passait. Mais elle savait que ce n'était pas une bonne idée. Elle aurait dû quitter la ville, voire même l'État. Partir à l'Est, loin de Vegas, et recommencer à zéro. Elle avait de l'argent, mais il était bloqué sur son compte. Si elle tentait de faire un retrait, elle risquait d'être repérée, et là, elle n'aurait plus d'autre choix que de disparaître.

Mais quelque chose... non, *quelqu'un* la retenait ici. Jude. L'attraction qu'il exerçait sur elle était absurde.

Secouant la tête pour s'éclaircir les idées, Bree gara sa voiture un pâté de maisons plus loin. Il fallait qu'elle trouve un moyen d'entrer, et de découvrir ce qui se passait. Peut-être qu'elle ne pourrait pas aider... mais peut-être que si. Elle pouvait jouer les passantes innocentes, qui se trouvaient par hasard sur les lieux.

Il n'y avait aucune chance que Jude la reconnaisse. Après tout, il ne l'avait vue qu'une seule fois, tard dans la nuit, et elle n'était pas vraiment à son avantage, ligotée et couverte d'hématomes à l'arrière de la voiture de son ravisseur.

L'espace d'un instant, elle s'imagina réussir à s'intégrer dans la vie de ces hommes et ces femmes qu'elle observait depuis des semaines ; puis elle chassa aussitôt cette idée.

Ce serait malhonnête. Et pourquoi voudraient-ils traîner avec une sans-abri qu'ils ne connaissaient ni d'Ève ni d'Adam, et qui n'avait aucun lien avec la Marine ? En plus, elle ne voulait pas attirer le danger sur eux. Pas sur ces femmes, ni sur leurs enfants. Et surtout pas sur Jude Stark.

Il fallait que ça cesse. Cette surveillance. Cette obsession. Elle allait découvrir ce qui se passait, satisfaire sa curiosité, et partir. Quitter la Californie, Vegas... et l'homme qui l'avait vendue à un réseau de trafic sexuel. Elle allait tout recommencer ailleurs. Trouver un moyen de changer d'identité, récupérer son argent, et vivre à nouveau.

Refermant sa portière en silence, Bree se força à adopter une démarche détendue en avançant sur le trottoir. Celle d'une passante ordinaire.

Arrivée près de l'entrée du chantier, elle jeta un regard à droite, vers la clôture. Elle se figea en voyant une portion du grillage soulevée, comme si quelqu'un l'avait forcée. Un passage. Elle était assez mince pour s'y glisser facilement. Avec son mètre soixante-cinq et les vingt kilos qu'elle avait perdus ces dernières semaines, elle n'aurait aucun mal à se glisser en-dessous. C'était sans doute comme ça que d'autres sans-abris entraient et sortaient du site. Il devait bien y avoir des conteneurs vides où se cacher, à l'abri du soleil, de la pluie et du vent.

Elle hésita un instant en regardant autour d'elle. Personne. Sans réfléchir davantage, elle se baissa, s'allongea sur le ventre, puis se faufila sous la clôture. Une fois de l'autre côté, elle se releva d'un bond et courut se réfugier derrière le conteneur le plus proche.

Le sourire aux lèvres, Bree n'arrivait pas à croire qu'elle y soit parvenue. Elle était entrée sans avoir à inventer une histoire, et sans se retrouver face aux personnes qu'elle suivait de loin depuis ce qui lui semblait une éternité – alors qu'en réalité, ça ne faisait que quelques mois.

Se faufilant discrètement dans l'ombre, elle avança dans la

direction où les voitures avaient disparu. Elle comptait s'approcher suffisamment pour entendre ce qui se passait, puis elle partirait. Pour de bon.

Elle avait parcouru environ la moitié du chantier naval quand un bruit étrange attira son attention. Elle s'arrêta net, puis dressa l'oreille pour écouter attentivement.

Des sanglots.

C'était discret, étouffé, mais aucun doute n'était possible. Elle-même avait souvent pleuré ainsi, en silence... Des sanglots incontrôlables qu'elle essayait d'étouffer pour ne pas être découverte.

Elle tourna sur elle-même, cherchant d'où ils provenaient. Le soleil avait déjà disparu sous l'horizon, et la nuit ne tarderait pas à tomber.

Elle crut identifier la provenance et se mit en marche. Elle contourna un Conex, puis un autre. Au moment où elle passait devant un petit espace entre deux conteneurs, un coup d'œil sur la gauche la figea sur place.

Là, recroquevillées l'une contre l'autre, se trouvaient deux des filles qu'elle avait aperçues plus tôt dans la maison où tout le monde s'était réuni. Elles avaient réussi à se glisser dans un espace d'une trentaine de centimètres à peine.

Instinctivement, Bree s'accroupit pour ne pas paraître menaçante. Elle n'était pas bien grande, mais aux yeux de deux gamines terrifiées, elle devait sembler immense et effrayante.

La vérité la frappa de plein fouet : ces filles étaient forcément la raison pour laquelle tout le monde avait quitté la maison en catastrophe. Et puisqu'ils s'étaient dirigés directement vers le chantier naval, ils devaient savoir qu'elles étaient là, quelque part. Bree ignorait pourquoi elles se cachaient, et ce qui se passait exactement, mais une chose était sûre : elles avaient des ennuis. Sinon, pourquoi se terreraient-elles ici ?

— Salut, je m'appelle Bree. Bree Haynes. Je suis une... amie de Jude Stark, murmura-t-elle doucement.

— Je ne sais pas qui c'est, répondit la plus âgée. Allez-vous-en ! Laissez-nous tranquilles !

Bien sûr qu'elle ne le connaissait pas sous ce nom. Les SEALs qui l'avaient sauvée s'appelaient par leur surnom.

— Smiley. Il se fait appeler Smiley.

Bree trouvait ce surnom bizarre, car elle n'avait jamais vu Jude sourire. Pas une seule fois. Ni lorsqu'elle l'avait rencontré, ni au cours des semaines où elle l'avait suivi discrètement. C'était l'homme le plus sérieux qu'elle ait jamais vu... et curieusement, ça la mettait plus à l'aise. Trop de gens souriaient tout le temps – y compris son ex et l'homme à qui il l'avait vendue. Comme s'ils pensaient que ça les rendait plus rassurants.

— Smiley ? répéta la jeune fille.

— Oui. Et il est ici. Avec les autres.

— Quels autres ?

— Euh... tout le monde ? Une demi-douzaine de voitures sont entrées dans le chantier naval il y a quelques minutes. Je parie qu'ils vous cherchent.

Pendant un instant, Bree pensa que cela suffirait à la convaincre de sortir de sa cachette. Mais après avoir amorcé un mouvement, elle se recroquevilla de plus belle, serrant encore plus fort la plus jeune contre elle.

— Il nous cherche, chuchota-t-elle.

— Qui ça ? s'enquit Bree.

— Le gars à qui mon père m'a vendue. Enfin... nous deux.

Bree n'y comprenait rien, mais ce n'était pas le moment de poser des questions. La gamine était assez grande pour savoir ce qu'elle disait. Et le simple fait qu'elle ait été vendue à quelqu'un – comme Bree l'avait été – lui suffisait. Elle voulait tout faire pour la protéger. Personne ne devrait avoir à subir ce qu'elle-même traversait encore.

— Où est-il ? Quand est-ce que tu l'as vu pour la dernière fois ?

— Je ne sais pas, mais c'était il n'y a pas longtemps. Yana était fatiguée, elle ne pouvait plus courir. Partout où on se cachait, il nous retrouvait. Je ne sais pas comment.

Un bruit tout proche fit sursauter la gamine, qui se recroquevilla davantage sur la plus petite.

— Je veux Ricky, lâcha la fillette entre deux sanglots.

Bree fut envahie par une vague de détermination.

— Je vais l'éloigner, comme ça vous pourrez rejoindre Ricky.

Elle ignorait qui était Ricky, mais si ces enfants avaient confiance en lui, elle ferait tout pour les aider à le retrouver.

— Restez ici jusqu'à ce qu'il n'y ait plus de bruit. Ensuite, retournez vers les lumières et les voitures. Ils sont à votre recherche.

— Et s'il vous attrape ?

— Ce n'est pas moi qu'il veut, donc ça n'a pas d'importance. En me voyant, il me laissera partir.

Bree n'en était pas aussi sûre, mais la fillette n'avait pas besoin de le savoir.

Les pas se rapprochaient, ce n'était plus le moment d'hésiter.

— Soyez prudentes. Vous pouvez y arriver.

Sans attendre de réponse, elle se redressa et s'élança à travers les conteneurs. Puis, d'un coup sec, elle frappa du plat de la main sur l'un d'eux et fit semblant de crier de douleur.

Elle s'arrêta une seconde pour s'assurer que l'homme mordait à l'hameçon, puis prit la fuite dans la direction opposée aux filles. Pas trop vite, pour qu'il ne la perde pas de vue. Elle courut jusqu'au bout du chantier naval. Loin des SEALs qu'elle avait... suivis d'un peu trop près.

L'homme était plus rapide qu'elle ne l'aurait cru, même

dans la pénombre. Elle fit de son mieux pour l'éloigner autant que possible des gamines, mais elle allait finir par se faire rattraper. Ce fut exactement ce qui arriva lorsqu'elle atteignit la clôture qui délimitait le terrain.

Elle se retourna brusquement pour prendre la fuite... et se retrouva nez-à-nez avec son poursuivant.

Il n'avait pas la carrure de Jude et ses amis, mais il faisait quand-même une bonne tête de plus qu'elle, et devait peser le double de son poids. Il avait les cheveux bruns, coupés courts, et portait un jean foncé et un tee-shirt noir.

— Merde, t'es qui, toi ? lança-t-il d'un ton menaçant.

— Ne me faites pas de mal ! Je cherchais juste un endroit pour dormir cette nuit, mentit Bree.

— Bordel, j'en ai marre ! pesta l'homme avant de lui décocher un violent coup de poing en pleine figure.

Bree avait déjà été frappée par son ex, mais malgré tout, la douleur la prit par surprise. Elle s'écroula au sol, et l'homme ne perdit pas une seconde : il continua à lui asséner des coups de poings, et des coups de pieds avec ses chaussures renforcées. Elle tenta de riposter, mais après s'être arraché un ongle dans la manœuvre, elle se roula en boule, protégeant sa tête et son dos du mieux qu'elle pouvait.

Étrangement, il ne prononça pas un mot pendant qu'il la rouait de coups. Ce silence était presque plus terrifiant encore.

— Sale clocharde ! lança-t-il finalement avant de lui cracher dessus et de tourner les talons.

Bree resta étendue sur le béton pendant un long moment. Elle avait mal partout. Mais elle avait réussi. Elle l'avait éloigné des deux filles. Elle priait seulement pour qu'elles en profitent pour courir aussi vite qu'elles le pouvaient vers Jude Stark et ses amis.

CHAPITRE 20

MacGyver garda Addison à ses côtés en se dirigeant vers un autre conteneur bleu. Chaque fois qu'ils en ouvraient un sans trouver Ellory et Yana, sa confiance en prenait un coup.

Mais il y avait des policiers, de jeunes SEALs et des vétérans partout dans le chantier naval. Une vingtaine d'hommes qu'il ne connaissait pas avaient répondu présents, en plus de son propre cercle d'amis, et d'autres arrivaient encore. Si Yana et Ellory étaient bien ici, ils finiraient par les retrouver.

C'était ce *si* qui le rendait nerveux et inquiet.

Les hommes s'étaient dispersés, couvrant autant de terrain que possible. La nuit était troublée uniquement par les grincements des gonds quand les conteneurs s'ouvraient et se refermaient. Les projecteurs avaient été allumés dans la zone de recherche, donnant presque l'impression qu'il faisait jour. Mais même avec cette luminosité accrue, la progression restait laborieuse.

MacGyver et Addison avançaient en silence. Que pouvaient-ils dire ? Il ne pouvait pas lui donner de faux espoirs, et ils savaient tous les deux que le temps jouait contre eux. Plus les minutes s'écoulaient, plus ils craignaient d'arriver trop tard, et que le conteneur ait déjà été chargé sur un navire, en route quelque part à travers l'océan.

Il y avait aussi la question de l'homme qui les avait enlevées. Impossible de savoir s'il était encore sur place. Pour cette raison, personne n'appelait les filles. D'un côté, ils voulaient qu'elles sachent qu'on les cherchait. De l'autre, ils ne pouvaient pas prendre le risque d'alerter l'associé de Brady. S'il avait encore accès à l'endroit où elles se trouvaient, il pourrait leur faire du mal... ou en finir immédiatement.

Difficile de savoir quelle était la meilleure chose à faire.

Ils étaient en train d'ouvrir ce qui semblait être le centième conteneur quand ils entendirent de l'agitation derrière eux. MacGyver se retourna et vit quatre hommes courir vers quelque chose. Ou plutôt, vers quelqu'un.

Deux autres personnes.

Son corps réagit avant même qu'il n'ait le temps de penser.

Il reconnaîtrait Ellory et Yana entre mille.

— Maman ! cria Ellory.

— Ricky ! appela Yana en même temps.

MacGyver ne savait pas comment il avait fait pour parcourir la distance si vite, mais avant qu'il ne s'en rende compte, l'une de ses filles était dans ses bras. Il s'agenouilla, et Yana se jeta sur lui, sanglotant si fort qu'il pouvait sentir son petit corps tressaillir alors qu'elle s'accrochait à lui de toutes ses forces.

Addison était juste à côté, serrant Ellory contre elle.

MacGyver n'avait jamais ressenti une telle chose. Le soulagement était écrasant. Les larmes lui montèrent aux yeux. Il était passé si près de perdre une partie de sa famille. Il devait parler aux filles. Comprendre ce qu'il s'était passé pour que cela n'arrive plus jamais. Certes, il avait entendu la version de Vogel, mais il était certain que l'homme avait minimisé les faits.

— Ça va ? demanda-t-il en posant les mains sur les joues de

Yana, inspectant rapidement son corps à la recherche de blessures ou de quelque chose d'anormal.

Ses cheveux étaient en bataille, elle était sale, elle avait une petite égratignure sur le visage et tenait un ours en peluche qu'il n'avait jamais vu auparavant... mais rien d'alarmant.

— Bien, répondit clairement Yana. Ellory. Protéger moi.

Il comprit immédiatement ce qu'elle voulait dire. Elle apprenait l'anglais si vite... Les larmes lui montèrent aux yeux à nouveau.

— Ellory ? appela-t-il en se tournant vers sa femme et la préadolescente. Tout va bien ?

— Oui.

— Tu n'es pas blessée ?

— Non. Je crois que je me suis égratignée en sortant du conteneur, mais à part ça, je vais bien. J'ai eu peur, et je suis tellement contente de vous voir, Maman et toi.

MacGyver tendit son bras libre, et Ellory et Addison vinrent s'y blottir. Tous les quatre restèrent agenouillés sur le sol, reconnaissants d'être enfin réunis.

Ellory leva les yeux vers lui.

— Il était là il y a quelques minutes, toujours à notre recherche. Chemise noire, jean. Cheveux bruns, coupés courts. Pas très grand. Et pas gros mais... costaud.

Encore une fois, MacGyver fut impressionné par Ellory. Elle aurait eu toutes les raisons d'être en panique, mais elle faisait de son mieux pour aider à coincer celui qui les avait vendues.

— Je m'en occupe, déclara Kevlar derrière lui.

Il se tourna vers la dizaine d'hommes prêts à agir.

— Ratissez la zone, ordonna-t-il. Personne ne doit sortir du chantier sans être interrogé.

Aussitôt, les SEALs disparurent derrière les conteneurs, à la recherche de l'homme qu'Ellory avait décrit. Tous, sauf l'équipe de MacGyver. Eux restèrent en place, formant un rempart protecteur autour de la famille.

Ellory s'éloigna un peu de sa mère, et Yana de MacGyver pour la serrer dans ses bras. Les épreuves qu'elles avaient traversées avaient renforcé leur lien.

La jeune fille balaya le groupe du regard en esquissant un petit sourire.

— Vous êtes tous là. Attendez, où sont Artem et Borysko ? Il les a pris aussi ?! C'était Brady ! s'exclama-t-elle en paniquant.

— Chut... On sait, la rassura Addison. Tes frères sont en sécurité. Wolf est à la maison avec eux, ainsi que Remi, Wren, Josie, Maggie et quelques autres. Et Brady est en garde à vue. Il a avoué ce qu'il a fait.

— Sa *version* des faits, corrigea MacGyver. Maintenant, on voudrait entendre la tienne...

— Il m'a fait sortir de l'école. Il m'a dit que vous étiez blessés, que vous étiez en train de mourir, et qu'il était là pour m'emmener à l'hôpital. Je lui ai demandé de passer prendre Yana aussi, parce que je sais que c'est ce que tu faisais toujours, Maman. Et je n'avais aucune idée du temps que je passerais à l'hôpital. Je ne voulais pas qu'elle reste seule à l'école. Il nous a emmenées ici, il a pris mon téléphone, et il a fait mal à Yana pour m'obliger à sortir de la voiture. Ensuite, l'autre type et lui nous ont enfermées dans le conteneur. Il a dit qu'il avait vendu mes organes ! Que mon cœur allait être envoyé à une fille à l'étranger.

Les yeux d'Ellory s'embuèrent alors qu'elle se blottissait contre Addison. Yana était toujours agrippée à sa sœur, tentant de la rassurer.

— Pourquoi ? demanda-t-elle doucement. Je croyais qu'il voulait apprendre à me connaître.

— Je ne sais pas, ma chérie, répondit Addison. Certaines personnes sont...

Alors qu'elle cherchait le mot juste, MacGyver le trouva pour elle :

— Malveillantes. Certaines personnes sont tout simplement mauvaises, El. Vogel s'intéresse plus à l'argent qu'à tout le reste. Ça n'a rien à voir avec toi, ma belle. S'il avait pu se faire de l'argent sur le dos de sa propre mère, je suis sûr qu'il l'aurait fait.

La préadolescente prit une profonde inspiration avant de hocher la tête. Elle essuya ses joues sur son épaule et se redressa.

— Il a dit qu'il allait me faire porter le chapeau. Qu'il pouvait manipuler mon téléphone pour faire croire que je lui ai envoyé un message pour lui demander de venir me chercher. Que c'était moi qui avais eu l'idée de dire que vous aviez eu un accident. Mais ce n'est pas vrai ! Je ne ferais jamais ça !

— On le sait, El. Un gars examine les données de ton téléphone, il pourra prouver que les messages ont été falsifiés et que les horodatages ont été manipulés, la rassura MacGyver.

Il se leva et prit Yana dans ses bras.

Elle tendit son ours en peluche.

— Ours !

MacGyver sourit.

— Il est très mignon.

— Musique ! Lumière !

— Il joue *Jingle Bells* et il clignote, expliqua Ellory. Il y en avait des cartons entiers dans le conteneur où on était. Je les ai trouvés et on les a utilisés pour avoir de la lumière et fouiller les autres cartons.

MacGyver n'avait jamais été aussi fier de quelqu'un.

— Et ? Tu as trouvé autre chose ?

— Pas de téléphone pour appeler à l'aide, mais il y avait ces petites boîtes à outils ridicules. Avec des mini-marteaux et des tournevis. J'ai vu que le sol du conteneur était rouillé, alors on a utilisé les outils pour agrandir le trou autant qu'on pouvait.

Quand le conteneur a bougé, on est passées par le trou pour s'enfuir.

Ellory se tourna vers l'équipe de MacGyver, qui écoutait attentivement tout en surveillant les environs.

— Smiley ?

— Ouais ? répondit le SEAL à l'allure bourrue.

— Ton vrai nom, c'est Jude ? Jude Stark ?

Il fronça les sourcils, visiblement perplexe. Même MacGyver se demanda d'où venait cette question.

— Oui. Pourquoi ? Comment tu sais ça ?

— Ton amie me l'a dit.

— Mon amie ? Quelle amie ? s'enquit Smiley.

Ellory était perplexe à son tour.

— La fille. Euh... elle m'a dit son nom, mais j'ai oublié. Elle était là. Elle nous a trouvées, Yana et moi, quand on se cachait. Elle nous a dit qu'elle allait détourner l'attention du type pour qu'on puisse vous rejoindre.

MacGyver savait qu'aucune femme, hormis Addison, n'avait participé aux recherches. À moins que quelqu'un ne soit arrivé après la dispersion des équipes...

— Bree, lança soudain Yana.

— C'est ça ! s'exclama Ellory en souriant. Bien joué, Yana. Elle s'appelait Bree, et elle a dit que vous étiez amis. Elle a fait du bruit pour distraire le type, et on en a profité pour filer.

Smiley semblait sous le choc. MacGyver aussi. Ils connaissaient tous l'histoire de Bree, la femme que Smiley cherchait désespérément...

Le SEAL jeta un regard anxieux autour du chantier naval.

— Vas-y, lui dit Preacher.

— Vous êtes sûrs ? demanda Smiley.

— Oui, répondit Kevlar au nom de tous. Si c'était bien *ta* Bree, tu dois y aller.

— Sans compter que si elle a attiré ce type loin des filles, elle s'est mise en danger, ajouta Safe. Maintenant qu'on a retrouvé Ellory et Yana, certains d'entre nous peuvent venir avec toi.

— Non. On ne sait pas où est ce type, ni s'il est seul. Restez ici et assurez-vous que les filles sont en sécurité. Si Bree est encore là, je la trouverai.

Smiley se retourna brusquement et courut dans la direction d'où venaient les filles. Il était à peine parti qu'on entendit des cris provenant de l'entrée du chantier naval.

— Venez, il faut vous mettre en lieu sûr, dit Flash en désignant le centre de commandement improvisé.

Addison s'arrangea pour qu'Ellory soit entre elle et MacGyver. Il passa un bras autour des épaules de sa belle-fille, tenant Yana de l'autre côté, et ils avancèrent vers le groupe.

Ils arrivèrent en même temps que deux anciens SEALs. Entre eux, ils maintenaient un homme fermement attaché. Il ressemblait exactement à la description qu'avait faite Ellory. Il les insultait, exigeait d'être relâché, prétendant être un simple ouvrier portuaire qui ne faisait que son travail. Il menaçait d'appeler la police et de les faire arrêter pour intrusion.

— C'est lui ? demanda Kevlar à Ellory.

Elle hocha la tête en regardant l'homme fixement, les yeux écarquillés.

Soudain, l'homme libéra son bras droit, surprenant celui qui le tenait, et pivota pour asséner un violent coup de poing à Kevlar au niveau de l'entrejambe. Pris au dépourvu, le SEAL le lâcha. Tout se passa en quelques secondes.

Au lieu de s'enfuir, ce salaud fonça droit sur Ellory.

Son regard était rempli de haine pure. De rage. De rancune.

MacGyver posa immédiatement Yana au sol et se jeta devant Ellory et sa famille. Il n'était pas armé, mais tant pis. Il protégerait toujours les siens d'une menace potentielle.

Les SEALs qui le retenaient réagirent aussitôt et se jetèrent sur lui, mais l'homme était poussé par le désespoir. En courant, il sortit une arme.

Ce fut la panique totale.

Il n'avait d'yeux que pour Ellory qui, MacGyver l'espérait, était suffisamment hors de portée. Il parvint à tirer une fois avant d'être littéralement plaqué au sol par une demi-douzaine d'hommes, disparaissant sous un amas de corps. MacGyver reconnut Dude et Abe, deux anciens coéquipiers de Wolf, ainsi que Flash et Blink. Les autres étaient des SEALs qu'il ne connaissait pas personnellement.

Il se retourna rapidement, les bras tendus, pour protéger sa famille et les faire reculer loin de la mêlée.

Addison inspira brusquement.

— Tu saignes ! s'exclama-t-elle.

— Ricky, ton bras ! s'écria Ellory au même moment.

Yana se mit à trembler, les yeux rivés sur le sang.

MacGyver baissa les yeux et vit le sang s'écouler de sa manche. Il fléchit le bras en grimaçant, mais il pouvait encore le bouger, et l'hémorragie n'était pas grave. Rien d'alarmant. Sa priorité restait d'éloigner ses filles du connard qui avait osé leur pointer une arme dessus.

— C'est juste une égratignure. Il faut reculer.

Mais ses filles refusèrent. Addison appuya fermement sur sa blessure, Ellory posa sa main sur la sienne, et Yana s'agrippa à son autre main.

— Je vais bien, promis, les rassura-t-il, étouffé par l'émotion.

— Tu as été touché, murmura Addison.

— Il essayait de me tuer, ajouta Ellory d'une voix tremblante. Et tu t'es mis devant, comme si de rien n'était !

Il les éloigna du type qui avait essayé de les tuer jusqu'à ce qu'ils soient à bonne distance. Il aurait aimé participer à la correction du ravisseur, mais rassurer sa famille passait avant tout.

Il parvint à les éloigner de quelques mètres encore, puis s'assit par terre. Yana se blottit aussitôt sur ses genoux, tandis qu'Addison et Ellory s'affairaient à lui prodiguer les premiers soins. Elles relevèrent sa manche et insistèrent pour verser de l'eau sur sa blessure, utilisant la bouteille que Preacher avait donné à Ellory plus tôt.

MacGyver était à peine conscient de ce qui se passait autour de lui. L'homme qui avait orchestré l'enlèvement d'Ellory gisait maintenant au sol, inerte, encerclé par des SEALs. Était-il mort ? Il n'en savait rien, et à vrai dire, il s'en fichait pour le moment.

Les choses mirent encore une heure à se calmer au chantier naval. Les secours finirent par arriver, un drap fut posé sur le corps du ravisseur – répondant ainsi à la question sur son sort – et le bras de MacGyver fut soigné. Il refusa d'être transporté à l'hôpital après avoir constaté que la balle avait seulement entaillé la chair. Il en avait vu d'autres.

Ellory fut interrogée par la police et devrait retourner au poste le lendemain pour une déposition plus détaillée. Tex s'appliquait à extraire des données de son téléphone pour les transmettre aux enquêteurs, tandis que les vidéos de surveillance des écoles allaient être récupérées pour les analyses. De son côté, Addison avait déjà exigé des rendez-vous avec les directeurs, proviseurs adjoints et agents de sécurité des deux établissements. Quelqu'un allait devoir rendre des comptes.

Les hommes qui avaient maîtrisé le ravisseur s'excusèrent à plusieurs reprises d'avoir baissé leur garde. Après avoir remercié chaleureusement tous ceux qui avaient participé aux recherches, MacGyver put enfin rentrer chez lui avec sa famille.

En arrivant, l'émotion fut intense. Artem et Borysko se

jetèrent sur leurs sœurs, bouleversés mais soulagés. Wolf et les autres filles ne furent pas en reste. Il fallut une bonne heure et demie avant que tout le monde retrouve un semblant de calme. Quand les enfants décidèrent de dormir tous ensemble dans la chambre des filles, ni Addison ni MacGyver ne trouvèrent quoi que ce soit à redire.

Ils avaient tous besoin de se rassurer. Il faudrait du temps pour que les choses reviennent à la normale, mais pour l'instant, MacGyver se contentait d'être soulagé. Tout le monde était à la maison, sain et sauf.

Lorsqu'ils se glissèrent enfin sous les draps, Addison s'agrippa à lui un peu plus fort. Ils avaient laissé la porte de leur chambre entrouverte, au cas où les enfants se réveilleraient en sursaut dans la nuit.

Au bout d'un moment, elle leva les yeux vers lui. MacGyver s'attendait à ce qu'elle lui dise qu'elle l'aimait, ou qu'elle était soulagée d'avoir retrouvé Ellory et Yana. Au lieu de cela, elle le fusilla du regard.

— Quoi ? s'enquit-il, surpris.

— Si tu refais encore un truc pareil, je te jure que je te descends moi-même, grogna-t-elle.

— De quoi tu parles ? lui demanda-t-il, complètement perdu.

— Te jeter dans la trajectoire d'une foutue balle ! siffla-t-elle, furieuse. Tu te rends compte que tu aurais pu y passer ?!

Comprenant enfin la source de sa colère, MacGyver se détendit.

— Désolé, mais je ne peux pas te le promettre.

Addison se redressa sur un coude en fronçant les sourcils de plus belle.

— Tu crois que je pourrais m'en remettre si tu mourais en me protégeant ? rétorqua vivement Addison.

MacGyver la fit basculer sur le dos. Il la surplombait en

faisant attention de ne pas mettre trop de poids sur son bras blessé. Il voulait qu'elle comprenne.

— Tu as épousé quelqu'un de protecteur. Je protègerai toujours mes coéquipiers, leurs familles, mon pays, quiconque aura besoin de moi. Mais les enfants et toi ? Je traverserais l'enfer pour vous. Je veux que mes filles sachent se défendre, que mes fils apprennent à protéger ceux qui en ont besoin. Et quoiqu'il arrive, je me mettrai toujours entre vous et le danger. Ne fais pas semblent d'être différente. Je t'ai vue, tu t'es interposée entre Ellory et Yana comme si tu étais prête à prendre une balle pour elles. Tu ressens exactement la même chose que moi.

Elle le regarda fixement, les yeux embués. Machinalement, elle effleura le bandage qui recouvrait sa blessure.

— Je t'aime tellement, murmura-t-elle, les larmes aux yeux. Tellement que ça me fait un peu peur. Je ne peux pas faire ça sans toi.

— Faire quoi ?

— Élever un bébé. Parce qu'à la fréquence à laquelle tu vas, c'est inévitable.

— Faux. Tu élèves Ellory depuis des années, et tu as accueilli trois enfants de plus sans hésiter une seconde.

— Oui, mais je ne peux pas gérer un bébé toute seule.

MacGyver se figea.

— Quoi ? Tu veux dire que...

— Non. Enfin, je ne crois pas être enceinte pour l'instant, mais vu comment tu prends ton rôle de reproducteur à cœur, ça ne saurait tarder. Et ça fait longtemps que je n'ai pas eu à m'occuper d'un nourrisson. L'allaitement, les couches, les nuits blanches... Tout ça, en plus du travail et des autres enfants... Je ne peux pas y arriver toute seule. Et je ne veux pas que tu continues à risquer ta vie. J'ai besoin de toi, Ricky. Je t'aime trop pour te perdre.

En réalisant qu'elle n'était pas encore enceinte, il ressentit à la fois du soulagement et une pointe de déception.

— Plus de balle, promit-il, même s'il savait pertinemment qu'il n'hésiterait pas à faire la même chose si une situation similaire se représentait.

— Plus de balle, répéta-t-elle doucement.

MacGyver l'attira contre lui et soupira en regardant l'heure. Il était presque deux heures du matin. Une longue journée les attendait. Les enfants allaient être épuisés, et grognons. Ellory devait retourner au poste de police pour sa déposition. Il devait parler à Smiley, qui avait disparu après avoir appris que Bree se trouvait au chantier naval et qu'elle avait sauvé les filles. Il voulait remercier Wolf et son équipe une dernière fois. Addison avait besoin de passer du temps avec leurs amies pour se rassurer, et rassurer les autres.

Oui, la journée serait difficile, mais ils allaient y arriver. Ensemble.

Il avait du mal à croire qu'il n'y avait encore pas si longtemps, il menait sa vie en solitaire. Aujourd'hui, il n'échangerait son bazar quotidien pour rien au monde. Certains avaient trouvé cela insensé qu'il veuille adopter trois orphelins d'un pays ravagé par la guerre. Pourtant, grâce à eux, il était marié à la femme de ses rêves, il avait une belle-fille, et vivait la vie qu'il avait toujours voulue – celle qu'il avait failli se résigner à ne jamais avoir.

Et ils allaient avoir un bébé. Peut-être pas tout de suite, mais tôt ou tard, il finirait par mettre sa femme enceinte. Elle porterait son enfant, son ventre s'arrondirait sous son regard émerveillé, et les enfants seraient fous de joie à l'idée d'accueillir un frère ou une sœur à chérir.

D'ailleurs, il était plus que temps qu'il présente ses enfants à leurs grands-parents. Les parents d'Addison devaient aussi venir leur rendre visite.

Quand ils s'étaient mariés, il avait hésité à impliquer leurs familles respectives dans leur vie, car ce n'était qu'un mariage de convenance. Mais aujourd'hui ? Il n'y avait plus rien de factice dans l'amour qu'ils se portaient.

— Pourquoi tu souris comme ça ? murmura Addison en levant la tête pour mieux voir son visage. Pourquoi tu ne dors pas ? Tu as mal au bras ? Tu repenses à tout ce qui s'est passé ?

— Je souris parce que je n'ai jamais été aussi heureux. Et je ne dors pas parce que je suis en train de penser à l'avenir. À notre avenir. Et non, je n'ai pas mal au bras.

— D'accord... Ricky ?

— Oui, Addy ?

— Te dire oui a été la meilleure décision de ma vie.

MacGyver sourit de plus belle.

— Te demander en mariage a été la meilleure décision de la mienne.

Elle reposa la tête sur son torse et se blottit à nouveau contre lui.

— Je t'aime.

— Moi aussi, je t'aime, répondit-il sans hésiter.

Il mit un bon moment à s'endormir. Son esprit était inondé d'images de leur avenir. Leur vie ne serait ni simple, ni paisible. Ils devraient apprendre à gérer ce bazar au quotidien. Mais pour lui, ça n'avait pas la moindre importance. Tant qu'Addison était à ses côtés, ils pourraient surmonter n'importe quoi.

CHAPITRE 21

Addison était infiniment reconnaissante envers ses amis pour toute l'aide qu'ils lui avaient apportée après l'enlèvement des filles. Wren s'occupait d'emmener Yana à l'école et d'aller la récupérer. Remi avait pris en charge le covoiturage des garçons, qui ne voulaient plus prendre le bus. Ils avaient peur que quelqu'un essaie de les kidnapper, une angoisse qu'Addison et Ricky espéraient voir s'estomper avec le temps. Avant tout cela, ils adoraient aller à l'école en bus.

Dès le lendemain de l'enlèvement, Addison et Ricky avaient accompagné Ellory au poste de police. Addison avait eu la nausée en écoutant sa fille raconter aux enquêteurs tout ce que son père biologique lui avait fait subir. Elle se demandait s'il avait eu la moindre envie de vraiment connaître sa fille, mais au fond, ça n'avait aucune importance. Il était là où il devait être : derrière les barreaux. Elle n'était pas naïve, il finirait par sortir un jour. Mais il avait l'interdiction d'entrer en contact avec Ellory, et Addison savait que si jamais il osait, sa fille n'hésiterait pas une seconde à le dénoncer.

Quelques jours plus tard, Addison voulut savoir où en était

sa fille, et s'assurer qu'elle gérait bien mentalement tout ce qui s'était passé. Ricky était à la base navale, les plus jeunes à l'école, et elle avait pris quelques jours de congé. Elle avait besoin de passer du temps avec Ellory.

— Comment tu te sens, El ?

— Ça va, Maman.

— Tu sais que tu peux tout me dire.

Ellory leva les yeux au ciel, ce qui, contre toute attente, rassura Addison. Sa fille reprenait ses habitudes, et rien ne pouvait lui faire plus plaisir.

— Tu dors bien ?

— Mmh-hmm.

Elle faisait rouler une petite grenouille en caoutchouc entre ses doigts. Un jouet qu'elle avait trouvé dans le conteneur où elle était enfermée.

— Je m'inquiète pour toi.

Ellory releva la tête.

— Pourquoi ?

— Parce que tu es ma fille et que je t'aime. Tu as vécu des choses horribles. Et... ce truc, poursuivit-elle en désignant la grenouille. Pourquoi tu l'as gardé ? Ça ne te rappelle pas cette foutue caisse en métal ?

Ellory regarda fixement le jouet pendant un long moment, puis croisa le regard de sa mère.

— Ça me rappelle ce qui s'est passé, mais pas de façon négative. J'ai eu peur, ce n'est pas un secret. Mais quand j'ai trouvé cette boîte remplie d'ours en peluche et que j'ai réalisé qu'ils pouvaient servir de lampes, j'ai ressenti une confiance en moi que je n'avais jamais connue avant. C'était moi qui avais fait ça. J'avais grimpé en haut de ces cartons et trouvé quelque chose d'utile. Celui avec les grenouilles, lui, ne m'a servi à rien... sauf à me pousser à continuer à chercher. C'est à ce moment que j'ai trouvé les outils.

Elle haussa les épaules avant de poursuivre :

— Cette grenouille me rappelle que je ne me résume pas à ce que les gens voient. La *gamine malade*. La *crevette* qui n'a même pas de poitrine. La fille *dégoûtante* que Brady voyait en moi. Je suis maline et débrouillarde. J'ai réussi à nous sortir de là, Yana et moi. Je nous ai sauvées. Ce salopard n'a pas gagné. Voilà ce que je vois quand je regarde cette grenouille.

Addison se mordit la lèvre pour ne pas pleurer.

— Oh, pitié, Maman ! Tu vas encore pleurer ? lança Ellory en levant les yeux au ciel à nouveau.

C'était exactement ce dont Addison avait besoin. Elle éclata de rire.

— Peut-être bien. Il va falloir t'y faire, ta mère pleure tout le temps maintenant.

Ellory remit la grenouille dans sa poche en souriant.

— Ricky m'a dit qu'il était fier de moi, lâcha-t-elle soudain.

— Il l'est, confirma Addison.

— En voyant que cette stupide chanson de l'ours en peluche de Yana nous mettait mal à l'aise toutes les deux, il m'a emmenée dans le garage et on a trouvé ensemble comment la désactiver. On a fait une *ours-ectomie*, poursuivit-elle avec un sourire malicieux. On a enlevé le boîtier qui jouait de la musique et on l'a bidouillé pour que les lumières fonctionnent encore. J'apprécie énormément qu'il ne me propose pas juste de jouer à la poupée ou de parler maquillage sous prétexte que je suis une fille.

Elle marqua une pause, puis ajouta :

— Et il m'a dit que son équipe m'avait donné un surnom.

— Ah oui ? répondit Addison, feignant l'ignorance.

Elle était au courant. Ricky ne lui cachait rien. Chaque soir, ils parlaient de tout avant de s'endormir : le programme du lendemain, l'école, la procédure d'adoption, son travail – du moins, ce qu'il pouvait en dire. Il lui avait raconté que ses collègues avaient surnommé Ellory *Little-Mac,* impressionnés par la manière dont elle s'était servie des compétences qu'il lui avait apprises pour sortir du conteneur.

— Oui, *Little-Mac.* Comme petite MacGyver.

— Et ça te plaît ?

Ellory afficha un autre sourire.

— Quand il me l'a dit, j'ai pleuré. Il n'y a rien qui me fasse plus plaisir qu'être la fille de MacGyver. Une petite MacGyver.

Addison se cramponna au peu de self-control qui lui restait pour ne pas craquer.

— C'est un sacré honneur, dit-elle, la gorge serrée.

— Il m'a dit qu'il voulait m'adopter... si j'étais d'accord.

Addison ne put retenir la larme qui roula sur sa joue.

— Et qu'est-ce que tu lui as répondu ? murmura-t-elle difficilement.

Ellory leva encore une fois les yeux au ciel.

— Oh, Seigneur, ça recommence avec les larmes... Je lui ai dit que ce serait génial, bien sûr. Je lui ai même demandé si je pouvais l'appeler Papa. Il est devenu tout émotif et il m'a répondu qu'il adorerait ça. Si toi, ça te va.

— Il n'y a rien qui me ferait plus plaisir. On en a déjà parlé, Ricky et moi. On se disait que c'était à toi de décider. Mais je suis tellement heureuse que tu en aies envie.

— Pourquoi je n'en aurais pas envie ? Il est génial !

Son sourire s'estompa, et elle reprit d'un ton plus grave :

— Je peux te demander un truc ?

Bien sûr, ma chérie. Tout ce que tu veux.

— Les SEALs... ils vont avoir des ennuis à cause de la mort de ce type ?

Addison se crispa. Elle n'avait aucune envie d'avoir cette conversation avec sa fille de douze ans. Mais elle ne voulait pas non plus lui mentir. Ellory avait traversé une épreuve infernale. Elle méritait des réponses.

— Non.

— J'ai entendu les enquêteurs en parler. Ils ont dit qu'il avait été poignardé en plein cœur, et que c'est arrivé quand tout le monde l'a plaqué au sol... mais qu'ils ne peuvent pas déterminer l'auteur du coup de couteau.

Chaque fois qu'Addison repensait à ce jour-là, elle se sentait mal. Mais Ellory grandissait vite. Elle avait le droit de savoir, et de comprendre qui était l'homme qui avait essayé de la tuer. Celui qui avait tiré sur Ricky.

— C'est la vérité. Quand les gars ont tenté de le désarmer, il s'est fait poignarder, d'une manière ou d'une autre.

— Tant mieux, lâcha Ellory sans détour. Je sais que c'est horrible de dire ça, mais je m'en fiche.

— Ce n'est pas horrible. C'est humain. Ce n'était pas un homme bien. Il a fait des choses atroces, tout ça pour de l'argent.

— Il a tiré sur Ricky.

— Oui.

— Il me visait moi.

Addison refusait de l'admettre, même si c'était vrai.

— Il n'avait même pas une égratignure, poursuivit Ellory. Juste ce couteau planté en plein cœur. Ces SEALs... ils sont sacrément balaises !

Pour une fois, Addison était d'accord.

— Oui, c'est sûr.

— Maman ?

— Oui, chérie ?

— Je t'aime. Je trouve que t'es plutôt cool.

Venant d'une préado, c'était un sacré compliment. Elle se trompait, Addison n'avait rien de cool, mais elle n'allait pas la contredire...

— Moi aussi, je t'aime. Et je te trouve plutôt cool également.

Ellory roula des yeux.

— Je ne le suis pas vraiment, mais je m'en fiche. Je suis comme je suis. Une nerd avec la maladie de Crohn, fan de théâtre, et *Little-Mac*.

— Tu as raison.

Ces fichues larmes étaient de retour.

— Sérieux, Maman ? T'es trop hormonale !

Addison fronça les sourcils. Effectivement, elle pleurait beaucoup plus ces derniers temps. Certes, ses filles avaient vécu un événement traumatisant, mais tout de même...

Et si elle était enceinte ?

Elle n'en avait aucune idée. Elle voulait un bébé avec Ricky, mais leur vie était un chaos à l'heure actuelle. D'un autre côté... Est-ce que ce serait le bon moment un jour ? Plus les enfants grandiraient, plus ils seraient occupés. Et elle voulait qu'Ellory ait le temps de connaître son petit frère ou sa petite sœur. Elle ne voulait pas attendre qu'elle soit partie à l'université.

— Maman ? Ça va ?

— Ça va, la rassura Addison. J'étais juste en train de réfléchir.

— J'ai envie de retourner à l'école, déclara soudain Ellory.

— Tu es sûre ?

— Sûre et certaine. Ce qui s'est passé, ça craint, mais j'ai retenu la leçon : ne jamais partir avec quelqu'un qui n'est pas sur la liste. Et maintenant, il y a beaucoup plus de monde, ajouta-t-elle en riant.

Effectivement. Ricky et elle avaient ajouté toute l'équipe des SEALs, leurs compagnes, Wolf, Caroline, et même Julie et Patrick Hurt.

— Je te l'ai déjà dit, c'est toi qui décides quand tu veux y retourner. Je sais que tu as suivi tes cours entre temps.

— Oui, et demain, mon prof de théâtre va nous parler de la nouvelle pièce. J'ai envie d'être là. Cette fois, je crois que je vais tenter le poste de régisseuse.

Addison était tellement fière de sa fille. Elle savait depuis longtemps qu'Ellory était une battante – il n'y avait qu'à voir la manière dont elle gérait sa maladie et ses crises. Mais la voir rebondir après une épreuve aussi effrayante... C'était bouleversant.

— D'accord, ma chérie.

— Je vais dans le garage bosser sur le truc qu'on a commencé ensemble avec Ricky. J'ai envie de lui montrer comment j'ai avancé quand il rentrera ce soir.

Sur ce, Ellory se leva et partit avec le sourire.

Addison resta assise un long moment sur le canapé. Ellory allait de l'avant. Il était temps qu'elle en fasse autant. Les commandes de gâteaux et de cookies recommençaient à affluer. La vie reprenait son cours.

Ce soir-là, une fois les enfants couchés après une soirée plus qu'animée, Addison se tourna vers Ricky dans le lit et se mit à califourchon sur lui.

Il leva les yeux vers elle, et l'amour qui embrasait son regard aurait suffi à la faire fondre sur place. Elle était la femme la plus chanceuse du monde, et soudain, les mots lui manquèrent. Comment pouvait-elle lui exprimer tout ce qu'elle ressentait ?

Alors, elle lui montra autrement. Dans un geste lent, elle retira son haut, un sourire aux lèvres en voyant ses mains se tendre aussitôt vers ses seins. Elle se pencha et guida un téton jusqu'à sa bouche. Il l'attrapa avec avidité, le suçant avec force, déclenchant une vague de désir si fulgurante qu'elle sentit son ventre se contracter.

Ils n'avaient pas besoin de préliminaires. Leurs corps parlaient pour eux. Se débarrasser du reste de leurs vêtements fut une épreuve presque comique, mais bien vite, elle retrouva sa place à califourchon sur lui, cette fois nue contre sa peau brûlante.

D'un geste assuré, elle saisit son sexe dur, l'aligna contre son intimité et s'empala sur lui dans un mouvement fluide et affamé.

Le gémissement qu'ils poussèrent à l'unisson résonna dans la pièce. Leur étreinte était brute, rapide, empreinte d'une urgence féroce. Ricky l'agrippait par les hanches, l'attirant vers lui, la laissant retomber sur son membre avec force. Puis sa main glissa entre ses cuisses, trouvant son clitoris, le caressant avec une précision qui la fit trembler.

Quand l'orgasme la prit, fulgurant, il la renversa sous lui, reprenant le contrôle. Il posa ses chevilles sur ses épaules, se pencha contre elle et s'enfonça profondément, la possédant de coups de reins puissants et implacables. Addison adorait voir son visage dans ces moments-là : l'intensité brute de son regard rivé au sien rendait leur étreinte encore plus intime, plus absolue.

Elle contracta ses muscles autour de lui et savoura le râle rauque qui lui échappa. Il s'enfonça plus fort, plus profond, puis lui murmura d'une voix rauque :

— Refais ça.

Elle obéit.

Il tressaillit en elle.

Alors, elle recommença. Inlassablement, ne le dominant que de l'intérieur. Une main glissa entre eux, et elle se caressa en le sentant enfoui en elle. Elle avait toujours cru que les hommes avaient besoin de mouvement pour jouir, mais son mari lui prouva le contraire.

Quand l'orgasme la frappa une seconde fois, chaque muscle de son corps se contracta, y compris ceux qui l'enserraient.

Il grogna, plongea encore plus profond en elle et se mit à jouir intensément. La vague de satisfaction qui la submergea fut écrasante. L'amour qu'elle éprouvait pour lui débordait, l'engloutissait tout entière.

Quand il eut terminé, il s'affaissa sur son corps, toujours ancré en elle. Il se retirerait le moment venu, mais en attendant, elle savourait la chaleur, la plénitude, le lien indéfectible entre eux.

— Aujourd'hui, Ellory a fait une remarque sur mon côté particulièrement hormonal.

Ricky n'était pas idiot. Il releva brusquement la tête, l'air interrogateur.

— Et ?

— Et rien du tout.

— Tu as fait un test ?

Elle aurait pu plaisanter à propos d'un test de maths ou autre, mais elle s'en abstint.

— Non. Je n'ai pas envie d'être déçue si c'est négatif.

— Alors... tu comptes ignorer ça ? Être surprise dans neuf mois quand tu te mettras soudainement à accoucher ?

Addison sourit.

— Non. Mais... c'est encore tôt. Je veux juste attendre un peu. Profiter de toi, de ma famille. Reprendre le rythme.

— Et si tu faisais pipi sur le bâton sans regarder le résultat ? Je serai le seul à le voir.

Addison éclata de rire.

— Comme si tu étais capable de garder un secret pareil.

— Hé, je garde des secrets tout le temps ! protesta Ricky.

— Je sais. Mais là, tu ne tiendrais pas une journée. Tu serais du genre à me dire : *Tu devrais peut-être prendre des vitamines, chérie.* Ou bien : *T'es fatiguée ? Tu devrais t'asseoir.* Je comprendrais tout de suite.

Ricky afficha un sourire penaud.

— D'accord, tu as peut-être raison.

— *J'ai* raison, confirma-t-elle.

— J'entends ce que tu dis, mais je veux juste m'assurer que tu es en bonne santé. Que tout va bien pour notre bébé. Et si on faisait comme ça : on continue comme d'habitude pendant un mois, puis tu feras le test, et on avisera.

Addison réfléchit un instant, puis hocha la tête.

— D'accord.

Ricky se pencha et l'embrassa. Ses hanches bougèrent légèrement, amorçant un mouvement.

— Un bébé... Je n'aurais jamais imaginé qu'en te demandant en mariage, je deviendrais l'homme le plus heureux du monde.

— On ne sait même pas s'il y a un bébé, lui rappela-t-elle.

— Non, admit-il. Mais il me reste un mois pour faire en sorte que ce soit le cas.

— Encore ? demanda Addison alors qu'il commençait lentement à bouger en elle.

— Encore, acquiesça-t-il. Je vais vouloir jouir en toi autant que possible les prochaines semaines. Pour m'assurer de bien planter ma graine.

Elle pouffa de rire.

— Qui dit encore ce genre de choses ?

— Moi, répondit Ricky avec un grand sourire.

Il faisait l'idiot, mais cet idiot était à elle. Et Addison n'aurait pas voulu qu'il soit différent.

— Alors tu ferais mieux de t'y mettre, parce qu'on ne sait pas quand un de nos gosses va venir frapper à la porte pour réclamer quelque chose.

— À vos ordres, madame, répondit-il en souriant.

Puis il s'appliqua à lui faire tout oublier, sauf la manière dont il savait la faire vibrer.

ÉPILOGUE

— Qu'est-ce qui te prend ? demanda Safe à Smiley. T'es un connard, mais ces derniers temps, encore plus que d'habitude.

— Laisse-le tranquille , intervint Kevlar d'un ton que l'équipe entendait rarement.

Safe le regarda, surpris.

— C'était pas méchant, j'essaie de comprendre.

Smiley regarda fixement son coéquipier. Il savait parfaitement qu'il était odieux avec les gens qui comptaient le plus pour lui. Mais il n'y pouvait rien. Il était frustré et inquiet.

Et Jude Stark n'était pas le genre d'homme à s'inquiéter. La vie suivait son cours. On ne pouvait pas la contrôler, seulement essayer de suivre le mouvement le mieux possible. Mais depuis toute cette histoire avec Ellory et Yana, il était à cran. La femme qu'il avait désespérément cherchée à Las Vegas était ici. À Riverton. Elle était si proche... et pourtant, une fois de plus, elle lui avait échappée.

Et une fois de plus, elle avait été blessée.

Il avait trouvé une flaque de sang dans un coin du chantier naval, près de la clôture. Il n'avait eu aucun mal à imaginer ce qui s'était passé, surtout après avoir vu les phalanges amochées du salaud que ses amis SEALs avaient tué.

Bree avait attiré le ravisseur loin des enfants, leur permettant de s'enfuir, et elle s'était retrouvée piégée. Elle avait peut-être essayé de se défendre, mais ça n'avait servi à rien. Cette femme petite et frêle... s'était fait tabasser. À tel point qu'il avait retrouvé un ongle au sol.

Les yeux fermés, il pouvait presque voir la scène se dérouler.

Bree, recroquevillée sur le sol, tentant de se protéger pendant qu'on la rouait de coups.

La seule chose qui lui apportait un semblant de réconfort, c'était cette traînée de sang qui menait jusqu'à un trou sous la clôture du chantier naval. Elle s'était traînée jusque-là pour s'enfuir.

Il avait tellement de questions. Que faisait-elle ici ? Comment s'était-elle retrouvée mêlée au sauvetage d'Ellory et Yana ? Était-elle toujours dans le coin ? Avait-elle besoin d'aide ? Et si c'était le cas, pourquoi ne l'avait-elle pas contacté ?

Aucune réponse. Et ça le rendait dingue.

— Smiley ? l'interpella doucement Kevlar. Qu'est-ce que tu veux qu'on fasse ?

Smiley prit une décision. S'il voulait retrouver Bree Haynes, il devait accepter qu'on l'aide. Il se tourna vers ses frères d'armes.

Ils étaient sur la plage, près de la base navale. Ils étaient censés s'entraîner, mais chose rare, Kevlar les avait arrêtés après seulement cinq kilomètres de course, prétextant qu'ils devaient prendre le temps d'apprécier un lever de soleil. Évidemment, c'était un prétexte. Il voulait discuter avec eux, sentir où ils en étaient. Parce qu'ils n'étaient pas seulement des amis, ils étaient aussi sous sa responsabilité.

Ils avaient tous pas mal de choses en tête en ce moment, et

même s'il n'aimait pas être au centre de l'attention, Smiley appréciait de pouvoir se mettre à jour sur la vie de ses coéquipiers. Et puisqu'il avait besoin de leur avis et de leur soutien, il allait devoir prendre sur lui.

— Elle est là, quelque part, leur dit-il. Je le sens. Je ne sais pas pourquoi elle ne s'est pas manifestée. Mais si elle est ici, c'est qu'elle a besoin d'aide. C'est la seule explication logique. Et d'une manière ou d'une autre, elle savait qu'on était dans ce chantier naval... ce qui veut dire qu'elle nous suit. Moi, en tout cas. Je veux que vous ouvriez l'œil. Si vous repérez une voiture qui traîne un peu trop, une femme dans un endroit où elle n'a rien à faire... signalez-le-moi. Et si vous voyez quelqu'un qui correspond à la description que je vous ai donnée de Bree, faites le nécessaire.

— Je ne sais pas si...

— Je ne vous demande pas de la menotter et de la plaquer au sol, coupa Smiley. Mais... parlez-lui. Voyez si vous pouvez la convaincre de rester dans le coin le temps que j'arrive. Je n'ai rien de concret, mais cette femme est en danger. Elle ne se donnerait pas autant de mal pour rester sous les radars si ce n'était pas le cas. Et je n'ai trouvé aucune info sur son ex, ce connard qui l'a vendue comme esclave sexuelle.

— Tex n'a rien trouvé ? demanda Preacher, surpris.

— Je ne lui ai pas demandé de chercher de ce côté-là, admit Smiley. Juste de me prévenir si elle utilise sa carte bancaire quelque part.

— Pourquoi ? s'étonna Blink. Il pourrait sûrement tout te dire en moins de vingt-quatre heures.

Smiley hésita. Il n'avait pas vraiment de réponse... À part le fait qu'il voulait la retrouver lui-même. C'était idiot. Mais toute sa vie, il avait été celui qui obéissait aux ordres, un exécutant parmi tant d'autres. Pour une fois, il voulait être le héros. Le type qui débarquait et sauvait la mise.

— Parce que je suis un idiot ? lâcha-t-il en haussant les épaules.

— Non... mais sur ce coup-là, t'es un peu con, reconnut Kevlar en toute honnêteté. Et évidemment qu'on va surveiller pour toi. Si on repère quelqu'un ou quoi que ce soit, on te prévient direct. Crois-le ou non, on veut tous retrouver cette Bree.

— Surtout moi, intervint MacGyver. Je lui dois tout. Sans elle...

Il s'interrompit, mais ils savaient tous ce qui aurait pu arriver à Ellory et Yana sans Bree et son sacrifice.

— Comment vont les filles ? demanda Preacher.

— Étonnamment bien. Ellory a eu une grosse poussée, et on a dû aller aux urgences, mais elle va mieux. Et Yana parle de plus en plus. Elles ont eu de la chance. On a tous eu de la chance.

— Et Addison ? Elle tient le coup ? demanda Safe.

— Elle va bien. Et... il y a des chances qu'elle soit enceinte.

Ils affichèrent tous un grand sourire et félicitèrent MacGyver.

— Maggie va être aux anges. Avoir un cousin qui naîtrait presque en même temps, ce serait génial, s'enthousiasma Preacher avec un sourire en coin.

— Je crois que c'est ce qui l'a convaincue de laisser faire la nature, souligna MacGyver. Elle aime bien l'idée que notre enfant ait un cousin ou une cousine du même âge.

— C'est exactement ce que Josie a dit aussi, commenta Blink, le regard perdu vers l'océan, un sourire songeur aux lèvres.

Ils se tournèrent tous vers lui.

— Quoi ? demanda-t-il avec un sourire en coin. Y a rien de mieux que de voir nos gamins foutre le bordel dans la même classe à l'école.

— T'as combien de chances d'avoir des jumeaux ? plaisanta Flash.

— Vu que je suis moi-même un jumeau, que ma mère était une jumelle, et que son père aussi... je dirais que c'est plutôt bien parti.

— Donc si on résume, deux de nos femmes sont enceintes, Blink va tenter de faire deux petits rouquins à Josie... et vous autres ? s'enquit Preacher en les balayant du regard.

— Me regarde pas, réagit Smiley au quart de tour.

— Moi non plus, ajouta Flash. J'ai même pas une potentielle copine en vue.

— Tu ne pars pas en Jamaïque ? demanda Safe.

— Si, pourquoi ?

— Enterrement de vie de garçon, ambiance entre mecs... Y'aura forcément des bombes sur la plage. T'as qu'à faire ton petit numéro et voir où ça te mène.

— J'arrive toujours pas à croire que tu vas là-bas, lança Kevlar.

— Qu'est-ce que tu veux, ma sœur m'a supplié. Elle a dix ans de moins que moi, et un bébé surprise à annoncer à mes parents. On est super proches, je l'ai toujours protégée. Alors quand elle s'est fiancée, je n'étais pas franchement ravi. Son mec est un beau parleur. Il a voulu faire son enterrement de vie de garçon dans un resort hors de prix, et elle a accepté à condition que je sois là.

— Donc en gros, t'es la nounou, plaisanta Safe.

— Voilà. Il sait que s'il fait un faux pas, je vais tout balancer à ma sœur. Il va se tenir à carreau.

— La Jamaïque, sérieux ? insista Kevlar. Je suis surpris que le commandant ait validé ton congé.

— En ce moment, l'alerte du département d'État est au niveau deux, répliqua Flash.

— Ouais, et il y a un mois, c'était niveau trois, souligna

Kevlar. Réfléchis à deux fois avant de partir. Le crime là-bas, c'est du lourd. La police est dépassée, et le taux d'homicides est un des plus élevés du coin.

— Je sais, soupira Flash. J'ai essayé de la faire changer d''avis, sans succès. La seule bonne nouvelle, c'est qu'on sera dans un de ces complexes ultra-sécurisés.

— Tu sais comme moi que ça veut rien dire, lâcha Kevlar.

— Je sais. Mais c'est que pour trois jours. En plus, si je reste ici et qu'il arrive quelque chose à son mec, je m'en voudrais toute ma vie. Mon but, c'est de m'assurer qu'il rentre entier.

Kevlar grogna, mais hocha la tête.

— Et toi, Blink ? Vu que t'essaies de convaincre Josie de faire des gosses... Tu comptes l'épouser ? lança Preacher avec un sourire en coin.

— Ouais, répondit Blink à la surprise générale en se tournant vers Kevlar. Tu crois que Remi accepterait d'être mon témoin ?

— T'es sérieux ? s'exclama Kevlar en ouvrant de grands yeux.

— Carrément. C'est la sœur que j'ai jamais eue, et après tout ce qu'on a traversé... Ce serait un honneur de l'avoir à mes côtés quand j'épouserai Josie.

— Évidemment qu'elle voudra ! Elle va être hyper touchée. Probablement en larmes, même. Et ton frère ?

— Lui aussi. Je ne peux pas me marier sans lui. Et sûrement quelques-uns de ses potes des Night Stalkers. Josie et moi, on veut une grosse fête, avec tout le monde.

— Ça promet d'être grandiose, dit Kevlar avec un sourire en coin.

— Et notre grand chef, alors ? Quand est-ce qu'il épouse Remi ? demanda Flash.

— Tu sais que c'est super sexiste de dire ça, hein ? lança Kevlar, exaspéré.

— Oh, ça va, tu vois ce que je veux dire.

— Je vois. Et la réponse est... bientôt.

— Parfait. Et toi, Safe ? Tu vas demander Wren en mariage ? renchérit Flash.

— On n'est pas pressés, répondit-il.

— Qu'est-ce que t'attends ?

— Je sais pas. On s'aime, on est bien comme ça. Le mariage, ce n'est pas une urgence.

— Mec, t'as pensé à l'aspect pratique ? Si elle tombe malade ? Si y'a un souci pendant une grossesse ? Un accident ? Tu veux qu'elle galère avec l'administration et les assurances alors que ça pourrait être simple ?

— Je vais pas la demander en mariage juste *au cas où.*

— Alors fais-le parce que tu l'aimes. Parce que tu n'imagines pas ta vie sans elle. Parce que si un jour il t'arrive quelque chose en mission, elle aura le soutien et les garanties de la Marine. L'assurance vie, l'assurance santé... Elle ne se dira jamais que tu l'épouses juste pour ça. Elle t'aime, c'est évident.

— Et toi, même combat, lança MacGyver en se tournant vers Kevlar.

— Vous pourriez carrément faire un double mariage, suggéra Flash. Blink veut que Remi soit témoin... Et si elle se mariait en même temps que lui ?

— C'est pas idiot.

— Non, répondit Blink en souriant. Mais ça veut dire que tu dois te bouger, trouver une bague et faire ta demande.

— J'ai déjà la bague, protesta Kevlar. J'attendais juste le bon moment.

— Y'a jamais de bon moment, lâcha MacGyver. Fais-le.

— C'est quoi, une pub Nike ? grommela Smiley.

— Et si on faisait une triple cérémonie ? proposa Kevlar en regardant Safe.

— Non. Hors de question. Je vous adore, mais je veux que

ce moment soit juste pour nous deux. Même si c'est juste à la mairie, ça sera notre moment.

— Alors, résumons... Addison et les enfants vont bien, Maggie et Addison sont enceintes, Kevlar, Safe et Blink vont se marier, Blink va perpétuer la tradition familiale des jumeaux... Moi, je pars en Jamaïque pour m'assurer que le fiancé de ma sœur garde sa braguette fermée... Et Smiley est toujours aussi chiant, mais on va l'aider à retrouver Bree pour qu'il arrête d'être insupportable. C'est bon, j'ai tout résumé ? demanda Flash.

— À peu près.

— On dirait bien.

— Ça y ressemble.

— Parfait. Bon, maintenant qu'on a refait le monde toute la soirée, on peut se barrer ? J'ai une valise à faire, et vous avez tous une femme, une copine ou une fiancée à aller retrouver, déclara Flash.

Tout le monde éclata de rire avant de se lever et de filer vers le parking.

Smiley traîna un peu, les laissant prendre de l'avance. Il avait une chance incroyable d'avoir des amis pareils. Et il était sincèrement heureux pour eux. Tous ces mariages, ces bébés... C'était beau. Il voulait ça, lui aussi. Mais il traînait une armure bien trop épaisse, et des souvenirs bien trop lourds.

Il devait déjà retrouver Bree Haynes. S'assurer qu'elle allait bien. C'était la seule chose qui comptait. Ça donnerait au moins un sens à tout ça. L'impression d'avoir fait quelque chose de bien, qu'il n'avait pas juste regardé, impuissant, pendant qu'une femme souffrait... comme sa mère.

Chassant ces pensées, il pressa le pas pour rattraper ses coéquipiers. Il retrouverait Bree. Il devait la retrouver. Après, il pourrait tourner la page.

Mais cette tache de sang sur le sol du chantier naval lui

revint à l'esprit. Il n'avait pas pu l'aider cette nuit-là. Et peut-être qu'il n'arriverait pas à la protéger de la menace qui planait sur elle.

Mais il n'allait pas abandonner.

Pas cette fois.

* * *

Kelli Colbert ne voulait pas aller en Jamaïque. Elle avait fait des recherches. Ce n'était pas vraiment rassurant. De plus, la seule raison pour laquelle elle y allait, c'était parce que sa cousine l'y avait presque obligée. Elle était vieille, indésirable, étrange, petite et trapue, sans aucune élégance.

Du moins, c'est ce que Charlotte pensait d'elle.

Kelli savait bien qu'elle ne correspondait pas du tout aux critères de beauté imposés par les médias. Elle mesurait à peine un mètre cinquante-huit, ses cheveux blonds tombaient en une coupe droite, sans style particulier, sans mèches ni dégradé. Elle avait vingt-huit ans, contre vingt-deux pour Charlotte, et n'avait jamais vraiment eu de petit ami stable.

Charlotte, elle, était l'exact opposé. Grande, mince, avec de longs cheveux blonds et de grands yeux bleus. Elle avait été pom-pom girl au lycée et à l'université, et avait enfin réussi à épouser son petit ami, le quarterback de l'équipe universitaire de football.

— *Enfin, il n'était que remplaçant*, se dit Kelli en souriant intérieurement.

D'après ce qu'elle avait entendu, il avait à peine obtenu son diplôme, et travaillait avec son père dans son entreprise d'assurances. Ce qui était bien, mais apparemment, il n'était pas très bon en vente, et c'était son père qui finançait tout le mariage.

Il était clair que Kelli ne s'entendait pas vraiment avec sa cousine, alors quand elle l'avait invitée en Jamaïque, ça l'avait surprise. Elle avait tenté de refuser poliment, mais sa mère l'avait convaincue que c'était important pour renforcer sa relation avec Charlotte. Kelli avait essayé de lui expliquer que leur rapprochement était impossible, mais pour ne pas décevoir sa mère, elle avait fini par accepter.

Elle regrettait amèrement sa décision.

Charlotte lui avait envoyé un e-mail avec une liste de *règles* à suivre. Elle se comportait déjà comme une véritable *bridezilla*, alors qu'il restait encore des mois avant son mariage avec Kolson.

Kolson. Il était aussi insupportable que son prénom. Kelli se sentait un peu coupable de nourrir de telles pensées sur un futur membre de la famille, mais tout ce voyage de demoiselles d'honneur la mettait vraiment mal à l'aise.

Kolson emmènerait ses garçons d'honneur à Vegas pendant que Charlotte et ses demoiselles d'honneur seraient en Jamaïque. Les trois A, comme Kelli les appelait - Afton, Alice et Ava - étaient tout aussi grandes, minces et blondes que Charlotte. Elle allait forcément se faire remarquer. Et elle avait l'impression que son rôle serait de courir après tout le monde.

Autant oublier.

Elle irait en Jamaïque, mais son plan était de s'installer sur une chaise de plage et de ne rien faire de tout le week-end. Elle n'était pas une grande buveuse, alors elle se contenterait de ses boissons glacées sans alcool et de ses livres électroniques.

Ce serait des vacances tranquilles, loin de son travail stressant d'agent de voyages. Certains - Charlotte en particulier - ne pensaient pas que ce travail était si difficile. Pourtant, gérer les changements de vol, les clients pénibles et l'angoisse de voir les voyages de rêve se transformer en désastre avait fini par la pousser à vouloir changer de vie.

Le summum de l'ironie dans cette histoire, c'était qu'elle avait tout planifié. Charlotte était tyrannique, et elle avait changé d'avis une demi-douzaine de fois sur le lieu du séjour. Mais le voyage était enfin bouclé, et même si ce n'était pas la destination la plus judicieuse, Kelli en avait assez des discussions interminables.

Elle assisterait au mariage, ferait profil bas, et soupirerait de soulagement en rentrant chez elle. Après tout, rien ne devrait arriver dans une station balnéaire pleine de touristes. Tant qu'elle restait sur la propriété, elle serait tranquille. Son plus grand souci serait probablement d'essayer d'ignorer les remarques incessantes de Charlotte sur son absence de vie amoureuse, et d'éviter les trois A et sa cousine Bridezilla.

Elle pourrait y arriver. Facilement.

Mais malgré tous les discours motivants qu'elle se répétait, Kelli avait la drôle d'impression que ce voyage allait changer quelque chose. Comment ? Elle n'en avait aucune idée, mais elle n'arrivait pas à se débarrasser du pressentiment qu'à son retour de ce paradis tropical, sa vie prendrait un virage inattendu. Qu'il soit bon ou mauvais, la décision était prise.

Elle allait en Jamaïque avec sa cousine et les trois A.

Je sais que vous vous posez tous des questions à propos de Smiley et Bree... mais tout d'abord, voici l'histoire de Flash et Kelli ! Vous *savez* que les choses ne vont pas se dérouler sans heurts en Jamaïque... mais à quel point pourraient-elles empirer ? Vous devrez lire leur histoire pour le savoir !

DU MÊME AUTEUR

Hawaï : Soldats d'élite

Un paradis pour Élodie

Un paradis pour Lexie

Un paradis pour Kenna

Un paradis pour Monica

Un paradis pour Carly

Un paradis pour Ashlyn

Un paradis pour Jodelle

Sauvetage à Eagle Point

Un sauveteur pour Lilly

Un sauveteur pour Elsie

Un sauveteur pour Bristol

Un sauveteur pour Caryn

Un sauveteur pour Finley

Un sauveteur pour Heather

Un sauveteur pour Khloe

Le Refuge

Un soutien pour Alaska

Un soutien pour Henley

Un soutien pour Reese

Un soutien pour Cora

Un soutien pour Lara

Un soutien pour Maisy

Un soutien pour Ryleigh

Silverstone

Pour la confiance de Skylar
Pour la confiance de Taylor
Pour la confiance de Molly
Pour la confiance de Cassidy

Delta Force Deux

Un refuge pour Gillian
Un refuge pour Kinley
Un refuge pour Aspen
Un refuge pour Jayme
Un refuge pour Riley
Un refuge pour Devyn
Un refuge pour Ember
Un refuge pour Sierra

Forces Très Spéciales : L'Héritage

Un Sanctuaire pour Caite
Un Sanctuaire pour Brenae
Un Sanctuaire pour Sidney
Un Sanctuaire pour Piper
Un Sanctuaire pour Zoey
Un Sanctuaire pour Avery
Un Sanctuaire pour Kalee
Un Sanctuaire pour Jane

Mercenaires Rebelles

Un Défenseur pour Allye
Un Défenseur pour Chloé

Un Défenseur pour Morgan

Un Défenseur pour Harlow

Un Défenseur pour Everly

Un Défenseur pour Zara

Un Défenseur pour Raven

Ace Sécurité

Au Secours de Grace

Au Secours d'Alexis

Au Secours de Bailey

Au Secours de Felicity

Au Secours de Sarah

Forces Très Spéciales Series

Un Protecteur Pour Caroline

Un Protecteur Pour Alabama

Un Protecteur Pour Fiona

Un Mari Pour Caroline

Un Protecteur Pour Summer

Un Protecteur Pour Cheyenne

Un Protecteur Pour Jessyka

Un Protecteur Pour Julie

Un Protecteur Pour Melody

Un Protecteur pour l'avenir

Un Protecteur Pour Les Enfants de Alabama

Un Protecteur Pour Kiera

Un Protecteur Pour Dakota

Delta Force Heroes Series

Un héros pour Rayne

Un héros pour Emily

Un héros pour Harley

Un mari pour Emily

Un héros pour Kassie

Un héros pour Bryn

Un héros pour Casey

Un héros pour Wendy

Un héros pour Mary

Un héros pour Macie

Un héros pour Sadie

Un héros pour Annie

Autre

Un moment suspendu : Recueil de nouvelles

AUDIO

Un paradis pour Élodie

À PROPOS DE L'AUTEUR

Susan Stoker est une auteure de best-sellers aux classements du New York Times, de USA Today et du Wall Street Journal. Elle a notamment écrit les séries Badge of Honor: Texas Heroes, SEAL of Protection et Delta Force Heroes. Mariée à un sous-officier de l'armée américaine à la retraite, Susan a vécu dans tous les États-Unis, du Missouri jusqu'en Californie en passant par le Colorado, et elle habite actuellement sous le vaste ciel du Tennessee. Fervente adepte des fins heureuses, Susan aime écrire des romans où les sentiments laissent place au grand amour.

http://www.StokerAces.com

 facebook.com/authorsusanstoker

x.com/Susan_Stoker

 instagram.com/authorsusanstoker

 goodreads.com/SusanStoker